APPARITION

DU MÊME AUTEUR
CHEZ POCKET

LA NUIT DES SALAMANDRES
DÉMENCES
LE DÉMON DES MORTS
LE DJINN
LE JOUR J DU JUGEMENT
MANITOU
LA VENGEANCE DU MANITOU
L'OMBRE DU MANITOU
LE MIROIR DE SATAN
LE PORTRAIT DU MAL
LES PUITS DE L'ENFER
RITUEL DE CHAIR
TRANSE DE MORT
LE TRÔNE DE SATAN
APPARITION
LA MAISON DE CHAIR
LES GUERRIERS DE LA NUIT

COLLECTION TERREUR
dirigée par Patrice Duvic

GRAHAM MASTERTON

APPARITION

PRESSES DE LA CITÉ

Titre original :
Apparition

Traduit par François Truchaud

Si vous souhaitez recevoir régulièrement notre zine **« Rendez-vous ailleurs »,** écrivez-nous à :

« Rendez-vous ailleurs »
Service promo Pocket
12, avenue d'Italie
75627 PARIS Cedex 13

PRESSECO
PAPIER RECYCLÉ
NATURE PROTÉGÉE

ISBN 2-266-00480-8

« Petit garçon, une prune a mangé : choléra, le paradis;

Garçon plus grand, nid de mouette : corde cassée, repos éternel.

Petite fille, boîte de couleurs : le pinceau a léché, les saints a rejoints.

Tous les enfants, écoutez-les crier : emmenés pour le repas de Jenkin. »

Comptine victorienne, 1887.

« Cette créature, pas plus grosse qu'un rat de bonne taille, et que les gens de la ville appelaient curieusement « Brown Jenkin », devait être le fruit d'un cas remarquable d'hallucination collective, car en 1692 onze personnes affirmaient l'avoir aperçue. Il courait aussi des rumeurs récentes qui déroutaient et troublaient par leur concordance. Les témoins parlaient d'un animal aux longs poils, au corps de rat, mais dont la tête barbue et aux dents pointues exprimait une malveillance humaine tandis que ses pattes ressemblaient à de minuscules mains d'homme. Sa voix était une sorte de gloussement répugnant et il parlait toutes les langues. Parmi les étranges monstruosités que Gilman voyait en rêve, rien ne lui inspirait plus de terreur et d'écœurement que cet avorton hybride et impie, dont l'image traversait ses visions sous une forme mille fois plus détestable que tout ce que lui avaient fait imaginer à l'état de veille les vieux témoignages et les modernes on-dit. »

H.P. Lovecraft, *La Maison de la sorcière*

Tout garçon trop grand [illegible]

Garçon plus grand [illegible]

Petite fille [illegible]

Toutes les [illegible] de [illegible]

[illegible]

Cette sentence [illegible] plus [illegible] et que les [illegible] de la ville [illegible] [illegible] d'homme. Il y avait une [illegible]

[illegible]

1

Fortyfoot House

Peu avant l'aube, je fus réveillé par un bruit. Un grattement furtif. Je restai allongé, sans bouger, et écoutai attentivement. *Scriitch.* Puis à nouveau, *scriitch-scriitch-scriitch.* Et ensuite le silence.

Devant la fenêtre, les fins rideaux au motif floral étaient agités par la plus indolente des brises marines, et les franges de l'abat-jour ondulaient telles les pattes d'un étrange scolopendre suspendu au plafond. J'écoutais et écoutais, mais je n'entendais plus que la mer, lasse comme l'enfer, lasse comme tout l'enfer, et le chuchotement de commères des chênes.

Un autre grattement, mais si faible et si rapide que cela aurait pu être n'importe quoi. Un écureuil dans le grenier, un martinet dans l'avant-toit.

Je me tournai de l'autre côté et m'enfouis sous l'édredon glissant recouvert de satin. Je dormais toujours très mal dans des maisons que je ne connaissais pas. En fait, depuis que Janie m'avait quitté, je dormais très mal n'importe où. J'étais mort de fatigue après la journée de la veille : le trajet en voiture Brighton-Portsmouth, la traversée, et tout un après-midi passé à défaire les valises et à ranger nos affaires.

Danny s'était réveillé deux fois au cours de la nuit, lui aussi : la première parce qu'il avait soif, la seconde parce qu'il était effrayé. Il me dit qu'il avait vu quelque chose traverser rapidement sa chambre, une chose voûtée et sombre, mais c'était seulement sa robe de chambre, suspendue au dossier de la chaise.

Mes yeux se fermèrent. Si seulement je pouvais dormir. Je veux dire, vraiment dormir, pendant une nuit et une journée et une autre nuit. Je m'assoupis et durant un long moment de répit je rêvai que j'étais de nouveau à Brighton. Je marchais dans les larges rues de Preston Park et passais devant les rangées de maisons de brique rouge, sous un ciel gris de carte postale. Dans mon rêve je voyais quelqu'un surgir de l'escalier conduisant à mon appartement en sous-sol, quelqu'un de grande taille aux longues jambes, quelqu'un qui se retourna un instant pour me regarder fixement, un homme au visage blanc en pointe, puis il s'éloigna en toute hâte. *L'homme-ciseaux aux longues jambes rouges* [1], me chuchota quelqu'un à l'oreille. *Il est réel!*

Je tentai de le poursuivre, mais d'une manière ou d'une autre il avait réussi à entrer dans le parc, derrière les hautes grilles en fer forgé. Une herbe verte et livide, des paons poussant des cris d'enfants maltraités. Je pouvais seulement courir parallèlement à lui, de l'autre côté des grilles, et espérer que je ne l'aurais pas perdu de vue lorsque j'atteindrais finalement une entrée.

Mon souffle produisait un grondement de tonnerre. Mes pieds martelaient bruyamment l'allée goudronnée. J'apercevais des visages boursouflés passer près de moi en dodelinant, des ballons blancs aux sourires humains. J'entendais également le bruit d'une course rapide, accompagnée de grattements, comme si un chien courait sur mes talons, ses griffes cliquetant sur l'allée. Je me retournai, m'agitai sous l'édredon, et brusquement je fus éveillé et j'entendis un grattement furieux, sonore, beaucoup plus fort que ce qu'aurait pu produire un écureuil ou un oiseau.

Je m'extirpai de l'édredon et me mis sur mon séant. Il avait fait très chaud cette nuit et mes draps étaient froissés et trempés. J'entendis un autre grattement, léger, hésitant, et puis ce fut le silence.

Je pris ma montre sur la table de nuit. Le cadran n'était pas lumineux, mais il y avait suffisamment de lumière dans la pièce pour voir qu'il était 5 h 05. Et merde!

Je me levai péniblement et allai jusqu'à la fenêtre, tirai les rideaux sur leur tringle en plastique.

Le ciel avait une pâleur laiteuse et, au-delà des chênes, la mer était houleuse, laiteuse également. Ma chambre comportait une lucarne, orientée au sud, et de là je voyais la plus

1. L'homme-ciseaux : personnage fantastique d'un conte populaire allemand. (*N.d.T.*)

grande partie du jardin descendant en pente douce, la tonnelle délabrée, la pelouse avec son cadran solaire – puis les marches qui conduisaient à la pièce d'eau et zigzaguaient entre les arbres jusqu'à l'entrée au fond de la propriété.

Danny avait déjà découvert qu'une fois sorti de la propriété, il suffisait de suivre un sentier escarpé derrière une rangée de petits cottages douillets avec des bacs de géraniums sur chaque rebord de fenêtre, et on se retrouvait brusquement au bord de la mer. Des rochers, le ressac à l'écume blanchâtre, des monceaux de varech brun couverts d'œufs de mouche, et un vent saumâtre et froid venu tout droit de France. Hier soir, j'étais descendu avec lui jusqu'à la plage; nous avions regardé le coucher de soleil et bavardé avec un type du coin qui pêchait des carrelets et des flétans.

Plus loin, sur la gauche du jardin, de l'autre côté d'un petit ruisseau engorgé de roseaux, il y avait un mur en pierre, croulant et mangé de mousse et de taches sombres. Presque entièrement dissimulées par le mur, se dressaient soixante ou soixante-dix pierres tombales – des croix, des flèches et des anges en pleurs – et une petite chapelle gothique, aux fenêtres vides, dont le toit s'était effondré depuis longtemps.

D'après Mr. et Mrs. Tennant, la chapelle avait autrefois desservi Fortyfoot House et le village de Bonchurch en contrebas, mais à présent les villageois se rendaient à Ventnor pour faire leurs dévotions – quand ils y pensaient – et, bien sûr, Fortyfoot House n'avait pas été habitée depuis que les Tennant avaient vendu leur affaire de moquettes-revêtements de sols et s'étaient installés à Majorque.

Je ne trouvais pas le cimetière particulièrement lugubre. Il était triste plus que tout autre chose, parce qu'il était laissé à l'abandon. Au-delà du toit de la chapelle s'élevait la forme sombre tel un cirrus d'un énorme et très vieux cèdre, l'un des plus imposants que j'aie jamais vus, et il émanait quelque chose de cet arbre qui donnait au paysage une impression de lassitude, de regrets, et de moments écoulés qui ne reviendraient jamais. Mais je suppose que cela procurait également un sentiment de continuité.

Il n'y avait aucune couleur dans le jardin à cette heure de la matinée, aucune couleur sur quoi que ce soit. Fortyfoot House ressemblait à sa propre photographie en noir et blanc, accrochée dans le vestibule, et datée de 1888. Sur la photographie, un homme portant une redingote noire et un chapeau tuyau de poêle noir se tenait dans le jardin, et cela ne m'aurait pas autrement surpris qu'il puisse réapparaître maintenant, tel qu'il était, incolore, l'air sévère, portant des favoris, et qu'il lève les yeux vers moi.

Le mieux maintenant était de me préparer un café. Inutile d'essayer de me rendormir. Les oiseaux commençaient à siffler et à faire du boucan, et l'obscurité se retirait du ciel si rapidement que j'apercevais déjà les filets de tennis affaissés de l'autre côté de la roseraie, la serre souillée de lichen, et les plants de fraisiers envahis par les mauvaises herbes qui bordaient Fortyfoot House sur son côté ouest.

– J'espère, Mr. Williams, que vous prendrez plaisir à remettre de l'ordre dans ce chaos, m'avait dit Mrs. Tennant, contemplant les jardins à travers ses petites lunettes de soleil teintées.

Elle m'avait donné l'impression très nette de ne pas aimer beaucoup Fortyfoot House, bien qu'elle eût répété maintes et maintes fois qu'elle « regretterait cette vieille demeure, oh, tellement, si vous saviez! »

J'ouvris tout doucement la porte de ma chambre afin de ne pas réveiller Danny, qui dormait dans la pièce voisine, et m'avançai sans bruit dans l'étroit couloir. Partout où mon regard se posait, je voyais le travail qui m'attendait. Le papier peint vert pâle présentait des taches d'humidité, le plâtre des plafonds s'écaillait, les tablettes des fenêtres étaient complètement pourries. Les radiateurs fuyaient et leurs robinets étaient couverts d'une croûte de calcaire. Toute la maison respirait l'abandon.

J'atteignis l'escalier étroit et raide. Je m'apprêtais à descendre au rez-de-chaussée lorsque j'entendis à nouveau le grattement – cela ressemblait plus à une course précipitée qu'à un grattement. J'hésitai. Apparemment cela provenait du grenier. Pas des avant-toits – ce qui aurait été le cas si un oiseau était en train de faire son nid – mais de la partie centrale du grenier, comme si un animal avait détalé sur le plancher et traversé le grenier en diagonale.

Des écureuils, pensai-je. Je haïssais les écureuils. Ils étaient tellement destructeurs, totalement destructeurs, et ils mangeaient leurs petits. Ils avaient probablement pris possession du grenier, pour le transformer en un immense nid à l'odeur nauséabonde.

Il y avait une petite porte sur le palier, recouverte du même papier peint vert pâle afin qu'elle soit moins apparente. Mrs. Tennant m'avait dit que c'était le seul accès au grenier, et c'était pour cette raison qu'ils avaient entreposé très peu de meubles là-haut.

Je soulevai le loquet rouillé, et jetai un coup d'œil à l'intérieur. Le grenier était plongé dans une obscurité complète, et l'air qui s'en échappait empestait le renfermé. Je tendis l'oreille, et j'entendis le faible ruissellement d'un robinet qui fuyait dans le réservoir d'eau, et le vent soufflant contre les tuiles de la toiture, mais plus de grattements.

Sur la cloison intérieure près de la porte, je repérai un vieil interrupteur en plastique marron. Je l'actionnai plusieurs fois, mais l'ampoule devait être grillée ou bien l'interrupteur était déglingué – ou les écureuils avaient rongé le fil électrique. Néanmoins, il y avait un grand miroir près de la porte, et la lumière du soleil matinal filtrait par la fenêtre du palier, suffisamment pour que je puisse appuyer le miroir contre la rampe et éclairer à l'aide de la lumière ainsi réfléchie les premières marches menant au grenier. Je trouvai que c'était une bonne idée d'aller jeter un rapide coup d'œil là-haut. Au moins, je saurais de quoi il retournait. Je haïssais les écureuils, mais je préférais encore les écureuils aux rats.

Je roulai la carpette du palier et m'en servis pour coincer la porte afin qu'elle ne se referme pas derrière moi, puis je montai précautionneusement les trois premières marches. Elles étaient incroyablement raides et seulement recouvertes d'une épaisse thibaude marron, comme je n'en avais plus vu depuis une vingtaine d'années. L'air autour de moi était chargé d'une odeur infecte de renfermé, comme une haleine fétide – comme si le grenier respirait.

Je m'arrêtai un instant sur la quatrième marche pour écouter à nouveau, et pour permettre à mes yeux de s'habituer à l'obscurité. Curieusement, aucune lumière ne filtrait entre les tuiles, ce qui voulait dire que le toit était en bon état. La pâle lueur argentée éclairant les marches depuis le miroir ne servait pas à grand-chose, mais j'étais à même de distinguer quelques formes de nature indéterminée dans le grenier. Quelque chose ressemblant à un fauteuil. Quelque chose ressemblant à une petite commode trapue. Puis, dans l'angle entre le toit et le plancher du grenier, quelque chose qui était peut-être un tas de vieux vêtements, ou bien un autre meuble à la forme bizarre, recouvert d'une housse.

Une odeur de pourriture flottait dans le grenier, c'était incontestable, je la sentais. Mais il y avait aussi une autre odeur. Insidieuse, douceâtre, comme du gaz domestique, ou un oiseau en décomposition coincé dans une cheminée. Je ne parvenais pas à déterminer ce que c'était mais une chose était sûre, ça ne me plaisait pas du tout. Je décidai de revenir ici plus tard avec une lampe électrique, et de découvrir l'origine de cette foutue odeur.

Je m'apprêtais à redescendre l'escalier lorsque j'entendis à nouveau le grattement. Cela provenait de là-bas, dans l'encoignure au fond du grenier, où le toit rejoignait presque le niveau du plancher, et où il faisait le plus sombre. Ici, le grattement était plus prononcé, plus lourd – ce n'était pas un bruit feutré, comme un écureuil, ou doux et léger, comme un oiseau. Cela faisait plutôt penser à un gros matou, ou à un rat de bonne taille, ou même à un chien – même si je ne voyais pas comment un chien aurait pu grimper jusqu'à ce grenier.

– *Psssssstt!* sifflai-je pour lui faire peur.

Les grattements cessèrent brusquement. Pas comme si la créature, effrayée, avait détalé précipitamment – mais comme si elle s'était immobilisée pour découvrir ce que j'allais faire maintenant. J'écoutai attentivement et, un instant, il me sembla percevoir le bruit d'un souffle rauque, aigu, mais ce n'était sans doute que le vent.

– *Psssssstt!* répétai-je avec véhémence.

Pas de réaction. Je n'avais pas peur du noir, et je n'avais pas particulièrement peur des animaux, même des rats. L'un de mes amis attrapait des rats pour la municipalité d'Islington, et un jour il m'avait emmené dans les égouts. Nous avions parcouru des kilomètres de galeries, et il m'avait montré des rats d'un gris huileux nageant dans des flots de matières fécales; à la suite de quoi, je pensais que plus rien ne pourrait me faire peur. Mon ami avait dit :

– On nous a entraînés pendant une semaine au bassin de retenue de Chigwell afin que nous soyons capables d'identifier un corps humain sur-le-champ, aussi sec!

– Il vous faut une semaine d'entraînement? lui avais-je demandé avec stupeur.

Je montai la dernière marche et fis un seul pas sur le plancher du grenier, scrutant les ténèbres. Cela prit un long moment pour que mes yeux s'habituent à l'obscurité. Tout au fond du grenier, j'avais l'impression de distinguer une forme, mais je n'aurais pu l'affirmer. Ce n'était pas aussi grand qu'un homme. D'ailleurs un homme n'aurait pas eu la place de se tenir sous le toit fortement incliné. Mais ce n'était pas un enfant, non plus. C'était trop bizarre, trop volumineux pour être un enfant. A plus forte raison un chat.

Non, je me faisais des idées, tout simplement. Ce n'était sans doute rien de plus terrifiant qu'un vieux manteau de fourrure, posé sur une chaise. Il faisait si sombre dans le grenier que je commençais à avoir la berlue; je voyais des formes et des ombres bouger là où c'était parfaitement impossible. Je voyais des gouttelettes transparentes passer devant mes yeux, de la poussière ou des larmes ou des griffures.

Je fis un autre pas en avant. Mon pied heurta le bord d'un objet dur et rectangulaire – un coffre ou une caisse. J'écoutai attentivement et respirai sans bruit, et bien que j'aie le sentiment qu'il y avait *quelque chose* dans le grenier, *quelque chose* qui m'observait, *quelque chose* qui attendait que je m'approche, je me dis que j'étais allé assez loin.

A dire vrai, j'étais certain de voir la créature. D'un noir intense, petite et, d'une manière ou d'une autre, *tendue* – ne bougeant pas, attendant que j'approche. Et j'avais honte de cette certitude, parce que la logique me disait que, dans le pire des cas, ce ne pouvait être qu'un rat de bonne taille.

Je n'avais pas peur des rats. Ou, pour être plus précis, je n'avais pas *trop* peur des rats. Une fois, j'avais essayé de lire un roman d'horreur où il était question de rats; et je n'avais jamais aussi bien dormi que cette nuit-là. Les rats n'étaient que des animaux, et ils avaient plus peur de nous que nous n'avions peur d'eux.

– *Psssstt!* sifflai-je, beaucoup plus prudemment.

Au même moment, il me sembla l'entendre bouger et gratter.

– *Pssstt!*

Toujours pas de réaction. Même le vent semblait retenir son souffle; et le grenier devint figé, privé d'air. Je fis un pas en arrière, puis un autre, tendant la main derrière moi pour saisir la rampe d'escalier; je reculai aussi calmement que possible vers la pâle lumière réfléchie provenant du miroir.

J'agrippai la rampe. A cet instant, j'entendis la créature changer de position, gratter le plancher, et commencer à se déplacer. Non pour s'éloigner de moi et se faufiler par une sombre lézarde dans le mur, comme le font les rats. Mais pour venir *vers moi*, très lentement, produisant un bruit indescriptible, bruissement de fourrure, crissements de griffes... un mélange qui me terrifia comme cela ne m'était plus arrivé depuis que j'étais descendu dans les égouts d'Islington.

– *Pssst*, va-t'en, *bouh!* lui ordonnai-je.

Je me sentais parfaitement ridicule. Et s'il n'y avait rien du tout? Et si c'était un tas de vieilleries, ou un pigeon grattant sur le toit? Et, en fait, qu'est-ce que cela pouvait être, à part un oiseau, ou un rongeur de petite taille? Une chauve-souris? Possible. Mais les chauves-souris ne sont pas dangereuses, à moins d'être porteuses de la rage. Et les rats (à moins d'être affamés, ou menacés) songent beaucoup plus à leur survie qu'à attaquer quelque chose susceptible de riposter d'une façon infiniment redoutable. Ce sont des lâches.

Mon dos heurta la rampe d'escalier. Je fus saisi par un besoin irrépressible de sortir de ce grenier, et vite. Mais, alors que je posais le pied sur la marche du haut, la carpette qui maintenait la porte ouverte se déroula brusquement, et la porte se referma sans bruit. J'entendis le loquet cliqueter, et je me retrouvai dans l'obscurité complète.

Je tâtonnai avec mon pied, cherchant la marche suivante. Chose curieuse, j'avais beau avancer mon pied vers le bas, j'étais incapable de la trouver. L'escalier semblait aussi vide qu'une cage d'ascenseur. Je commençais à paniquer et ne pouvais me résoudre à faire un pas de plus vers le néant.

– Danny! criai-je, Danny! C'est papa! Je suis en haut, dans le grenier!

Pas de réponse. La veille, Danny était aussi fatigué que moi, et d'ordinaire il dormait à poings fermés. Rien ne le réveillait. Orages, musique, même ses parents en train de se disputer.

– Danny! Je suis en haut, dans le grenier, et la porte est fermée!

Toujours pas de réponse. Je me retournai lentement vers l'intérieur du grenier; je m'agrippais fermement à la rampe qui était mon seul point de repère. J'essayai d'écarquiller les yeux et de sonder l'obscurité, mais aucune lumière ne filtrait dans le grenier, même la plus infime. Il faisait plus noir que lorsqu'on est enfoui sous ses couvertures.

– Danny! appelai-je, mais sans grand espoir qu'il m'entende.

Pourquoi diable étais-je incapable de localiser les marches? Je savais qu'elles étaient raides, mais pas à ce point, tout de même! Je déplaçai mon pied et cherchai à nouveau, sans résultat.

A ce moment j'entendis ce *scriitch-scriitch* encore une fois. C'était beaucoup plus près – si près que je me rejetai en arrière, instinctivement, aussi loin que je le pouvais sans lâcher ma prise sur la rampe.

– Danny, dis-je à voix basse. Danny, c'est papa.

Scriitch.

Mon cœur cognait contre ma poitrine en de longues et lentes pulsations. Ma bouche était aussi sèche qu'une éponge sur le rebord d'une baignoire vide. Pour la première fois dans ma vie d'adulte, je ne savais pas quoi faire, et je pense que c'était cette sensation d'impuissance complète qui me terrifiait par-dessus tout.

Scriitch.

Et puis un gloussement haut perché; comme quelqu'un s'exprimant dans une langue étrangère qu'on ne comprend pas. C'était inintelligible. Cela aurait pu être un être humain, parlant en thaï ou en birman. Mais cela aurait pu être les petits cris d'un animal excité, un animal qui sent l'odeur du sang.

– *Psssssttt!* répliquai-je.

Mais le gloussement ne cessa pas. Au contraire, il s'accéléra et devint encore plus excité. Cela me donna une sensation tout à fait terrifiante, comme si j'allais mourir.

DANNY. Avais-je crié cela? Cela avait été tellement doux ou tellement fort que je n'avais rien entendu. DANNY C'EST PAPA.

Puis quelque chose me frôla rapidement dans l'obscurité. Cela semblait hideux, froid et couvert de poils raides, de la taille d'un enfant de dix ans, et *lourd* également, comme un enfant obèse. La créature m'écorcha le bras avec un piquant ou une griffe, et je poussai un hurlement, et trébuchai, et lâchai la rampe. Je partis à la renverse et me cognai l'épaule contre une caisse, mais j'entendis la créature passer près de moi, seulement à quelques centimètres, et émettre un gloussement sifflant et triomphateur. *Hih-hih-hih-hih-hih!*

Je roulai sur moi-même, me meurtrissant le côté, et tombai dans l'escalier. C'était comme de faire une chute depuis le toit d'un immeuble de vingt étages, dans le noir. Je n'avais peut-être pas été capable de trouver les marches avec mes pieds, mais je les trouvais maintenant. Je me cognai contre le bord de chaque marche, tout du long jusqu'au bas de l'escalier. Tête – épaule – hanche – coude. Le temps que j'arrive en bas et que mon genou percute la porte donnant sur le palier et l'ouvre violemment, j'avais l'impression d'avoir été roué de coups à l'aide d'une batte de cricket.

Je fus aveuglé par la lumière du soleil.

– Bon Dieu! m'exclamai-je.

Danny était sur le palier, dans son pyjama à rayures Marks & Spencer, m'attendant.

– Papa! dit-il d'une voix inquiète. Tu es tombé!

J'étais allongé sur le dos sur la carpette, mes pieds toujours à mi-hauteur de l'escalier.

– Tout va bien, le rassurai-je. (En fait, je disais cela pour me rassurer moi-même.) Il n'y avait pas de lumière, et j'ai trébuché.

– Tu as appelé, insista Danny.

– Oui, dis-je.

Me remettant debout, je refermai la porte du grenier et abaissai rapidement le loquet. *Est-ce que j'entendais le bruit d'une course précipitée, ou juste le plus infime des grattements?*

– Pourquoi as-tu appelé?

Je le regardai, puis haussai les épaules.

– La porte était fermée. Je ne voyais rien dans le noir.

– Mais tu avais peur.

– Qui a dit que j'avais peur? Je n'avais pas peur.

Danny me dévisagea d'un air grave.

– Tu avais peur.

Je fixai la porte du grenier plus longtemps que je n'aurais dû le faire.

– Non, dis-je. Ce n'était rien. Il faisait noir, c'est tout. Je n'y voyais absolument rien.

2

La fenêtre de la chapelle

Nous prîmes notre petit déjeuner dans l'immense cuisine à l'ancienne mode. Elle était agrémentée d'un carrelage rouge et froid et de placards peints en crème et vert – le genre considéré comme ultramoderne dans les années trente – et d'un évier blanc peu profond qui donnait l'impression d'avoir été utilisé jadis pour pratiquer des autopsies. Par la fenêtre j'apercevais la flèche brisée de la chapelle en ruine. Danny était installé à la table en bois de pin devant un bol de céréales; il balançait ses jambes et le soleil transformait le dessus de sa tête en une houppe brillante de pissenlit.

Il ressemblait tellement à sa mère. De grands yeux marron, des poignets fins, des jambes maigres. Il parlait comme sa mère, également – avec franchise et réalisme. Je suppose que j'aurais dû savoir dès le commencement que je ne pourrais pas vivre très longtemps avec une femme réaliste et pratique. J'avais toujours été beaucoup trop théoricien – et je me fiais plus à l'inspiration qu'au bon sens.

Janie et moi nous étions rencontrés à l'école des beaux-arts de Brighton, alors que j'étais en dernière année et elle en première. Elle avait eu le fou rire et s'était caché le visage derrière ses cheveux, mais elle était si jolie que je faisais toujours un détour pour lui parler lorsque je l'apercevais. Nous nous étions revus trois ans plus tard, lors d'un dîner à Hastings. Ce soir-là, elle portait une longue robe violet et blanc en fine toile de coton, un foulard violet noué autour de la tête, et j'étais tombé amoureux d'elle, instantanément et irrévocablement. J'étais toujours amoureux d'elle, encore aujourd'hui, mais d'une façon résignée, sans éclat. Je savais, vu nos disputes innombrables et nos engueulades innombrables, qu'elle et moi ne resterions pas ensemble.

Je dirigeais une petite affaire de décoration d'intérieur dans North Street, à Brighton, lorsqu'elle était finalement entrée par un matin pluvieux de février pour m'annoncer qu'elle me quittait. Au moins elle eut le courage de me le dire en face. Elle avait l'intention d'aller à Durham avec un certain Raymond et de travailler pour la municipalité. Est-ce que je pouvais m'occuper de Danny pendant quelques mois? Je te souhaite bien du plaisir, répondis-je. J'espère que toi et Raymond êtes foutrement heureux ensemble.

La sonnette de la boutique retentit : elle était partie et un type barbu à l'air soucieux en duffel-coat beige mouillé l'attendait sur le trottoir. Cet enfoiré de Raymond.

Après cela, je perdis tout intérêt pour mon affaire de décoration. J'emmenais Danny faire de longues promenades au bord de la mer, je ne répondais jamais au téléphone, et trois mois plus tard je fus obligé de vendre mon stock de papiers peints et mes catalogues d'échantillons, et de chercher un travail régulier, sans grand succès, à vrai dire. Je n'avais pas de permis poids lourds.

Et puis, au début de l'été, je rencontrai par hasard Chris Pert au *King's Head* dans Duke Street. Chris était l'un de mes vieux copains de beuveries du temps de l'école des beaux-arts, le visage blafard, un brin reclus et excentrique, très branché sur le zen et les pantalons de velours côtelé marron. Nous nous payâmes quelques tournées de bière, et nous nous racontâmes nos malheurs respectifs. Sa mère était morte, et je ne pouvais pas faire grand-chose à ce sujet, sauf lui suggérer d'aller voir Madame Irma sur Brighton Pier, de lui donner une pièce d'argent, et de lui demander s'il pouvait faire la causette avec sa mère dans l'Au-Delà. Par contre, Chris pouvait me donner un sacré coup de main. Il était le petit-neveu de Mr. et Mrs. Tennant, les millionnaires des moquettes-revêtements de sols, et les propriétaires de Fortyfoot House, sur l'île de Wight. Chris me dit que les Tennant cherchaient quelqu'un pour restaurer la maison – peinture, papiers peints, désherbage des jardins, « très tape-à-l'œil », ce fut le terme qu'il employa – afin de la mettre en vente. Apparemment, c'était exactement le genre de boulot qu'il me fallait. Je pourrais passer tout l'été là-bas, seul avec Danny, au calme, sans avoir besoin de réfléchir.

Nous étions arrivés sur l'île de Wight la veille dans l'après-midi, après avoir pris le car-ferry à Portsmouth, puis nous avions emprunté la route côtière jusqu'à Bonchurch, un petit village au bord de la mer qui semblait sorti tout droit d'un livre pour enfants : cottages propres et nets, ruelles ombragées, jardins clos de murs blanchis à la chaux, chauffés par le soleil et remplis de roses trémières et de bourdons.

Je n'avais jamais visité l'île de Wight auparavant. A moins d'avoir des enfants et de vouloir leur offrir des vacances bon marché au bord de la mer – ou à moins d'étudier la période victorienne et de tenir absolument à voir le château de la reine Victoria à Osborne – cela ne vaut pas le déplacement. Cette petite île en forme de losange est située au large de la côte sud de l'Angleterre. On y accède en vingt minutes de traversée en car-ferry sur les eaux abritées de Spithead, et elle ne fait guère plus de vingt-cinq kilomètres d'ouest en est, et dix-huit kilomètres du nord au sud – un fragment isolé des Downs du Hampshire que les Romains appelaient Vectis.

La plupart des villes et des villages sont des attrape-touristes, avec des cottages au toit de chaume, des musées de poupées, des trains à vapeur miniatures et des parcs peuplés de flamants roses. Mais vers l'ouest, les champs apparaissent progressivement au-delà des murs, des jardins et des cèdres, la campagne devient plus sauvage et vous arrivez en haut des falaises de grès d'Alum Bay, et vous contemplez les flèches abruptes de Needles.

C'était là-haut, sur les falaises, loin de la foule, que l'on comprenait ce qu'était vraiment l'île de Wight. Une île pittoresque qui vous procurait un étrange sentiment d'intemporalité; les Romains y avaient débarqué; les Anglo-Saxons avaient fait l'élevage de moutons sur les vastes contreforts de ses Downs; Victoria et Albert s'étaient promenés et avaient bavardé dans ses jardins tenus de façon irréprochable; les autobus des années vingt aux pneus ballons et au pare-brise plat avaient sillonné ses petits chemins bordés de haies.

J'aimais l'île pour cette raison, et aussi pour sa vie nonchalante; et Danny l'aimait, lui aussi, et c'était tout ce qui importait. Peut-être avions-nous conscience tous les deux d'avoir fui le monde réel des dépôts de bilan et des mamans perdues pour nous réfugier au bord de la mer, une mer infinie aux reflets dorés, avec des étoiles de mer, des mares dans les rochers et des seaux et des pelles pour faire des châteaux de sable.

J'avais appelé Janie à Durham dès notre arrivée, pour lui donner notre numéro de téléphone, et lui dire que Danny était sain et sauf.

– Tu n'essaies pas de le détacher de moi, hein, David?

– Pourquoi ferais-je ça? Il a besoin d'une mère, comme tous les enfants.

– Mais tu ne lui fais pas sentir que je l'ai abandonné?

– A quoi bon? Il s'en est rendu compte tout seul!

Elle avait poussé un soupir tendu, irrité.

– Tu avais promis de ne pas le détacher de moi.

– Il va très bien, l'avais-je rassurée. (Je ne voulais pas d'une nouvelle dispute, pas au téléphone, pas maintenant.) Je fais tout mon possible pour lui parler de toi toutes les fois que cela me semble opportun.

– Et combien de fois est-ce?

– Janie, fais-moi une fleur, d'accord? Je n'arrête pas de lui dire des choses comme « Je me demande ce que fait maman en ce moment? » et « Je suis sûr que maman aimerait te voir dans ce nouveau pantalon ». Que veux-tu de plus?

Il y avait eu un long silence. Puis Janie avait dit, le cœur sincèrement brisé :

– Il me manque tellement.

J'avais fait une grimace, qu'elle n'avait pas pu voir, bien sûr. Pas une grimace sarcastique, mais le genre de grimace que vous faites lorsque vous savez que vous avez agi de votre mieux mais que cela ne suffit pas, et que vous allez devoir en supporter les conséquences pénibles jusqu'à la fin de vos jours.

– Oui, je sais, lui avais-je dit. Je vais prendre des photos sur la plage demain, et je te les enverrai.

Janie avait raccroché sans rien dire.

– Bon, que faisons-nous aujourd'hui? demandai-je à Danny.

Il se tenait sur le patio aux dalles moussues à l'arrière de la maison, les jambes largement écartées, les mains sur les hanches, et avançait sa lèvre inférieure. C'était l'attitude qu'il prenait lorsqu'il voulait avoir l'air d'une grande personne. Il portait un T-shirt Mothercare à rayures rouge et vert et un short rouge avec une ceinture élastique.

– Partir à la découverte, suggéra-t-il.

Je jetai un regard à la ronde, m'abritant les yeux de la main.

– Je pense que tu as raison. Faisons le tour de la maison, et voyons les travaux que nous aurons à entreprendre.

– Tu as un bleu là, dit-il, montrant du doigt ma pommette gauche.

– Je sais. C'est lorsque je suis tombé dans l'escalier. Je suis couvert de bleus.

– Nous avons besoin d'une torche électrique, décréta-t-il.

– Tu as tout à fait raison. Partons à la découverte, ensuite nous irons nous acheter la torche électrique la plus incroyablement puissante qu'ait jamais connue l'homme.

Danny me précéda au bas des marches. L'herbe poussait entre les dalles, et par endroits la mousse était tellement épaisse qu'elle ressemblait à une moquette verte détrempée. Je me rappelai avoir vu une moquette verte comme ça que l'on sortait d'une maison à Brighton, après un incendie au cours duquel des petites filles avaient trouvé la mort, brûlées vives.

Danny s'avança sur le faîte du muret qui bordait le patio : il chantait *Le Vieux Grand-Duc d'York*.

– J'ai téléphoné à maman hier soir, après ton coucher.

Danny continua de balancer les bras en marchant.

– *Il avait dix mille hommes...*

– Tu n'as pas envie de savoir ce qu'elle a dit?

– *Il les a conduits en haut de la colline...*

– Elle a dit qu'elle t'aimait. Elle a dit que tu lui manquais. Elle a dit qu'elle viendrait te voir bientôt, dès que possible.

– *Et ils ont descendu l'autre versant.*

– Danny...

Il fit une halte, une fois arrivé à l'extrémité du mur. Au-dessus de sa tête, une mouette décrivait des cercles dans le ciel et criait comme un enfant. Il faisait déjà chaud en ce début de matinée et le ciel bleu était piqueté de petits nuages cotonneux.

– Elle a dit qu'elle t'aimait et elle a dit que tu lui manquais.

Il y avait une larme sur sa joue. Je m'avançai pour le prendre dans mes bras mais il s'écarta. Il ne voulait pas que je le prenne dans mes bras.

– Danny, je sais que ce n'est pas facile.

Je parlais comme un personnage dans un mauvais feuilleton télévisé australien. Comment diable pouvais-je savoir à quel point c'était difficile pour un petit garçon de sept ans de perdre sa mère?

Je me détournai, désemparé, et levai les yeux vers Fortyfoot House – l'arrière de Fortyfoot House, qui donnait sur les jardins et la mer. Du fait de la pente abrupte du jardin, les murs paraissaient anormalement hauts. Ils étaient revêtus d'une brique rouge foncé, tellement foncé qu'ils étaient presque couleur noisette par endroits, et l'immense toit mal conçu était revêtu de tuiles marron moussues. A l'origine, les châssis des fenêtres étaient en chêne – du moins, au dire de Mrs. Tennant – mais dans les années vingt on les avait remplacés par des châssis métalliques. Les traverses avaient été peintes en noir, ce qui donnait aux fenêtres un aspect nu et abandonné. Lors de mon premier examen de Fortyfoot House, j'avais décidé de commencer par repeindre en blanc toute la partie métallique.

Les tuyaux de cheminée étaient tous d'origine : hauts et larges, avec une maçonnerie de brique compliquée, destinée à augmenter le tirage. La température était quasiment subtropicale en ce moment, mais je me doutais que les hivers à Bonchurch étaient probablement très rudes.

A une époque, de la vigne vierge avait certainement recouvert toute la partie arrière de la maison, mais elle était morte depuis longtemps, complètement ratatinée; ici et là des vrilles rabougries étaient prises au piège dans le ciment.

Quelque chose à propos des proportions de Fortyfoot House me déconcertait. Pour une raison qui m'échappait, les angles semblaient faussés. Le toit donnait l'impression d'être trop grand, et l'inclinaison de l'une de ses extrémités était bien trop accentuée. Je reculai de quelques pas, mais les angles semblaient toujours erronés. J'allai vers le côté de la maison : à nouveau les angles changeaient, mais à nouveau ils semblaient bizarres. Fortyfoot House était la bâtisse la plus perverse que j'aie jamais vue. Quel que soit l'endroit d'où vous la regardiez, elle semblait toujours disgracieuse, laide, et déséquilibrée.

Mais son manque de grâce était tellement cohérent que j'en arrivais presque à croire que son architecte l'avait conçue ainsi de propos délibéré. De chaque point de vue, elle donnait l'impression de n'être qu'une façade, un décor de théâtre sans aucune profondeur. J'avais le sentiment que – derrière les murs que je voyais effectivement – il n'y avait rien du tout, à part un jardin vide à l'abandon. J'avais le sentiment que, derrière ces murs, Fortyfoot House n'existait pas.

Danny refusa de prendre ma main et sauta du muret. Puis il s'avança d'un air décidé vers le jardin, longea les rosiers sans fleurs qui avaient besoin d'être taillés, et je le suivis. Je me sentais aussi mal en point que si j'avais la gueule de bois. Comment Janie et moi avions-nous pu lui infliger une telle souffrance? Parfois je me disais que nous aurions mieux fait de ne pas avoir d'enfant. C'était aussi cruel que d'élever des faisans, pour les lâcher ensuite dans la nature et les chasser.

– Je crois qu'il y a un rat dans le grenier, lui dis-je, tandis que nous empruntions l'allée de gravier proche des communs.

Il ne répondit pas.

– Quand nous aurons acheté cette torche, nous irons jeter un coup d'œil là-haut, d'accord?

Il s'arrêta, se retourna et me regarda en fronçant les sourcils.

– Les rats peuvent mordre.

– Hum, oui. Mais si tu mets un pantalon épais et des gants, tu ne risques absolument rien. Et la plupart du temps, ils ont encore plus peur que nous. Je les ai vus dans les égouts.

– Je pourrais emporter mon pistolet à eau, suggéra Danny.

Je le pris par la main.

– Excellente idée, dis-je. Et tu pourrais peut-être le remplir d'encre rouge, comme dans les bandes dessinées. Cela ressemblerait à du sang, si tu le touches; et si jamais nous le voyons à nouveau, nous saurons de quel rat il s'agit.

Ma proposition eut l'heur de lui plaire. Il m'accompagna comme je faisais le tour du jardin, et examina avec le plus grand sérieux les massifs de rhododendrons. Il émit quelques claquements de langue d'expert à propos de l'état de la toiture et de l'insuffisance de graviers dans l'allée.

Seigneur, comme je l'aimais.

Il se mit à me parler de l'école et du Disney Club à la télévision, et m'apprit qu'il avait décidé de regarder *Alf*, une émission « pour les grands ». Il me demanda s'il pouvait lancer son ours en peluche tellement haut que celui-ci se mette en orbite. Enfin, s'il le faisait tourner et tourner au-dessus de sa tête, et puis le lâchait? Il avait eu peur d'essayer, au cas où il perdrait son ours en peluche pour toujours, et bien sûr c'était un cadeau de sa maman, et il aurait le cœur brisé s'il le perdait.

Nous nous assîmes sur un banc en fer forgé peint en blanc, de l'herbe et des broussailles jusqu'aux genoux, et nous regardâmes au-delà des jardins vers la mer. Le vent chaud nous caressait le visage et ébouriffait nos cheveux.

– Parfois deux personnes ne peuvent plus vivre ensemble, lui dis-je. Elles s'aiment, mais elles ne peuvent plus vivre ensemble.

– C'est bête, déclara Danny.

– Oui, c'est bête, reconnus-je. Toc-toc! ajoutai-je.

– Qui est là?

– Meu.

– Hein?

– Meuceumeu. Une vache qui est enrouée.

Danny me lança un regard de reproche.

– C'est idiot.

– Bien sûr! Toutes les blagues sont idiotes. Mais elles font rire les gens et c'est ce qui compte.

Pendant que Danny fredonnait et balançait ses jambes, je levai les yeux vers Fortyfoot House. Même d'ici, les angles du toit paraissaient bizarres. J'apercevais la lucarne de ma chambre, orientée au sud, et les tuiles allant en pente de part et d'autre; mais, chose curieuse – et contre toute attente – le mur *ouest* de la maison était absolument vertical, tout du long jusqu'au rebord du toit, alors que le plafond de ma chambre s'inclinait également de ce côté.

En d'autres termes, il y avait un espace à la forme curieuse, comme une pyramide inversée, coincé entre mon plafond incliné et le mur extérieur, vertical, de la maison.

L'idée de cet espace clos était d'autant plus intrigante que, lorsque je m'abritai les yeux de la main, je distinguai un rectangle à peine visible sous le crépi blanc, comme si il y avait eu une fenêtre à cet endroit, laquelle avait été murée et enduite de ciment. Ainsi donc ma chambre avait eu un mur ouest vertical à une certaine époque, et une fenêtre donnant sur les pins majestueux qui s'élevaient au-delà des plants de fraisiers.

Je cherchai en vain pour quelle raison cette fenêtre avait été murée et mon plafond abaissé comme si le toit allait en pente. Peut-être y avait-il eu de l'humidité, ou un vice de construction. Mais murer une fenêtre ne me semblait pas la façon judicieuse de régler aucun de ces problèmes. Je restai un long moment à regarder le toit fixement, jusqu'à ce que Danny cesse de chanter et me demande :

– Qu'y a-t-il?

– Rien, dis-je.

A son tour, il leva les yeux vers le toit.

– Autrefois, il y avait une fenêtre là-haut, déclara-t-il.

– Tu as raison. On l'a murée.

– Pourquoi a-t-on fait ça?

– C'est justement la question que je me posais.

– Peut-être était-ce pour empêcher quelqu'un de sortir.

– C'est possible, en effet, admis-je. Hé, pourquoi dis-tu, *sortir*?

– Eh bien, c'est trop haut pour que quelqu'un puisse entrer.

J'acquiesçai de la tête. Je suis toujours impressionné par l'esprit d'analyse des enfants. Ils percent à jour toutes les excuses et tous les compromis que les adultes sont prêts à accepter, et voient la vérité pure et simple, comme dans un livre d'images. Ils possèdent autre chose, également. Un sixième sens ; une intimité avec la nature. Ils peuvent parler aux arbres, aux animaux, aux grenouilles, et parfois ils obtiennent une réponse.

– Je me demande qui habitait cette chambre autrefois, fit Danny.

– Que veux-tu dire?

– Je me demande qui était cette personne qu'on voulait empêcher de sortir.

– Oh, dis-je. Oui.

Nous rebroussâmes chemin vers le patio, mains jointes derrière le dos, père et fils.

– Maman viendra nous voir? demanda Danny.

– Je ne sais pas, répondis-je. Cela m'étonnerait. Enfin, pas tout de suite, en tout cas. Elle est très occupée, là-bas à Durham, avec ce... euh, Raymond.

– Tu pourras toujours te remarier, suggéra Danny.

Je le regardai, souris, et secouai la tête.

– Je n'ai même pas songé à cette éventualité. Pas encore.

– Tu ne vas pas vivre tout seul?

– Comment pourrais-je être seul? Je t'ai, non?

Danny prit ma main et la serra.

– Et si nous allions voir ce cimetière? dis-je.

N'importe quoi plutôt que de faire le tour de Fortyfoot House, avec ses angles déconcertants et l'impression singulière qu'elle vous donnait d'être non seulement ici mais ailleurs, en même temps, de même qu'un bâton semble se plier lorsque vous le plongez dans l'eau. Quel angle est réel? Quel monde est réel?

Nous traversâmes le jardin et descendîmes jusqu'au bord de l'eau. Au-dessous des ombres vertes des fougères en surplomb, le ruisseau était beaucoup plus vigoureux que je ne m'y étais attendu : vif, bruyant et très froid. Deux libellules voletaient ici et là. De grosses pierres moussues nous permirent de franchir le ruisseau sans encombre, et nous montâmes la petite colline jusqu'à l'enceinte du cimetière. Le vent apportait une odeur prononcée de serpolet et cela me rappela quelqu'un ou quelque chose que j'avais connu il y avait très longtemps. Une sensation étrange, difficile à cerner. Plus j'essayais de me remémorer qui ou ce que c'était, plus cela devenait insaisissable.

Danny escalada le mur croulant festonné de mousse mais je fis le tour et poussai la grille qui s'ouvrit en grinçant.

Les murs du cimetière abritaient du vent, et il faisait beaucoup plus chaud. Nous nous avançâmes côte à côte à travers l'herbe haute et desséchée; des papillons dansaient autour de nous; l'énorme cèdre craquait et gémissait de façon monotone. Il émanait de ce lieu une impression accablante de paix et d'intemporalité. Nous aurions pu nous promener par n'importe quel jour d'été, ou même au cours de plusieurs jours d'été, tous à la fois. Ici il n'y avait pas de calendrier. Le passé se trouvait ici, ainsi que le futur.

Nous arrivâmes devant la première sépulture, une pierre tombale blanche inclinée où était gravé le visage aveugle d'un ange. Gerald Williams, rappelé à Dieu le 7 novembre 1886, à l'âge de sept ans.

– Il n'était pas très vieux, hein? fit remarquer Danny, tendant la main et effleurant l'inscription du bout des doigts.

– Non. Le même âge que toi. Mais à cette époque les enfants mouraient de maladies dont ils ne meurent plus aujourd'hui. Comme les oreillons, la scarlatine, ou la coqueluche. On n'avait pas encore inventé les médicaments permettant de les guérir.

– Pauvre Gerald Williams, dit Danny, sincèrement ému.

Je passai mon bras autour de ses épaules et nous nous approchâmes de la pierre tombale d'à côté. Celle-là était en marbre, sculptée en forme de Bible ouverte. Susanna Gosling. Maintenant elle repose en paix. Morte le 11 novembre 1886, à l'âge de cinq ans.

– Encore un enfant, dit Danny.

– Il y a peut-être eu une épidémie, suggérai-je. Tu sais, c'est lorsque tous les habitants d'une ville ou d'un village tombent malades.

Nous continuâmes vers la tombe suivante, et la suivante. Un ange tenant un rameau d'olivier. Une grande croix celtique. Un simple rectangle. A nouveau, c'étaient des enfants. Henry Pierce, douze ans. Jocasta Warren, six ans. George Herbert, neuf ans.

En tout, tandis que nous parcourions le cimetière envahi par la végétation, nous trouvâmes soixante-sept tombes, et chacune était celle d'un enfant. Aucun âgé de moins de quatre ans; aucun âgé de plus de treize ans. Et tous étaient morts en l'espace de deux semaines, en novembre 1886.

Je fis halte à proximité du mur à demi effondré de la chapelle, sous la fenêtre gothique nue, et je jetai un regard à la ronde.

– Quelque chose de tout à fait étrange a dû se passer ici, pour que tous ces enfants soient morts en même temps.

– C'est certainement ce que tu as dit, acquiesça Danny d'un air sérieux. Une épidémie.

– Mais il n'y a pas du tout d'adultes. Pas un seul. Logiquement, si tous ces enfants sont morts d'une maladie, au moins un adulte aurait dû l'attraper.

– Peut-être y a-t-il eu un incendie, dit Danny. Il y a eu un incendie au cours du goûter d'anniversaire de Lawrence, une fois. Sa maman a apporté le gâteau avec des bougies et elle a mis le feu aux rideaux. Dans ce cas, cela aurait été tous des enfants.

– Tu as peut-être raison. Mais s'il y a eu effectivement un incendie, ou une catastrophe de ce genre, cela m'étonne que ce ne soit pas mentionné sur certaines des pierres tombales.

– Si je me faisais écraser par un bus, je ne voudrais pas que tu l'inscrives sur ma pierre tombale. Ci-gît Danny, écrasé par un bus.

– C'est différent.

– Non, c'est la même chose.

– Entendu, c'est la même chose. Allons visiter la chapelle.

– Je croyais que c'était une église.

– C'est exact, enfin, plus ou moins. Une chapelle est une petite église.

Les battants de la porte de la chapelle, dégradés par les intempéries et affaissés sur leurs gonds rouillés, se coinçaient l'un l'autre. Mais je donnai un coup d'épaule contre le battant de droite et parvins à le déplacer d'une vingtaine de centimètres, et Danny et moi nous faufilâmes par l'ouverture.

– Fais attention, n'accroche pas ton T-shirt à ce clou.

Il n'y avait pas de toit. Ce qui en subsistait était amoncelé autour de nos pieds, des centaines et des centaines d'ardoises fracassées, entre lesquelles poussaient de l'herbe, des pas-d'âne et des chardons. Les murs blanchis à la chaux étaient couturés d'humidité, et du lierre recouvrait la plus grande partie du mur ouest. Nous nous avançâmes jusqu'au maître-autel de grès, les ardoises craquant sous nos pas, puis nous regardâmes autour de nous. Cela n'avait plus rien d'un lieu saint maintenant; juste une chapelle en ruine, avec les oiseaux pour seuls fidèles et les gémissements du cèdre en guise de cantiques.

– C'est plutôt lugubre ici, déclara Danny.

– Oh, ne t'inquiète pas. Des ruines, c'est tout.

Nous retournâmes lentement vers la porte. A ce moment, Danny dit :

– Regarde. Des pieds.

– Des pieds? Mais qu'est-ce que tu racontes?

– Ici, regarde.

Il s'avança vers le mur ouest et montra du doigt la partie inférieure du lierre qui recouvrait la paroi. Effectivement : deux pieds nus et peints étaient visibles à cet endroit.

– C'est une peinture murale, expliquai-je. Probablement l'une des stations du chemin de croix.

– Qu'est-ce que c'est?

– Attends, je vais te montrer.

Je saisis le lierre à deux mains et tirai, l'arrachant petit à petit de la maçonnerie. Il fit un bruit comme si je déchirais de la toile de lin, et s'agrippait au mur avec autant de ténacité que s'il avait des doigts crochus. Mais je découvris peu à peu la peinture de jambes drapées dans une robe blanche, puis une main, puis une ceinture d'étoffe, puis une autre main.

– Et voilà! C'est sans doute Jésus, dis-je à Danny.

Puis j'imprimai une dernière traction en diagonale, et un énorme pan de lierre dégringola en frémissant, pour laisser apparaître une femme à l'air préraphaélite, avec des cheveux roussâtres en broussaille, un bandeau rouge, et un visage tout à fait extraordinaire. Les couleurs avaient été flétries en grande partie par les intempéries et par l'action desséchante du lierre; néanmoins, la jeune femme était toujours d'une beauté frappante, et la peinture était tellement vivante que j'eus presque l'impression qu'elle allait nous parler.

Ce qui me troublait, cependant, ce n'était pas tellement le réalisme de la peinture, mais ce qui était enroulé autour du cou de la femme. La peinture était tellement écaillée et décolorée à cet endroit que je crus tout d'abord que c'était une étole de vison foncée. Mais lorsque je regardai plus attentivement, je m'aperçus qu'il s'agissait d'un énorme rat, ou d'un animal qui ressemblait beaucoup à un rat. Il avait un visage blanc couvert de vermine, et des yeux bridés, mais son expression était infiniment plus humaine qu'animale. Une expression moqueuse, calculatrice, et sournoise.

– Ce n'est pas Jésus, trancha Danny.

– Non, pas du tout, même!

– Qui est-ce, alors?

– Sais pas. Je n'en ai pas la moindre idée.

– Quelle est cette horrible chose sur les épaules de la femme?

– Un rat, je pense.

– C'est dégoûtant.

– Tu as raison. Je vais cacher ça.

Je tirai sur le lierre pour recouvrir la peinture de nouveau, mais je l'avais arraché du mur, et il refusait maintenant de reprendre sa place. Finalement je fus contraint de laisser la peinture murale exposée aux regards – la jeune femme d'une beauté saisissante et le rat à l'expression fourbe. Pour quelque raison, je les trouvai tous les deux extrêmement déplaisants et inquiétants; la peinture semblait suggérer qu'il y avait une sorte de symbiose tacite entre eux et que la femme avait besoin du rat tout autant que le rat avait besoin de la femme.

– Bon, on s'en va maintenant? demanda Danny.

J'acquiesçai, mais je m'aperçus que j'avais du mal à détacher mes yeux de la jeune femme.

Danny partit devant moi et grimpa sur un monceau d'ardoises et de pierres afin de regarder par la fenêtre gothique vide.

– On aperçoit la mer d'ici, dit-il. Regarde... et voilà la porte au fond du jardin.

Je le rejoignis et posai mes coudes sur les pierres du rebord de la fenêtre. D'ici on avait une vue tout à fait ravissante – les arbres majestueux, les jardins, le sentier descendant vers la mer. De loin, les jardins paraissaient remarquablement bien tenus. Même les plants de fraisiers semblaient sarclés de façon irréprochable; des fraises d'un beau rouge luisaient à travers le treillis. La pièce d'eau scintillait dans le soleil du matin et réfléchissait les nuages qui passaient lentement dans le ciel.

– Il y a un bateau de pêche là-bas, dit Danny.

A travers le rideau de verdure, je distinguai sa voile triangulaire couleur de rouille tandis qu'il louvoyait lentement vers le rivage.

– Je t'emmènerai faire un tour en bateau, assurai-je. Si tu me promets d'apprendre à nager.

– Je prendrai ma bouée, suggéra Danny.

Je regardai de l'autre côté, vers Fortyfoot House. Son crépi semblait luire avec beaucoup plus d'éclat dans la lumière du soleil. Même ses fenêtres paraissaient lumineuses. Chose curieuse, on aurait dit qu'il y avait des rideaux à toutes les fenêtres; pourtant les seuls rideaux que j'avais accrochés jusqu'à présent étaient ceux de ma chambre et de la chambre de Danny.

Je fronçai les sourcils et plissai les yeux. Il y avait quelque chose qui clochait. D'ici, Fortyfoot House n'était pas la bâtisse délabrée, dégradée par les intempéries, que l'on m'avait chargé de restaurer. D'ici, les jardins n'avaient pas cet aspect de fouillis de végétation et de broussailles que j'étais chargé de désherber et de nettoyer. D'ici, Fortyfoot House semblait presque neuve, et les jardins étaient impeccables.

J'avais l'impression de regarder la vieille photographie de Fortyfoot House accrochée dans le vestibule... Fortyfoot House en 1888.

Parcouru d'un long et lent frisson d'appréhension, comme si de l'eau glacée me coulait au bas du dos, je regardai à nouveau vers les cottages en contrebas sur le front de mer. Ils ne semblaient pas présenter de différences notables, si ce n'est que je n'aperçus aucune antenne de télévision. En outre, je les voyais beaucoup plus nettement, parce qu'il y avait moins d'arbres et de haies.

Je baissai les yeux vers le cimetière. L'herbe était soigneusement fauchée, des corbeilles de géraniums en fleur brillaient au soleil. Et il n'y avait pas de pierres tombales. Pas une seule.

– Danny, dis-je en posant ma main sur son épaule, je crois qu'il est temps de partir.

– Je veux regarder le bateau de pêche jeter l'ancre.

– Eh bien, cours jusqu'à la plage et regarde!

Mais avant que je puisse descendre du monceau d'ardoises et de pierres, j'aperçus quelqu'un sortir par la porte de la cuisine de Fortyfoot House et se diriger vers le patio ensoleillé d'un air assuré et tranquille. C'était un homme en redingote noire et haut-de-forme noir. Il tenait les revers de son habit tout en marchant, et tournait la tête d'un côté et de l'autre comme s'il effectuait un tour d'inspection.

Il arriva au milieu de la pelouse et fit halte, les mains jointes derrière le dos; il savourait de toute évidence la brise de mer.

A ce moment, je vis autre chose bouger. Dans l'embrasure de l'une des fenêtres d'en haut, je vis le plus pâle et le plus fugace mouvement d'un visage. Je regardai à nouveau et, un instant, il me sembla reconnaître les traits de rongeur du rat qui était enroulé autour des épaules de la femme sur la peinture murale.

Puis cela disparut, et les fenêtres étaient sombres à nouveau.

– Hé! criai-je à l'adresse de l'homme sur la pelouse.

S'il était réel, s'il n'était pas une sorte d'hallucination, il serait à même de m'entendre.

– *Hé, vous là-bas!* criai-je à nouveau. *Oui, vous là-bas, sur la pelouse!*

– Qui est-ce? demanda Danny.

– Tu le vois, toi aussi?

– Bien sûr. Il porte un drôle de chapeau.

– Hé, vous! criai-je d'une voix forte, en lui faisant des signes.

L'homme se tourna et regarda vers la chapelle, une expression sombre et contrariée sur son visage. Il hésita un instant, comme s'il se demandait s'il devait venir jusqu'à la chapelle et nous parler. Puis il se retourna et commença à rebrousser chemin d'un pas rapide vers la maison.

– Hé! criai-je. Hé, attendez!

Mais l'homme ignora mes cris et continua de marcher vers la maison en de longues enjambées d'homme-ciseaux.

La porte s'ouvrit en coup de vent, il entra en courant – le grand homme-ciseaux aux longues jambes rouges!

– Viens, Danny! dis-je. Il faut que nous le rattrapions!

Nous traversâmes rapidement la chapelle et nous glissâmes par la porte entrebâillée. Une fois dehors, avec une soudaineté déconcertante, je m'aperçus que le cimetière était à nouveau envahi par les mauvaises herbes, et les pierres tombales avaient le même aspect qu'auparavant – inclinées, non entretenues, mais elles étaient là et réelles. Nous dévalâmes la pente verdoyante, franchîmes à nouveau le ruisseau, puis grimpâmes en haletant vers le jardin et la maison. Alors que nous traversions le patio, je vis que la porte de la cuisine était entrouverte. Pourtant j'étais certain de l'avoir fermée lorsque nous étions sortis.

Je fis signe à Danny de rester derrière moi, et je m'approchai de la porte de la cuisine aussi lentement et aussi silencieusement que possible. Je poussai le battant et ouvris la porte toute grande. Elle cogna contre le mur, vibra, puis s'immobilisa.

– Qui est là? appelai-je. Je vous préviens, ceci est une propriété privée!

Il n'y eut pas de réponse. Je sentais l'odeur de moisi émanant de la cuisine, les tuyaux d'écoulement bouchés et les placards restés fermés trop longtemps, le nettoyant sanitaire Domestos. Le soleil pénétrant par les fenêtres au châssis métallique divisait la cuisine en carrés.

Je marquai un temps et écoutai attentivement. Puis je lançai :

– Je sais que vous êtes là! Je veux que vous sortiez!

Tu veux vraiment qu'il sorte? Cet homme à la mine sévère coiffé d'un haut-de-forme?

– Ceci est une propriété privée, et je veux que vous sortiez, et que vous sortiez immédiatement!

– Papa, il y a quelqu'un dans la maison? demanda Danny.

– Je ne sais pas, répondis-je. Je n'entends personne, et toi?

Danny mit sa main en cornet, fronçant les sourcils.

– J'entends la mer, c'est tout.

Je fis deux ou trois pas à l'intérieur de la cuisine. De toutes les pièces d'une maison, la cuisine est toujours la plus vivante lorsqu'une famille y vit, et toujours la plus morte lorsque les gens sont partis. Des ustensiles de cuisine étaient suspendus à des crochets : une cuillère à trous, un presse-purée, une fourchette à long manche. L'émail sur les poignées était roussi et écaillé, la preuve qu'ils avaient été utilisés très souvent. Mais maintenant ils étaient froids, propres, non touchés. Les ustensiles du souvenir, et non les ustensiles de l'amour et du plaisir et du prochain dîner.

– S'il y a quelqu'un ici, vous feriez mieux de sortir, avertis-je. Je vais appeler la police et vous serez arrêté pour violation de domicile.

Il y eut un autre silence prolongé, puis j'entendis le bruit d'une course éperdue dans le vestibule, et celui de la porte d'entrée qui s'ouvrait. Sans la moindre hésitation (je devais être complètement cinglé) je traversai la cuisine en courant et ouvris violemment la porte donnant sur le vestibule, juste à temps pour entrevoir une forme noire se détachant sur la lumière du soleil : elle franchit la porte d'entrée et s'enfuit à toutes jambes sur l'allée de gravier.

Je me lançai à sa poursuite, mais, tandis que je courais, je compris que je ne poursuivais pas l'homme aux favoris et au chapeau tuyau de poêle, et le temps que j'atteigne la route menant au village de Bonchurch, je m'étais rendu compte que je courais après une jeune fille de petite taille aux cheveux blond cendré, en sweatshirt noir et short de toile; elle portait en bandoulière un sac marin bourré à craquer qui ballottait contre son épaule.

– Arrêtez-vous, dis-je à bout de souffle. Arrêtez-vous, bon sang! Je n'appellerai pas la police.

Elle cessa de courir et se pencha en avant, les mains appuyées sur les genoux, essayant de reprendre haleine.

– Je suis désolée, dit-elle d'une voix entrecoupée. J'étais persuadée que cette maison était inhabitée.

Nous nous tenions sur le bas-côté de la route dans l'ombre épaisse des ormes, tous deux le souffle court. Danny franchit la porte d'entrée de la maison et resta là à nous observer, dans la lumière du soleil.

– Je suis désolée, répéta la jeune fille. (De la main elle ramena ses cheveux en arrière et releva la tête.) J'étais vraiment persuadée que cette maison était inhabitée.

Je la regardai de haut en bas. Elle avait probablement dix-neuf ou vingt ans, pas beaucoup plus. Un visage ovale typiquement anglais et de très grands yeux, à mi-chemin entre le bleu et le violet. Elle portait ces bijoux en argent bon marché qu'affectionnent les étudiantes : des pendants d'oreilles et des bagues ornées de pierres semi-précieuses. Elle avait un accent cultivé, entaché de celui des comtés avoisinant Londres : Hampshire ou Mid-Sussex, aurais-je dit. Elle était très jolie, la fraîcheur de l'adolescence. Enfin, pour un homme de trente-trois ans, avec un fils de sept ans et un mariage en ruine. Elle était petite, aussi, ce à quoi je n'étais pas habitué : des formes pleines, sous ce sweatshirt noir Knebworth Rock Concert, mais pas plus d'un mètre soixante-deux.

– Que cherchiez-vous? lui demandai-je.

– Je ne cherchais rien du tout. Une amie à moi m'avait dit que la maison était inoccupée.

– Alors?

– Alors j'avais l'intention de squatter ici, pour l'été. Je n'ai pas les moyens de louer une chambre. Enfin, je pourrais en louer une, mais je serais complètement fauchée si je devais payer un loyer.

– Je comprends, dis-je en jetant un regard à la ronde. Dites-moi, est-ce que vous avez vu un homme dans la maison?

– Hein? Quel homme?

– Un homme est entré dans la maison. Il portait un genre de manteau noir et un haut-de-forme noir. Des vêtements plutôt démodés.

Elle renifla et secoua la tête.

– Non. Je n'ai vu personne comme ça.

– Eh bien, veuillez m'excuser de vous avoir poursuivie ainsi. J'ai vu un homme dans le jardin et je vous ai prise pour lui. Je suis censé m'occuper de cette maison, la restaurer.

– Oh, je vois, fit-elle.

– Il y a énormément de travaux à faire, lui dis-je.

– Mais c'est une ravissante vieille demeure, non? fit-elle remarquer.

J'acquiesçai de la tête, et haussai les épaules. En cet instant précis, j'ignorais ce que j'éprouvais à propos de Fortyfoot House. Après avoir rencontré cette *créature* dans le grenier, et avoir vu cet homme vêtu de noir dans le jardin, je n'étais pas du tout sûr d'avoir envie de rester.

La jeune fille récupéra son sac marin et le mit en bandoulière.

– Bon, je ferais mieux de partir.

– Où comptez-vous aller?

– Oh... il y a un atelier désaffecté à Ventnor, un atelier de tissage de la laine. Je vais toujours essayer là-bas.

– Écoutez..., dis-je, tandis que Danny remontait rapidement l'allée. Nous avions l'intention d'aller jusqu'au front de mer, pour prendre un verre. Ça vous dit de venir avec nous? Vous pouvez laisser votre sac ici.

– Ce serait génial, répondit-elle. Si votre femme n'y voit pas d'inconvénient.

– Nous sommes séparés. Maintenant c'est juste Danny et moi.

La jeune fille fit un grand sourire à Danny.

– Bonjour, Danny. Je suis Elizabeth. Tu peux m'appeler Liz mais pas Lizzie. Je déteste Lizzie.

– Bonjour, dit Danny en la regardant avec méfiance.

Parfois je me disais que si Danny avait eu des mitrailleuses à la place des yeux, toute fille à qui j'adressais la parole serait fauchée à la seconde où elle ouvrait la bouche. Sa maman avait fichu le camp, mais il continuait de la protéger farouchement.

– Elizabeth vient prendre un verre avec nous, lui dis-je. Tu veux une glace?

Danny acquiesça.

– J'ai trouvé un travail pour l'été, au Parc des Oiseaux Tropicaux, déclara Liz. Vous pourrez venir me voir là-bas. En fait, je peux avoir des entrées gratuites. Et... (à mon intention) appelez-moi Liz.

– Bon, d'accord, accepta Danny.

– Donnez-moi ça.

Je pris le sac de marin de Liz et nous retournâmes tous les trois vers la maison.

– Vous n'êtes pas une spécialiste des oiseaux, hein? lui demandai-je. Ornithologue, ou un truc de ce genre?

– Non, je suis étudiante. En troisième année à Essex, sciences humaines. De toute façon, je ne m'occupe pas des oiseaux. Je déteste les oiseaux. Je ne supporte pas leurs petits yeux en vrille. Je tiens le stand des hamburgers.

Nous pénétrâmes dans la maison. Danny courut devant nous et alla dans la cuisine.

– Vous avez choisi l'île de Wight pour une raison précise? demandai-je à Liz.

– Je ne sais pas. C'est une île, voilà tout. Les îles sont toujours différentes. Elles semblent coincées dans une distorsion temporelle, si vous voyez ce que je veux dire.

– Oui, dis-je. Je vois ce que vous voulez dire. (Pour quelque raison, elle me remontait le moral.) Vous pouvez laisser votre sac ici. Le café devrait être ouvert maintenant.

Elle regarda autour d'elle.

– Cela aurait été super de squatter ici. Le grand luxe, pour une fois.

Elle suivit Danny qui sortait vers le patio. Je restai dans la cuisine, les observant côte à côte dans la lumière du soleil. Danny dit quelques mots et Liz hocha la tête, puis elle entreprit de lui expliquer quelque chose, d'une manière tout à fait sérieuse; elle faisait un tas de gestes et Danny la regardait, tout aussi sérieux, et je compris qu'ils allaient très bien s'entendre. Liz était jeune, d'un abord facile, et Danny avait désespérément besoin d'une femme dans sa vie. Je n'entrais pas en ligne de compte. Tout ce qu'il me fallait, c'était un peu d'équilibre.

De l'endroit où je me tenais, j'apercevais la photographie de Fortyfoot House accrochée au mur dans le vestibule. J'hésitai un instant, puis j'allai dans le vestibule et l'examinai.

D'autres photographies et des tableaux étaient accrochés au mur. Il y avait une peinture à l'huile fuligineuse des montagnes du Cachemire, peinte de mémoire par un officier de l'armée britannique à la retraite – du moins, au dire de Mrs. Tennant – une gravure de Regent Street, à Londres, et une photographie de « Monsieur Denis Lithgow, le premier de nos garçons à s'envoler vers l'Égypte, arrivant à Alexandrie à bord d'un hydravion d'Imperial Airways ».

Et puis il y avait « Fortyfoot House, 1888 ». La même maison, le même homme se tenant dans le jardin, avec sa redingote noire et son chapeau tuyau de poêle noir. Je regardai la photographie avec attention, et cela ne faisait aucune doute : les jardins avaient exactement le même aspect qu'ils avaient eu par la fenêtre sans vitrail de la chapelle.

Si Danny n'avait pas vu cela, lui aussi, j'aurais facilement pu me convaincre que j'avais eu des hallucinations. La fatigue, la tension nerveuse; un changement de décor brutal. Mais Danny l'avait vu, lui aussi. Fortyfoot House, avec exactement le même aspect qu'un siècle plus tôt.

– Papa, tu viens? appela Danny.

Je jetai un dernier et long regard sur la photographie, puis je me dirigeai vers la cuisine. A ce moment, je fus certain d'entendre un grattement, comme si quelque chose courait le long du mur, derrière la plinthe. Je fis halte et écoutai attentivement.

– Alors, Papa? Arrive! insista Danny.

– Attends une seconde! lui lançai-je en retour, tout en écoutant.

Il était toujours dans la maison, quelque part. Je l'entendais, je percevais sa présence. Il courait derrière les plinthes, se faufilait dans des trous et des galeries. J'eus le terrible pressentiment qu'il considérait que cette maison lui appartenait, et que Danny et moi n'étions rien de plus que des intrus irritants.

J'eus également le terrible pressentiment qu'il ne s'agissait pas du tout d'un rat. C'était quelque chose de beaucoup, beaucoup plus terrifiant.

3

Le Café de la Plage

Nous passâmes par les jardins, à l'ombre des arbres, franchîmes un petit pont en bois qui enjambait le ruisseau, et sortîmes par la porte au fond de la propriété. Là, nous rejoignîmes le sentier courant au dos des cottages du front de mer. Toutes les portes étaient ouvertes et il nous était possible de voir l'intérieur des demeures. Chaque cottage était agrémenté de tables en chêne foncé, de chaises, de cuivres luisants et de nappes de lin soigneusement repassées et semblait être la caricature d'une maison bien tenue et confortable, au bord de la mer. Un matou rouquin bâillait, se prélassant parmi les pots de géraniums.

Après un dernier coude brusque – Danny gambadait devant nous et ses sandales claquaient sur le goudron rendu brûlant par le soleil – le sentier allait en descendant vers la mer. La plage était parsemée de rochers et jonchée de varech brun-verdâtre : pas très pratique si on voulait se baigner. Mais il y avait de nombreuses mares que Danny pourrait explorer à marée basse, et des quantités de petits crabes verts à attraper.

Nous marchâmes jusqu'au Café de la Plage et nous assîmes à une table dans le petit jardin entouré d'un muret de silex, sous un store à rayures rouge et vert. Une femme d'un certain âge en tablier blanc nous apporta deux pintes de bière blonde et un cornet de glace pour Danny.

– Les affaires ont été plutôt calmes jusqu'à présent, déclara-t-elle. Cela fait plaisir de voir de nouveaux visages.

– Je pense que, cette année, les amateurs de vacances à prix forfaitaires sont allés à Corfou, lui dis-je. Mais ne vous inquiétez pas, ils reviendront l'année prochaine, lorsqu'ils auront compris à quel point la nourriture est infecte. Souvlaki-frites, et verres d'ouzo à gogo.

– Combien de temps restez-vous? me demanda-t-elle.

– Tout l'été, répondis-je. Je fais des réparations, là-bas à Fortyfoot House.

– Fortyfoot House, vraiment? Ils n'ont pas l'intention de revenir vivre ici, dites, les Tennant?

– Non, non. Ils vont la mettre en vente.

– Eh bien... il serait temps que quelqu'un emménage là-bas. Mais pas moi, merci bien!

– Ah oui?

Elle secoua la tête.

– Je ne passe même pas à proximité de la propriété, après la tombée de la nuit.

Liz se mit à rire.

– Vous ne croyez tout de même pas aux fantômes?

– Non, certainement pas, répliqua la femme. Mais il y a des lumières et des bruits, et cela ne me plaît pas du tout.

– Quel genre de lumières et de bruits? lui demandai-je, intrigué.

Liz ne put s'empêcher d'éclater de rire.

– Allez, vous vous payez ma tête, grommela la femme.

– Pas du tout! lui dis-je. Veuillez excuser cette jeune personne, elle arrive tout droit de l'université d'Essex. Elle fait partie de ces intellectuels sceptiques par nature.

– Et vous, qu'est-ce que vous êtes? voulut savoir la femme.

Je n'avais pas l'habitude que quelqu'un me parle d'une manière aussi directe.

– Je suis un... je ne sais pas, un homme à tout faire, disons. Un peu de plâtre ici, un peu de peinture là. C'est tout.

– Et vous avez déjà passé une nuit à Fortyfoot House?

– Bien sûr, répondis-je, de plus en plus intrigué.

– Et vous n'avez pas entendu des bruits?

– Cela dépend de ce que vous voulez dire par bruits. Toute vieille maison a des bruits.

La femme secoua la tête.

– Aucune vieille maison – dans le monde entier – aucune vieille maison n'a des bruits comme Fortyfoot House.

– Bon, d'accord, reconnus-je. Il y a eu des bruits. Dans le grenier, principalement. Un robinet qui fuyait, des martinets, des écureuils.

– Vous êtes sûr? Pas d'autres bruits, comme si un rat grattait le plancher et allait et venait dans le grenier? Des bruits que vous êtes incapable d'expliquer?

La femme me regardait fixement à travers les verres de ses lunettes à double foyer, et ses yeux donnaient l'impression de flotter dans des bocaux à poissons rouges. Il était clair qu'elle essayait insidieusement de me pousser à bout.

– Non. En fait, ces bruits n'étaient pas du tout effrayants. Je pense qu'il y a un malentendu.

– Oh, fit la femme. Vous avez vu des lumières, alors?

– Pas de lumières. Juste des bruits.

– A quoi ressemblaient ces bruits? insista-t-elle.

– Des bruits produits par des animaux, je ne sais pas. Des rats ou des écureuils.

Elle me regarda attentivement.

– Vous n'avez pas entendu quelqu'un pleurer ou crier?

Je fus atterré.

– Bien sûr que non! Qu'allez-vous chercher?

Liz intervint, faisant semblant d'être terrifiée :

– Oh, taisez-vous! Vous me donnez le frisson!

– Et vous affirmez que vous n'avez pas vu de lumières? demanda la femme, ignorant Liz complètement.

Je secouai la tête.

– Ah, fit-elle. Votre tour viendra peut-être.

Elle prit des verres sur la table voisine et s'apprêtait à regagner sa cuisine, mais je dis :

– Hé, ne partez pas!

– Oui? me demanda-t-elle.

Un visage fin, marqué par les années, sur la défensive.

– Allons, parlez-moi de ces pleurs et de ces cris, dis-je.

Elle eut un instant d'hésitation, puis secoua la tête.

– Bah, des idées bizarres à moi, déclara-t-elle.

– Je vous en prie, insistai-je.

Mais à nouveau elle secoua la tête et je compris qu'elle n'en dirait pas davantage.

– C'est plutôt étrange, non? dit Liz, serrant sa chope entre ses doigts pâles ornés de bagues en argent.

– Si vous voulez mon avis, elle fait ça pour amuser les touristes, affirmai-je. Tout le monde adore les histoires de fantômes.

– Mais vous avez entendu des bruits?

J'acquiesçai de la tête.

– Oui, j'ai entendu des bruits. J'ai même vu quelque chose. Un écureuil, probablement, ou un rat. Je vais chercher le numéro de la municipalité de l'île de Wight dans l'annuaire, lorsque je rentrerai, pour leur demander de m'envoyer quelqu'un.

Dans la lumière éclatante du matin, la créature qui m'avait frôlé dans le grenier semblait beaucoup moins effrayante. Cela s'était passé dans l'obscurité complète, après tout. J'aurais pu toucher un manteau de fourrure, ou un rideau, et le résultat aurait été le même. La panique vous fait imaginer toutes sortes de choses horribles.

Je ne m'expliquais toujours pas la vue de Fortyfoot House telle qu'elle m'était apparue par la fenêtre de la chapelle, mais je commençais fortement à suspecter qu'il s'agissait d'une sorte d'illusion, due à la fatigue et à la tension nerveuse. Liz était sortie dans le jardin, et j'avais aussitôt présumé que c'était l'homme de la photographie. Je m'imaginais des choses et je faisais des conclusions hâtives.

J'allai dans la salle pour payer. La vieille femme était assise à l'une des tables au plateau en formica. Elle comptait des pièces de cinq pence et de dix pence. Je me tins à côté d'elle et attendis qu'elle eut fini. Sur le mur il y avait un carrelet en plâtre aux couleurs vives, et une ardoise où l'on avait écrit : « Poisson frit avec des frites ».

– Vous avez vraiment vu des lumières? lui demandai-je.

Elle leva les yeux. Une vue incurvée de la plage se reflétait dans les verres de ses lunettes.

– Oui, je les ai vues, répondit-elle. Des lumières, et j'ai entendu des bruits. Pour rien au monde je ne passerais à proximité de cette maison, la nuit.

– Eh bien, Mrs...? commençai-je.

– Kemble, dit-elle. Mais vous pouvez m'appeler Doris, si vous voulez. Tout le monde le fait. Mon prénom c'est Dorothy, mais tout le monde m'appelle Doris.

– Entendu, Doris. Moi, c'est David.

– Enchantée, dit-elle, tout en faisant des piles d'une livre avec les pièces.

– Parlez-moi de Fortyfoot House, lui demandai-je.

Elle pinça les lèvres.

– Si vous séjournez là-bas, il vaut mieux que vous ne sachiez rien.

– Ce n'est pas dangereux, au moins?

– Tout dépend de ce que vous entendez par « dangereux », dirai-je.

– Doris... j'ai entendu des bruits dans le grenier. J'ai vu un... *quelque chose* dans le grenier. Je pense que c'était un rat. J'espère que c'était un rat. Mais il y a autre chose.

Elle perçut la gravité dans ma voix et leva les yeux.

– Ce matin, j'ai vu un homme dans le jardin.

– Vraiment? Quelle homme? Ce n'était pas Mr. Brough, des fois? Il vient de temps en temps nettoyer la pièce d'eau.

– Comment est-il?

– Oh... soixante-cinq, soixante-dix ans; d'habitude il porte un chapeau d'été mou et un short kaki.

– Non, ce n'était pas lui. Cet homme-là était beaucoup plus jeune, et il était vêtu de noir, avec un chapeau tuyau de poêle. Ce qui est curieux, c'est qu'il y a une vieille photographie de Fortyfoot House accrochée dans le vestibule, et sur cette photographie il y a un homme qui ressemble beaucoup à l'homme que j'ai vu aujourd'hui.

– Le jeune Mr. Billings, dit la femme d'un ton catégorique.

– Vous le connaissez? demandai-je avec stupeur.

– Oui, et non. J'ai entendu parler de lui. Mais on ne peut pas dire que je le connais. C'est plutôt difficile de connaître quelqu'un qui est mort alors que vous n'étiez même pas née. Mais c'était le jeune Mr. Billings, pas de doute.

A ce moment, Liz entra dans la salle. A contre-jour, elle paraissait encore plus petite et plus jolie que jamais.

– Danny dit qu'il boirait bien un jus de fruit, me dit-elle.

– Nous allons rentrer. Il aura un verre de jus d'orange lorsque nous serons à la maison.

– On dirait que vous avez perdu quelque chose, fit observer Liz.

– La boule, probablement. Doris pense que l'homme que j'ai vu dans le jardin ce matin était un certain Billings, qui est mort alors qu'elle n'était même pas née.

– Quoi? gloussa Liz.

Puis, à l'adresse de Doris :

– Vous avez dit que vous ne croyez pas aux fantômes, il me semble.

– Ce n'était pas Mr. Brough, soutint Doris.

– Mr. Brough vient nettoyer la pièce d'eau de temps à autre, expliquai-je à Liz.

– C'était le jeune Mr. Billings, répéta Doris. (Elle se leva, prit un plateau sur lequel étaient disposées des salières, et commença à les répartir bruyamment sur les tables.) Il y avait le vieux Mr. Billings et le jeune Mr. Billings. Celui que vous avez vu c'était le jeune Mr. Billings.

– Mais qui sont-ils? demandai-je. Ou plutôt, qui étaient-ils?

Doris posa le dernier des récipients, et entreprit d'aller et venir entre les tables avec une corbeille en plastique remplie de couverts en acier inoxydable.

– Le vieux Mr. Billings a ouvert Fortyfoot House, et lorsqu'il est mort le jeune Mr. Billings a pris la suite. C'est ce que ma mère m'a toujours dit. Ma mère était femme de ménage là-bas; c'était longtemps après le décès du jeune Mr. Billings, bien sûr. Mais à cette époque il y avait encore un tas de gens qui savaient ce qui s'était passé. Il y a eu un article sur Fortyfoot House dans le journal, il n'y a pas très longtemps. Le vieux Mr. Billings et le jeune Mr. Billings. Mais c'est le jeune Mr. Billings qui a causé tous ces ennuis.

– Quels ennuis? voulus-je savoir.

Danny entra et dit :

– Papa... je peux aller sur la plage?

– Finis ta glace d'abord. Et enlève tes chaussettes. Je me demande pourquoi tu mets des chaussettes, soit dit en passant.

– Maman a dit que je devais mettre des chaussettes pour que mes pieds ne sentent pas mauvais. Si je mets juste des sandales, mes pieds sentent mauvais.

– C'est bon, soupirai-je. Mais enlève-les avant de marcher dans l'eau, tu as compris?

Doris se tenait près de notre table. Tout en parlant, elle tournait et tournait son alliance autour de son doigt, comme si c'était un chapelet et qu'elle récitait ses prières. Le vent soufflait, chaud et piquant, depuis la plage jonchée de varech. Le soleil étincelait dans les mares entre les rochers, semblables à des pots remplis de miroirs brisés.

– Le vieux Mr. Billings avait fait fortune dans le commerce

du sucre, il me semble. C'était un ami du Dr Barnardo, à l'époque où le Dr Barnardo travaillait encore à l'hôpital de Londres. Lorsque le Dr Barnardo ouvrit ses premiers foyers pour jeunes garçons sans abri, le vieux Mr. Billings trouva que c'était une idée tellement merveilleuse qu'il fit construire Fortyfoot House. C'était un orphelinat – afin que les enfants pauvres de l'East End londonien puissent venir ici et vivre au bord de la mer.

– Maintenant que vous en parlez, il me semble avoir lu quelque chose à ce sujet, l'interrompis-je. Est-ce qu'on n'appelait pas cet endroit le Billings Home, au début?

– C'est exact. Et c'était bien trouvé [1]. Même la reine Victoria est venue le visiter. Mais deux ou trois ans plus tard, le vieux Mr. Billings est mort, ou a été assassiné, personne ne l'a jamais vraiment su. D'après les on-dit, il lui est arrivé quelque chose de tout à fait horrible. Le jeune Mr. Billings a repris la direction de l'orphelinat, et ensuite plus rien n'a été pareil. Il y avait des allées et venues de gens très bizarres, notamment un individu qui venait fréquemment à Fortyfoot House. Son visage était couvert de pustules marron, et personne ne pouvait supporter de le regarder. C'est ce que ma mère me disait. Elle me terrifiait avec ses histoires, lorsque j'étais petite!

» Et puis, une année – j'ignore quelle année c'était – tous les enfants de l'orphelinat sont morts, en l'espace de deux ou trois semaines, personne n'a jamais découvert pourquoi. On raconte qu'une nuit il y a eu toutes sortes de bruits et de lumières étranges là-bas, et que des gens criaient avec des voix terriblement fortes que personne ne comprenait.

» Le lendemain matin, le jeune Mr. Billings a été trouvé dans un état effroyable, fou à lier, c'est ce qu'on a dit. Il délirait complètement. Il a dit qu'il était allé dans un autre monde et qu'il avait vu des choses terrifiantes, comme jamais un être humain n'en avait vu auparavant. Son état s'est aggravé, il est devenu de plus en plus fou. Trois ans plus tard, il a été interné à Newport mais il s'est pendu dans sa cellule, et c'était terminé pour lui.

» Mais depuis lors, tous les gens qui ont vécu à Fortyfoot

1. Allusion à Billingsgate, le marché au poisson de Londres; en argot : le langage des halles, des poissardes; Billings Home pourrait se traduire par : le Foyer des enfants pauvres. *(N.d.T.)*

House se sont plaints des bruits et des lumières. Je les ai vues de mes propres yeux, et je sais pourquoi les Tennant ont déménagé.

Je lançai à Liz un regard entendu. Cette histoire ressemblait de plus en plus au *Dit du Vieux Marin*, de minute en minute. C'était parfait pour le tourisme. Parfait pour une soirée d'été, lorsque les ombres commencent à s'allonger. Mais cela me rassurait : s'il y avait vraiment quelque chose de bizarre à propos de Fortyfoot House, c'était son atmosphère prenante, l'impression qu'elle vous donnait d'être reliée au passé, son abandon. Tant pis pour les fantômes, ou les lumières, ou les « choses terrifiantes, comme jamais un être humain n'en avait vu auparavant ».

Je donnai à Doris un billet de cinq livres et lui dis de garder la monnaie.

Alors que nous sortions du Café de la Plage, elle vint jusqu'à l'entrée du petit jardin et dit :

– Vous feriez mieux d'ouvrir l'œil et d'être sur vos gardes, vous savez. Et si jamais vous voyez une lumière vive, je prendrais les jambes à mon cou, si j'étais vous.

– Merci pour le conseil, lui dis-je, et je pris la main de Liz.

Nous remontâmes le sentier escarpé jusqu'à l'entrée au fond de la propriété. Il faisait très chaud maintenant, et il y avait dans l'air une forte odeur de goudron en train de fondre et d'orties. Nous marchâmes sous les arbres, traversâmes le petit pont, et nous dirigeâmes vers la maison. Elle paraissait plus étrange que jamais dans l'air surchauffé, comme si elle n'avait pas plus de substance qu'un tableau éclairé par de puissants spots.

Liz s'arrêta comme nous nous avancions dans le jardin, et mit sa main en visière.

– Est-ce que vous prenez des pensionnaires ? demanda-t-elle.

– Je ne sais pas. Je ne sais pas si j'en ai le droit.

– Non, non. Je ne demandais pas ça pour moi. Mais je viens de voir quelqu'un qui regardait par l'une des fenêtres du haut.

Je m'immobilisai et mis ma main en visière à mon tour. Autant que je puisse voir, toutes les fenêtres étaient sombres et vides.

– Quelle fenêtre ? lui demandai-je.

– Là-bas... la fenêtre là-bas, juste sous le toit.
– Et comment était-il?
– Je ne sais pas. Pâle, je suppose.
– Pâle?
– Eh bien, blanc. Vraiment blanc. C'était peut-être un reflet lumineux. (Elle regarda autour d'elle.) Sans doute une mouette, vous savez?

Nous arrivâmes devant la maison. Liz me tendit la main et déclara :

– Bon, voilà. Merci pour la bière, et pour l'histoire de fantômes. Je ferais mieux d'y aller maintenant, avant que quelqu'un d'autre me pique mon squat.

J'essuyai la sueur sur mon front avec le dos de ma main.

– Vous pourriez toujours dormir ici, je pense.

Elle secoua la tête.

– Vous avez vos problèmes. Vous n'avez pas besoin des miens, en plus.
– Je ne sais pas. Je ne dirais pas non à un peu de compagnie.

Liz haussa les épaules.

– A vrai dire, je ne cherche pas de relation avec qui que ce soit. Pas pour le moment.
– Je comprends. Moi non plus, je vous avoue. Ce serait strictement sans condition aucune. Juste vous et moi et Danny et le jeune Mr. Billings.
– Oh, ne dites pas ça! fit-elle en frissonnant. (Puis elle sourit :) Bon, j'accepte, ce serait sympa. Sans condition aucune. Mais je peux faire la cuisine. Si vous achetez les ingrédients, cela ne m'ennuie pas du tout de faire la cuisine. Attendez un peu d'avoir goûté à mon chili.
– Ma foi, ça me changerait. Depuis que Janie et moi nous sommes séparés, je me nourris exclusivement de plats indiens à emporter. Même mes meilleurs amis m'appellent le fils du Sikh.

Danny sortit de la maison en courant. Il actionnait frénétiquement un fouet à œufs. C'était soit un canot automobile à hélice double soit un pistolet laser à canon double.

– Danny, lui demandai-je, que dirais-tu si Liz venait habiter avec nous? Ça t'ennuierait?

Danny cessa d'actionner le fouet à œufs. Il y réfléchit, puis il dit : « D'accord », et s'éloigna en courant.

Je pris Liz par le coude et l'emmenai à l'intérieur de la maison.

– Bon, il vous faut une chambre.

Nous montâmes l'escalier et nous avançâmes dans le couloir. Il y avait sept chambres à coucher inoccupées, mais seulement trois d'entre elles avaient des lits, et seulement deux des lits avaient un matelas. Liz les essaya, puis décida de prendre la chambre en face de la mienne. C'était le seul mobilier, à part une table de nuit bon marché et un fauteuil Parker-Knoll plutôt crasseux, mais cela ne semblait pas la déranger. Je suppose que tout valait mieux qu'un atelier abandonné.

– Nous pourrons l'aménager, la repeindre, et trouver des rideaux, dis-je. Tenez, regardez... vous avez une très jolie vue de la façade et de l'allée.

Elle laissa tomber son sac marin sur le lit.

– C'est super. Je pourrais mettre des posters.

Nous rebroussâmes chemin dans le couloir.

– Vous n'êtes pas obligé de faire tout ça pour moi, vous savez, dit-elle en me regardant par-dessus son épaule. Et si jamais vous en avez assez de moi, inutile de souffrir en silence. Dites simplement « dehors », et « adieu », ou même « foutez le camp ». Cela m'est égal.

Elle commença à descendre l'escalier, tout en parlant. Et, alors que je passais devant la petite porte du grenier, je fus certain d'entendre un bruit, un grattement, comme si un animal de bonne taille s'était tenu de l'autre côté de la porte mais, nous entendant approcher, avait remonté l'escalier rapidement et silencieusement pour se réfugier dans le grenier. Dans l'obscurité complète. Où il attendait, où il écoutait.

J'hésitai un instant sur le palier, ma main posée sur le pilastre de la rampe d'escalier. Ce bruit m'avait donné un frisson glacé de dégoût, un dégoût irrationnel mais terrifiant. Cela me faisait penser aux rats que j'avais aperçus dans les égouts d'Islington, mais à un rat beaucoup plus gros, et si c'était possible, encore plus *immonde*.

Liz s'arrêta à mi-hauteur de l'escalier et leva les yeux vers moi.

– Quelque chose ne va pas? me demanda-t-elle. Vous avez l'air préoccupé, tout d'un coup.

– Je crois que j'ai besoin d'un autre verre, répondis-je.

Puis je descendis vite l'escalier pour aller dans la cuisine.

4

Le chasseur de rats

Liz et Danny allèrent faire des courses avant le déjeuner, pour acheter du pain, du jambon et des tomates. Après leur départ, je m'installai dans l'immense salon vide, dans la lumière du soleil poussiéreuse, et appelai la municipalité de l'île de Wight.

– J'ai un rat dans ma maison. Ou il s'agit peut-être d'écureuils. Mais on dirait plutôt un rat.

– Ma foi... je regrette. Nous ne nous occupons plus des rongeurs. Les réductions budgétaires, vous comprenez. Vous serez obligé de faire appel à quelqu'un, à vos frais.

– Pouvez-vous me recommander quelqu'un?

– A proximité de Bonchurch? Vous pourriez demander à Harry Martin. Il vit à Shanklin Old Village, ce n'est pas très loin.

– Vous n'auriez pas son numéro de téléphone, par hasard?

– Non... en fait, je ne pense pas qu'il ait le téléphone.

Liz nous prépara un pique-nique – sandwiches au jambon et au cheddar – que nous mangeâmes sur la pelouse sous un ciel rendu brumeux par la chaleur. Liz se chargea de la plus grande partie de la conversation : elle parlait franchement, sans détours, et elle était très drôle. Elle voulait obtenir un poste dans le gouvernement local. Elle n'était pas marxiste-léniniste, mais elle n'était pas non plus Margaret Thatcher n° 2. Elle estimait qu'elle pouvait changer les choses.

– Je le pense sincèrement, dit-elle d'un ton enthousiaste.

Et je me dis, oh, mais comment donc! Cyniquement, peut-être, mais pas méchamment. Tous ceux de ton âge pensent qu'ils peuvent changer le monde.

– Je veux juste être un génie, c'est tout, déclara Liz. Un génie célèbre. Je veux passer à la télévision et parler avec un faux accent allemand de la condition sociale.

– Et quelle est la condition sociale?

Elle se tourna de côté sur le vieux rideau marron que j'avais apporté pour nous servir de couverture de pique-nique, et elle but au goulot une lampée de Fracasti.

– La condition sociale est la suivante : les hommes traitent les femmes comme des déesses jusqu'à ce qu'ils leur mettent le grappin dessus. Ensuite ils les exploitent, abusent d'elles, les battent et les traitent de tous les noms. Et plus ils les exploitent, abusent d'elles, les battent et les injurient, plus les femmes aiment ça.

– Vous aimez ça? lui demandai-je.

– Non. Jamais de la vie. Mais personne ne m'a encore mis le grappin dessus.

– Tous les hommes ne sont pas des brutes qui battent leur épouse, vous savez.

– Ceux qui en valent le coup le sont. C'est toute l'ironie de la chose.

Je me mis sur mon séant et observai Danny qui jouait près de la pièce d'eau.

– Fais attention, Danny! Ce bassin est plus profond qu'il n'y paraît!

– Vous l'adorez vraiment, hein? me demanda Liz, fermant un œil à cause du soleil.

– Bien sûr!

– Mais vous n'aimez plus sa mère?

– En un sens, je l'aime toujours. Mais à quoi bon? Elle vit à Durham avec un enfoiré de barbu, un certain Raymond.

Liz acquiesça de la tête.

– Je vois ce que vous voulez dire. J'ai connu un type qui s'appelait Raymond, autrefois. Il était pas croyable! Au lycée, il donnait tout son argent à l'Armée du Salut, et ensuite il allait voir les copains pour quémander un sandwich. Il se prenait pour un saint.

– Peut-être était-il un saint.

Liz éclata de rire.

– Un drôle de saint! Après avoir arrêté ses études, il s'est fait prendre par la police sur le toit d'un entrepôt à South Croydon : il fauchait des téléviseurs.

Je finis mon sandwich, pris la bouteille de Frascati, et bus une longue gorgée de vin frais.

– Il faut que j'aille à Shanklin Village cet après-midi, pour voir un chasseur de rats. De nos jours, on dit une « entreprise de dératisation ».

– Je peux venir avec vous?

– Je préférerais que vous veilliez sur Danny. Ça ne vous ennuie pas, au moins?

Liz sourit et secoua la tête.

– Ce sera avec plaisir. Ce gosse est vraiment adorable. Il m'a demandé si je vous aimais. Je pense que nous allons nous entendre.

– Est-ce que vous avez des frères ou des sœurs?

Son sourire disparut, et elle ramena ses cheveux en arrière.

– J'avais un frère cadet, Marty. Mais nous avons eu un incendie. Vous savez, l'un de ces vieux poêles à pétrole. Le poêle a basculé, et mon frère a été mortellement brûlé. Il avait seulement quatre ans. Ma mère et mon père ont failli devenir fous.

– Je suis désolé, dis-je, aussi gentiment que je le pouvais.

Elle fit la moue.

– C'est la vie, comme on dit.

– Que pensez-vous de l'histoire de Doris? demandai-je.

– Concernant le vieux Mr. Billings et le jeune Mr. Billings? J'ai trouvé ça super. Mais il y a toujours des histoires de ce genre à propos de maisons inhabitées. Il y avait une maison comme ça, au bas de notre rue, « Les Lauriers ». La vieille femme qui habitait là est morte d'un cancer, et nous, les gosses du quartier, nous étions persuadés qu'on voyait toujours son visage collé à la vitre de l'une des fenêtres du haut, un visage très pâle, avec des cheveux blancs, et qu'elle continuait de crier aux enfants de déguerpir de son jardin, exactement ce qu'elle faisait de son vivant. Seulement, on ne l'entendait pas, derrière la fenêtre. Nous nous faisions une peur bleue en nous racontant ça.

– J'ai vu quelqu'un ce matin, dis-je. Je regardais par la fenêtre de la chapelle, là-bas, et j'ai vu quelqu'un qui se tenait juste ici, au milieu de la pelouse.

Liz ferma les yeux.

– Allons, David, cela aurait pu être n'importe qui.

C'était bon d'entendre mon prénom prononcé par les lèvres de quelqu'un d'autre. C'est le seul luxe qui vous manque vraiment lorsque vous êtes seul. Danny m'appelait toujours « Papa » et « Papa » c'était parfait. Mais je préférais nettement Liz m'appelant « David ».

– Je ferais mieux d'y aller, lui dis-je. Merci pour les sandwiches.

Elle s'allongea sur le vieux rideau marron et me regarda, paupières mi-closes.

– Ce fut un réel plaisir, *monsieur* [1] Que désirez-vous pour le dîner ?

– Ce fameux chili dont vous avez parlé ?

– Entendu. Pouvez-vous m'acheter une boîte de haricots rouges, un peu de cumin, et du piment en poudre ?

– C'est tout ? Avec de la viande, ce serait meilleur, non ?

Elle éclata de rire et – en y repensant – je crois que ce fut à ce moment, lorsqu'elle éclata de rire, que je commençai à me détacher de Janie. Je commençai à comprendre qu'il y avait d'autres femmes de par le monde. Pas nécessairement Liz, mais d'autres femmes qui pouvaient rire et être adorables ; et peut-être s'occuper de Danny, également.

– De la viande hachée, dit-elle. Pas trop grasse.

Je la quittai et me dirigeai vers la maison. A cet instant, je me rendis compte qu'il y avait une forme pâle à l'une des fenêtres du haut ; une forme pâle qui m'observait.

Je me forçai à ne pas lever la tête pour regarder dans sa direction. Ce qu'il fallait à Fortyfoot House c'était une bonne dose de scepticisme – je devais faire preuve de bon sens et refuser catégoriquement d'admettre que des hommes en redingote et chapeau tuyau de poêle pouvaient revenir cent ans après leur mort, que des créatures velues et gloussantes pouvaient détaler dans son grenier, ou que des visages blêmes pouvaient lorgner par ses fenêtres.

En ce qui me concernait, Fortyfoot House n'était qu'un mélange de regrets, de souvenirs et d'hallucinations. Sans doute pas le genre d'endroit où j'aurais dû me trouver, eu égard à ma rupture avec Janie, et à ma nature plutôt instable. Mais ce n'était pas une maison maléfique ou hantée. Je ne croyais pas au « mal », que le diable m'emporte ! et je ne croyais pas aux

1. En français dans le texte. *(N.d.T.)*

revenants. J'avais vu mon père dans son cercueil disparaître entre les rideaux de peluche rouge du crématorium Worthing aux accents d'un cantique, et j'avais eu beau prier Dieu pour qu'il revienne à la vie, je ne l'avais jamais revu depuis lors. Je ne l'avais pas croisé dans un couloir de la bibliothèque municipale de Brighton, et je ne l'avais pas aperçu promener son bull-terrier sur la plage, comme il avait l'habitude de le faire. *Quod erat demonstrandum*, du moins pour moi.

Mais tandis que je montais les marches du patio (sous un soleil de western-spaghetti) je levai les yeux à nouveau et la chose au visage blême était toujours là – que ce soit un reflet lumineux ou un rideau ou le coin d'un miroir ou bien... et merde!

Je pénétrai dans la maison et récupérai mon portefeuille et mes clés de voiture. Mais j'avais l'impression d'être un intrus. Un cambrioleur, quasiment. Mes pas semblaient anormalement sonores et hésitants. *Fortyfoot House était la maison de quelqu'un d'autre. Pas la mienne, pas celle de Danny; pas même celle des Tennant.*

Je jetai un regard à la ronde, sentant l'odeur de la poussière, de l'humidité, et des champignons dans la cave.

– Ohé? appelai-je. Puis, plus fort : – Ohé?

Il n'y eut pas de réponse. Et je récitai cette petite prière que ma maîtresse de l'école du dimanche m'avait apprise, Miss Harpole, avec son chignon à la Olive et ses lunettes aux verres épais.

Jésus, préserve-moi des dents
Des créatures qui viennent d'En-Bas.
Jésus, protège-moi lorsque je dors
Des créatures sans forme, surgies de l'Abîme.

Il y avait d'autres strophes, mais je ne m'en souvenais pas, ou je n'avais jamais eu envie de m'en souvenir. Pour être franc, cette prière m'avait toujours flanqué une trouille monstre. Comme tous les enfants âgés de cinq ans, je faisais des cauchemars terrifiants, et je n'avais vraiment pas besoin qu'une bonne femme au teint bilieux me dise que je pouvais être déchiqueté par des ombres qui se cachaient sous mon lit.

Je sortis de la maison, sans refermer la porte derrière moi. J'eus la certitude d'entendre un crissement aigu de verre, à l'une des fenêtres du haut, mais je continuai de marcher vers ma voiture et refusai de me retourner pour regarder.

Je tournai la clé de contact. Mon Audi gris métallisé était vieille de onze ans et le moteur hennissait toujours comme un cheval avant de consentir à démarrer. Je levai les yeux vers la maison avant de desserrer le frein à main. Hé, foutrement courageux de ma part! Mais je ne vis que des fenêtres sombres et des avant-toits aux angles bizarres. J'attendis encore un moment, puis j'emballai le moteur pour remonter l'allée de gravier qui menait à la route.

Je mis la radio tandis que j'empruntais les petits chemins étroits et ombragés qui conduisaient à Shanklin Village. Cat Stevens chantait *I'm Being Followed By A Moonshadow*, et je gueulai à tue-tête, « Moonshadow... moonshadow! » Le soleil scintillait et tremblotait à travers les frondaisons.

Le chasseur de rats demeurait dans un petit cottage aux murs blanchis à la chaux tout à fait éblouissants, à l'entrée de Shanklin Old Village, entouré d'un jardin rempli de chrysanthèmes rouges et jaunes et de géraniums fluorescents, et surpeuplé d'écureuils en ciment vernis en marron et aux yeux en verre ambrés, de lutins en ciment, de chats en ciment, d'un moulin à vent miniature, d'un puits aux souhaits miniature, d'un château miniature, et d'un épagneul en ciment.

Son épouse était assise dans une chaise longue sur la véranda; elle tricotait un truc informe et marron. Une grosse femme avec des bigoudis en plastique rose et une robe de percale ornée d'une quantité incroyable d'ancres de navire. Sur les dalles à côté de sa chaise longue, une tasse de thé vide et une assiette remplie de petits sablés. Je me dirigeai vers l'entrée du jardin et le jardin était si petit que j'aurais pu me pencher pardessus la barrière et lui arracher son tricot des mains. Mais elle leva les yeux et dit, « Oui? » comme si elle ne m'avait pas vu arriver.

– Je cherche Harry Martin.

– Oh oui? Et qui désire le voir?

– La municipalité m'a dit qu'il chassait toujours les rats.

– Ils ont dit ça? Eh bien, il a pris sa retraite maintenant.

– Est-ce qu'il est là?

– Il roupille.

– Je vous demande pardon?

– Sa sieste de l'après-midi. Il a soixante-sept ans. Il en a besoin.

– Oh, bien sûr. Est-ce que je dois revenir plus tard?

Mais je fus immédiatement interrompu par l'apparition sur le seuil de la maison d'un homme de forte carrure aux cheveux blancs, rentrant les pans de sa chemise dans un ample pantalon marron. Son visage était un chaos de veinules éclatées, et son nez était tordu comme si on l'avait appuyé contre la vitre d'une fenêtre lorsque le vent avait tourné.

Harry Martin, en chair et en os.

– J'ai entendu que vous vouliez me voir, déclara-t-il. Bien obligé, la fenêtre de ma chambre se trouve juste au-dessus.

– Je suis désolé, dis-je. Je ne voulais pas vous importuner.

Il ouvrit la barrière.

– Entrez, entrez. Cela n'a aucune importance.

Mrs. Martin changea de place pour nous laisser passer, et Harry Martin me conduisit vers le séjour. La pièce était minuscule de façon chronique : papier tontisse, fauteuils recouverts de tapisserie, et un buffet encombré d'engoulevents en laiton et de ballerines en porcelaine. Un énorme téléviseur remplissait tout un mur; sa console contemporaine des années soixante était bourrée de vieux numéros du *TV Times*.

– Asseyez-vous, me dit-il, et j'obtempérai.

– J'ai des rats chez moi, expliquai-je. Ou plutôt, *un* rat. Et un gros.

– Hmmm, fit-il. Je suppose que c'est la municipalité qui vous a dit de vous adresser à moi?

– C'est exact.

– Ils ne m'employaient plus à plein temps; n'en avaient plus les moyens. A cause de cette foutue poll tax, vous savez. Je leur ai dit que je laissais tomber, fini de chasser des rats, mais ils continuent de m'envoyer des gens. Je fais un peu de jardinage ces derniers temps, c'est un travail plus régulier.

– Je vous paierai, rassurez-vous, lui dis-je.

– Douze livres cinquante. C'est ce que je demande. Plus les frais pour les réparations éventuelles, s'il faut changer un tuyau d'écoulement ou boucher des trous.

– Cela me paraît raisonnable.

Harry Martin prit une blague à tabac sur la table basse à côté de son fauteuil, l'ouvrit, et entreprit de se rouler une cigarette, sans même regarder ce qu'il faisait.

– Et où il est, votre rat?

– En haut, dans le grenier.
– Oui, mais où? Quel grenier?
– Oh, excusez-moi. Fortyfoot House.

Harry Martin avait craqué une Swan Vesta pour allumer sa cousue-main, mais lorsque je dis « Fortyfoot House » il s'immobilisa et me regarda fixement; l'allumette continua de brûler entre ses doigts et sa cigarette continua de pendiller de ses lèvres, non allumée.

Ce fut seulement lorsque je dis : « Attention! » qu'il battit des paupières, agita l'allumette pour l'éteindre, et ouvrit la boîte pour en craquer une autre.

– Je séjourne à Fortyfoot House pour l'été, expliquai-je. Mr. et Mrs. Tennant désirent la mettre en vente, et j'effectue des réparations.

– Je vois, fit Harry Martin. J'avais entendu dire qu'ils voulaient la vendre. On ferait mieux de démolir complètement cette foutue baraque, si vous voulez mon avis.

– Eh bien... je ne suis pas sûr d'être d'accord avec vous. Mais en attendant, je suis chargé de la restaurer, la peinture, ce genre de choses, et je tiens absolument à être débarrassé de ce rat.

Harry Martin alluma sa cigarette et souffla un petit nuage de fumée à l'odeur forte et aromatique.

– Et vous l'avez vu, ce fameux rat?

Je secouai la tête.

– Très vaguement. Il paraissait très gros.
– Il *est* très gros, affirma-t-il.
– Vous savez qu'il y a un rat là-bas?
– Bien sûr. Tout le monde à Bonchurch et à Shanklin Old Village est au courant. Tout le monde sauf les nouveaux venus, bien sûr.

J'étais stupéfait.

– Tout le monde est au courant?
– Les gens sont au courant, mais ils n'en parlent pas, c'est tout.
– Pourquoi n'en parlent-ils pas?
– Parce que si vous en parlez, vous êtes obligé d'y penser, et ils n'ont pas envie d'y penser.
– Depuis combien de temps ce rat est-il dans la maison? demandai-je, abasourdi.

Harry Martin haussa les épaules.

– D'aussi loin que je me souvienne.

– Et cela remonte à quand?

– Ce rat était déjà là-bas lorsque j'étais gosse. Maintenant j'ai soixante-sept ans. Vous savez compter?

Je commençai à suspecter que Harry Martin se payait peut-être ma tête. Il faut se méfier de ces vieux campagnards. Ils prennent un malin plaisir à vous tenir en haleine, leurs histoires deviennent de plus en plus farfelues au fur et à mesure, et puis ils vous regardent, leurs yeux brillants de malice, et vous comprenez brusquement qu'ils vous ont eu dans les grandes largeurs.

– D'ordinaire les rats ne vivent pas aussi longtemps que ça, non? Je suis descendu dans les égouts de Londres avec un ami à moi, et il m'a dit que d'habitude ils ne vivent pas plus de trois ou quatre ans, au grand maximum.

– Fortyfoot House, c'est pas les égouts de Londres, d'accord? répliqua Harry Martin. Et ce rat n'est pas comme les autres rats. En fait, un tas de gens disent qu'en réalité ce n'est pas du tout un rat.

Pour quelque raison, la normalité du séjour encombré de Harry Martin faisait paraître ses paroles particulièrement inquiétantes. La lumière du soleil tombait sur le dessus du téléviseur et éclairait une roue de gouvernail au moyeu agrémenté d'un faux aquarium, des abeilles bourdonnaient, entrant et sortant par les fenêtres ouvertes. *En réalité ce n'est pas du tout un rat?* Que voulait-il dire par là? Il plaisantait peut-être, oui. Mais son visage raviné arborait un air tout à fait sérieux, et si c'était effectivement une plaisanterie, je ne voyais pas où il voulait en venir.

– Si ce n'est pas un rat, qu'est-ce que c'est?

Harry Martin secoua la tête.

– Sais pas. Ai jamais su. Ai jamais eu envie de le savoir.

– Les Tennant ne vous ont jamais demandé de les en débarrasser?

– Les Tennant n'ont pas habité là-bas assez longtemps. Ils ont acheté la maison pour une bouchée de pain, parce qu'elle était restée inoccupée depuis des années, et ils avaient un tas de projets. Faire construire une piscine, un garage, ce genre de choses. Et puis ils ont eu des nuits très agitées, et ils sont venus moins souvent; et puis ils ont eu une nuit vraiment moche, et ils ne sont jamais revenus.

– Qu'entendez-vous par « une nuit vraiment moche »?

Harry Martin souffla un léger filet de fumée. C'était difficile de déchiffrer l'expression sur son visage.

– Des lumières et des bruits. Des lumières intenses, d'après ce qu'ils ont dit; et des bruits comme vous n'en avez jamais entendus; et des voix bigrement plus fortes que des voix ne devraient l'être.

Je me carrai dans mon fauteuil.

– Quelqu'un m'en a parlé, en effet. Une femme nommée Doris, là-bas au Café de la Plage.

– Oh oui. Cette pauvre Doris. Elle était une Belcher, vous savez, avant de se marier et de devenir une Kemble.

– Je crains que cela ne signifie pas grand-chose pour moi.

– Vous comprendriez si vous étiez né et aviez grandi à Bonchurch. Les Belcher étaient des gens bizarres. Mr. Belcher, le père de Doris, était l'instituteur du village; et George Belcher – c'était le frère de Doris – il avait gagné beaucoup d'argent avec un genre de brevet, un vernis pour bateaux, mais c'était un original. Il disait qu'il avait vu ce rat à l'extérieur de la maison, en plein jour, mais personne ne l'a cru, bien sûr.

– Est-ce qu'il habite toujours par ici?

– George? Oh non, pas George. Somnifères et whisky, voilà ce qui est arrivé à George. Somnifères et whisky.

Mrs. Martin entra dans la pièce, venant de la véranda, et nous demanda si nous voulions une tasse de thé. Harry Martin répondit par l'affirmative, sans même me consulter; en conséquence, Mrs. Martin apporta un plateau sur lequel elle avait disposé des petits sablés, un cake Dundee et deux tasses de Typhoo, le sucre déjà versé et dilué.

– Bon, que suggérez-vous que je fasse à propos de ce rat? demandai-je à Harry Martin. En supposant, bien sûr, que ce soit un rat. Ou même si ce n'est pas un rat.

Harry Martin gonfla ses joues, l'air pensif.

– Je suppose que vous pourriez me convaincre d'aller jeter un coup d'œil là-bas.

Mais presque aussitôt Mrs. Martin arriva de la cuisine et dit d'un ton sec :

– Tu as pris ta retraite. Tu fais des travaux de jardinage

maintenant. J'en ai plus qu'assez que la municipalité te demande continuellement de chasser des rats.

Harry Martin m'adressa un regard de connivence « entre hommes » par-dessus le rebord de sa tasse.

– Oui, tu as sans doute raison, convint-il.

– Bien sûr que j'ai raison, déclara sa femme. Tu as soixante-sept ans. Je ne veux pas que tu ailles dans des greniers, à la recherche de rats, un point c'est tout !

– Oui, tu as sans doute raison, répéta Harry Martin. (Son regard se fit encore plus entendu et encore plus « entre hommes ».)

Je terminai mon thé. Il y avait un dépôt de sucre au fond de ma tasse.

– Dans ce cas, je ferais mieux de m'en aller, dis-je. Je trouverai peut-être quelqu'un à Portsmouth pour m'en débarrasser.

– Appelez Mortis, à Ryde, on ne sait jamais, suggéra Mrs. Martin.

– Entendu, merci, lui dis-je. Et merci pour les sablés.

– Je les ai faits moi-même, fit-elle en me raccompagnant vers la porte.

Harry Martin resta assis dans son fauteuil, mais il leva la main et dit :

– A bientôt !

Une fois dans le jardin, Mrs. Martin m'agrippa brusquement par la manche.

– Écoutez, dit-elle. Je ne veux pas que Harry essaie d'attraper cette créature, et je n'en dirai pas plus.

– D'accord, d'accord, j'ai compris, la rassurai-je.

– Cette créature veut qu'on la laisse tranquille, voilà ce qu'elle veut, insista-t-elle.

La chaleur avait fait fondre son maquillage et son visage avait l'aspect luisant d'une poupée en plastique. Ses pupilles étaient minuscules.

– Il faut que je m'en débarrasse d'une manière ou d'une autre, dis-je. Je dois absolument commencer les travaux, repeindre et tapisser les pièces, pour que les Tennant puissent mettre la maison en vente.

Elle durcit sa prise sur ma manche.

– Vous pouvez restaurer une maison aujourd'hui mais vous ne pouvez pas la restaurer hier.

– Désolé, je ne comprends pas.

– Eh bien, si vous restez là-bas assez longtemps, vous comprendrez. Cette maison n'est pas toujours *ici et maintenant.* Cette maison est, était, et sera. On n'aurait jamais dû la construire, mais une fois qu'elle a été construite il n'y avait plus rien à faire, et vous ne pouvez rien faire, et Harry ne peut rien faire, lui non plus. Cette maison est une idée fixe chez lui, il en fait une affaire personnelle, mais ne me demandez pas pourquoi. Et surtout ne lui demandez pas de chercher cette créature et empêchez-le de le faire.

– Entendu, c'est promis. Je ne le lui demanderai pas.

Depuis le séjour, Harry appela :

– Vera? Je prendrais bien une autre tasse de thé!

Mrs. Martin lui cria en retour : « J'arrive! » Puis elle me dit :

– Croix de bois croix de fer?

– Promis, juré, craché. Mais j'aurais bien voulu savoir ce qu'est cette créature.

– Je pense que c'est un rat.

– Un rat âgé de plus de soixante ans?

– Les phénomènes, ça existe, non? Des chiens à trois pattes, des tortues qui vivent deux cents ans.

– Savez-vous ce qu'est cette créature? lui demandai-je.

Elle battit des paupières, puis elle lâcha ma manche et s'essuya les paumes sur son tablier à fleurs.

– Vous le savez, hein? insistai-je.

– Pas vraiment. Je connais son nom.

– Elle a un *nom?*

Elle eut l'air embarrassée.

– Je connais son existence depuis mon enfance. Le soir, ma mère me racontait des histoires à son sujet, pour me faire peur. Elle disait que si je chipais des affaires qui ne m'appartenaient pas, ou si je racontais des mensonges, alors la créature viendrait me chercher au cours de la nuit, et elle m'emmènerait dans un endroit où même la pendule ne pourrait pas m'attraper; et ce qu'elle me ferait ensuite était tellement horrible que cela ne regardait personne.

– C'est elle qui vous a dit son nom?

– Tout le monde connaissait son nom. Même ma grand-mère connaissait son nom. C'était juste l'une de ces choses que tout le monde connaissait, et c'est pourquoi aucun de nous n'allait jouer à proximité de Fortyfoot House. Vous pouvez demander à n'importe quel habitant de Bonchurch, encore aujourd'hui.

– Alors, quel était son nom?

Elle me regarda fixement.

– Je ne tiens pas à le prononcer, merci bien!

– Allons, vous n'êtes pas superstitieuse à ce point? la grondai-je.

– Oh, je ne suis pas superstitieuse. Je suis capable de passer sous vingt échelles si vous voulez, et de renverser tout le sel de Sibérie, et de briser des miroirs toute la journée, je m'en fiche complètement. Mais je refuse de prononcer le nom de cette créature, si cela ne vous fait rien.

A ce moment, Harry Martin sortit sur la véranda, allumant une autre cousue-main.

– On l'appelle Brown Jenkin, c'est ça son nom, me dit-il.

Mrs. Martin me regarda avec une expression que je puis seulement qualifier de désespoir absolu. Elle n'arrêtait pas de m'adresser de petits hochements de tête, comme si elle essayait en silence de me dire de ne pas écouter, de ne pas répéter ce que son mari m'avait dit, et de promettre promettre promettre que je l'empêcherais de chercher cette créature.

– Brown Jenkin, c'est comme ça qu'on l'appelle, répéta Harry Martin, comme s'il prenait plaisir à prononcer à voix haute ce nom tabou.

Mrs. Martin plaqua sa main sur sa bouche. Un gros nuage cacha le soleil et le jardin devint brusquement tout gris.

5

La nuit des lumières

Liz nous fit son fameux chili ce soir-là. Danny n'apprécia pas tellement, c'était trop pimenté pour lui, et il trouva que les haricots rouges étaient « dégueu » : il les tria avec sa fourchette et les poussa vers le bord de son assiette comme si c'étaient des noyaux de prune. *Une poule sur un mur Qui picote du pain dur...*

Mais pour moi c'était l'un des meilleurs repas que j'avais eus depuis des mois, et mon plaisir était d'autant plus grand que je n'avais pas été obligé de le préparer moi-même. Nous mangeâmes dans la salle de séjour, nos assiettes posées sur nos genoux, tout en regardant *Le Pont de la rivière Kwaï* à la télévision.

– Qu'a dit le chasseur de rats? demanda Liz.

Elle portait un foulard rouge noué autour de la tête, et une robe ample de coton qui ressemblait plutôt à un cafetan. Ses doigts de pied nus aux ongles faits dépassaient de sous le bord éraillé de sa robe.

– Il a joué le mystérieux, pour vous dire la vérité. Il a déclaré qu'il *connaissait* ce rat-là. En fait, que tous les habitants du village le connaissaient. Que de mémoire d'homme, ce rat avait toujours vécu ici.

– Les rats ne vivent pas aussi longtemps, n'est-ce pas?

Je haussai les épaules.

– Pas que je sache. En tout cas, il a dit qu'il avait pris sa retraite et que ce boulot ne l'intéressait pas.

Je n'en dis pas plus; je ne voulais pas effrayer Danny en parlant de lumière intenses et de voix monstrueuses et de créatures qui vous emmenaient dans un endroit où même la pendule ne pouvait pas vous attraper.

Liz se leva et prit mon assiette.

– Vous voulez un autre verre de vin? me proposa-t-elle.

– Avec plaisir.

Nous allâmes dans la cuisine, laissant Danny regarder Alec Guinness sortir épuisé mais avec un air de défi, du « four » où les Japonais l'avaient enfermé.

Liz gratta les assiettes et fit tomber les restes dans la poubelle à pédale tandis que je nous versais deux verres de Piat d'Or.

– Ce repas était délicieux, merci.

– Je pense que Danny était d'un avis différent.

– Danny est un inconditionnel des spaghettis Heinz.

– C'est étrange, cette histoire à propos du rat. Qu'est-ce que vous allez faire?

– J'ai appelé Mortis à Ryde. Ils enverront quelqu'un ici demain après-midi. Mais c'est très étrange, en effet. La femme du chasseur de rats a dit que le rat était tellement connu à Bonchurch qu'il avait même un nom. Mais elle en a une peur bleue, incontestablement. Malgré tous mes efforts, impossible de lui faire dire quel était son nom. Finalement, c'est le chasseur de rats qui me l'a dit.

Liz lava les assiettes et je les essuyai et les rangeai dans le placard.

– Et c'est quoi? demanda-t-elle.

– C'est quoi quoi?

– Le nom du rat.

– Oh, Brown Quelque Chose. Brown Johnson, il me semble.

Liz fronça les sourcils.

– C'est curieux. Je suis sûre d'avoir déjà entendu ce nom quelque part.

– Ma foi, je connais un tas de gens qui s'appellent Johnson. Et je connais également un tas de gens qui s'appellent Brown.

Nous retournâmes dans la salle de séjour et finîmes le vin tout en regardant William Holden faire sauter le pont de la rivière Kwaï. Danny était tellement fatigué que je fus obligé de le porter sur mon dos jusqu'au premier, et de le déshabiller. Je levai les yeux pendant qu'il se brossait les dents et j'aperçus le reflet de mon visage au sein de l'obscurité de la fenêtre de la salle de bains. J'avais l'air plus maigre et plus sérieux que je ne m'y étais attendu;

– Dors bien, McUlotte, lui dis-je en le bordant.

– Dis-moi le poème écossais, me supplia-t-il.

– Non, il est trop tard. Tu dois dormir.

– S'il te plaît, dis-moi le poème écossais.

– Allez, m'encouragea Liz depuis l'entrée de la pièce. Dites-lui le poème écossais. J'ai envie de l'entendre, moi aussi.

– Oh, c'est idiot, vous savez. J'en suis l'auteur.

Elle me prit par le bras et s'appuya contre mon épaule.

– Allez, faites-moi plaisir.

– Bon, d'accord, me laissai-je fléchir.

Lorsqu'il s'agit de nos sous nous sommes sens dessus dessous
Et pour nous remettre à l'endroit nous buvons un petit coup
Et même tout notre soûl.

– Voilà, c'est tout, dis-je avec embarras.

– Non, ce n'est pas fini, s'écria Danny. Il y a autre chose.

Ensuite nous jouons un petit air de cornemuse
Qui est notre muse
Comme a dit le poète

– *Pouet pouet*, ajouta Danny, comme d'habitude.

– C'est pour la rime, expliquai-je à Liz, de plus en plus confus.

Nous éteignîmes la lumière dans la chambre de Danny et retournâmes au rez-de-chaussée. Je débouchai une autre bouteille de Piat d'Or et nous nous vautrâmes sur le divan marron affaissé pour écouter mon vieux 33 tours de Smetana, *Ma patrie*. Une musique sentimentale, émouvante, un brin pompeuse, et étrangère. Exactement mon humeur présente.

Liz m'apprit qu'elle était née à Burgess Hill, une bourgade sinistre dans le Mid-Sussex. Son père était le gérant d'une société immobilière et sa mère tenait un petit magasin de porcelaine et de verrerie. Six ans auparavant, sa mère était tombée amoureuse d'un employé d'une agence de voyages, un type à l'air débonnaire et à la petite moustache en brosse dont la joie et la fierté était une Ford Granada dernier modèle; et ses parents avaient divorcé après de nombreuses et violentes disputes. Liz n'avait accepté que très récemment le fait qu'elle venait d'un foyer détruit.

– Tellement d'autres étudiants parlaient de « papa » et de « maman » et de « ma famille ». Il m'a fallu deux années à Essex avant que je trouve le courage de dire que mes parents avaient divorcé. J'ai souffert, vous ne pouvez pas savoir. Le pire, c'était de les entendre se traiter de tous les noms. Cela a été horrible.

– Vous avez un petit ami? lui demandai-je.

– J'en avais un. Mais il était trop sérieux pour moi. Il ne savait plus où se mettre si je jouais à la marelle comme une gosse ou si je dansais dans la rue. De toute façon, j'ai laissé tomber les histoires de sexe. J'ai décidé d'être chaste et pure. Sainte Elizabeth l'Immaculée.

– Qu'est-ce qui vous a dégoûtée des histoires de sexe? demandai-je en souriant.

– Je ne sais pas. Robert, je suppose. C'était le petit ami en question. Avec lui, c'était toujours tellement compliqué et mécanique, comme s'il essayait de faire la révision de la voiture de quelqu'un d'autre.

J'éclatai de rire.

– Autant rester chaste, dans ce cas.

– Vous regrettez le temps où vous étiez marié, hein? voulut-elle savoir.

– Oui et non. Ce qui me manque c'est la compagnie. Quelqu'un à qui parler.

– Et l'entretien de la voiture?

Je levai mon verre de vin. Je voyais le visage de Liz dedans, déformé par la courbure du verre.

– Oui, ça me manque également.

C'était une nuit humide, avec juste une légère brise. Au-delà des arbres, la mer bruissait telle une revenante qui se promène dans un long couloir, sa robe en taffetas traînant sur les dalles de marbre. Je me tenais devant la fenêtre lorsque *Ma patrie* se termina et j'entendis le ululement d'une chouette. Je me demandai si ces soixante-dix enfants dans le cimetière, bordés dans leurs lits de terre et de calcaire l'entendait également. Dans le lointain, un éclair zébra le ciel. Une nuit d'orage. Une nuit de haute tension.

– Je vais me coucher, si vous n'y voyez pas d'inconvénient, dit Liz.

J'acquiesçai de la tête.

– Je vous en prie, faites comme chez vous. Vous vous couchez quand vous voulez, vous vous levez quand ça vous chante. Quand commençez-vous à travailler au Parc des Oiseaux Tropicaux?

– Après-demain.

Elle vint vers moi et posa sa main sur mon épaule.

– Merci, David. Cela va être très agréable.

Je l'embrassai sur le front.

– Je le pense également.

Je m'assis sur le divan, finis mon vin et passai l'autre face de mon disque, les *Préludes* de Liszt, mais ce n'était pas la même chose, écouter de la musique tout seul. J'allai dans la cuisine et trouvai un bloc-notes gracieusement offert par la boucherie Gibson Père & Fils de High Street, à Ventnor, et je commençai à écrire une lettre à Janie, lui disant que Danny allait bien et que j'allais bien et que Liz passerait probablement l'été avec nous.

J'hésitai un moment puis je raturai « ... *une jeune fille nommée Liz va habiter ici pour l'été* ». Finalement, je fis une boule de la feuille de papier et la jetai dans le seau à charbon. Inutile de brûler mes vaisseaux à moins que je n'y sois vraiment obligé. Après tout, pour ce que j'en savais, Janie et Raymond étaient peut-être seulement de bons amis.

Tu parles, Charles, pensai-je.

J'étais toujours assis dans la cuisine à contempler le bloc-notes lorsque la pendule dans le vestibule sonna les douze coups de minuit. Je devais me lever de bonne heure demain matin, aussi entrepris-je de verrouiller les portes et d'éteindre les lampes. Une fenêtre battait dans la salle de séjour – pas violemment, puisqu'il n'y avait quasiment pas de vent – mais bruyamment, par intervalles réguliers. J'allai la fermer et je vis des éclairs illuminer le ciel et je sentis l'odeur d'ozone dans l'air.

Venant du plafond, il me sembla entendre un léger grattement, comme si quelque chose avec des griffes courait très vite et furtivement sous le plancher de la chambre à coucher. *Je refuse de prononcer le nom de cette créature, si cela ne vous fait rien.*

J'écoutai avec attention, mais je n'entendis pas le grattement à nouveau. Je fermai la fenêtre et la verrouillai. Je ne regardai pas au-dehors vers le jardin. Bien que je sache qu'il ne serait pas là – bien que je sache qu'il ne *pouvait* pas être là, je n'avais aucune envie d'apercevoir l'homme au chapeau tuyau de poêle noir au milieu de la pelouse. Il n'existait pas. Il n'était rien de plus qu'une illusion d'optique, l'ombre d'une mouette passant dans le ciel, un morceau de papier noir agité par le vent.

Néanmoins, je me dirigeai à tâtons vers le vestibule, où une lumière blanche blafarde filtrait par la lucarne au-dessus de la porte. Sans allumer je m'avançai vers le fond du vestibule, mes sneakers crissant sur les dalles, et fis halte près de la porte de la cave, à l'endroit où la photographie était accrochée – Fortyfoot House, en 1888. L'homme était toujours là, le visage flou; il me rendait mon regard par-delà plus d'une centaine d'années. Le jour où cette photo avait été prise – alors qu'il se tenait au milieu de la pelouse – la reine Victoria se trouvait seulement à quelques kilomètres d'ici, dans son château d'Osborne, Oscar Wilde venait de publier *The Happy Prince*, et le premier vol de dirigeable avait eu lieu en Allemagne.

Je suppose que c'était complètement irrationnel de ma part de vérifier qu'il était toujours là. Mais j'avais été incapable de me défaire du soupçon qu'il avait réussi d'une manière ou d'une autre à s'échapper de la photographie, et que maintenant il se cachait quelque part dans ou à proximité de Fortyfoot House. Vêtu de noir, le visage blême, dépité, un personnage à deux dimensions.

Je finis par détourner les yeux de la photographie, mais à cet instant je fus certain de voir l'image de l'homme bouger légèrement. Je regardai à nouveau. Il semblait se tenir dans la même position qu'auparavant, son expression ne s'était pas modifiée, mais son pied n'était-il pas plus près de la bordure du parterre de rosiers?

Trop de verres de Piat d'Or, me dis-je. Trop de stress, trop d'ennuis. Je commençais à craquer. Il était tout à fait impossible qu'une photographie vieille de cent ans puisse bouger ou se modifier. Il était tout à fait impossible que le jeune Mr. Billings puisse se promener dans les couloirs ou dans les jardins de Fortyfoot House.

Je montai l'escalier, la lumière blafarde dans mon dos. J'atteignis le palier et je m'arrêtai un moment devant la porte du grenier. Le loquet était solidement assujetti, et je n'entendais aucun bruit de course ou de grattement. Brown Johnson (ou quel que soit le nom que lui donnaient les braves gens de Bonchurch) n'était pas là, ou bien il dormait. Je donnai de petits coups à la porte avec mes jointures, juste pour me prouver que je n'avais pas peur.

Qui a peur du grand méchant rat?

J'allai jeter un coup d'œil à Danny. Il dormait d'un profond sommeil. Comment Louis Macneice avait-il décrit son enfant endormi? « Ressemblant à quelque chose en train de cuire ». Je l'embrassai et il bougea et dit : « Maman ».

Maman, pauvre gosse! Maman a foutu le camp et elle s'envoie en l'air avec cet enfoiré de Raymond. Maman ne veut plus de toi.

La porte de Liz était fermée. Durant cette fraction de seconde je fus tenté de l'ouvrir et de lui souhaiter bonne nuit, puis je me ravisai. Elle pouvait me prêter d'autres intentions. Je la trouvai très jolie et sexy et j'adorais ses orteils nus et son odeur de minette de dix-neuf ans, mais je ne voulais surtout pas la froisser. J'appréciais trop sa compagnie, sans parler de son chili. L'idée d'être obligé de passer tout l'été sans elle me parut brusquement des plus déprimantes.

Je me déshabillai, fis un brin de toilette, me brossai les dents et me couchai, mort de fatigue. Je regrettai aussitôt de ne pas avoir fait mon lit plus soigneusement. Le drap était chiffonné et rêche, comme une plage à marée basse, et il y avait des miettes de pain grillé dans chaque interstice concevable. J'essayai de m'endormir, mais au bout d'un moment je dus me lever et tirer le drap convenablement.

J'étais toujours occupé à border mon lit lorsqu'on frappa à la porte .

– David? C'est Liz.

– Un instant, lui dis-je. (Je bondis dans mon lit et ramenai le drap sur moi afin de dissimuler ma nudité.) Ça va... vous pouvez entrer maintenant.

Elle entra dans la chambre et referma rapidement la porte derrière elle, comme si elle craignait que quelque chose la suive. Ses cheveux étaient toujours pris dans ce foulard de soie rouge, mais à part ça elle portait seulement un court T-shirt blanc et une minuscule culotte de dentelle blanche. Elle s'assit au bord du lit mais son regard était soucieux plutôt que provocant.

– Il y a quelque chose qui n'arrête pas de courir dans le grenier. Je l'entends. C'est certainement ce rat.

– Je ne l'ai pas entendu, pas ce soir, mentis-je.

– Je suis sûre que c'est un rat, insista-t-elle. Il n'arrête pas de courir d'un côté du grenier à l'autre, juste au-dessus de ma chambre.

– Je ne peux rien faire à ce sujet, pas ce soir. Le type de Mortis s'en occupera demain.

– Bon, d'accord, dit-elle. Excusez-moi de vous avoir importuné. Mais je ne supporte pas les rats. Ils me donnent le frisson, vraiment !

– Bien sûr, je suis comme vous. Prévenez-moi si vous l'entendez à nouveau. Je pourrai peut-être aller là-haut et le frapper avec un tisonnier.

Compte là-dessus ! pensai-je. *Surtout après le bide de ce matin. En ce qui me concerne, plus loin je me trouve de Brown Johnson, mieux je me porte.*

Liz ouvrit la porte et hésita. Puis elle dit :

– Écoutez... vous allez croire que je vous fais des avances, mais j'ai une peur bleue des rats. Vous pensez que je pourrais dormir avec vous cette nuit? Je mettrai un oreiller entre nous.

– Oui, bien sûr.

Cela ne dérangeait pas du tout. En fait, cette idée me plaisait énormément. Je ne m'étais pas trouvé dans un lit côte à côte avec une fille depuis des mois, et ce n'était pas tellement l'entretien de la voiture qui me manquait, mais la conversation. C'est étonnant de constater avec quelle rapidité vous en avez assez de rire tout seul, de lire tout seul, d'écouter de la musique tout seul, de manger tout seul. Mais dormir tout seul, c'est le pire. Vous pourriez aussi bien être allongé dans votre cercueil, avec rien d'autre à faire que de sourire béatement dans l'obscurité et jouer avec votre queue et attendre Dieu.

– Entendu, dis-je. Si ce rat vous fait aussi peur.

– Je vous promets de retourner dans ma chambre demain matin, avant que Danny se réveille.

Elle referma la porte, puis souleva drap et couverture et se glissa dans le lit à côté de moi. Je me déplaçai un peu, de façon à ce qu'il y ait quinze bons centimètres entre nous, et je gardai mes bras plaqués le long de mon corps; néanmoins, la proximité de Liz, la chaleur, le parfum et la présence gigotante d'une jeune fille mignonne comme tout étaient des réalités qu'il m'était très difficile d'ignorer.

– Quand l'avez-vous entendu? lui demandai-je.

– Lorsque vous êtes monté au premier. Il s'est mis à courir dans le grenier, plus ou moins en diagonale. A en juger par le bruit, il semblait incroyablement gros et lourd, mais les bruits paraissent toujours plus forts la nuit, n'est-ce pas?

Je levai les yeux vers le plafond.

– Je crois qu'il *est* gros et lourd.

– Ne dites pas ça! Je suis terrifiée.

Nous étions allongés côte à côte, écoutant attentivement. Nous entendîmes la pendule dans le vestibule au rez-de-chaussée sonner la demie de minuit. Une brise nocturne commença à se lever au-dehors – une brise qui soufflait à travers la maison et faisait gémir les portes verrouillées sur leurs gonds.

– Je pense que nous ferions mieux d'éteindre et d'essayer de dormir, suggérai-je.

A présent nous étions dans le noir. Il n'y avait pas de réverbères à Bonchurch, pas de lanternes dans le jardin et pas de lune cette nuit, et l'obscurité était à peu près complète. C'était comme si un sac de velours noir était noué autour de ma tête. J'avais conscience de façon troublante de la poitrine de Liz, pressée contre mon épaule droite. Elle avait beau porter un T-shirt, je percevais la douceur et l'opulence de sa poitrine. Maintenant qu'elle ne portait plus cette robe ample qui dissimulait plus ou moins ses formes, il était évident qu'elle avait des seins étonnamment gros pour quelqu'un de sa taille et de sa conformation. Janie avait un joli visage, mais ses seins étaient des piqûres de moustique en comparaison, aussi ne pouvais-je manquer de les remarquer.

– Je suis persuadée que le destin nous donne toujours une seconde chance, dit Liz. Parfois nous sommes aveugles ou trop occupés pour nous en apercevoir, c'est tout. Vous ne trouvez pas que c'est tragique? Prenons deux personnes qui pourraient être très heureuses ensemble : elles se croisent dans la rue, se frôlent de quelques centimètres, et continuent leur chemin, sans se douter de rien. Ou bien deux personnes séparées par des milliers de kilomètres : elles prennent l'avion, se rapprochent l'une de l'autre, vont finir par se rencontrer, et puis l'une d'elles rate une correspondance parce qu'elle a laissé tomber son journal et s'est baissée pour le ramasser... et elles ne se rencontrent jamais.

– Ce genre de chose doit arriver tout le temps. C'est la loi des probabilités.

– Comment se fait-il que nous nous soyons rencontrés, par exemple? poursuivit Liz. Vous auriez pu trouver un travail pour l'été ailleurs. Vous auriez pu continuer votre boulot de décoration d'intérieurs. Vous auriez pu rester avec Janie. Et c'est tout à fait par hasard que quelqu'un m'a indiqué cette maison alors que je cherchais un squat.

– Le destin, fis-je en souriant, bien qu'elle ne puisse pas me voir. Et c'est la seule chose qui nous permet de tenir le coup... ce moment très rare, exceptionnel et sublime, où la vie se révèle être moins moche que nous le pensions.

Elle avança sa main et le bout de ses doigts trouva ma joue dans l'obscurité. Elle effleura mes yeux, mon nez et mes lèvres, comme si elle était aveugle.

– J'adore toucher les gens dans le noir. Ils semblent tout à fait différents, leurs proportions changent, selon la façon dont vous les touchez. Peut-être changent-ils vraiment, après tout, comment savoir? Vous pourriez vous être transformé en un monstre complètement difforme, sans que je m'en aperçoive. Il faut allumer la lumière très vite pour surprendre les gens avec leur visage dans l'obscurité – à l'opposé de leur visage au grand jour, le visage qu'ils revêtent pour nous rassurer et nous prouver qu'ils sont tout à fait normaux.

– Vous croyez que je vais me transformer en monstre? lui demandai-je.

– Vous pourriez le faire. Par contre, c'est moi qui pourrais me transformer en monstre, et dans ce cas, où seriez-vous?

– Sans doute très loin d'ici, filant à la vitesse grand V et laissant derrière moi une traînée de diarrhée chaude.

Elle m'embrassa.

– Ne soyez pas dégoûtant.

Je l'embrassai à mon tour.

– J'accepte de ne pas être dégoûtant si vous me promettez de ne pas vous transformer en monstre. Et je précise, en *n'importe quel* monstre.

Elle m'embrassa à nouveau, mais cette fois je dis :

– Nous ferions mieux de dormir, d'accord? Vous avez fait le vœu d'être sainte Elizabeth l'Immaculée, et j'ai juré d'être saint David le Divin.

– Tout dépend de *ce en quoi* vous êtes divin.

Néanmoins, nous parvînmes à mettre fin à ce petit jeu dangereux et à trouver une position plus ou moins confortable, chacun de notre côté, à fermer les yeux et à faire semblant de dormir pendant presque trois quarts d'heure. J'écoutais la maison craquer, le vent souffler dans les chênes, le chuchotement doux et apaisant de la mer. J'écoutais le courant d'air rôder autour de la maison, frapper aux fenêtres, tapoter les serrures. J'écoutais la respiration unie et régulière de Liz, la respiration de quelqu'un qui cherche le sommeil en vain et qui est sur le point d'abandonner et d'aller au rez-de-chaussée pour se faire une tasse de thé.

– Liz? finis-je par lui demander. Vous dormez?

Elle rabattit le drap, l'écartant de son visage.

– Je n'arrête pas de ressasser des trucs.

– A quoi pensez-vous? A quelque chose en particulier?

– Oh... rien d'intéressant. Mon travail, la fac. Je me demandais si je réussirais à mettre suffisamment d'argent de côté pour m'acheter une voiture. J'en ai plein le dos de faire du stop tout le temps.

Il y eut un long silence. Puis je dis :

– Moi non plus, je ne peux pas dormir.

– Peut-être avez-vous perdu l'habitude de dormir avec quelqu'un.

– Oui, c'est sans doute ça.

J'entendis ses lèvres faire un bruit mouillé dans l'obscurité. Puis elle dit :

– Vous pouvez m'embrasser, vous savez. Nous ne serons pas foudroyé à l'instant par un Dieu courroucé.

– Je ne sais pas. Je n'aime pas commencer quelque chose que je ne peux pas finir.

– Qui parle de commencer quelque chose? Qui parle de finir?

Je posai ma main sur son épaule.

– Vous savez ce que Danny m'a demandé l'autre jour? « Est-ce que Dieu s'est créé Lui-même? »

– Et qu'avez-vous répondu?

– Je lui ai dit que c'était une question stupide. Et puis je me suis aperçu que je ne savais pas si Dieu s'était créé Lui-même ou non. J'ai passé toute une nuit à réfléchir à cela.

– Dieu était là avant toute chose. Dieu a toujours été là.

– Hé, c'est une réponse de jésuite!

Liz se redressa sur un coude et embrassa ma joue, puis ma bouche. Sa langue se glissa entre mes dents comme un marsouin brûlant. J'essayai de ne pas lui rendre son baiser mais elle avait une saveur que toutes les jeunes filles devraient avoir, légèrement sucrée et légèrement salée, salive et parfum et vin, et ses seins lourds et chauds sous son T-shirt étaient pressés contre mon bras nu. Nos bouches se cherchèrent. Je saisis ses seins à travers son T-shirt, et ses seins étaient énormes, comparés à ceux de Janie, tel un fantasme de *Penthouse* devenu réalité. Mon pénis se dressa, pur et dur, c'était plus fort que moi, et Liz le prit dans sa main droite, avec vigueur, comme une jeune fille qui a l'habitude de prendre des pénis dans sa main. Elle entreprit de le caresser lentement de haut en bas, de haut en bas, jusqu'à ce qu'il soit gonflé à la limite du supportable, luisant et humide.

Pour ma part, je glissai mes mains sous son T-shirt et empoignai ses seins, je malaxai ses mamelons entre mon pouce et l'index, jusqu'à ce qu'ils deviennent rêches et durcissent.

Tandis qu'elle m'embrassait et me caressait, elle chantonnait à voix basse, d'une voix étrangement haut perchée. Je ne comprenais pas tout, mais cela ressemblait à une chanson paillarde; les chansons que l'on chante dans les pubs de Norfolk avec un clin d'œil à votre épouse qui fait naître sur votre échine des frissons d'inquiétude et de protection.

Le mineur, ce salaud de mineur, il garde toute sa houille dans un sac...

Elle se tortilla et ôta sa culotte.

– Préservatif, dis-je d'une voix rauque.

– Je prends la pilule.

– Tout de même... ce serait plus sûr.

– Hé, je n'ai pas le sida!

Avant que je puisse dire autre chose, elle s'était juchée sur moi. Tout en serrant fortement mon pénis, elle le guida entre ses cuisses, me taquina un moment en le faisant glisser contre les lèvres de sa vulve, sans le faire entrer – puis elle s'assit brusquement, de façon à ce que je la pénètre aussi profondément que possible. Je fermai les yeux. Après des mois d'abstinence, après des mois passés à me répéter que ça ne me manquait pas, c'était la béatitude. J'ignore si je gémis à voix haute, mais Liz se pencha en avant, m'embrassa et dit :

– Chut, c'est merveilleux.

Elle commença à bouger de haut en bas avec une lenteur et une aisance qui m'excitaient de plus en plus, mais pas trop, si bien que j'eus l'impression que des heures s'étaient écoulées lorsque je sentis cet irrésistible raidissement entre mes jambes qui m'apprit que j'étais sur le point d'éjaculer. Liz commençait à haleter, et son T-shirt trempé de sueur était collé sur ses seins. Je saisis ses fesses à deux mains et la tirai vers moi encore plus vigoureusement.

Mais à ce moment, nous entendîmes un coup sourd dans le grenier juste au-dessus de nos têtes, comme si quelqu'un avait renversé un fauteuil.

Liz se redressa brusquement et écouta, mon pénis toujours enfoui en elle.

– Qu'est-ce que c'était? chuchota-t-elle. Ce n'était pas un rat, impossible.

– Liz, je te l'ai dit, il est très gros.

– Gros? s'exclama-t-elle d'une voix rendue blanche par la peur. Il doit être énorme, oui!

Nous attendîmes et écoutâmes attentivement, et nous nous apprêtions à poursuivre notre partie de jambes en l'air lorsqu'il y eut un autre bruit : le bruit terrifiant d'une course précipitée, suivi d'un cliquetis retentissant, comme si on avait fait tomber tout un lot de cannes ou de tringles à rideau.

Liz s'écarta de moi. Je sentis le courant d'air froid sur l'humidité entre mes cuisses.

– Ce n'est pas un rat, affirma-t-elle. Il y a quelqu'un là-haut.

– Oh, voyons, protestai-je. Pourquoi diable quelqu'un s'amuserait-il à faire du raffut dans le grenier? C'est un rat. Le bruit semble plus fort parce que nous sommes juste en-dessous.

– Quelqu'un vit peut-être là-haut, sans que tu le saches. J'ai vu un film comme ça. Le type descendait la nuit lorsque toute la famille dormait, et il se baladait dans la maison. C'était terrifiant, je t'assure.

– Pour quelle raison quelqu'un voudrait-il vivre dans un grenier noir comme un four?

– Je ne sais pas. Peut-être squattait-il ici avant ton arrivée, et maintenant il se cache dans le grenier et attend que tu partes.

J'allumai la lampe de chevet.

– D'ordinaire, les gens qui veulent se cacher ne font pas un tel boucan.

– Peut-être cherche-t-il à te faire peur, suggéra Liz.

– Je suis allé là-haut, répliquai-je. J'ai vu quelque chose qui ressemblait à un rat, mais je suis sûr que ce n'était pas une personne.

– Eh bien, moi j'ai l'impression que c'est une personne.

Nous attendîmes encore quelques instants. Je me sentais frustré tout autant qu'effrayé. J'avais foutrement envie de prendre un tisonnier ou une batte de cricket et de rouer de coups ce connard de Brown Johnson. Mais je me demandais si j'aurais le courage de faire ça, une fois que je me trouverais en face de lui. Et si ce n'était pas un rat? Supposons que ce soit un squatter, ou un vagabond, ou un psychopathe se cachant de la lumière, ou de la police? Supposons que ce ne soit rien de tout ça, mais une sorte de créature totalement différente – une créature tellement horrible que personne n'était à même de la décrire?

Dans tous les cas, elle devait partir, mais je n'étais pas du tout sûr d'être capable de la chasser. Si les habitants de Bonchurch connaissaient son existence depuis tellement d'années, pour quelle raison personne n'avait-il essayé de s'en débarrasser auparavant? Pourquoi les Tennant n'avaient-ils pas essayé de s'en débarrasser?

Nous n'entendîmes pas d'autres bruits pendant plus de cinq minutes. Finalement, je pris la main de Liz et dis :

– Allons, recouche-toi. Nous devrions essayer de dormir un peu.

– Je ferais mieux de retourner dans ma chambre, déclara-t-elle. Nous ne tenons pas à ce que Danny me trouve ici, d'accord?

– Je ne pense pas que cela gênerait Danny.

– Peut-être, mais moi cela me gênerait. Je ne suis pas sa mère et je ne suis pas ta maîtresse. Nous avons eu une partie de baise interrompue, c'est tout.

Je ne sus pas quoi dire. J'avais espéré que nous pourrions poursuivre là où nous nous étions arrêtés, ou quelques coups de boutoir plus tôt, mais il était clair que Liz n'en avait plus envie. Je songeai à au moins cinq reparties des plus spirituelles, mais je me contentai de me mordiller la lèvre. Moins on en parle mieux cela vaut, et ce genre de chose. Peut-être que demain soir, ça lui dirait à nouveau, qui sait?

Elle descendit du lit et tira sur les pans de son T-shirt, mais j'eus le temps d'entrevoir les lèvres d'un rose luisant de son sexe. C'était le genre d'image fugace, éblouissante, que vous pouviez vous repasser maintes et maintes fois dans la lanterne magique de votre esprit, jusqu'à la fin de vos jours.

– Petite culotte, dis-je, en la lui tendant.

– Merci, sourit-elle. Fais de beaux rêves.

Elle m'envoya un baiser, puis ouvrit précautionneusement la porte de la chambre, sortit, et la referma doucement derrière elle. Je restai où j'étais, appuyé sur un coude, avec le sentiment que je ne comprendrais jamais rien aux filles. Mon ami Chris Pert m'avait dit un jour que les filles étaient le seul problème insoluble qui pouvait vous exciter sexuellement.

J'étais sur le point d'éteindre lorsque la porte se rouvrit, et Liz entra de nouveau dans la chambre.

– Qu'y a-t-il? lui demandai-je.

Elle avait l'air bizarre, inquiète, les yeux écarquillés.

– Il y a une lumière qui vient du grenier. Une lumière vraiment intense.

– Il n'y a pas de lampes là-haut. Les fils électriques sont complètement pourris.

– Bon, viens voir par toi-même.

Je m'extirpai du lit et enfilai mon caleçon maculé de pâte dentifrice. Liz expliqua :

– Je refermais ma porte lorsque j'ai vu cette lumière scintiller. Comme s'il y avait un genre de court-circuit.

Je sortis dans le couloir et Liz m'emboîta le pas. Il faisait totalement sombre. La lune n'était pas encore levée et les rideaux étaient soigneusement tirés.

– Je ne vois rien, lui dis-je. C'était probablement un reflet. Tu sais, lorsque tu as ouvert la porte de ta chambre. Il y a un miroir sur le palier.

– Ce n'était pas un reflet, soutint Liz. C'était *bleu*, comme de l'électricité.

Je m'avançai à tâtons dans le couloir vers le palier. Il faisait tellement sombre que c'était plus simple de fermer les yeux et de tâtonner le long des murs comme si j'étais aveugle. Liz marchait juste derrière moi, sa main posée sur mon épaule.

– Cela n'a duré que deux ou trois secondes, mais c'était tellement brillant.

Nous avions presque atteint le palier lorsque nous entendîmes un cri strident, comme un enfant tout à fait terrifié. Mes cheveux se dressèrent sur ma tête, et je dis : « Merde... qu'est-ce que c'est? » Liz agrippa ma main, paniquée, et j'agrippai la sienne, tout aussi paniqué.

Le cri devint suraigu comme cela se rapprochait; aussi perçant que le sifflement d'un train survenant à toute allure. Puis cela passa du ton majeur au ton mineur tandis que cela diminuait et cessait.

Aussitôt après, nous entendîmes un bruit qui ressemblait à un grognement caverneux et sonore. Ou peut-être n'était-ce pas un grognement. Je n'avais jamais entendu un animal grogner de cette façon, pas même dans les zoos, ou dans des émissions télévisées consacrées à la vie des bêtes. Cela ressemblait plutôt à une voix humaine au ralenti et amplifiée. Grave, brouillée – et tellement puissante que les fenêtres vibraient et bourdonnaient dans leur cadre.

Puis la lumière tremblota et jaillit des fissures autour de la porte du grenier. Une lumière aveuglante d'un bleu intense illumina un instant tout le couloir, et le palier. Je vis le visage de Liz, livide et terrifiée. Sur le mur du couloir, j'aperçus un chromo du Christ crucifié.

– Bonté divine! chuchota Liz. Qu'est-ce que c'est, à ton avis?

Je me redressai, très sûr de moi, et lui tapotai la main.

– Il y a une explication parfaitement logique, lui dis-je. (Je frissonnais et je voyais toujours des lignes et des triangles lumineux danser devant mes yeux.) C'est un court-circuit, quelque chose comme ça. Ou peut-être est-ce de l'électricité statique. Nous sommes à proximité de la mer. Ou ce pourrait être le feu Saint-Elme.

– Quoi?

– Tu sais bien, le feu Saint-Elme. Parfois on constate ce phénomène sur les mâts d'un navire, ou l'extrémité des ailes d'un avion. Ce nom vient du patron des marins de la Méditerranée, saint Elme. Quelquefois on dit *corposant* [1].

Je m'interrompis et la regardai. Il était clair qu'elle se demandait comment diable je connaissais toutes ces conneries.

– J'ai lu ça dans l'almanach *Eagle*, lorsque j'avais douze ans.

– Oh. (Elle était trop jeune pour se souvenir de l'almanach *Eagle*; en fait, elle n'en avait jamais entendu parler.) Et comment expliques-tu ce cri?

– Aucune idée. Peut-être était-ce de l'air dans les conduites d'eau. Ou bien un pigeon s'est retrouvé pris au piège dans le grenier, et le rat lui a fait son affaire.

– Les pigeons ne crient pas comme ça.

– Je sais. Mais celui-là, peut-être que oui.

Nous attendîmes dans l'obscurité. Jamais je ne m'étais senti aussi terrifié, aussi impuissant. Liz serrait ma main et je serrais la sienne en retour mais je ne savais pas quoi faire d'autre. Je ne pensais pas une seule seconde que ce qui se passait dans le grenier fût autre chose qu'un phénomène naturel et réel. Les lumières scintillaient et crépitaient; un énorme rat criait et grondait et galopait dans le grenier. Néanmoins il ne me venait pas à l'esprit qu'il y ait quelque chose de surnaturel dans tout ça. Je trouvais cela suffisamment terrifiant, sans, en plus, me dire que cela échappait peut-être à toute explication naturelle ou rationnelle.

– Tu devrais peut-être aller jeter un coup d'œil, murmura Liz.

– Je devrais peut-être aller jeter un coup d'œil?

– C'est toi l'homme.

– Ah bravo! fis-je, parcouru de frissons. Tu es comme toutes les femmes qu'il m'a été donné de rencontrer. Vous êtes d'accord pour être l'égale de l'homme seulement lorsque cela vous arrange.

Néanmoins, je savais que j'allais être obligé de monter jusqu'au grenier et d'affronter ce qui faisait tout ce ramdam là-haut. Je ne pouvais pas retourner me coucher avec toutes ces lumières et ces cris et ces coups sourds – non parce qu'il m'aurait été impossible de dormir, mais parce que ce rat gigantesque menaçait tout mon travail de l'été, et – bon, avouons-le –

1. Du portugais *corpo santo*, corps sacré de Jésus. *(N.d.T.)*

ma virilité, ainsi que... ma crédibilité de mâle. Je ne voulais pas que Liz pense que j'avais peur.

Je ne voulais pas que Liz pense que j'avais peur de quoi que ce soit – oh non, surtout pas elle!

La lumière scintilla à nouveau. Elle était moins brillante cette fois, et elle avait une teinte plus orangée. Quelques secondes plus tard, je fus certain de sentir une odeur de brûlé, une faible odeur aigre.

– Tu crois qu'un incendie s'est déclaré dans le grenier? demanda Liz.

– Je ne sais pas. Mais je pense que tu as raison. Je ferais mieux d'aller jeter un coup d'œil.

Je regardai autour de moi, à la recherche d'une arme appropriée. Dans la chambre à coucher proche du palier – à part une demi-douzaine de caisses à thé bourrés de coussins moisis, de lampes de table hideuses, de serre-livres, de numéros fanés de la revue *The Field* et d'un sac de fèves qui semblait avoir perdu la plus grande partie de ses fèves, il y avait une chaise de cuisine cassée. Je dis à Liz : « Attends », et j'entrai dans la chambre et me colletai avec le dossier de la chaise. Je parvins finalement à le désarticuler, comme un énorme dindon, et à arracher l'un de ses pieds de derrière.

– Et voilà! dis-je en brandissant ma massue d'homme des cavernes. A la moindre entourloupe, ceci entre en action.

Je m'approchai de la porte du grenier. Les lumières avaient cessé de scintiller, mais j'entendais toujours un crépitement électrique de temps à autre – *zizz-crack – zizz-crack-zizz!* Je sentais également cette odeur âcre – peut-être une odeur de brûlé, peut-être autre chose. C'était un peu trop douceâtre, un peu trop fin, pour ce que soit une odeur de brûlé. C'était difficile de dire exactement ce que c'était. Pour quelque raison, cela me faisait penser à l'odeur de renfermé, aigre, des commodes d'époque, lorsque vous ouvrez les tiroirs et regardez à l'intérieur.

– On dirait qu'il s'est calmé, chuchota Liz.

– Cela ne me rassure pas le moins du monde.

– Oh, allons, me tança Liz. Il ne doit pas être bien dangereux, si tous les habitants du village connaissent son existence.

– Tu crois ça? dis-je d'un air dubitatif. Il pourrait être *pire*. Réfléchis. Pourquoi tout le monde serait-il au courant, si ce n'était pas une créature redoutable?

Liz me regarda, son visage était indistinct dans l'obscurité, et je lui rendis son regard – un regard interrogateur qui n'obtint aucune réponse. L'enfer est un problème moins compliqué qu'une femme qui vous plaît et qui veut que vous fassiez quelque chose que vous n'avez pas du tout envie de faire. Mais finalement je soulevai le petit loquet de métal rouillé et ouvris la porte du grenier, et je sentis à nouveau cette odeur de renfermé, cette odeur d'haleine fétide. Je distinguais toujours aussi cette odeur aigre de brûlé, mais très faiblement, et il n'y avait pas de fumée. Qui plus est, l'air était *froid*, très froid – comme sortant d'un réfrigérateur ouvert.

– Apparemment, ce n'est pas un incendie, dit Liz en frissonnant.

Je me frappai la paume de ma main gauche avec le pied de chaise, si durement que cela me fit mal.

– Je le pense également.

– Tu as besoin d'une lampe électrique?

– Je n'en ai pas. En fait, j'en ai une, mais j'ai laissé les piles dedans tout l'hiver et elles sont couvertes d'une croûte verdâtre. J'avais l'intention d'en acheter une aujourd'hui.

J'actionnai l'interrupteur du palier. Tout comme le miroir, la lumière éclairait seulement les premières marches. Ensuite, la thibaude marron, épaisse et usée, était aussitôt engloutie par les ténèbres.

– Allez, vas-y, m'encouragea Liz.

– C'est bon, c'est bon. Je réfléchis à ce que je ferai si je le trouve.

– Tu lui tapes dessus avec ton pied de chaise, bien sûr.

– Et s'il m'attaque et saute sur moi?

– Tu tapes plus haut, c'est tout.

Je réfléchis un moment, puis je déclarai :

– Oui, tu as raison.

Après tout, ce n'était qu'un rat. Un gros rat d'un âge vénérable et d'une taille impressionnante, mais ce n'était tout de même pas *Godzilla*! Quant à ce hurlement – eh bien, les bruits semblaient dix fois plus effrayants la nuit.

Je baissai la tête et montai les trois premières marches, les marches que je voyais. J'atteignis l'endroit où je me trouvais suffisamment haut pour être en mesure de regarder entre les balustres de la rampe et de scruter le grenier. Je discernai certaines des formes que j'avais vues la fois précédente, ces formes qui étaient manifestement des meubles recouverts d'une housse, ou des piles de vieux vêtements. Il faisait trop sombre pour que je puisse distinguer autre chose. Je me tournai vers Liz et chuchotai :

– Il n'y a rien ici. C'était certainement un pigeon.

– Attends un peu, m'encouragea Liz.

Je reniflai et jetai un regard à la ronde. L'odeur de brûlé semblait avoir disparu complètement. Mes yeux s'habituaient à l'obscurité, et j'apercevais les formes tarabiscotées d'un porte-chapeaux, ainsi que le reflet cachottier d'un miroir.

Je m'apprêtais à redescendre lorsqu'un fort crépitement électrique retentit, et tout le grenier fut illuminé un instant par une lumière bleue aveuglante.

– David! appela Liz. David, tu n'as rien?

Tout d'abord je fus incapable de répondre. Je ne pouvais être certain de ce que j'avais vu. A la faveur de cette brève lueur aveuglante, cela avait ressemblé à un *enfant* – une fillette portant une longue chemise de nuit blanche, surprise par la lumière alors qu'elle s'avançait dans le grenier. Son visage ovale et blanc était tourné vers moi et, à en juger par son regard incrédule, je me doutai qu'elle m'avait vu également.

– David? répéta Liz.

– Je ne sais pas. Je n'en suis pas certain. Il me semble avoir vu quelque chose.

– David, descends tout de suite!

– Non, je suis sûr d'avoir vu quelque chose. Ce n'était pas du tout un rat. C'était une petite fille.

– Une petite fille? Qu'est-ce qu'une petite fille fiche dans ce grenier, en pleine nuit?

Je plissai les yeux. La lumière m'avait temporairement aveuglé, et je ne voyais même plus le porte-chapeaux ou le miroir.

– Qui est là? appelai-je, m'efforçant de prendre une voix douce, plutôt qu'irritée. Ohé, il y a quelqu'un?

S'ensuivit un long silence.

– Est-ce qu'il y a quelqu'un? répétai-je.

– On dirait une séance de spiritisme, plaisanta Liz, mais sa voix était tendue.

Je regardai et écoutai, mais je n'entendais que les bruits ordinaires de la nuit.

– Peut-être est-ce le cas, lui dis-je.

– Allez, descends, insista Liz.

J'attendis deux, presque trois minutes! j'appelai maintes et maintes fois, mais il n'y eut pas d'autres scintillements lumineux, et la petite fille demeura invisible. Juste au moment où je m'apprêtais à m'en aller, j'entendis un mouvement furtif dans un coin au fond du grenier, mais cela aurait pu être n'importe quoi. Je redescendis précautionneusement, évitant de dévaler l'escalier pour ne pas montrer à quel point j'étais terrifié. Puis je refermai la porte derrière moi.

– Qu'est-ce que c'est, d'après toi? me demanda Liz.

Je secouai la tête. *Sais pas. Sais vraiment pas. Ai pas du tout envie de savoir.*

– Peut-être s'agit-il seulement d'un genre de perturbation atmosphérique. Nous sommes à proximité de la mer. Ou bien des éclairs, c'est possible. Demain j'irai acheter un paratonnerre au village.

– Tu veux une tasse de thé? dit Liz. Tu trembles.

– Oui... ce n'est pas de refus.

– Tu n'es pas certain d'avoir vu une petite fille?

– Cela ressemblait à une petite fille. Mais peut-être était-ce une chaise à dossier droit, recouverte d'un drap. Qui sait? J'avais les nerfs à vif, tu comprends.

Mais j'avais vu son visage: son visage hagard et hébété, meurtri par le doute et vidé de toute couleur, un visage émacié et crasseux.

Nous allâmes au rez-de-chaussée et entrâmes dans la cuisine. La plus morne des aubes délavées commençait à maculer le ciel. Je m'assis à la table de la cuisine tandis que Liz branchait la bouilloire électrique.

– Peut-être y a-t-il vraiment des enfants là-haut, dit Liz. Peut-être ont-ils transformé le grenier en une sorte de camp de vacances.

– D'accord, et moi je suis le pape! Comment diable pourraient-ils entrer et sortir de la maison à notre insu? De plus – si c'étaient vraiment des enfants, ils ne feraient pas tout ce boucan. Ils n'auraient pas envie qu'on découvre leur présence, d'accord?

– Ça t'ennuierait? demanda Liz, laissant tomber un sachet de thé Tetley dans ma tasse et le remuant avec son index. Aïe, c'est brûlant!

– Ça m'ennuierait quoi?

– Ça t'ennuierait si c'étaient vraiment des enfants? Ce sont probablement des enfants du coin, se cachant de leurs parents.

Je voulus boire mon thé mais il était trop chaud, et je fus obligé de souffler dessus pendant une minute ou deux.

– Je n'en sais rien, répondis-je. Cela me serait égal, du moment qu'ils ne font pas de dégâts et qu'ils me laissent dormir tranquillement toute une nuit, pour changer!

Liz s'assit en face de moi. Elle prenait son thé noir – ou plutôt ambre foncé – et il avait à peu près la couleur du café.

– Je comprends, dit-elle. Et si nous leur tendions un piège?

– Un piège? Quel genre de piège? S'il y a des enfants là-haut, nous n'allons tout de même pas tendre un piège pour qu'ils se blessent?

– Bien sûr que non. Écoute, c'est très simple. Nous allons disposer des feuilles de papier par terre, sur le palier, et ensuite saupoudrer le papier de suie ou de talc. S'ils marchent dessus, ils laisseront des empreintes de pas. Nous faisions souvent ça au pensionnat, pour savoir si quelqu'un s'était introduit dans nos chambres.

– Ma foi, nous pouvons toujours essayer.

Tandis que nous buvions notre thé, j'eus l'impression que Fortyfoot House était parcourue d'un long frémissement et, juste à la limite de ma perception, il me sembla entendre un enfant crier. Pourtant, lorsque j'écoutai attentivement, il n'y avait rien. Seulement cette étrange sorte de vide que vous entendez lorsqu'un train vient de passer à grande vitesse et disparaît dans le lointain.

Je rêve de tout ça, pensai-je. Mais lorsque j'allai jusqu'à l'évier pour rincer ma tasse, je crus entrevoir dans le jardin une ombre qui n'était pas du tout une ombre, mais un homme coiffé d'un grand chapeau noir qui se dirigeait en toute hâte vers le couvert des arbres, comme un homme courant éperdument, un homme trop terrifié pour tourner la tête et voir quel prédateur inconcevable le poursuivait.

6

Le chasseur de têtes

On frappa vigoureusement à la porte de la cuisine. J'interrompis ma lecture du *Daily Telegraph* et Danny leva gravement les yeux de son bol de céréales, un rayon de soleil réfléchi par sa cuillère éclairant sa joue.

C'était le chasseur de rats, Harry Martin, le visage rougeaud, essoufflé. Il tenait à la main un chapeau de tweed cabossé et portait un costume de tweed épais à chevrons. Dans son autre main il tenait une grosse sacoche en cuir attachée par des courroies et marquée des initiales HJM.

– Mr. Martin, entrez, je vous en prie, le saluai-je. (A dire vrai, j'étais ravi de le voir, après les incidents de la nuit dernière.) Je viens de faire infuser du thé, si ça vous dit. Ou bien il y a de la limonade. On dirait que vous crevez de chaleur avec ce costume.

Il posa sa sacoche par terre, prit une chaise, renifla et s'assit.

– C'est ma tenue de chasseur de rats, expliqua-t-il. (Il tira sur sa manche, la tenant entre le pouce et l'index.) Vous voyez? Il n'y a pas beaucoup de rats qui sont capables de vous mordre à travers ça. Pas comme ces combinaisons en nylon qu'ils portent aujourd'hui. Tâte-moi ça, dit-il à Danny. (Danny s'exécuta, à contrecœur.) Alors, qu'en penses-tu?

– C'est plein de poils, déclara Danny.

– Exact, plein de poils, comme un rat. Un costume de rat pour chasser les rats.

Je lui servis une tasse de thé.

– Du sucre? lui demandai-je.

– Trois, merci.

Il remua son thé maintes et maintes fois. Le tintement de la petite cuillère devint tellement agaçant que je fus tenté de lui dire d'arrêter.

Il posa brusquement sa cuillère sur la table et me considéra, fermant un œil à moitié, l'autre grand ouvert.

– Vous avez eu des ennuis la nuit dernière, hein? me demanda-t-il.

J'acquiesçai de la tête.

– J'ai vu les lumières dans le ciel. Pouvais rien entendre, parce que le vent soufflait dans la mauvaise direction. Mais je me suis douté que vous aviez des ennuis.

– Nous avons eu des bruits, oui, dis-je en coulant un regard vers Danny. Des bruits, et quelques lumières. Danny... est-ce que tu pourrais terminer ton petit déjeuner dans la salle de séjour?

– Je regarde les dessins animés.

J'arrêtai la télévision.

– Tu *regardais* les dessins animés. Maintenant tu ne regardes *plus* les dessins animés. Alors va finir ton petit déjeuner dans la salle de séjour, d'accord?

– Voyons, inutile de faire des histoires, intervint Harry Martin. Allons prendre notre thé dans le jardin. Pourquoi priver ce garçon de télévision?

– S'il reste planté devant la télévision toute la journée il aura besoin d'une canne blanche avant longtemps, répliquai-je.

Néanmoins je suivis Harry comme il franchissait la porte de la cuisine et se dirigeait vers le patio. Nous nous assîmes sur le muret dominant le jardin en pente et le cadran solaire couvert de lichen. Le soleil matinal brillait d'un bel écarlate à travers les oreilles poilues de Harry.

Le bruissement de la mer paraissait étrangement rassurant, comme une mère berçant son enfant fiévreux.

– Quelle sorte de bruits? demanda Harry.

– Des cris, des coups sourds, et des grognements. Des cris d'enfant. Et un son très grave, comme si quelqu'un parlait, mais très lentement. Vous savez... comme une bande enregistrée que l'on passe au ralenti. J'ai également vu – ou *cru* voir – une fillette portant une longue chemise de nuit. Mais c'était probablement un reflet lumineux.

J'hésitai.

– Du moins, j'espère que c'était un reflet lumineux.

Harry tira sa blague à tabac de sa poche et se roula une cigarette.

– Vous avez écouté la radio ce matin?

– Pas vraiment, non.

– J'écoute toujours la radio le matin. Ça me tient compagnie jusqu'à ce que Vera se réveille.

– Et?

– Aux informations ce matin ils ont dit qu'une fillette de neuf ans, une fillette de Ryde, avait disparu la nuit dernière. C'est en partie pour cette raison que j'ai eu l'idée de venir vous voir.

– Je ne suis pas sûr de comprendre.

Harry alluma sa cigarette et renifla.

– D'après le communiqué, cette fillette était enfermée à clé dans sa chambre, pour la punir d'être rentrée très tard à la maison. La fenêtre était également verrouillée. Pourtant elle est sortie, d'une manière ou d'une autre. Il y avait l'empreinte laissée par son corps sur le lit, là où elle avait dormi, mais c'était tout. Et le seul vêtement qui a disparu c'est sa chemise de nuit, celle qu'elle portait.

– Je ne vous suis toujours pas.

– Cela est déjà arrivé, des enfants qui disparaissent, poursuivit Harry patiemment. Chaque fois qu'il y a des lumières et des bruits à Fortyfoot House, croyez-moi, une année après l'autre, des enfants disparaissent.

– Vous pensez vraiment que les deux choses sont liées? Des enfants disparaissent tous les jours, cela n'a rien d'exceptionnel.

– Ils ne disparaissent pas comme les *autres* enfants disparaissent habituellement. Ceux-là se volatilisent littéralement; on ne les revoit plus jamais et on n'entend plus jamais parler d'eux. On ne retrouve même pas de corps.

Il me regarda fixement.

– Écoutez-moi bien. Chaque fois qu'il y a des lumières et des bruits à Fortyfoot House, j'écoute toujours les nouvelles à la radio et je lis soigneusement les journaux. Et à chaque fois on signale la disparition d'enfants. Un, ou deux. Et ils disparaissent pour de bon, comme s'ils n'avaient jamais existé.

– Vous en avez parlé à la police?

– Si j'en ai parlé à la police? J'ai été les voir je ne sais combien de fois. Mais ils se contentent de rire, vous comprenez. Ils me prennent pour un vieux chasseur de rats complètement timbré, voilà ce qu'ils pensent. Trente-cinq ans passés à respirer de la warfarine, ça m'a bousillé le cerveau, voilà ce qu'ils disent. Je leur téléphone toujours pour les prévenir, chaque fois que cela se produit, mais ils se moquent de moi. Ces flics d'aujourd'hui, de sacrées têtes de pioche.

Je changeai de position sur le muret et levai les yeux vers le toit.

– Et qui enlève ces enfants, à votre avis? Pas Brown Johnson?

– Brown *Jenkin*, me reprit-il. C'est son nom, Brown Jenkin. Et, oui, c'est lui qui fait ça. A Bonchurch ils racontent cette histoire depuis des années. Pour faire peur à leurs gosses, disons. Mange tes carottes, sinon Brown Jenkin viendra te chercher, et il t'emmènera. Vous avez entendu ce que ma Vera a dit.

– Oui, acquiesçai-je. Il vous emmène dans un endroit où même les pendules ne peuvent pas vous attraper.

– C'est exact, dit Harry. Très loin dans le futur, ou là-bas dans le passé, qui sait? On prétend qu'il y a des endroits où tout est exactement comme ici, mais différent. Comme, par exemple, la reine est une noiraude et personne n'a jamais découvert comment voler.

– Les réalités alternatives, renchéris-je. Oui, je sais. Il y avait un long article dans le *Telegraph* sur ce sujet.

– Un tas de conneries, à mon avis, fit remarquer Harry. Mais ces enfants disparaissent, pas de doute, et on ne retrouve jamais rien, pas même une chaussure, ou une empreinte de pas, ou un ongle.

Liz sortit de la maison et vint vers le patio, en short kaki et T-shirt blanc à travers lequel on voyait ses aréoles foncées.

– Vous voulez une autre tasse de thé? lança-t-elle, sa main en visière pour ne pas être éblouie par le soleil.

Harry secoua la tête. Liz s'approcha et s'assit sur le muret à côté de nous.

– Vous n'êtes pas venu pour attraper notre rat, hein? demanda-t-elle.

Ses cheveux, lavés et brossés, brillaient; et elle portait l'eau de toilette Laura Ashley.

– L'attraper aujourd'hui, je sais pas, mais je suis venu jeter un coup d'œil, répondit Harry. J'ai toujours eu très envie d'attraper Brown Jenkin. Comme des pêcheurs ont très envie d'attraper un énorme brochet en particulier. Ou le capitaine Achab de tuer Moby Dick.

– Votre femme m'a fait promettre de vous en empêcher, lui dis-je.

– Oh, bien sûr! Mais vous savez comment sont les femmes. Elles n'ont pas le sens du devoir.

– Le sens du devoir? demanda Liz.

– Harry est un chasseur de rats, expliquai-je. S'il attrape Brown Jenkin, eh bien, ce sera l'apothéose de sa carrière. Les gens ne l'oublieront jamais. Pas à Bonchurch, en tout cas.

– Ce n'est pas ça, me contredit Harry. Je ne cours pas après la célébrité. Pas du tout même!

– Ah bon, fis-je, vexé.

Harry ralluma sa cigarette, produisant un fort bruit de succion.

– Le genre de devoir dont je parle, c'est un devoir familial : un devoir envers mon frère.

Nous attendîmes, et écoutâmes. Harry s'éclaircit la gorge, et raconta :

– Mon jeune frère William a disparu alors qu'il avait huit ans. Nous dormions dans la même chambre, William et moi, et il est seulement allé dans la cuisine pour boire un verre d'eau. C'était l'une de ces nuits où il y avait des lumières et des bruits à Fortyfoot House. Je voyais les lumières, vous comprenez, luisant sur les nuages, et j'entendais aussi les bruits, comme des *grognements* souterrains.

» William s'est levé parce qu'il avait soif. Lorsque je l'ai vu pour la dernière fois, il ouvrait la porte de notre chambre, dans sa chemise de nuit. Je le vois encore maintenant. Je le vois distinctement. Il avait des cheveux châtain foncé et un petit cou décharné. Mais vous savez quoi? Je suis pas foutu de me souvenir de son visage.

– Et vous ne l'avez jamais revu? demandai-je.

– Je ne l'ai jamais revu. Jamais plus. Mais la porte de la cuisine était fermée à clé, de l'intérieur; et la porte d'entrée était verrouillée, de l'intérieur. Il n'y avait que l'imposte du garde-manger qui était ouverte, et même un chat n'aurait pas pu se faufiler par l'ouverture.

– Cela s'est passé il y a longtemps?

S'ensuivit un long, très long silence. Puis Harry déglutit et répondit :

– Cinquante-six ans, l'automne prochain.

– Et vous pensez que c'est Brown Jenkin qui l'a enlevé?

– J'ai entendu ma mère le dire, au pasteur. Elle en était sûre. Elle criait qu'elle voulait aller à Fortyfoot House et démolir la maison brique par brique jusqu'à ce qu'on retrouve notre William. Mais mon père a dit qu'elle était devenue folle et que Brown Jenkin n'était qu'un rat, ou peut-être juste une *histoire* à propos d'un rat, et que c'était le Seigneur qui donnait et le Seigneur qui reprenait, pas les rats. Mais je savais que ce n'était pas vrai.

– Comment le saviez-vous? demanda Liz d'un ton compatissant.

Il était clair que Harry était toujours affligé et bouleversé par la disparition de son frère, même si cela était arrivé il y avait un demi-siècle.

– Le lendemain matin, j'ai découvert deux empreintes de pas dans les plates-bandes devant le mur de la cuisine. Comme des empreintes laissées par un rat, mais plus grosses, trois fois, quatre fois plus grosses. L'une d'elles était très nette, au milieu des pensées, mais l'autre n'était qu'une moitié d'empreinte, et semblait venir du mur de la cuisine – *sortir* du mur, vous comprenez? – exactement comme si un animal avait traversé le mur sans même se soucier qu'il soit là.

– Est-ce que vous avez montré ces empreintes à votre père?

– Je voulais le faire, mais il n'est pas rentré à la maison de toute la journée, il était avec les policiers, cherchant William sur les falaises, et le soir venu il a plu toute la nuit, et le lendemain matin la pluie avait effacé les empreintes. Je n'avais plus de preuves, et c'est à ce moment que je me suis dit que je devais oublier ce qui était arrivé, et ne plus penser à Brown Jenkin, que sinon j'allais peut-être perdre la raison, exactement ce qui a failli arriver à ma mère.

Je finis mon thé.

– Mais maintenant vous êtes venu pour le chercher?

– J'ai pensé que je pourrais le faire, si vous n'y voyez pas d'inconvénient.

– Bien sûr que non.

Je ne savais pas si je croyais ou non que Brown Jenkin sortait la nuit et enlevait des enfants en passant à travers des murs, mais je croyais qu'il y avait quelque chose de très déplaisant et de très inquiétant dans le grenier de Fortyfoot House, et plus tôt nous réussirions à le déloger, mieux ce serait.

– Bon, très bien, fit Harry en se levant. On y va?

– J'ai bien peur que l'installation électrique soit défectueuse dans le grenier, et je n'ai pas de torche. Je voulais en acheter une hier, mais j'ai complètement oublié.

– Ne vous inquiétez pas, j'en ai une dans ma sacoche, avec tout mon attirail.

Il retourna dans la cuisine, récupéra sa sacoche et défit les courroies.

– J'ai tout ce qu'il faut là-dedans, dit-il en farfouillant bruyamment dans la sacoche. Pièges, fils de fer, appât empoisonné. Même un maillet foutrement gros. C'est le moyen le plus efficace pour tuer un rat, tout compte fait, un foutrement gros maillet.

Je fis observer, mal à l'aise :

– Votre femme a dit que je ne devais pas vous demander de chercher Brown Jenkin, que je devais vous en empêcher, en fait.

Harry sortit de sa sacoche une énorme torche chromée.

– Vous ne me l'avez pas demandé, mon garçon. Quant à m'en *empêcher*, désolé, mais vous n'êtes pas le maître des lieux, vous êtes seulement le peintre décorateur, et ce que j'ai envie de faire, eh bien, je le fais. Vous n'avez pas votre mot à dire.

Je lançai un coup d'œil à Liz, mais elle se contenta de hausser les épaules.

– Vous n'êtes pas obligé d'aller là-haut, insistai-je. J'ai appelé Mortis, ils viennent cet après-midi.

Harry posa une main ferme sur mon épaule et me regarda dans les yeux.

– Mortis, mon garçon, c'est parfait pour les fourmis ou les blattes. Mais ça, c'est un boulot pour un chasseur de rats. (Il se tapota le front.) De la psychologie, voilà ce qu'il faut, avec une créature comme Brown Jenkin. De la jugeote, avoir toujours une longueur d'avance sur lui.

– Ma foi... si vous le dites.

A ce moment Danny entra dans la cuisine, apportant son bol de céréales vide.

– Qu'est-ce que vous ferez du rat lorsque vous l'aurez attrapé? demanda-t-il à Harry. Vous allez le mettre dans une cage et le garder comme animal de compagnie?

– Pas ce rat, répondit Harry.

– Je voulais lui tirer dessus avec mon pistolet à eau mais papa a oublié d'acheter une lampe électrique.

Harry me fit discrètement un sourire en coin.

– C'est sans doute mieux ainsi, fiston.

Danny alla jouer dehors, et je me dirigeai vers le vestibule, suivi de Harry qui respirait bruyamment. Comme ses vieilles mains rugueuses agrippaient la rampe d'escalier, je vis qu'il n'avait plus de troisième phalange à l'index et au médius de sa main droite. Ce qui avait probablement valu à un rat une sacrée raclée, à coups de maillet, me doutai-je.

– Qu'est-ce qui vous a décidé à venir ici? lui demandai-je.

– Votre gamin, grommela-t-il.

– Danny?

– C'est exact. Après votre visite d'hier, je suis venu à pied jusqu'à Bonchurch pour jeter un coup d'œil à la maison – vous savez, juste pour me rafraîchir la mémoire. Je ne m'étais pas promené par ici depuis deux ou trois ans, peut-être plus. Je me suis approché de l'entrée au fond du jardin et j'ai vu votre garçon qui jouait à côté de la pièce d'eau. Il me tournait le dos. Et pendant une seconde... (Il s'interrompit, déglutit, et sa pomme d'Adam prononcée tressauta.) Pendant une seconde, j'ai cru que c'était mon frère William.

Il n'avait pas besoin de me donner d'autres explications. Je soulevai le loquet de la porte du grenier, et il alluma sa torche.

Faites comme chez vous, lui dis-je. Mais je vous en prie, soyez prudent.

Harry renifla l'air qui s'échappait de façon soutenue de l'obscurité du grenier.

– Je ne *sens* pas l'odeur de rats, déclara-t-il.

– Que sentent-ils, en général?

– Oh, vous pouvez pas vous tromper. Ils puent la pisse aigre, la sciure de bois et autre chose, une odeur caractéristique des rats, une odeur de mort et de nourrissons, tout ça mélangé.

– Vous n'emportez pas votre maillet? lui demandai-je.

– Pas cette fois. Je veux juste jeter un coup d'œil, aujourd'hui. Je veux juste me rendre compte de ce que je vais affronter.

– Un rat sacrément mastoc, de la taille d'un cocker, croyez-moi, l'avertis-je.

Il monta les marches péniblement, sondant l'obscurité avec sa torche. Je le suivis, bien que, en toute franchise, j'aurais donné n'importe quoi pour retourner au rez-de-chaussée, sortir de la maison, retrouver le soleil, et oublier que j'avais entendu ou vu quelque chose. Et si cette fillette était toujours là-haut? Supposons qu'elle soit réelle – qu'elle ait été kidnappée, sauvagement violée et assassinée? Comment diable expliquerais-je cela à la police?

Supposons que les histoires des gens du pays soient vraies, et que Brown Jenkin soit une bête féroce capable d'enlever des enfants? Tout ce que j'avais pour me protéger c'était un chasseur de rats âgé de soixante-sept ans, asthmatique et armé d'une torche.

Lâche, me réprimandai-je. Puis je pensai : foutrement exact. Je n'ai pas honte d'être terrifié.

Harry arriva en haut de l'escalier, s'appuya sur la rambarde et jeta un regard à la ronde, le faisceau de sa torche explorant chaque recoin. J'aperçus un cheval à bascule qui avait l'air mal en point : son œil de verre jaune luisait, sa crinière était clairsemée par le temps et par les mauvais traitements infligés par des enfants. Je vis une malle de collège verte, marquée au pochoir du nom R.W.J. Wilson, Maison du Principal. Je vis des caisses à thé bourrées de vieux livres. Très loin en bas, faiblement, j'entendais Danny rire aux éclats tandis que Liz jouait à chat avec lui dans le jardin.

– La nuit dernière, c'était dantesque ici, dis-je à Harry. Des lumières aveuglantes, des bruits – et puis cette petite fille. Ou ce qui m'a *semblé* être une petite fille.

Harry tendit le bras derrière lui et serra ma main. Je sentis ses doigts calleux, et ses phalanges qui manquaient.

– Vous n'avez pas à vous excuser, mon garçon. Vous savez ce qui est réel et vous savez ce qui ne l'est pas – de même que je sais avec certitude ce qui a enlevé mon frère. Certaines choses vous en êtes sûr et certain, c'est tout, peu importe ce que les gens disent. Je ne sens peut-être pas de rats, mais je sens Brown Jenkin.

– Qu'allez-vous faire? lui demandai-je.

– Je vais regarder un peu partout, répondit-il. Même le plus malin des rats laisse des traces derrière lui.

– D'accord, mais pour l'amour du ciel, soyez prudent, c'est tout.

J'attendis dans l'escalier tandis que Harry allait et venait dans le grenier, soulevant des housses et déplaçant des meubles.

– Pas de crottes, dit-il après un long moment. D'habitude, il y a des crottes.

– Peut-être n'est-ce pas un rat, après tout, suggérai-je.

– Toute vermine laisse des déjections, répliqua Harry. Exactement comme tous les êtres humains laissent des détritus.

Je songeai brusquement à la papillote de bonbon que j'avais jetée par la vitre de ma voiture hier, et je me sentis fautif.

Harry farfouilla encore un peu. Je ne le voyais plus maintenant – il se trouvait dans la partie la plus reculée du grenier, au-dessus de ma chambre. De temps en temps j'apercevais le faisceau de la torche éclairer le plafond en pente, mais c'était tout.

– Hé, c'est bizarre! s'exclama Harry. Il y a une lucarne ici, mais pas de ciel.

Je montai les dernières marches afin de le voir. Il se tenait juste au-dessus de ma chambre, et éclairait avec sa torche une petite lucarne à deux carreaux dans le plafond.

– J'ignore pourquoi c'est comme ça, dis-je. Quand on regarde la maison de l'extérieur, cela donne l'impression que cette partie du grenier a été condamnée.

Harry réfléchit à cela, et renifla.

– Alors il y aurait un genre d'espace derrière cette cloison?

– C'est exact. Entre l'ancien toit et le nouveau toit.

– Assez grand pour que quelqu'un puisse s'y cacher?

– Eh bien, oui. Mais pas un rat. Comment un rat pourrait-il ouvrir et fermer une lucarne?

Harry braqua la torche sur son visage. Celui-ci paraissait anguleux et spectral, tel un masque mortuaire flottant au sein de l'obscurité.

– C'est justement la question, non? Et il y en a une autre : comment un rat aurait-il pu enlever mon frère?

Je secouai la tête. J'avais envie qu'il continue de chercher et trouve Brown Jenkin aussi vite que possible. Malgré le courant d'air qui le traversait constamment, le grenier était étouffant, oppressant – comme s'il était situé à deux niveaux sous terre et non au deuxième étage de la maison.

Harry se remit à fureter et à déplacer d'autres meubles.

– J'ai l'impression que nous allons devoir reconsidérer le problème, me dit-il. Il n'y a pas le moindre signe de la présence d'un rat dans ce grenier, ou d'un écureuil. Aucun signe de quoi que ce soit.

– Pourtant j'ai vu quelque chose, insistai-je. C'était couvert de poils et sombre, et cela m'a frôlé dans l'obscurité.

Il y eut un long silence, puis Harry renifla et déclara :

– Je vous crois. Mais j'en connais certains qui ne vous croiraient pas.

Il resta immobile pendant une bonne minute, le regard perdu dans le vague. Puis il dirigea à nouveau le faisceau de sa torche vers la lucarne.

– J'ai envie d'aller jeter un coup d'œil là-haut. Cette lucarne nous dira peut-être de quoi il retourne.

– Elle est certainement coincée, lui dis-je.

Néanmoins, il traîna l'une des caisses et monta dessus de façon à atteindre le loqueteau de la lucarne. Il fut obligé de donner deux ou trois coups sur la lucarne avec son poignet, mais elle céda brusquement. Il la releva aussi loin qu'elle pouvait aller, puis la fixa sur la barre d'appui rouillée.

– L'odeur est différente là-dedans, dit-il, passant la tête par l'ouverture et braquant sa torche d'un côté et de l'autre.

Harry me cachait la vue en grande partie, mais j'aperçus des parpaings rugueux et grisâtres, grossièrement assemblés et cimentés, ce qui semblait indiquer que le toit avait été maçonné en toute hâte, par quelqu'un qui n'était pas du métier.

– Les tuiles de l'ancienne toiture sont toujours là, me lança Harry. Mais je ne vois vraiment pas pourquoi on a voulu murer ceci. Apparemment cela ne sert à rien.

– On a également muré l'une des fenêtres de ma chambre.

– Ça alors, ça me dépasse! dit Harry.

Il s'apprêtait à descendre de la caisse lorsque, brusquement, il lâcha sa torche. Elle heurta et roula sur le plancher, mais ne s'éteignit pas, éclairant la surface poussiéreuse d'une psyché et emplissant un recoin du grenier d'une sinistre lumière réfléchie.

Au moment où j'allais courir vers lui et ramasser la torche, il fit un bruit singulier, comme si on déchirait un drap. Je levai les yeux et vis avec horreur que son cuir chevelu semblait accroché par quelque chose. Il essayait de lever les bras pour se dégager, mais n'y parvenait pas. Il se contorsionna et donna un coup de pied, et la caisse sur laquelle il était juché bascula et dégringola bruyamment sur le plancher.

– Harry! criai-je, tentant de l'empoigner par les jambes afin de supporter une partie de son poids.

Il me regarda fixement, la bouche ouverte, mais semblait incapable de parler.

– Harry! Qu'y a-t-il? lui demandai-je.

Je réussis à attraper sa jambe gauche, mais sa jambe droite gigotait trop.

– Restez tranquille! lui criai-je. Essayez de ne pas bouger!

La tête de Harry fut secouée violemment d'un côté à l'autre, et son front cogna contre le chambranle de la lucarne. Je vis des meurtrissures, du sang. Puis j'entendis à nouveau ce bruit de drap que l'on déchire, et brusquement le visage de Harry se tendit, ses yeux se réduisirent à des fentes obliques, ses narines s'élargirent, sa lèvre supérieure se retroussa en un rictus grotesque.

– *Harry!* hurlai-je.

La peau de son visage était tirée vers le haut, de plus en plus. Bientôt il me lorgnait tel un Mongol saisi de démence, arborant une grimace monstrueuse. A nouveau ce bruit terrifiant – ce craquement et ce déchirement d'une étoffe – et je compris soudain ce que c'était. *La peau de Harry était petit à petit arrachée de son crâne. Le craquement était le craquement de la graisse qui se fendait et des membranes qui se détachaient des os; le déchirement était le déchirement des racines des cheveux.*

Je parvins à saisir son autre jambe et à l'immobiliser. Puis je tirai vers le bas, m'efforçant de le dégager de ce qui le retenait. Mais il poussa un cri tellement strident que je fus obligé de le lâcher. La peau était arrachée de sa tête, comme la peau d'un poulet que l'on vient de plumer, et je ne pouvais absolument rien faire pour empêcher ça.

– *Liz!* beuglai-je. *Liz!*

Mais elle était dans le jardin et il était impossible qu'elle m'entende. Maladroitement, pris de panique, je redressai la caisse et empoignai Harry pour le soutenir. Ses vêtements empestaient le tabac. Il se démenait tellement que je ne voyais absolument rien dans l'embrasure de la lucarne. Je ne pouvais voir ce qui l'avait attrapé, et comment la peau était arrachée de sa tête.

Puis il pencha violemment la tête en avant. Je fus aspergé de sang, un sang gluant et chaud, mais dans ses cheveux poissés de rouge, j'aperçus trois griffes noires recourbées, luisant comme des scalpels. Elles avaient transpercé la peau de son cuir chevelu, puis avaient tordu celui-ci maintes et maintes fois, de telle sorte que sa peau était tirée vers le haut et détachée de son visage en un horrible mouvement de tourniquet.

– Harry, tenez bon! le suppliai-je.

Il me regardait fixement, ses yeux injectés de sang et porcins. La peau de son menton avait éclaté, et brusquement sa langue s'abaissa, derrière la peau arrachée, et fut visible par l'ouverture ensanglantée au-dessous de sa lèvre inférieure, comme s'il avait deux bouches, l'une au-dessus de l'autre. Puis, produisant un son visqueux, tout son visage glissa vers le haut, comme un gant en caoutchouc sanglant que l'on retire, et je fus confronté à un crâne sans peau, la chair à vif, avec des yeux sans paupières exorbités de terreur, et des dents saillant de leurs alvéoles ruisselantes de sang qui grimaçaient l'ultime sourire. Un mort vivant, pas moins; il arborait un sourire épouvantable dû à des souffrances insoutenables, le sourire de celui qui sait que la lutte pour la vie prendra bientôt fin.

Je chancelai, perdis l'équilibre, et fus obligé de redescendre de la caisse. Harry resta suspendu à la lucarne; il continuait d'agiter ses bras et ses jambes, mais de façon désordonnée et incohérente, comme un homme trop fatigué pour nager correctement. J'eus l'impression qu'il essayait seulement de pomper encore plus vite le sang de sa tête affreusement mutilée, afin de se vider de tout son sang et ne plus endurer d'autres souffrances.

– Liz, chuchotai-je.

Puis Harry tourna sur lui-même, tomba et s'affaissa lourdement sur le plancher. Il resta allongé sur le côté, frissonnant dans sa tenue de chasseur de rats. Je levai les yeux vers la lucarne. Les carreaux étaient éclaboussés de sang, et le plafond était couvert de mouchetures sombres.

– Harry, dis-je, effleurant son épaule qui se raidit au contact de ma main. Harry, je vais appeler une ambulance. Restez allongé. N'essayez pas de bouger.

Il me regarda fixement; ses yeux ressemblaient à des huîtres sanguinolentes.

– Pa'ce que je... pa'ce que je..., murmura-t-il entre des lèvres sans chair.

– Tout va bien, Harry, le rassurai-je. Ne vous inquiétez pas, tout va s'arranger. Mais, je vous en prie, ne bougez pas. Je reviens dans une minute.

– Pa'ce que je..., répéta-t-il, ses yeux vitreux tressaillaient parce qu'il n'avait pas de paupières pour les fermer sur eux.

Je dévalai l'escalier du grenier, puis descendis au rez-de-chaussée et fonçai vers la cuisine. Liz se tenait sur le seuil, le soleil brillait derrière elle.

– David... que se passe-t-il? s'exclama-t-elle.

– Harry, le chasseur de rats. Il a eu un accident.

Je saisis le téléphone et composai le 999.

– *Police, les urgences, je vous écoute.*

– Une ambulance, vite! Fortyfoot House, à Bonchurch.

Liz se dirigea rapidement vers l'escalier.

– Que lui est-il arrivé? demanda-t-elle. Est-ce que je dois...?

– *Non!* criai-je.

Elle s'arrêta, les yeux écarquillés, et puis elle comprit ce qui s'était passé.

– Monsieur... quel est votre numéro, s'il vous plaît? demanda le policier. Monsieur?

7

Emmeline Chérie

L'inspecteur Miller sortit dans le jardin et épousseta son complet gris froissé. Il ressemblait plus à un jeune vicaire qu'à un officier de police – le teint rose, des cheveux jaune paille qui s'éclaircissaient, des yeux bleu délavé et des lunettes rondes. Il portait une cravate du yacht-club de l'île de Wight et un œillet rose à sa boutonnière. Je me méfiais toujours des types qui portaient un œillet à leur boutonnière – non parce que je les suspectais d'être de la jaquette, mais parce qu'ils me donnaient l'impression de prendre exemple sur les hommes coquets des années cinquante – blazer et cravate de soie à motif de fers à cheval.

Les hommes coquets des années cinquante (comme mon père et mon oncle Derek) avaient habituellement connu une jeunesse pauvre et malheureuse, et ils étaient persuadés qu'un blazer et une cravate de soie (et un œillet à la boutonnière) leur donnaient de la classe et faisaient d'eux des membres de la bonne société.

– Vous n'avez aucun reproche à vous faire, Mr. Williams, me dit-il en promenant son regard sur le jardin. C'était un accident, purement et simplement.

– Je vous dis que j'ai vu des griffes.

Il appuya le bout de son index contre le bout de son nez afin de réprimer un éternuement. Néanmoins il éternua, et tira un mouchoir de sa poche.

– Excusez-moi. Le rhume des foins.

– Je ne comprends pas comment il aurait pu s'agir d'un accident, fis-je remarquer.

Il se moucha puis me lança un coup d'œil, comme s'il n'avait pas vraiment envie de me regarder dans les yeux.

– Il y a des crochets acérés dans le toit de ce grenier, et son cuir chevelu a été accroché. La malchance, c'est tout. Il a perdu l'équilibre, la caisse a basculé, et il a pivoté, et ce mouvement de rotation lui a arraché la peau. C'est tout. J'ai déjà vu ça. L'année dernière, un type s'est pris la main dans un tour, là-bas à la scierie Blackgang. Le tour lui a tordu et arraché la peau, *skkriiiwww!*, jusqu'au coude.

Je me couvris la bouche de la main. Je ne savais pas quoi dire. J'étais *certain* d'avoir vu des griffes noires recourbées s'enfoncer dans la tête de Harry; j'étais certain que quelque chose dans le grenier l'avait attrapé et avait arraché la peau de sa tête. Comment Harry aurait-il pu *accidentellement* accrocher son cuir chevelu à l'un de ces crochets? Comment aurait-il pu tourner sur lui-même et se débattre au point de se retrouver sans visage?

J'avais la certitude que c'était Brown Jenkin qui avait fait ça, même si je ne savais pas comment. J'avais expliqué à l'inspecteur Miller qu'il y avait peut-être une sorte de « super-rat » dans le grenier. Mais tandis qu'un officier de police rouquin prenait des notes consciencieusement, l'inspecteur Miller avait fixé sur moi ses yeux bleu pâle à travers ses élégantes lunettes rondes, et il avait paru si peu disposé à croire à l'existence de Brown Jenkin, ou à un quelconque acte de violence de la part d'un être humain ou d'un rongeur (« un accident, monsieur, sans aucun doute, un accident ») que je décidai finalement que le plus sage pour moi était de me taire, et de protéger Danny et Liz des créatures que le grenier de Fortyfoot House recélait peut-être, et de remercier le ciel que la police ne m'ait pas arrêté pour avoir attenté à la vie de Harry Martin.

La police agit de la sorte, alors que vous ne vous y attendez pas du tout. Parfois vous vous demandez si vous devez la prévenir ou non.

– Vous ne quittez pas le secteur, n'est-ce pas, Mr. Williams? me demanda l'inspecteur.

– Non, non. Pas pendant deux ou trois mois. Je suis venu ici pour restaurer la maison. Plâtrer les murs, refaire l'installation électrique, remplacer des tuiles, repeindre les pièces, ce genre de travaux.

– Alors les Tennant ont l'intention de revenir?

Je secouai la tête.

– Ils veulent vendre la maison. Ils se sont installés définitivement à Majorque.

– Certains ont de la chance, fit observer l'inspecteur Miller.

– Il est clair que vous ne connaissez pas Majorque.

Il me regarda sans ciller un long moment. Je ne savais pas s'il essayait de m'intimider, ou s'il essayait de me communiquer par télépathie qu'il connaissait Majorque. Après tout, un homme qui portait un œillet à sa boutonnière? Il avait certainement voyagé un peu partout. Ou il aurait *dû*.

– Ce sera tout pour le moment, déclara-t-il. Je pense que nous serons obligés de vous contacter à nouveau. Simple formalité, vous savez.

– Vous avez inspecté les combles? lui demandai-je.

Continuant de me regarder fixement, il acquiesça.

– Oui. Nous avons inspecté les combles.

– Pas de... rats? Aucune trace de rats?

– Non, Mr. Williams. Aucune trace de rats. Juste des crochets. Trois grands crochets en fer, couverts de sang. On s'en servait probablement pour hisser avec une corde des affaires jusqu'au grenier. Avant que cette partie ait été murée, bien sûr.

– Je les enlèverai, lui promis-je. C'est un peu comme refermer la porte de l'écurie après que le cheval a fichu le camp, mais... vous savez.

– Nous les avons déjà ôtés, m'apprit-il. Jones – vous voulez bien aller les chercher au grenier?

– Entendu, dit l'officier de police rouquin, et il retourna en toute hâte vers la maison, en subordonné zélé.

L'inspecteur Miller garda le silence jusqu'à ce qu'il soit parti. Il contempla la chapelle délabrée, les pierres tombales, la mer, le cèdre qui gémissait en raison de son grand âge. Finalement il déclara :

– Je connaissais certaines histoires à propos de cette maison, vous savez. Mais je n'y étais encore jamais entré.

– Quelles histoires? voulus-je savoir.

Il haussa les épaules, et son sourire fut presque niais.

– Oh, rien... mon cousin prétendait qu'elle était hantée.

– Ah... hantée. Oui, on m'a dit cela également.

Il ôta ses lunettes, replia les branches, et les glissa dans sa poche de poitrine.

– Permettez-moi de vous dire, Mr. Williams, que nous ne sommes pas *tous* bornés.

– Je vous demande pardon?

– Nous ne sommes pas tous bornés, répéta-t-il avec ténacité. Nous connaissons les histoires concernant Fortyfoot House, des bruits étranges et des lumières scintillantes et des enfants qui disparaissent. Mais on ne peut pas arrêter une lumière, ou un bruit, et si un enfant disparaît et qu'il n'y a même pas une empreinte de pas, que pouvez-vous faire? On nous alloue seulement vingt mille livres pour une enquête à la suite d'un meurtre. Lorsqu'il n'y a plus d'argent, nous cessons nos recherches. On ne nous donnera pas deux pence pour chercher des fantômes.

J'étais décontenancé. Une minute auparavant, il affirmait avec insistance que ce qui était arrivé à Harry était un accident, et maintenant il laissait entendre que Harry avait peut-être été victime de forces surnaturelles. Je n'avais encore jamais entendu un policier parler de cette façon.

– Vous avez établi un lien entre les disparitions d'enfants et Fortyfoot House? lui demandai-je. Sérieusement?

– Tout à fait. Harry Martin avait porté plainte à maintes reprises. Deux de nos hommes ont même sacrifié les soirs où ils n'étaient pas de service pour surveiller l'endroit.

– Mais?

– Mais rien. Au cours de ces trois dernières années, la police a fouillé la maison deux fois, de fond en comble. Et si vous consultez les archives de la police depuis la dernière guerre, vous constaterez que nous l'avions déjà fouillée six ou sept fois. Nous avons inspecté les combles. Il n'y a rien là-bas. Enfin, lorsque je dis cela... aucune preuve matérielle. Rien sur quoi vous pouvez fixer une étiquette et que vous puissiez brandir sous le nez d'un juge, en déclarant : « Voici la pièce à conviction n° 1 ». Mais cela ne signifie pas que nous avons baissé les bras. Cela ne signifie pas que nous sommes bornés, absolument pas. Cela signifie simplement que nous devons apporter des preuves, avant de pouvoir agir.

Je secouai lentement la tête.

– Vous croyez au surnaturel? C'est ce que vous essayez de me dire?

Il battit des paupières, d'un air de défi.

– Pourquoi pas?

– Vous êtes policier.

– Beaucoup de policiers sont francs-maçons, Mr. Williams. Ils croient au Grand Architecte. Beaucoup de policiers sont fondamentalistes. Ils croient aux flammes de l'Enfer et au Second Avènement. Je ne suis ni franc-maçon ni fondamentaliste, mais je crois qu'il faut rester sans parti pris.

Je ne dis rien et attendis qu'il poursuive.

– Si *j'écartais* le surnaturel tout bonnement, déclara l'inspecteur Miller avec une grande conviction, je manquerais à mon devoir. Et il ne s'agit pas du manuel, si vous voyez ce que je veux dire. Mais un bon policier doit faire plus que suivre le manuel. Un bon policier allie les faits, la logique et la déduction avec l'intuition et l'imagination.

– Eh bien, je suis très impressionné, dis-je.

L'inspecteur Miller se moucha.

– Il n'y a pas de quoi. La plupart des policiers sont des brutes épaisses, des imbéciles, des hypocrites, des opportunistes, des bureaucrates timorés et conformistes. Mais de temps en temps vous tombez sur un vrai professionnel. Il y en a quelques-uns qui ne sont pas bouchés à l'émeri. Mais pas au sommet de la hiérarchie.

– Alors vous ne pouvez pas aller trouver vos supérieurs et leur suggérer que Harry Martin a été attaqué par quelque chose n'appartenant pas à ce monde?

Il émit un petit rire amer, du bout des lèvres.

– Mon commissaire principal ne croit même pas à son propre reflet dans la glace de sa salle de bains.

– Mais que lui diriez-vous exactement, si vous le pouviez?

Je voulais savoir ce que l'inspecteur Miller pensait vraiment de l'horrible incident dans le grenier. Harry s'était-il vraiment pris dans un crochet, sa peau tordue et arrachée par le poids de son corps tournant lentement sur lui-même? Ou bien y avait-il une créature haineuse dans les combles – une créature qui s'était mise en colère parce qu'on l'importunait?

L'inspecteur Miller déclara :

– Je lui dirais simplement que ce qui est arrivé à Mr. Martin n'était pas un accident au sens propre du terme, et que ce n'était pas une voie de faits au sens propre du terme. C'est tout.

– Vous n'avanceriez aucune hypothèse?

– Pas à ce stade de l'enquête. (Il se montrait prudent.) Cela ne servirait à rien.

– Et votre collègue? L'officier de police Jones, c'est cela? Est-ce que vous allez lui dire ce que vous pensez?

L'inspecteur Miller secoua la tête.

– L'officier de police Jones comprend uniquement ce qu'il peut manger, boire, ou tabasser.

– Alors vous savez ce qui ne s'est pas passé, mais vous ne savez pas ce qui s'est passé?

Il posa sur moi ces yeux pâles, sans expression.

– Je vais vous donner un bon conseil, Mr. Williams. J'ai passé toute mon enfance et mon adolescence sur cette île. A Whitwell, pour être précis. Si j'étais vous, je me méfierais de cette maison. Lorsque mon cousin disait qu'elle était hantée, eh bien, ce n'étaient pas simplement des racontars.

– Vous pensez que Brown Jenkin pourrait être réel?

– Oh... Je ne sais pas pour Brown Jenkin. Mais au cours des années il y a eu tellement d'incidents restés inexpliqués à proximité de Fortyfoot House qu'il y a certainement *quelque chose* de pas très normal. Pas de fumée sans feu, si vous voyez ce que je veux dire.

– Eh bien, merci pour ce conseil, dis-je.

A ce moment l'officier de police Jones revint vers nous, traversant la pelouse au pas de charge.

– C'était un accident, rien de plus, affirma l'inspecteur Miller. Un accident tout à fait horrible, oui. Un accident tout à fait inhabituel. Mais un accident, et rien d'autre.

Il tira une carte de visite de sa poche et me la tendit, la tenant entre le médius et l'index.

– Vous pouvez me téléphoner si vous avez besoin de moi, dit-il. Je suis de service de jour cette semaine, de nuit la semaine prochaine.

– L'hôpital vient d'appeler, inspecteur, annonça l'officier de police Jones, tout essoufflé. Mr. Martin a été déclaré mort à l'admission.

L'inspecteur Miller chaussa ses lunettes.

– Je vois. C'est bien regrettable. Encore un vieux de la vieille qui disparaît.

– Est-ce que vous voulez que je parle à Mrs. Martin? demandai-je.

Je me sentais atrocement coupable : j'avais laissé Harry monter au grenier.

– Non, laissez-nous ce soin, répondit l'inspecteur Miller. Nous enverrons une femme-policier. Elles sont parfaites pour ce genre de chose. Thé et sympathie, comme on dit.

– Entendu. Je...

– Il y aura une enquête judiciaire, m'interrompit l'inspecteur Miller. On vous demandera probablement de faire une déposition. Nous vous avertirons en temps utile.

– Bien, dis-je, et je les regardai partir, consterné.

Liz sortit de la maison après leur départ, apportant deux boîtes de Kestrel fraîche. Elle avait noué un foulard blanc autour de sa tête et portait un T-shirt noir décolleté et un pantalon corsaire noir en tissu extensible. Nous nous assîmes l'un à côté de l'autre sur le muret du jardin, décapsulâmes nos canettes de bière, et bûmes.

– Harry est mort, dis-je finalement.

– Oui. Ce policier me l'a dit. Je n'arrive pas à le croire.

– L'inspecteur Miller pense que ce n'était pas un accident.

Liz fronça les sourcils.

– Vraiment? Mais il n'a pas arrêté de dire que c'était un accident.

– Je crois qu'il ne veut pas que cette affaire s'ébruite, voilà la raison. S'il dit à ses collègues qu'il y a quelque chose de bizarre dans le grenier, ils le prendront pour un dingue.

– Mais que compte-t-il faire? Et nous, qu'allons-nous faire? Nous ne pouvons pas continuer de vivre ici s'il y a un genre de monstre dans le grenier!

Je tournai la tête et levai les yeux vers le toit en tuiles de Fortyfoot House. Le soleil brillait avec éclat sur les pelouses, pourtant le toit semblait obscurci par l'ombre d'un nuage passant dans le ciel. Il émanait de lui quelque chose d'hostile, de glacial et de confiné, comme s'il recélait égoïstement tout le mal qu'il pouvait accueillir. J'étais certain d'apercevoir un visage pâle et ovale qui nous observait depuis l'une des fenêtres du haut, mais je savais que si je m'approchais de la maison ou si je regardais d'un autre endroit, ce ne serait rien d'autre qu'un miroir, ou un reflet sur la vitre, ou une forme sur le papier peint de la chambre.

C'étaient les *angles* du toit qui me troublaient le plus. Le toit semblait former une tente géométrique, sombre et indépendante, une tente dont la forme défiait toutes les lois de la perspective. En fait il paraissait plus haut à son extrémité ouest, la plus éloignée de nous, qu'il ne l'était à son extrémité est, la plus proche de nous. Lorsque le soleil réapparut et brilla sur sa face sud, il sembla se transformer complètement; sa corniche donnait l'impression d'obliquer vers l'extérieur plutôt que vers l'intérieur, comme si tout le toit était construit sur un système d'abattants et de charnières, et pouvait changer de forme à volonté.

Le seul fait de le regarder me donnait des nausées, une sensation de vertige, pâteuse et bilieuse, comme lorsqu'on a fait trop de tours de manège à la fête foraine.

– Hé, ça va? Tu es tout pâle, brusquement.

– Oui, ça va. Je pense que c'est le choc.

– Tu devrais peut-être aller t'allonger un moment.

– Je vais très bien. Bon sang, cesse de faire toutes ces histoires.

– Ce n'est pas de ta faute, tu sais. Il tenait à tout prix à aller là-haut.

– Je sais, mais tout de même.

Elle posa une main sur mon bras.

– Je t'aime bien, tu sais, dit-elle avec une franchise désarmante. Tu ne dois pas te tourmenter pour ça. Et si tu veux que je couche avec toi, c'est d'accord.

Je me penchai vers elle et l'embrassai sur le front.

– Je crois que c'est justement le problème.

– Oh, je vois. Tu aimes conquérir tes femmes, hein?

– Je ne voulais pas dire ça, rétorquai-je.

Et pourtant, c'était exactement ce que je voulais dire. Elle me plaisait énormément, je me sentais attiré vers elle, mais en ce moment ce n'était pas suffisant. Je devais me prouver à moi-même davantage que le fait que j'étais capable de tendre la main et d'attraper une bouée de sauvetage.

Danny dévalait la pelouse vers le ruisseau; les bras écartés, il faisait un bruit comme un Spitfire.

– Fais attention! lui criai-je. Ne tombe pas dans l'eau!

Peut-être m'entendit-il, ou peut-être pas. Il fit un triple saut pour franchir le ruisseau, les bras toujours écartés, et trouva le moyen de glisser. Son pied droit s'enfonça dans l'eau jusqu'à la cheville. Il continua de courir, imperturbable, bien que j'entende couiner sa sandale trempée.

– C'est un cas, hein? sourit Liz.

– J'espère seulement que sa mère ne lui manque pas trop.

Nous regardâmes Danny escalader le mur du cimetière et courir autour des pierres tombales et faire des bruits de mitrailleuses. *Tacatacatac!*

– Je suppose que tu vas devoir te mettre au travail bientôt, dit Liz. Moi-même, je commence demain.

Je tournai la tête et contemplai Fortyfoot House. L'idée de la repeindre et de la retaper alors que cette *créature* continuait d'aller et venir dans le grenier fit naître en moi une profonde incertitude. Je fus tenté pour la première fois de tout plaquer, d'aller trouver les agents immobiliers et de leur dire que je laissais tomber. L'ennui, c'est qu'ils m'avaient déjà avancé un mois de salaire et que j'avais tout dépensé – et j'étais absolument incapable de rembourser cette somme à moins de faire le boulot pour lequel ils m'avaient payé. J'avais également dépensé une partie de l'argent qu'ils m'avaient donné pour la peinture et les divers matériaux, et ils ne seraient pas contents du tout s'ils l'apprenaient.

Apparemment, il ne me restait qu'une solution : émigrer.

Liz me tira par la manche.

– Regarde, dit-elle. Qui est-ce?

Je regardai en direction du cimetière et de la chapelle. J'apercevais toujours Danny apparaissant et disparaissant entre les pierres tombales. Mais maintenant il y avait un autre enfant dans le cimetière : une fillette d'environ neuf ou dix ans, les cheveux noirs, portant une longue robe blanche qui miroitait dans le soleil du milieu de la matinée. Elle se tenait devant la porte de la chapelle comme si elle venait d'en sortir; pourtant les battants étaient coincés et hermétiquement fermés derrière elle. Elle tenait dans ses mains ce qui semblait être une couronne de fleurs des champs.

– Probablement une gosse du pays, dis-je, m'abritant les yeux de la main.

Mais il y avait quelque chose à propos de l'aspect de cette « gosse du pays » qui ne me plaisait pas beaucoup. Outre la bizarrerie de sa longue robe blanche – voyons, tous les gosses portaient des bermudas fluorescents et des T-shirts Tortues

Ninja, pas de longues robes blanches – elle donnait l'impression d'être souffrante. Ses yeux n'étaient guère plus que de profondes taches charbonneuses et son visage était si blanc qu'il était presque *vert*.

Danny continuait de « voler » tout au bout du cimetière. Puis il commença à décrire des cercles et à se rapprocher de la petite fille, et lorsqu'il l'aperçut, il baissa les bras et cessa de courir, et je vis qu'ils se parlaient.

– Elle n'a pas l'air en très bonne santé, fit remarquer Liz.

Je posai ma canette de bière sur le muret et me levai. Danny et la fillette étaient trop loin pour que je puisse voir leurs visages avec netteté, ou entendre ce qu'ils disaient. Mais, brusquement, je sentis une panique irrationnelle s'infiltrer en moi, comme si j'avais renversé ma bière sur le devant de ma chemise. J'appelai : « Danny ! » et commençai à m'avancer sur la pelouse vers la chapelle.

Danny tourna la tête et regarda dans ma direction, puis il se retourna et continua de parler à la petite fille. « Danny ! » criai-je à nouveau, et je hâtai le pas, et commençai à courir.

– Danny, viens ici !

Je passai près du cadran solaire et descendis la pente vers le ruisseau. Derrière moi, j'entendis Liz appeler, mais le vent sifflait dans mes oreilles et mon souffle se faisait rauque, et tout d'abord je fus incapable de comprendre ce qu'elle disait.

Ce fut seulement lorsque j'arrivai au bord du ruisseau et que je levai à nouveau les yeux vers la chapelle que je compris ce qu'elle m'avait sans doute crié. Le bras d'un homme avec un poignet de chemise blanc et une manche de veste noire était apparu entre les battants de la porte de la chapelle, et sa main était posée maintenant sur l'épaule de la petite fille. La petite fille tourna la tête et leva les yeux, et il me sembla qu'elle disait quelque chose, mais quoi, je ne pouvais le distinguer. Danny fit deux pas en arrière, puis trois, puis il recula rapidement et manqua de trébucher sur l'une des pierres tombales, dans sa hâte de s'éloigner.

Je traversai le ruisseau, pataugeant dans l'eau glacée. Les roseaux me cinglèrent les jambes. Puis j'escaladai le mur couvert de mousse et sautai vers les herbes hautes du cimetière.

– Danny ! criai-je.

Il se tenait un peu plus loin, une main appuyée sur l'une des pierres tombales. Il se retourna et me regarda, le visage sérieux.

– Je suis là, papa.

Les battants de la porte de la chapelle étaient hermétiquement fermés, comme auparavant; mais la petite fille avait disparu.

Je m'approchai de Danny et posai ma main sur son épaule. L'air était étrangement immobile, sans vent, entre les murs du cimetière. Des grillons stridulaient, des papillons bleu calcaire voletaient autour des croix.

– Avec qui parlais-tu? demandai-je à Danny.

– Avec Emmeline Chérie.

– Emmeline Chérie? C'est un drôle de nom. (Je regardai autour de moi. Liz courait dans notre direction, au bas de la pente verdoyante.) Qui était cet homme?

– C'était l'homme que nous avons déjà vu. Il a dit : « Viens, Emmeline Chérie, c'est l'heure de partir maintenant », c'est tout. Il portait son chapeau bizarre.

Oh Seigneur, pas le jeune Mr. Billings.

– Tu veux dire ce chapeau noir? Un grand chapeau noir?

– C'est ça, dit Danny en joignant ses mains au-dessus de sa tête. Un grand chapeau noir, comme une cheminée.

– Un grand chapeau noir comme une cheminée. Je vois.

– Emmeline Chérie m'a demandé si je voulais venir jouer avec eux.

– Avec *eux*? A-t-elle dit *qui* ils étaient?

Toutes ces questions semblaient ennuyer Danny. Pourtant il ne cessait pas de jeter des regards vers la porte de la chapelle, comme s'il avait peur de ce qui pourrait soudainement en surgir. *La porte s'ouvrit en coup de vent, il entra en courant – le grand homme-ciseaux aux longues jambes rouges!* Il paraissait intrigué et perplexe (tout comme j'étais intrigué et perplexe) se demandant comment Emmeline Chérie avait pu la franchir aussi facilement alors que lui et moi étions parvenus à pénétrer dans la chapelle uniquement parce que j'avais forcé les battants d'un vigoureux coup d'épaule.

– Est-ce qu'elle habite au village? demandai-je à Danny.

– Elle ne m'a pas dit où elle habitait.

– Et elle ne t'a pas dit qui étaient ses amis?

Il secoua la tête.

– Et elle ne t'a pas dit qui était l'homme – l'homme qui lui a dit que c'était l'heure de partir?

A nouveau, il fit non de la tête. Puis il me regarda et des larmes d'incompréhension et de frayeur brillaient dans ses yeux.

– Elle avait des asticots dans ses cheveux. Lorsqu'elle s'est retournée, elle avait tous ces asticots rouges dans ses cheveux.

Oh, bon Dieu, pensai-je. *Oh, bon Dieu, mais que se passe-t-il ici?*

Liz poussa la grille du cimetière. Je pris Danny dans mes bras, le serrai très fort, et dis :

– Emmeline Chérie était probablement une bohémienne, tu sais? Ils ne sont pas très propres.

Danny s'agrippa à moi et ne dit rien. Liz nous rejoignit, regarda autour d'elle et demanda :

– Où sont-ils allés?

Je secouai la tête, essayant de lui dire de se taire, mais elle ne comprit pas. Elle alla jusqu'à la porte de la chapelle et tenta d'entrouvrir les battants.

– Elle n'a pas pu passer par là!

– Danny et moi avons réussi à entrer, hein, Danny? lui demandai-je.

Je sentis son petit menton pointu contre mon épaule comme il acquiesçait.

– Dans ce cas... allons voir si elle est à l'intérieur, proposa Liz.

A nouveau, j'essayai de faire « Non! » avec mes lèvres, mais Danny se tortilla dans mes bras et dit :

– Oui, allons voir.

Ses cils étaient collés par les larmes.

– Tu en es sûr?

Il acquiesça à nouveau et s'essuya les yeux avec ses doigts. Je reposai Danny doucement par terre, et m'approchai de la porte de la chapelle. Liz prit Danny par la main et lui fit un grand sourire. Elle semblait avoir un effet calmant sur lui. Elle avait un effet calmant sur moi, également – parce qu'elle était gentille, parce qu'elle était jolie, parce que la vie est toujours incomplète sans une femme près de vous. Je compris à ce moment, tandis que je donnais un coup d'épaule contre la porte, que je n'avais pas besoin de faire l'amour avec elle – enfin, pas vraiment – mais que j'avais besoin de sa féminité, et que Danny en avait besoin, lui aussi.

– Allez, pousse! dit Liz, et je poussai.

Le battant de droite s'entrouvrit en craquant. Je le maintins ouvert et Liz et Danny se faufilèrent par l'ouverture. Je les suivis, m'éraflant le bras sur le clou. Une suite de perles de sang rouge foncé.

La chapelle était déserte, un océan d'ardoises grises, fracassées. Nous nous avançâmes, les ardoises craquant sous nos pas, mais il n'y avait aucun signe d'Emmeline Chérie, ni du jeune Mr. Billings. Comment cela se pouvait-il? Le jeune Mr. Billings était mort depuis plus d'un siècle, et d'après la description d'Emmeline Chérie que m'avait faite Danny, il semblait bien qu'elle était morte, elle aussi. Morte et enterrée. Morte et pourrie, ses cheveux grouillant de gros asticots.

Liz vint vers moi et me regarda bien en face.

– Il se passe quelque chose ici, hein? Quelque chose de très, très étrange.

Je levai les yeux. Un 737 de British Airways passait dans le ciel en grondant, un vol charter en route pour Malaga ou Skiathos ou la Crète. Je baissai les yeux et contemplai la chapelle sans toit, les fenêtres gothiques nues et le lierre agité par la brise, et j'avais du mal à savoir à quelle époque je me trouvais.

– Oui, répondis-je, regardant Danny qui gambadait et sautillait entre les ardoises. J'ignore ce que c'est, mais c'est très étrange. La maison elle-même est très étrange. Elle a *l'air* étrange, tu n'as pas remarqué? Elle change continuellement de forme.

Liz baissa les yeux. Sa peau avait la luminosité sans prix de la jeunesse, saupoudrée de quelques taches de rousseur, comme de la cannelle.

– Est-ce que tu serais très fâché si je te disais que je veux m'en aller?

– Tu veux la vérité?

– Bien sûr.

– Alors, oui, je serais très fâché.

Les yeux de Liz se voilèrent, comme si elle se rappelait une autre situation, identique à celle-là. Ou peut-être des douzaines de situations identiques à celles-là. Elle faisait partie de ces filles qu'aucun homme ne possédera jamais. Ces filles vouées à mourir seules, dodelinant de la tête, quelques touffes de cheveux sur le crâne, une bouillotte sur les genoux, dans une lugubre maison de repos pour personnes âgées. Merde, je détestais penser à ça. Mais je devais m'occuper de moi-même, et de Danny, et je ne pouvais pas être responsable de tout et de tout le monde, particulièrement de paumées comme Liz, et des morts, comme le jeune Mr. Billings, et Emmeline Chérie, et Harry Martin.

Mon Dieu, comme Harry Martin avait dû souffrir. Danny faisait craquer les ardoises sous ses pas et le craquement ressemblait à de la graisse arrachée des os. *Crac-crack-crac-crack* !

– Mais..., poursuivis-je. Si tu veux vraiment t'en aller.

Elle hésita un long moment. Puis elle dit :

– Non, non, je vais rester. Je ne peux pas passer ma vie à me défiler, uniquement parce que ça m'arrange.

– Écoute, je ne veux pas que tu restes ici par pitié. Harry Martin a eu le visage complètement arraché, donc il y a quelque chose de très dangereux dans le grenier, que ce soit une créature réelle ou imaginaire ou je ne sais quoi. Alors ne reste pas parce que je te fais pitié. Le monde est rempli de pères célibataires qui élèvent des petits garçons de sept ans.

– Je veux rester, s'obstina-t-elle.

– Non, tu n'as pas envie de rester, tu viens de le dire. Va-t'en ! Tu ferais mieux de t'en aller !

– Écoute, ce n'est pas parce que j'ai couché avec toi la nuit dernière...

– Cela n'a rien à voir ! Je t'assure ! Nous en avions plein le dos, nous étions vannés. Nous étions un peu ivres.

– Eh bien, ça m'a plu, affirma-t-elle. Ça m'a plu, et j'en veux encore, et c'est pourquoi je reste !

Malgré tout ce qui était arrivé, malgré la vision horrible de Harry Martin, je secouai la tête et je me mis à rire. A propos de quoi les gens se disputent-ils, tout bien considéré ? A propos de l'amour, du désir, de l'insécurité, de la frustration et de la peur. Mon vieux copain Chris Pert avait dit un jour que si un homme et une femme aiment tous deux les mêmes feuilletons télé et les mêmes plats chinois à emporter, alors ils ont trouvé le paradis sur terre.

– Regarde, papa, du sang, dit Danny.

Je cessai brusquement de rire. Danny se tenait de l'autre côté de la chapelle, devant la peinture murale de la jeune femme préraphaélite aux cheveux roux en broussaille. Je m'avançai rapidement sur les ardoises brisées et le rejoignis, et Liz me suivit.

La femme arborait un sourire louche, bizarre – exalté, érotique, et même un brin dément. Ses yeux semblaient plus brillants qu'auparavant. Mais c'était la créature-rat qu'elle portait sur ses épaules comme une étole qui me terrifiait. Ses yeux étaient mauvais, triomphants et effrénés, et un mince et long filet de sang couleur de rouille coulait de ses mâchoires.

Précautionneusement, je touchai le sang du bout de mon index.

– Berk! fit Liz en fronçant le nez.

Je lui montrai mon doigt.

– Ce n'est pas humide. Ce n'est même pas du sang. Juste de la peinture. De la peinture sèche.

– Mais ce n'était pas là, la dernière fois, fit remarquer Danny.

– Non, admis-je. Mais ce sont peut-être des gosses qui ont fait ça, pour s'amuser.

Liz ne parvenait pas à détacher ses yeux de la jeune femme préraphaélite.

– Je ne trouve pas ça très drôle, dit-elle. Cette peinture est censée représenter qui?

– Je l'ignore, nous l'avons découverte hier. Elle devait être dissimulée par le lierre depuis une éternité.

Liz s'approcha de la peinture murale.

– Quelle *méchante* femme! chuchota-t-elle.

Je lui lançai un coup d'œil.

– Qu'est-ce qui te fait dire ça?

– Je ne sais pas. Mais regarde-la, elle a une expression tellement malfaisante! Et regarde cette horrible créature sur ses épaules, on dirait un rat!

Nous contemplâmes la peinture puis nous nous éloignâmes, tournant en rond et marchant sur les ardoises brisées, et pour une raison inconnue, nous ne savions pas quoi faire maintenant. Nous nous sentions menacés de façon déconcertante par une sorte d'étrange phénomène surnaturel qui ne nous concernait absolument pas. Je compris alors que la meilleure chose que nous puissions faire était de plier bagages et de foutre le camp et de laisser les agents immobiliers me poursuivre en justice pour obtenir des dommages-intérêts. Il était clair que les Tennant s'étaient rendu compte que Fortyfoot House était hantée ou maudite ou qu'il y avait *quelque chose* qui n'allait pas dans cette maison. Avant de me demander de la restaurer, ils auraient dû m'avertir que des gens avaient disparu ici, que des gens étaient devenus fous ici, et que des gens allaient très probablement mourir ici.

Qu'ils aillent se faire foutre, pensai-je. *Je m'en vais.*

A cet instant, Danny s'écria de sa voix haut perchée :

– Elle est là-bas, papa ! Elle est là-bas ! Emmeline Chérie, elle est là-bas !

Il se tenait devant la fenêtre gothique d'où l'on voyait la maison, et montrait le jardin du doigt. Je gravis le tas d'ardoises et le rejoignis.

Il avait raison. La fillette à la longue robe blanche s'avançait dans le jardin, à proximité du cadran solaire, dans ce cercle soigneusement fauché que Lewis Carroll avait appelé « l'allouinde ». *Il était reveneure; les slictueux toves sur l'allouinde gyraient et vriblaient...*

Alors qu'elle se dirigeait vers la maison, la porte de la cuisine s'ouvrit brusquement. Du fait de la distance je ne voyais pas très bien, mais comme Emmeline Chérie s'approchait, j'aurais juré entrevoir quelque chose de sombre et de velu jaillir de la porte ouverte, l'empoigner, et l'entraîner rapidement à l'intérieur. Peut-être me trompais-je. Peut-être était-ce seulement l'ombre d'Emmeline Chérie. Mais Danny était figé sur place et regardait fixement par la fenêtre, pantois, et je compris qu'il avait vu des choses qu'un petit garçon de sept ans ne devrait jamais voir.

– Cette fois, c'est décidé, dis-je en me tournant vers Liz. Nous partons. Je suis désolé. Je suis vraiment désolé. Mais je ne sais pas ce qui se passe ici, et je n'ai pas envie de le savoir. Tu crois que tu pourras trouver un autre endroit où dormir?

– Oui, sans doute. Il faudra que je demande à droite et à gauche. Et toi, où comptes-tu aller?

– Je vais certainement retourner à Brighton. J'ai des amis là-bas qui pourront nous héberger quelque temps. Je te donnerai mon adresse.

– Je croyais que cet inspecteur ne voulait pas que tu quittes l'île.

– C'est bien dommage pour lui, mais je m'en vais ! Tu veux

que je te dépose quelque part? Tu seras prête dans combien de temps?

Nous sortîmes du cimetière sans refermer la grille derrière nous. Nous franchîmes le ruisseau et remontâmes vers la maison. Les nuages s'amoncelaient, et tandis que leurs ombres assombrissaient le toit et les fenêtres, la maison donna presque l'impression de se renfrogner. Je sentais mon cœur battre la chamade comme je m'approchais. Elle dégageait une telle aura de malveillance que j'avais du mal à la considérer de façon rationnelle. Je n'avais qu'une envie : fourrer nos affaires dans nos valises, sauter dans la voiture, et mettre le plus de kilomètres possible entre nous et Fortyfoot House.

Danny hésita et contempla la mer.

– J'aimais bien la plage, fit-il d'une voix plaintive.

Je posai ma main sur son épaule.

– Je sais. Moi aussi, je l'aimais bien. Mais nous sommes obligés de partir. Je n'aime pas tous ces bruits, et je n'aime pas beaucoup les petites filles qui ont des asticots dans leurs cheveux.

– Qu'est-il arrivé au chasseur de rats? demanda Danny.

– Il s'est blessé, là-haut dans le grenier. C'est également pour cette raison que je veux m'en aller. Je ne tiens pas à ce que la même chose t'arrive, ou à moi, ou à Liz.

– Je peux emporter mes crabes? demanda Danny.

Il avait une demi-douzaine de petits crabes verts dans son seau posé devant la porte de la cuisine.

– Je regrette, mais ce n'est pas possible. Nous allons devoir habiter quelque temps chez Mike et Yolanda. Il n'y a pas de place pour des crabes chez eux. Et si tu les emportais jusqu'à la plage pour organiser une course? Tu sais, lequel arrivera à la mer le premier?

– Je ne peux pas en emporter juste deux?

– Non, ils s'accoupleraient, et ensuite tu en aurais des milliers.

– Juste un, alors?

– Non, il s'ennuierait, tout seul.

A contrecœur, Danny prit son seau et se dirigea vers le sentier conduisant à la plage. Je préférais ne pas l'avoir dans mes jambes pendant que je faisais mes valises. J'avais dû faire mes valises tellement de fois ces derniers temps que c'était devenu l'un des rituels réguliers de ma vie à la dérive. Une fois que vous commencez à faire vos valises, vous ne vous arrêtez jamais plus.

Dans la cuisine, Liz prit ma main.

– Alors... ainsi se termine l'été idyllique que nous devions passer ensemble, dit-elle avec un sourire triste.

– Oui, je suis désolé. Mais je ne peux pas prendre le risque que Danny soit blessé, ou que tu sois blessée, ou même pire.

Elle jeta un regard à la ronde.

– A ton avis, qu'est-ce qui *cloche* avec cette maison?

– Je ne sais vraiment pas. Et je ne pense pas avoir particulièrement envie de savoir – pas maintenant.

– Peut-être devrais-tu aller voir un prêtre, et lui demander d'exorciser la maison.

– Je ne crois pas que cela servirait à grand-chose. J'ai le sentiment que cette maison a été construite de propos délibéré pour être ce qu'elle est. Pas tout à fait ici et pas tout à fait ailleurs.

– Tu veux une autre bière pendant que nous faisons les valises? demanda Liz.

J'acquiesçai de la tête.

– J'aurais pu t'aimer, tu sais, déclara-t-elle avec candeur. A un autre moment, autre part.

Je lui lançai un regard en coin.

– Surtout autre part.

Nous nous versions notre bière lorsque la sonnette retentit et nous sursautâmes tous les deux.

– Merde, cela m'a fichu une trouille monstre! s'exclama Liz.

– Je ne pense pas que Brown Jenkin ou Mr. Chapeau Tuyau de Poêle prendraient la peine de sonner à la porte, dis-je, et j'allai ouvrir.

C'était l'employé de Mortis, de Ryde. Un jeune type à la tête ronde avec une coiffure punk en porc-épic et des boucles d'oreille; il portait une combinaison de travail en nylon d'un bleu luisant et de grosses bottes.

– Mr. Williams? Mortis. Je viens pour votre rat.

– Bon sang, j'avais complètement oublié. Je suis désolé. Il y a eu un problème.

– Ah ouais? fit le jeune type, pas du tout impressionné.

– Le rat... eh bien, vous ne pouvez rien faire à ce sujet

aujourd'hui. Un accident s'est produit dans la maison. La police est venue.

– Ah ouais? De toute façon, vous savez qu'il y a des frais pour le déplacement.

– Bien sûr. Envoyez-moi la facture.

– Alors il faut que vous signiez ici.

Il pénétra dans le vestibule et me présenta un bordereau pour prouver qu'il était bien venu ici. Il me tendit un stylo-bille au capuchon mâchonné et je signai.

– C'était quoi cet accident, dites? voulut-il savoir, détachant le double du bordereau et le pliant soigneusement. C'est rapport à votre voiture?

Je le regardai en fronçant les sourcils.

– Ma voiture? Non, cela n'a aucun rapport avec ma voiture.

– Oh, fit-il. Je me demandais, c'est tout, à la voir bousillée comme ça.

– Bousillée, que voulez-vous dire?

– Cette Audi, devant la maison.

Je ne savais vraiment pas de quoi il voulait parler.

– Oui, répondis-je, c'est ma voiture. D'accord, elle a connu des jours meilleurs...

Il se mit à rire, un gloussement saccadé de hooligan.

– Je ne vous le fais pas dire!

Je l'écartai d'une poussée et franchis la porte d'entrée. Je n'en croyais pas mes yeux. Ma voiture était cabossée de partout, et toutes les vitres étaient brisées. Les pneus étaient à plat, les phares défoncés, le pare-chocs avant gisait sur le sol. Pas très loin – attendant manifestement que je sorte – il y avait Vera Martin, la veuve de Harry Martin, en pull-over noir et jupe grise, et à ses côtés se tenait un jeune homme de petite taille au cou de taureau et aux cheveux noirs graisseux, en veste de tweed verte, et armé d'une énorme masse.

Tout d'abord je fus surpris de ne rien avoir entendu, puis je réalisai que la chapelle se trouvait à une certaine distance de la maison et que le vent soufflait de la mer, apportant le bruit du ressac, et même si j'avais entendu quelque chose je n'aurais pas imaginé une seule seconde que quelqu'un était occupé à réduire ma voiture en miettes.

Je m'approchai de ma voiture et ramassai le pare-chocs avant. Puis je le laissai retomber par terre. Cela ne servait à rien d'essayer de le remonter : la voiture était une véritable épave.

– Pourquoi diable avez-vous fait cela? voulus-je savoir.

– Appelez ça une vengeance, si vous voulez, rétorqua Vera Martin, les bras croisés sur sa poitrine.

– Une vengeance? Je ne comprends pas.

– C'est pour venger Harry, mon vieux, fit le jeune homme d'un ton belliqueux.

– Qui est-ce? demandai-je à Vera.

– Keith Belcher, le plus jeune fils de mon Edie. Ce n'était pas mon idée mais la sienne, et Keith s'est proposé pour faire ça.

Je fis le tour de ma voiture et examinai les dégâts. Je dois dire que Keith Belcher avait fait un boulot très consciencieux. Il n'y avait pas un seul centimètre carré de la carrosserie qui ne soit pas cabossé. Il avait même réussi à tordre le volant.

– Mrs. Martin... je n'ai pas tué votre mari. C'était un épouvantable accident, c'est tout.

– Les accidents, ça n'existe pas à Fortyfoot House, me cracha Vera. C'est un mauvais endroit pour les mauvaises gens, voilà ce que c'est. Vous et ce rat, vous êtes faits l'un pour l'autre. J'espère que vous vous entendez bien.

– Ouais, j'espère que vous vous entendez foutrement bien, intervint Keith Belcher, frappant sa paume ouverte avec le manche de la masse, comme s'il me défiait de la lui arracher des mains.

– Mrs. Martin... vous ne comprenez pas. J'ai essayé de l'en empêcher, mais il n'a rien voulu entendre.

– Je vous ai supplié, dit-elle, et ses yeux se remplirent brusquement de larmes. Je vous ai supplié et supplié. Empêchez-le de chercher ce rat, c'est ce que j'ai dit. Empêchez-le même s'il dit qu'il doit le faire. Et maintenant regardez. Il est mort, tout ça par votre faute, et Dieu sait quelle chose horrible il a dû lui arriver, parce que à l'hôpital on ne m'a même pas laissée le voir.

Je donnai un coup de pied dans l'un de mes pneus à plat.

– Eh bien..., dis-je. J'ai l'impression que vous avez eu ce que vous vouliez.

– Remerciez le ciel que ce soit seulement votre bagnole, et pas votre tête, intervint Keith.

– Oh, j'en suis parfaitement conscient!

Je les regardai remonter l'allée. Le jeune type de Mortis était resté près de sa camionnette pendant tout ce temps, et il m'adressa un petit signe désinvolte de la tête et un sourire amical.

– J'espère que vous connaissez un bon atelier de carrosserie, mec, dit-il.

Puis il grimpa dans sa camionnette et démarra. J'eus envie de lui lancer une brique.

Liz sortit de la maison et vint vers moi.

– Qu'est-ce que tu vas faire maintenant? demanda-t-elle.

– Je ne peux rien faire. A part appeler un garage et voir s'ils peuvent la réparer.

– Tu as toujours l'intention de partir?

– Dès que je le pourrai. Mais aujourd'hui, cela me paraît difficile. Tu as vu la carrosserie? Bon Dieu, il a même bousillé le tableau de bord!

– Tu ne vas pas prévenir la police?

Je secouai la tête.

– Elle vient de perdre son mari. Je n'ai pas envie de lui causer d'autres ennuis, ça suffit comme ça.

– Mais ta voiture? Et l'assurance?

Je haussai les épaules. Je répugnai à lui dire que je n'étais pas assuré.

– Je dirai que j'ai fait plusieurs tonneaux, après avoir perdu le contrôle de ma voiture.

Liz contempla Fortyfoot House.

– Eh bien, on dirait que nous allons passer une autre nuit au Manoir des Gémissements.

– Tu n'es pas obligée de rester si tu n'en as pas envie.

– Oh, fit-elle d'un air pensif. Je crois que je vais rester. Toi et moi avons commencé quelque chose que nous n'avons pas terminé, tu n'as pas oublié?

Je regardai la maison à mon tour. Peut-être avait-elle raison, et je ne pensais pas seulement à une partie de jambes en l'air. Peut-être n'était-ce pas par hasard que Danny et moi étions venus à Fortyfoot House. Peut-être avions-nous été destinés toute notre vie à venir ici.

Le moment était peut-être venu pour Danny et moi de décider ce que nous étions, et quel genre de vie nous allions mener, et le moment était peut-être également venu pour ces personnages étranges qui apparaissaient et disparaissaient dans la maison et dans le jardin de décider une bonne fois pour toutes à quelle réalité *ils* appartenaient.

– Rester pourrait être dangereux, dis-je.

Mais elle ne parut pas m'entendre. Elle se détourna et contempla les communs à l'abandon, éclaboussés de lumière; sa silhouette se découpait sur le jardin, nette et parfaite, et le soleil ourlait sa lèvre inférieure légèrement entrouverte. Je me sentis très proche d'elle – et pourtant très éloigné – comme si elle recélait dans son cœur toute ma vie et tous mes secrets.

Danny apparut sur le seuil, avec son seau vide.

– J'ai arraché toutes les pattes des crabes et je les ai jetés dans la mer, annonça-t-il.

– Oh, Danny! gémis-je. C'est dégoûtant! Et c'est cruel!

– Le pêcheur m'a dit que les crabes mangent n'importe quoi, même lorsque c'est vivant, alors bon débarras! Le pêcheur a dit que si on dort sur la plage trop longtemps, les crabes commencent par vous manger les pieds et les oreilles et toutes les parties tendres. Ils commencent toujours par manger les parties tendres.

– Va te laver les mains pour le déjeuner, lui dis-je.

– Je croyais que nous partions, fit-il.

Puis il aperçut la voiture, et il en resta bouche bée, les yeux écarquillés.

– Qu'est-il arrivé à la voiture? demanda-t-il craintivement.

– Elle s'est disputée avec une masse, répondis-je, et c'est pour cette raison que nous restons.

8

Infirmière ou nonne

Alors qu'il commençait à faire nuit et qu'on n'y voyait plus grand-chose, un type énorme ressemblant à Baloo l'Ours, en salopette marron maculée de graisse, se présenta pour jeter un coup d'œil à ma voiture. Il resta là un moment, les mains dans les poches, à la regarder et à renifler, puis il finit par dire :

– J' vous donne trente livres pour ce tas de ferraille.

– Je ne veux pas de vos trente livres, je veux qu'elle marche, c'est tout. Elle n'a pas besoin d'avoir l'air neuve. La carrosserie cabossée, je m'en fiche. Mais si vous pouvez changer les pneus, les vitres et le volant. Ne vous occupez pas du compte-tours, mais il me faut un compteur de vitesse.

Il secoua la tête d'un côté et de l'autre comme s'il avait de l'eau dans une oreille.

– Ça vaut pas le coup, mon vieux. Ça vaut vraiment pas le coup. Feriez mieux d'en acheter une nouvelle. Ça va vous coûter trois cents livres au minimum, juste pour les pièces de rechange, sans la main-d'œuvre.

– Oh, merde, dis-je.

Il donna un coup de pied dans l'un des pneus à plat.

– J'ai une Ford Cortina de 78 au garage que vous pourriez avoir pour trois cents livres. La caisse est un peu rouillée, mais c'est une voiture saine et le moteur est impeccable.

– Je ne sais pas. Je ne dispose pas de trois cents livres, pas pour le moment.

Le gros type haussa les épaules.

– Dans ce cas, mon vieux, j' peux rien faire pour vous.

Il remonta dans sa dépanneuse et démarra, faisant grincer les vitesses et émettant un nuage immonde de diesel. Je restai là un moment, dans le crépuscule, à écouter le bruissement des arbres et le vol furtif des chauves-souris. Puis je fis demi-tour vers la maison et allai rejoindre Liz dans la cuisine. Elle préparait un poulet en terrine, cela sentait délicieusement bon, mais je n'étais pas très sûr d'avoir faim. Je tendais l'oreille continuellement, cherchant à déceler des grattements et des galopades, ou des grondements lointains et des voix qui ne ressemblaient pas du tout à des voix humaines. Je n'arrêtais pas de me faire peur en apercevant mon reflet blanc dans les fenêtres sans rideaux, ou dans les photographies encadrées dans le vestibule.

Danny était agenouillé sur l'une des chaises de la cuisine et faisait un dessin. Je me penchai par-dessus son épaule et regardai ce qu'il dessinait. C'était une petite fille très maigre en chemise de nuit blanche, avec de petits rubans rouges pendillant de ses cheveux, et des joues vert citron. Emmeline Chérie.

– Viens jouer avec nous, dit Danny en prenant une voix très haut perchée de petite fille. Nous sommes si nombreux, nous nous amuserons bien.

– Danny, l'avertis-je. Ne fais pas ça.

Il leva la tête vers moi; ses yeux étaient grands ouverts, ils n'accommodaient pas et brillaient étrangement, presque comme s'il avait pleuré. Puis, après un long moment de silence, il continua de dessiner. Je l'observai avec un sentiment d'impuissance, comme si, d'une manière ou d'une autre, je n'avais plus aucune autorité sur lui.

Liz vérifia son poulet et remit la terrine au four, puis elle demanda : « Alors? » d'un ton de bonne épouse.

– Alors quoi? dis-je.

– Alors, que peut-il faire pour la voiture?

– Oh, la voiture. Rien à moins de trois cents livres, sans doute plus. Il a dit que je ferais mieux de m'en acheter une nouvelle.

– Qu'est-ce que tu vas faire?

– Que puis-je faire? Continuer de travailler ici jusqu'à ce que j'aie les moyens de m'acheter une nouvelle voiture, c'est tout.

– Je continue de penser que tu aurais dû prévenir la police. Ce Burper ou Machin-Chose devrait être mis sous les verrous.

– Belcher, rectifia-je. (J'allais jusqu'au frigo, pris une grande bouteille de Soave frais, et nous servis deux verres.) Tu as peut-être raison. Mais cela m'aurait occasionné quelques petits ennuis. Par exemple, pourquoi la vignette était-elle périmée, et pourquoi la voiture n'était-elle pas assurée?

– Tu n'étais pas assuré? s'exclama Liz.

– Je n'avais pas d'argent pour payer l'assurance. Janie a vidé mon compte en banque, celui de la société, elle a tout pris.

– Quelle garce!

– Oui, quelle garce! Mais je l'avais bien mérité, probablement. Je n'étais pas très gentil avec elle.

Liz but une gorgée de vin et me regarda; ses yeux faisaient plus vieux que son âge.

– Tu la battais?

– Non. Je l'ignorais, c'est tout. Je pense qu'ignorer quelqu'un c'est pire que de le battre, parfois.

– Tu aurais peut-être dû la battre.

Je m'assis.

– Qui sait? Peut-être que je ne l'aimais pas du tout, en fait. Peut-être que je ne sais même pas ce qu'est l'amour. L'amour véritable. Celui pour lequel on est prêt à donner sa vie.

– Je ne crois pas que beaucoup de gens le feraient, dit-elle. (Elle sourit, puis elle poursuivit :) Quand j'avais neuf ans environ, j'avais un poisson rouge. J'adorais ce poisson rouge. Je l'avais appelé Billiam. Je disais souvent à ma mère que si Billiam mourait, je me suiciderais. Aussi, lorsqu'il a fini par mourir, ma mère ne me l'a pas dit. Elle m'a raconté qu'il s'était sauvé. Comme une idiote, j'ai cru ma mère. J'ai dit à tous mes amis de l'école qu'il y avait une récompense de dix pence pour celui qui le retrouverait. Ils étaient encore plus idiots que moi! Ils sont partis à sa recherche.

– Qu'est-ce que cela est censé prouver? voulus-je savoir. Que l'on ne doit pas tomber amoureux de quoi que ce soit – pas même d'un poisson rouge?

Elle haussa les épaules.

– Je n'en sais rien.

Puis elle éclata de rire.

A ce moment, Danny revint dans la cuisine. Je n'avais même pas remarqué qu'il était parti. Il tenait son bloc à dessins sous le bras et il fronçait les sourcils.

– Où est parti cet homme? demanda-t-il d'un air très fâché.

– Tu veux parler du garagiste?

– Non, l'homme sur la photographie.

– Quelle photographie?

– Là-bas. Je fais un dessin d'Emmeline Chérie et de l'homme au grand chapeau et je suis allé regarder la photographie de l'homme au grand chapeau parce que je voulais le dessiner comme il faut, mais il est parti.

Je me redressai sur ma chaise. Je sentis à nouveau cet horrible picotement sur mes poignets, et tout du long de mon dos. Le picotement de l'appréhension, comme un signal d'alarme. *Cela a recommencé... la maison s'agite... des ombres se déplacent furtivement... des voix murmurent doucement dans les chambres d'en haut.* Pour une raison inconnue, un distique oublié resurgit dans mon esprit. « *Les murs sont tendus de velours noir et doux comme le péché... Des petits nains en sortent à pas feutrés et des petits nains s'y glissent à pas feutrés.* »

C'était censé décrire le cabinet de travail du roi Philippe à Lépante, mais lorsque j'étais gosse je m'étais imaginé que cela décrivait ce qui se passait dans mon placard après la tombée de la nuit, et cela m'avait toujours terrifié. De petits êtres, furtifs et malfaisants, se cachaient parmi mes vêtements. Chaque soir je vérifiais soigneusement que la porte du placard était bien fermée et verrouillée, et que la chaise de ma chambre était appuyée contre le bouton de la porte. Même ainsi, j'entendais les petits nains aller et venir à l'intérieur, faisant tinter doucement, très doucement, les cintres métalliques.

Je pensais avoir oublié depuis longtemps la sensation de terreur impuissante que ces mots faisaient naître en moi, et qui me submergeait de la tête aux pieds, mais lorsque Danny dit : « Il est parti », tout cela me revint, et pendant un moment je fus incapable de parler.

– Comment pourrait-il être parti? demandai-je finalement d'une voix rauque.

– Il n'est plus sur la photographie.

Je le suivis tandis qu'il se dirigeait vers le vestibule, et allumai. Tout au fond du vestibule était accrochée la photographie, « Fortyfoot House, 1888 ». Je m'en approchai lentement, suivi de Liz, et me penchai pour l'examiner.

Danny avait raison. Le jeune Mr. Billings n'était plus là. Son *ombre* était toujours là, gisant tel un manteau oublié sur le parterre de rosiers, mais l'homme lui-même semblait avoir bel et bien disparu.

– C'est un canular, déclarai-je. Les gens ne disparaissent pas d'une photographie. Ce n'est pas possible, tout simplement.

– La lumière n'est pas très bonne ici, allons dans la cuisine, suggéra Liz en décrochant la photographie du mur.

Elle l'emporta dans la cuisine et alluma le plafonnier. Nous nous groupâmes autour de la photo et regardâmes avec attention l'endroit où le jeune Mr. Billings s'était tenu. Le verre protégeant la photographie était toujours poussiéreux et vierge de traces de doigts, hormis celles laissées par Liz et par moi-même, et lorsque je retournai le cadre, rien n'indiquait que l'on avait fendu ou décollé la bande de papier marron. Il y avait encore le cachet de l'encadreur : *Rickwood & Fils, Encadreurs et Restaurateurs de Tableaux, Ventnor, Ile de Wight.*

Je retournai le cadre à nouveau et nous examinâmes la photographie encore un moment. Puis Danny dit brusquement :

– Regarde... qu'est-ce que c'est?

Les yeux d'un enfant sont toujours plus perçants. Ils peuvent voir des formes, des signes et des présages mieux que n'importe quel adulte. Je scrutai l'endroit sur la photographie que le doigt potelé à l'ongle rongé de Danny désignait, et il n'y avait pas de doute possible. Tout juste visible, dépassant de la pente du jardin, là où il allait en descendant vers l'entrée au fond de la propriété et vers la mer, on distinguait le rectangle noir, incliné, d'un chapeau tuyau de poêle.

Le jeune Mr. Billings était toujours sur la photographie, mais il était allé se promener quelque part.

Liz secoua la tête.

– Je n'arrive pas à le croire. C'est certainement une blague. Je te parie qu'il y a d'autres photographies de la même scène, et que quelqu'un a procédé à un échange.

– Qui? demandai-je. Enfin, *qui*? Et, qui plus est, *pourquoi*?

– Des squatters, déclara Liz. Je t'ai dit qu'il y avait probablement des squatters, ou des enfants sans foyer, qui vivaient dans le grenier. Et ce sont probablement eux qui ont fait son affaire à Harry Martin.

– Chut, l'avertis-je en montrant de la tête Danny. (Heureusement, il ne semblait pas savoir ce que « lui faire son affaire » voulait dire.)

– Tu penses qu'ils essaient de nous faire peur pour que nous partions de la maison? lui demandai-je. Comme dans ce film avec Bette Davis où les enfants essaient de la rendre folle afin de toucher l'héritage?

– Eh bien, c'est une possibilité, non? C'est plus vraisemblable que des fantômes. Écoute, David, j'ai sérieusement réfléchi à tout ça. Comment pourrait-il s'agir de fantômes? Les fantômes, ça n'existe pas!

– Et les bruits, les lumières et tout le reste?

– Des bandes enregistrées? Des lumières stroboscopiques?

– D'accord, admettons que tout ceci soit une mystification – alors, où sont-ils tes squatters? La police a fouillé toute la maison, non? Même les combles.

– Ils n'ont pas inspecté la partie murée à côté de ta chambre.

– Pour la simple raison que personne ne peut y entrer. Ou en *sortir*, soit dit en passant.

– Il y a peut-être un passage secret.

– Oh, voyons, Liz! Il n'y a pas assez de place pour un passage secret. Et même s'il y en avait un, d'où pourrait-il bien venir, et où pourrait-il conduire?

Elle se tint toute droite.

– Alors tu es réellement convaincu que ce sont des fantômes?

– Je ne sais pas. Peut-être pas des fantômes comme on se les représente habituellement, des gens qui se baladent avec un drap sur la tête. Mais je suis sûr d'avoir raison en ce qui concerne cette histoire de *temps*. Quelqu'un a dit que les fantômes n'étaient pas des fantômes, en fait, mais des personnes que l'on apercevait de façon imprécise lorsque hier et aujourd'hui *se chevauchent*, disons. Cela paraît assez logique, tu ne trouves pas?

Liz examina la photographie à nouveau.

– Si c'est ça la logique, je préfère ne pas t'entendre dire des bêtises. Je continue de penser que quelqu'un essaie de nous faire peur pour que nous fichions le camp d'ici. Un être humain, je précise, pas un fantôme. Tout ça ressemble trop à ce film, *Les Innocents*.

Une fois Danny parti se coucher, nous fîmes un sort à la bouteille de vin, installés sur le divan, tout en écoutant *Stolen Moments* de John Hiatt. Je me sentais particulièrement réceptif à cette chanson : les sept petits Indiens vivant dans la maison de brique sur Central Avenue, où en dépit des paroles réconfortantes du père affirmant que tout allait s'arranger pour le mieux, « on avait toujours l'impression que quelque chose s'approchait insidieusement pour massacrer et tuer ».

Vers onze heures, avec une affreuse migraine et un goût aigre de Soave dans la bouche, je m'extirpai du divan et dis :

– Je vais me coucher. Tu viens?

– Est-ce une proposition?

Je la regardai. Je souris et dis : « Oui. » Je parvins même à m'empêcher d'ajouter : « Si ça te dit. »

J'allai dans la cuisine pour fermer à fond les robinets qui gouttaient et éteindre. La photographie de « Fortyfoot House, 1888 » était toujours posée, à l'envers, sur la table. Je la récupérai juste avant d'éteindre et la mis sous mon bras, dans l'intention de l'accrocher de nouveau dans le vestibule en montant me coucher – puis, immédiatement, je rallumai, et tins la photographie devant moi, et la regardai, en proie à une frayeur croissante.

La tête du jeune Mr. Billings était apparue en haut du jardin, comme s'il s'approchait de la maison. Et à ses côtés, encore cachée en grande partie par la pelouse, il y avait une petite forme sombre avec deux protubérances qui auraient pu être des oreilles pointues.

Je fermai les yeux avec force, puis les rouvris, juste pour m'assurer que je n'avais pas des hallucinations, ou que je ne faisais pas une crise de délirium tremens. Mais la photographie demeura inchangée. La roseraie, avec l'ombre détachée du jeune Mr. Billings toujours étalée sur elle, le cadran solaire, la pelouse en pente. Et le visage tout à fait distinct du maître de la maison, s'en revenant d'une promenade au bord de la mer, en compagnie de *quoi*?

– Tu viens, ou est-ce que tu as l'intention de passer la nuit dans la cuisine? appela Liz. La lumière ne fonctionne pas sur le palier.

– J'arrive, dis-je pensivement.

J'éteignis dans la cuisine, rebroussai chemin vers le vestibule et remis la photographie en place, à son crochet habituel. J'ignore pourquoi, mais j'avais le sentiment que c'était probablement la chose la plus sûre à faire. Ou, plus exactement, j'avais le sentiment que c'était ce que le jeune Mr. Billings aurait préféré, et je n'avais aucune envie de contrarier le jeune Mr. Billings, particulièrement en le laissant face en dessous sur la table de la cuisine. Cela aurait été un manque de tact.

Bon Dieu, pensai-je. *Je perds la boule. Je deviens complètement timbré. J'accroche une photographie à un mur parce que je pense que c'est ce que préférerait le personnage sur cette photographie!*

Liz était à mi-hauteur de l'escalier. Elle se pencha, sa poitrine opulente pressée contre la rampe.

– Allez, viens. Nous prendrons un bain demain matin.

J'éteignis dans le vestibule et l'escalier fut plongé dans une obscurité complète. *Des petits nains en sortent à pas feutrés et des petits nains s'y glissent à pas feutrés*. Je montai l'escalier à tâtons, gardant ma main droite appuyée à plat contre le mur, et cherchant les contremarches avec le devant de mes jambes. J'entendais Liz devant moi, plus haut; elle tapotait la rampe en montant afin de savoir où elle allait.

– J'espère vraiment que nous n'entendrons pas de grognements ou de gémissements cette nuit, dit-elle. Sinon, je m'en vais pour de bon. Et tu ne me reverras pas de si tôt.

Alors que j'atteignais le tournant de l'escalier, j'aperçus le pâle reflet argenté du miroir, aussi pâle que le souvenir encadré de la mort de quelqu'un. J'hésitai et faillis trébucher dans le noir, et comme je faisais halte un instant, il me sembla entendre *Scriittchhh* – derrière la plinthe – puis une course précipitée qui se poursuivait sur toute la longueur de la maison.

– Tu as entendu? demandai-je à Liz.

Elle s'immobilisa en haut de l'escalier. Je savais qu'elle était sur le palier parce qu'elle me cachait le miroir.

– Non... je n'ai rien entendu.

– J'ai dû rêver.

– Du moment que ce n'est pas autre chose.

Nous nous avançâmes à tâtons dans le couloir. J'avais *encore* oublié d'acheter une putain de torche électrique. Il y avait des bougies dans l'un des placards de la cuisine mais, comme un imbécile, je n'avais pas eu la présence d'esprit d'en allumer une et de l'emporter en allant me coucher. J'avais été très préoccupé par l'approche progressive du jeune Mr. Billings et de son compagnon velu, et par les petits nains de mon enfance. Je me demandai si ma mère avait jamais su à quel point j'étais terrifié par ces petits êtres pataauds qui furetaient parmi mes vêtements la nuit. J'aurais sacrément voulu ne pas me souvenir d'eux, et cesser de penser à eux en ce moment.

Cependant, nous réussîmes à trouver notre chemin jusqu'à la porte de ma chambre, et nous entrâmes. Une pâle lueur venant de la mer filtrait à travers les rideaux, et je distinguai tout juste le lit et la forme sombre de l'armoire.

– Je vais jeter un coup d'œil à Danny, dis-je à Liz.

Elle avait déjà croisé les bras et faisait passer son T-shirt par-dessus sa tête, soulevant un instant ses seins, puis les laissant retomber, en un ballottement compliqué.

– Ne sois pas trop long, chuchota-t-elle. Et si tu entends des bruits, ignore-les.

Je traversai le couloir et jetai un regard vers l'obscurité engloutissant tout de la chambre de Danny. Je sentais son odeur, et je l'entendais respirer – juste une narine légèrement bouchée. Je me demandai de quoi il rêvait. De crabes, ou de cirques, ou peut-être de sa mère. Parfois il me faisait tellement pitié mais je n'y pouvais rien.

Je refermai sa porte et rebroussai chemin à tâtons. J'aurais dû aller dans la salle de bains et me brosser les dents mais ça ne me disait rien du tout de me balader dans le noir et de me cogner partout. Liz était déjà dans le lit, nue, elle m'attendait, et si elle n'avait pas pris la peine de se brosser les dents, pourquoi diable le devrais-je? Tout de même, je détestais ce goût de Soave éventé dans ma bouche.

Je me déshabillai et me glissai sous la couette. Liz se blottit contre moi et je sentis des mamelons, des cuisses et des poils pubiens humides. Elle m'embrassa sur le front, puis sur les yeux, puis sur le nez.

– Hé, je te vois pas, gloussa-t-elle. Il fait noir comme dans un four ici.

Je l'embrassai à mon tour et nos dents s'entrechoquèrent. Nous étions tous deux terriblement troublés par ce qui se passait à Fortyfoot House; nous étions fatigués et nous avions les nerfs à vif. Que les bruits et les lumières soient causés par des fantômes ou par des rats ou par des squatters invisibles, ils étaient tout autant effrayants; et le pire dans tout ça c'est que nous ne pouvions absolument rien faire, sauf partir. Si la police avait été incapable de trouver quoi que ce soit, il était peu probable que nous trouvions quelque chose, de notre côté.

Aussi fîmes-nous l'amour très vite, avec violence, parce que nous ne voulions penser à rien d'autre qu'à nous envoyer en l'air, durant quelques minutes frénétiques. Liz se mit à califourchon sur moi, comme elle l'avait fait la nuit précédente, mais cette fois je la repoussai sur le dos et je la grimpai.

Elle m'entoura la taille de ses jambes et serra très fort tandis que je la pénétrais. Je suppose que nous savions tous deux que ceci n'était pas de l'amour; ce n'était même pas de la passion. Mais nous nous plaisions. Je voyais un peu de moi-même en Liz et elle voyait un peu d'elle-même en moi. Je pense que, chacun à notre manière, nous étions un avertissement l'un pour l'autre.

Elle glissa ses mains entre ses jambes et s'ouvrit largement pour moi, afin que je la pénètre encore plus profondément. Elle se mit à haleter, et son halètement m'excita encore plus. Je poussai de plus en plus fort, et le lit commença à grincer, *criic-criic-criic*, jusqu'à ce que je sois obligé de ralentir la cadence et de changer la position de mes genoux parce que le grincement me faisait perdre tous mes moyens.

– Attends..., chuchota-t-elle. Chuuut...

Elle me repoussa doucement et m'obligea à m'allonger sur le dos. Elle m'embrassa, mes lèvres, ma poitrine, mon ventre, puis elle prit mon pénis dans sa bouche et commença à le sucer, délicatement et avec persistance. Je voyais sa tête se profilant sur la fenêtre s'agiter de haut en bas. Je voyais la courbe de ses lèvres sur la hampe épaisse et dure de mon pénis.

Elle hésita un moment, et je sentis ses dents pointues contre ma peau. Ce moment se prolongea, la morsure s'accentua et, durant un instant d'égarement, je crus qu'elle avait l'intention de m'arracher le gland d'un coup de dents.

– Liz..., murmurai-je, saisi de panique.

Mais je l'entendis rire – un rire sourd du fait de sa bouche pleine – et elle continua de lécher et de sucer et de me titiller du bout de sa langue. Malgré moi, je sentis mes muscles se raidir, et j'explosai. Liz me garda dans sa bouche tout le temps, elle avala discrètement, ne me permettant pas d'éjaculer sur elle. Lorsqu'elle eut terminé, elle se redressa et m'embrassa et ses lèvres étaient sèches.

– Une autre fois, peut-être, chuchota-t-elle, tout près de moi. Et autre part, certainement.

Nous nous allongeâmes côte à côte dans l'obscurité et elle s'endormit très vite, respirant contre mon épaule nue. Je me sentais vidé, triste et déconnecté, comme si j'étais orphelin du monde entier, comme si tous les autres partageaient un secret qu'ils refusaient de me confier. J'entendais la mer marmonner toute seule, et les oiseaux s'agiter dans les gouttières. Je pensai à la photographie de Fortyfoot House accrochée dans le vestibule au rez-de-chaussée et je dis une petite prière pour que le jeune Mr. Billings ne se soit pas rapproché un peu plus de la maison.

Je décidai de descendre jusqu'au Café de la Plage demain matin pour avoir une nouvelle conversation avec Doris Kemble. Peut-être pourrait-elle m'en dire plus au sujet du jeune Mr. Billings : quelque chose expliquant pourquoi il apparaissait et disparaissait si soudainement à proximité de la maison. Les phénomènes surnaturels de Fortyfoot House semblaient faire tellement partie de la vie de tous les jours à Bonchurch qu'elle avait très bien pu oublier de me dire quelque chose d'important.

Vers deux heures du matin, j'ouvris les yeux et la lune était levée. La chambre était baignée d'une fine lueur argentée. Liz dormait toujours d'un profond sommeil, pelotonnée contre mon épaule. La couette avait glissé et le clair de lune transformait son dos nu et la rondeur de ses fesses en un paysage érotique. Elle ressemblait aux dunes du désert du Néfoud, la nuit. J'écoutai la maison mais elle était silencieuse, pour une fois. Pas de grattements, pas de bruits de course éperdue. Pas de craquements de lattes de plancher. Peut-être avait-elle accepté Harry Martin comme une offrande, et sa faim était-elle temporairement assouvie. En cet instant, en pleine nuit, j'étais prêt à croire n'importe quoi.

J'aurais voulu être à même de dormir. J'étais tellement épuisé. J'échafaudai des plans, essayai de trouver des solutions : si je prenais un boulot temporaire cela me permettrait de rembourser les agents immobiliers et de quitter Fortyfoot House sans leur devoir quoi que ce soit. Et comment faire pour m'acheter une nouvelle voiture? Peut-être pourrais-je emprunter cet argent à ma grand-mère. Le problème, c'est qu'elle avait quatre-vingt-huit ans et était quasiment aveugle et que son notaire veillait sur ses biens tel Cerbère gardant l'entrée des enfers. Et je n'avais plus rien à vendre.

Je m'efforçai de ne pas penser à ces petits nains qui sortent et entrent à pas feutrés.

L'hypothèse avancée par Liz – à savoir que des squatters se cachaient peut-être dans la maison – était tirée par les cheveux, néanmoins cela valait la peine d'y réfléchir. Il n'y avait personne dans les combles, l'inspecteur Miller me l'avait certifié. Mais il restait la partie murée, située exactement au-dessous des combles, et juste à côté de cette chambre – la partie qui avait sans doute comporté une fenêtre autrefois, une fenêtre donnant sur le côté ouest du jardin et sur les plants de fraisiers.

Ce réduit était assez grand pour loger trois ou quatre personnes – peut-être davantage. Mais il n'y avait pas d'accès visible – pas depuis ma chambre, ni depuis les combles (autant que je puisse le savoir), ni depuis l'extérieur.

Je levai les yeux vers les angles bizarres du plafond dus au fait que cette partie de ma chambre était murée. Les angles n'étaient pas du tout symétriques. Les murs semblaient s'incliner en une pente plus prononcée sur le côté nord qu'ils ne le faisaient sur le côté sud, et le mur ouest – le mur de séparation – reliait les deux en une diagonale tellement agaçante et tellement marquée que j'avais peine à croire qu'il n'avait pas été plâtré ainsi de propos délibéré. Ces murs étaient tellement déjetés qu'ils ne pouvaient pas avoir été construits ainsi accidentellement. Quelqu'un les avait édifiés ainsi pour une certaine raison : et peut-être était-ce pour cette même raison que le toit de Fortyfoot House avait été construit d'une façon aussi maladroite, défiant les lois de la perspective. Il arrive que des maisons soient mal conçues, mais jamais à ce point!

Je regardais toujours les angles du plafond lorsque je me rendis compte que la façon dont ils s'inclinaient était plus qu'accidentelle. C'est une sensation très difficile à décrire, mais j'avais l'impression de regarder non seulement *vers* eux mais *au-delà* d'eux – comme si je voyais mon côté du plafond et l'autre côté du plafond, les deux en même temps. Je me frottai les yeux, mais lorsque je les rouvris, l'impression était encore plus nette. J'avais le sentiment distinct de regarder *à travers* le plafond vers la partie cloisonnée.

A ce moment une forme floue commença à apparaître. Penchée d'un côté, elle scintillait légèrement, comme le reflet d'une télévision en noir et blanc aperçu à travers les rideaux de la maison d'en face. La forme se tenait exactement dans le coin sud-ouest de la pièce, dans l'angle formé par le plafond; et elle était légèrement plus près du plafond que du plancher. Elle flotta ainsi au même endroit, minute après minute, tandis que j'étais allongé dans le lit, crispé et terrifié, me demandant ce que diable elle allait faire.

Petit à petit, la forme devint plus nette, bien que je sois toujours incapable de discerner ce que c'était. Un reflet lumineux? Un feu follet? J'avais entendu parler de gaz dans les vieilles demeures qui s'échappait de conduits d'aération crevés. A l'époque victorienne, des locataires étaient souvent tombés malades, et étaient morts, intoxiqués par des émanations d'oxyde de carbone.

Durant une fraction de seconde, j'eus l'impression de voir ce qu'était exactement la forme. Cela ressemblait à une femme penchée en avant, coiffée d'une cornette blanche. J'eus l'impression de la voir tourner la tête. J'eus l'impression de voir des *yeux*. Alors je poussai un hurlement et la forme fut aspirée vers l'angle du mur, comme par un aspirateur, et disparut. Je me retrouvai à faire des bonds sur le lit et à crier et à transpirer tandis que Liz s'agrippait à moi et demandait :

– Quoi! Quoi? David, qu'y a-t-il?

Je m'extirpai du lit et ouvris les rideaux. Puis, à la faveur du clair de lune, je frappai des mains contre le plafond, à l'endroit où la forme était apparue. Je sentis seulement un mur plein et humide.

– David, que se passe-t-il? insista Liz.

– J'ai vu quelque chose. Quelque chose est sorti du plafond. Cela ressemblait à... à une lumière, à un fantôme. Je ne sais pas. Une nonne, ou une infirmière.

– David, tu as probablement fait un rêve.

Je tapai sur le mur, de colère et de frustration.

– Je ne rêvais pas, j'étais éveillé!

– Bon, ça va, ça va, dit Liz d'une voix douce. Tu étais éveillé, d'accord, mais c'est parti maintenant, non? Alors reviens te coucher et calme-toi.

Je me mis à arpenter la chambre; je tapais sur le mur à

l'endroit où la forme était apparue, chaque fois que je passais devant.

– Je ne peux pas me calmer ! J'étais éveillé et je l'ai vue !

– David, tu as passé de sales moments depuis que tu es arrivé ici... écoute, tu as probablement eu des hallucinations, c'est tout.

– Jamais de la vie ! J'ai vu une nonne, à mi-hauteur de ce putain de mur !

Liz attendit patiemment, tête baissée, que je finisse de vociférer et de tempêter. Je n'avais pas vraiment l'intention de crier après elle. Je criais après moi-même, après Janie, après cet enfoiré de Raymond, après Harry Martin et Brown Jenkin et tout ce qui m'avait conduit jusqu'ici. Je pense qu'elle le savait, heureusement ! A sa façon, elle se servait de moi, elle aussi. Son comportement sexuel la trahissait. C'était beaucoup trop intime, physiquement. Elle m'aurait permis de lui faire n'importe quoi ; et elle aurait fait n'importe quoi pour moi, en retour. Mais côté sentiments, elle était absente. J'ignorais à qui elle faisait l'amour, mais ce n'était certainement pas à moi. Très probablement, je n'étais que le pis-aller de quelqu'un qui l'avait fait souffrir. Ce n'est pas très exaltant d'être un pis-aller sexuel, mais parfois on doit se contenter de ce qu'on a.

Finalement, transi de froid, je réintégrai le lit. Immédiatement, Liz s'allongea près de moi et passa son bras autour de ma poitrine.

– Tu grelottes, dit-elle.

J'étais incapable de détacher mes yeux des angles du plafond. Ils continuaient de me remplir de terreur.

– J'ai vu une femme. Elle se penchait. Je le jure. Une infirmière, ou une nonne. Elle était juste là-bas, l'endroit que je montre du doigt.

– David, c'est impossible.

– Je vais en parler à Doris Kemble, au Café de la Plage.

– Tu ferais mieux de parler au directeur de ta banque, et emprunter assez d'argent pour t'acheter une nouvelle voiture.

Je posai ma tête sur l'oreiller. J'ignore pourquoi, mais mes yeux se remplirent de larmes, et les larmes coulèrent sur le côté de mon visage. Liz se blottit contre mon épaule et m'embrassa la joue et me caressa les cheveux. Mais j'étais trop fatigué et trop bouleversé, et faire l'amour n'était pas une solution. Finalement elle s'assit sur le lit et se pencha vers moi, cachant les derniers rayons de lune, et elle déposa sur mon front un léger baiser de congédiement.

– Tu es un cas désespéré, déclara-t-elle.

– Non, pas du tout, dis-je en m'essuyant les yeux avec mes doigts. Je suis seulement fauché et déprimé et terrifié et inquiet au sujet de mon fils. A part ça, je suis un type exceptionnel.

Elle rit et m'embrassa, et je la tins dans mes bras jusqu'à ce qu'il n'y ait plus de clair de lune. Ensuite il fit très noir, un noir intense. J'essayai de dormir, mais je ne parvenais pas à détacher mes yeux de ces angles formés par le plafond, même si je ne pouvais pas les voir.

Liz dormait. Mais des créatures allaient et venaient dans Fortyfoot House, des créatures se déplaçaient à vive allure. Des pieds nus couraient presque en silence sur les chevrons; des créatures velues détalaient derrière les plinthes. Le jeune Mr. Billings s'approchait, j'en avais la certitude, accompagné de *quoi*? Et lorsque je me réveillai et que je vis la lumière du soleil – un soleil lisse et éclatant – il me sembla que j'avais été réveillé par les derniers échos du cri strident d'un enfant.

Liz ouvrit les yeux et me regarda. Il faisait chaud et les franges de l'abat-jour ondoyaient au gré de la brise, telles les pattes d'un étrange scolopendre suspendu au plafond.

Elle embrassa mon épaule, puis mes lèvres.

– Tu sais quoi? dit-elle. Tu as une mine affreuse.

9

Un pasteur persécuté

Ce matin-là, Liz mangea deux bols de céréales et but une grande tasse de café avec deux sucres, et partit travailler au Parc des Oiseaux Tropicaux. Je lui promis que nous prendrions le car pour venir la chercher à cinq heures, et sur le pas de la porte elle me donna le plus chaste des baisers, que Danny regarda depuis la pénombre du vestibule avec un mélange de sérieux et de plaisir contenu. Je pense qu'il commençait à se faire à l'idée que c'était terminé entre sa mère et moi. De fait – malgré lui – je pense qu'il oubliait petit à petit à quoi elle ressemblait, et ce qu'elle lui apportait; et il aimait beaucoup Liz.

Mon Dieu, pensai-je tandis que Liz remontait l'allée. *Pardonnez-nous nos offenses et pardonnez-nous d'être aussi foutrement têtus et égoïstes.*

– Je pense que nous allons commencer à gratter la peinture des fenêtres aujourd'hui, dis-je à Danny. Nous pouvons commencer par la cuisine et faire tout le tour.

– Je ne peux pas aller attraper d'autres crabes?

– Je croyais que tu allais me donner un coup de main.

Danny eut l'air embarrassé.

– Bien sûr... mais je ne suis pas très doué pour gratter la peinture.

– Bon, d'accord, dis-je. Mais reste à proximité du Café de la Plage. Ne t'éloigne pas. Et ne te baigne pas. Tu peux patauger dans l'eau, mais c'est tout.

Il acquiesça, sans même me regarder. Peut-être n'écoutait-il pas. Ou, s'il écoutait, peut-être ne comprenait-il pas entièrement ce que je disais. Lorsque vous êtes un adulte, vous supposez tellement de choses. Vous supposez que vous êtes capable de vous en sortir. Vous supposez que vous êtes séduisant. Vous supposez que vos enfants comprennent lorsque vous leur parlez. Autant que je sache, Danny avait peut-être compris « Café de la Plage... un beignet... un verre d'eau, mais c'est tout ».

Je l'observai dévaler la pelouse, passer près de la pièce d'eau, et sortir par la porte au fond du jardin. J'aperçus le soleil miroiter sur ses cheveux tout propres tandis qu'il courait au bas du sentier longeant les cottages avec tous leurs géraniums. Vous n'avez pas souvent la chance d'aimer quelqu'un autant que vous aimez votre fils, mais j'avais cette chance, et j'en remerciais le ciel.

Toute la matinée je décapai le chambranle des fenêtres à la peinture écaillée et ôtai soigneusement au ciseau des lambeaux mous et racornis de vieille peinture. Il y en avait au moins quatre ou cinq couches au-dessous de la peinture noire, et je les grattai toutes – vert, crème, et rose bonbon – jusqu'à ce qu'apparaisse le métal gris. Il y avait quelque chose de très thérapeutique dans le fait d'effectuer un travail aussi prosaïque, et de le faire de son mieux. Étaler le décapant avec une brosse, attendre que la peinture se ratatine, puis gratter. A onze heures, j'avais bien avancé dans mon travail et j'étais fin prêt pour une bière et un sandwich.

Je descendis vers la plage pour retrouver Danny. Il avait dû comprendre ce que je lui avais dit, parce qu'il était accroupi au bord d'une mare dans les rochers à quelques mètres seulement du Café de la Plage, occupé à asticoter deux crabes avec un bâton. J'entrai dans le petit jardin du café et m'assis à une table d'où je pouvais le voir et, peu après, Doris Kemble apparaissait, avec son tablier et ses lunettes.

– Qu'est-ce que vous prendrez?

– Une pinte de bière et l'un de vos sandwiches aux crevettes, s'il vous plaît. Oh – et un sandwich au fromage pour Sinbad le Marin. Et un Coca-Cola, s'il vous plaît.

Elle inscrivit ma commande sur un petit bloc-notes. Sans lever les yeux, elle dit :

– Alors vous avez eu des ennuis, là-bas à la maison?

– Oui, répondis-je. Vous avez sans doute appris pour Harry Martin.

– J'ai également appris ce que Keith Belcher avait fait à votre voiture.

Je fis une grimace.

– J'ai essayé d'empêcher Harry de fouiller le grenier, mais il n'a rien voulu entendre. Il a dit que Brown Jenkin avait pris son frère, et que cela lui en donnait le droit.

Doris Kemble frissonna de façon visible et s'assit en face de moi, comme si elle était brusquement incapable de tenir sur ses jambes.

– Vous n'avez pas *vu* Brown Jenkin?

– Je ne sais pas, je pense que je l'ai peut-être vu, répondis-je avec circonspection. J'ai vu une sorte de rat, ça j'en suis sûr.

– Un gros... très gros rat... avec un visage d'homme et des mains d'homme?

– Doris, dis-je en lui prenant la main. Aucun rat au monde ne ressemble à cela.

– Brown Jenkin n'est pas un rat. Pas ce qu'on peut appeler un rat.

– Comment l'appelleriez-vous, alors? demandai-je. (Puis je tournai la tête vers la plage et criai :) Danny! Viens! C'est l'heure du déjeuner!

Danny se releva, une petite silhouette gracile se profilant sur le soleil éclatant qui faisait scintiller le sable, les mares dans les rochers, les vagues, et le ciel.

– Si j'étais vous, déclara Doris Kemble (le soleil faisait ressortir les atomes de poussière sur les verres de ses lunettes), si j'étais vous... je prendrais ce garçon, voilà ce que je ferais, et je quitterais cette maison, et je laisserais ceux qui savent comment agir avec les fantômes et tout le reste s'en occuper, vous savez, les prêtres et autres, pour qu'ils brûlent entièrement cette maison et bénissent ce qu'il en reste. Parce que cette maison est maléfique, voilà pourquoi; et Vera Martin a eu raison de démolir votre voiture, je suis désolée de vous dire ça, parce que vous n'auriez jamais dû laisser Harry partir à la recherche de Brown Jenkin, jamais.

Je dus faire un effort surhumain pour ne pas me mettre en colère et lui dire qu'elle était une vieille emmerdeuse parfaitement stupide, mais je savais qu'elle me serait beaucoup plus utile si je faisais preuve de tolérance et de contrition.

– Vous avez sans doute raison, dis-je, observant Danny escalader les rochers jusqu'au front de mer. Je n'aurais pas dû permettre à Harry d'entrer dans la maison.

– Il disait toujours que Brown Jenkin avait enlevé son frère, poursuivit Doris en secouant la tête. Il le répétait si souvent que Vera a fini par le lui interdire. « Dis-le encore une fois, juste une fois », l'a-t-elle menacé, « et je franchis la porte de cette maison et je ne reviendrai jamais ».

– Doris, insistai-je, ce n'était pas de ma faute. Personne au monde n'aurait pu l'en empêcher.

– Ma foi, il est trop tard maintenant, n'est-ce pas? dit-elle. Ce pauvre Harry est mort et bien mort, point final. Et tous les reproches du monde ne le ramèneront pas à la vie.

J'attendis un moment, puis je demandai :

– Si les habitants de Bonchurch ont vécu depuis toujours dans la hantise de Brown Jenkin... pourquoi n'ont-ils jamais rien fait à ce sujet?

Doris Kemble eut un sourire amer.

– C'est plutôt difficile de chasser une créature qui n'est pas toujours ici.

– Je ne comprends pas.

– Bon, je vais vous expliquer. Pourriez-vous aller à la gare ce midi et prendre le train d'hier?

– Bien sûr que non.

– Pourriez-vous aller à la gare ce midi et prendre le train de *demain*?

– Non.

– Voilà pourquoi on ne peut pas attraper Brown Jenkin. Il était et il sera, mais il *est* très rarement.

– Doris..., lui demandai-je. Pouvez-vous me dire quelque chose à propos du jeune Mr. Billings?

– Hein? fit-elle d'un ton agressif, tendant son cou flétri.

– Vous avez dit que votre mère savait beaucoup de choses à propos des Billings.

– Hum, bien sûr. Elle était femme de ménage à Fortyfoot House, et ce qu'elle ne savait pas sur les Billings ne valait pas la peine d'être su.

– Est-ce qu'elle vous a parlé de Brown Jenkin?

– Pas souvent, elle n'aimait pas en parler. Tout le monde à Bonchurch est au courant pour Brown Jenkin. Certains disent que c'est vrai, d'autres disent que c'est des bêtises. Il y a une expression par ici lorsqu'un type a trop bu : « il a vu Brown Jenkin ». Vous savez, au lieu de dire des éléphants roses.

– Et vous, qu'en pensez-vous?

Doris ôta ses lunettes. Ses yeux semblaient fatigués et couverts d'une taie, et ses joues étaient fripées comme du papier de soie.

– Je n'ai jamais vu Brown Jenkin, mais certaines de mes amies affirmaient l'avoir vu, quand j'étais jeune. Et puis il y a eu Helen Oakes; c'était ma meilleure amie à cette époque. Un jour elle a disparu et personne n'a jamais su ce qu'elle était devenue. On a accusé son père, et il a été arrêté deux fois, mais personne ne pouvait apporter la moindre preuve, et finalement la police a été obligée de le relâcher. Mais cela l'a ruiné. Il a été contraint de vendre son magasin et de partir. J'ai entendu dire qu'il s'était pendu, juste après la guerre.

– Et le jeune Mr. Billings? lui demandai-je.

Elle marqua un temps, réfléchit, puis secoua la tête.

– Cela ne sert à rien de raconter des histoires sur des gens qui sont morts depuis longtemps, non? En particulier des histoires de seconde – ou de troisième main. Cela ne sert absolument à rien.

– Je ne suis pas de votre avis, lui dis-je. Je pense que ce qui se passe à Fortyfoot House... eh bien, si nous pouvions comprendre ce qui s'est passé autrefois... peut-être serions-nous en mesure de comprendre ce qui se passe aujourd'hui.

Doris Kemble chaussa ses lunettes et me regarda fixement.

– Ma mère disait que le jeune Mr. Billings savait toutes sortes de choses qu'il n'aurait pas dû savoir. C'est tout. Il était allé dans des endroits où les êtres humains n'ont jamais été destinés à aller, et il avait vu des choses que les êtres humains n'ont jamais été destinés à voir. Il avait fait une sorte de marché, mais ce marché devait être payé en vies... la vie d'enfants innocents. C'est pourquoi je n'allais jamais jouer à proximité de Fortyfoot House quand j'étais petite, et c'est pourquoi j'évite de passer près de la maison maintenant.

– Est-ce que votre mère vous a dit quel était ce marché, et avec qui il l'avait fait? Vous a-t-elle donné des précisions?

Mais Doris Kemble marmonna :

– Je ferais mieux d'aller chercher vos sandwiches. Votre petit garçon arrive.

Je la retins par le poignet.

– Je vous en prie, Doris... Oui ou non, votre mère vous a-t-elle dit en quoi consistait ce marché?

Doris Kemble attendit patiemment que je lâche son poignet.

– Bah, tout ça c'était des suppositions! Une affaire plutôt mystérieuse. Certains disaient que c'était un pacte avec le diable, mais d'autres disaient que c'était avec quelque chose de pire. Personne ne l'a jamais su.

Je lâchai son poignet.

– Excusez-moi, dis-je.

– Inutile de vous excuser, répliqua-t-elle. Cette maison rendrait n'importe qui irascible.

Danny vint vers la table et s'assit.

– J'ai attrapé six crabes mais je les ai laissés partir et je ne leur ai même pas arraché les pattes.

– Quelle générosité de ta part! dis-je en lui ébouriffant les cheveux. Un sandwich au fromage, ça te va?

Nous prîmes notre déjeuner tout en contemplant la plage – nous échangeâmes quelques mots à peine, nous savourions le vent et le bruit de la mer. Mais Doris Kemble me gâchait ce plaisir, parce qu'elle ne cessait pas de regarder dans ma direction, comme si elle avait autre chose à me dire. A deux reprises je la surpris en train de me fixer depuis sa caisse, se mordillant la lèvre.

Lorsque j'allai payer, je lui dis :

– Vous me le ferez savoir, n'est-ce pas, si vous vous souvenez d'autre chose?

Elle acquiesça. Elle enregistra la somme de notre repas sur sa caisse. Puis, tandis qu'elle me rendait la monnaie, elle dit d'une voix mal assurée :

– Le jeune Mr. Billings était marié, du moins c'est ce que sa mère disait. Il s'était fiancé avec une très jeune fille que son père avait amenée de Londres, une orpheline; son nom de famille était Mason. Une fille étrange et fantasque, au dire de tout le monde.

J'attendis, la monnaie toujours au creux de ma main.

– Et alors? lui demandai-je.

– Le problème, c'est que le jeune Mr. Billings a eu un fils. Mais le fils n'était pas normal. Pas normal du tout. Personne ne l'a jamais vu; la plupart des gens pensaient qu'il était mort, bien que personne n'ait jamais vu sa sépulture. Certains chuchotaient que le fils du jeune Mr. Billings était couvert de poils et très bizarre, et d'autres disaient qu'il ressemblait tout à fait à un rat. Certains prétendaient que l'individu aux pustules marron sur tout le visage, eh bien, que c'était son fils, mais personne ne pouvait rien affirmer.

– Brown Jenkin, formai-je avec mes lèvres, presque silencieusement.

Doris Kemble acquiesça, lèvres serrées; l'expression sur son visage ressemblait à une fenêtre à la vitre brisée.

– Ma mère en parlait souvent, quelque temps avant sa mort. Elle avait quatre-vingt-quatre ans et elle n'avait plus toute sa tête. Elle croyait continuellement qu'elle était revenue à l'époque où elle était femme de ménage là-bas. Le jeune Mr. Billings était mort depuis longtemps, bien sûr. Mais les histoires que les gens lui avaient racontées... ma foi, cela avait dû beaucoup l'impressionner. Parfois elle parlait du jeune Mr. Billings comme si elle le connaissait très bien. Ainsi que de ce Brown Jenkin. Brrr! J'ai le frisson rien que d'y penser.

– Oui, certainement, convins-je. (Mais je pensais : est-ce possible? Cette créature-rat est-elle vraiment le fils du jeune Mr. Billings?)

– Alors, on s'en va? dit Danny d'un ton impatient.

Quelque chose m'amena à regarder – non pas dans sa direction – mais vers la rangée de cottages et de pensions de famille sur le front de mer, dont le Café de la Plage constituait la dernière construction. Au pied du sentier qui descendait depuis Fortyfoot House, au sein de l'ombre vert foncé des arbres, il me sembla apercevoir un homme au visage blême se tenant là-bas, un homme au visage blême, entièrement vêtu de noir. Il nous observait avec attention, plissant les yeux afin d'accommoder à une telle distance.

Doris Kemble releva la tête et s'aperçut que je scrutais le front de mer, et elle se tourna également. Mais à cet instant, l'homme disparut, il parut *se dissoudre*, comme s'il n'avait été qu'un reflet lumineux.

Pourtant un pichet en grès posé sur l'étagère juste derrière la tête de Doris – brusquement et inexplicablement – bascula et tomba par terre, se brisant sur le linoléum; et j'eus la conviction, de façon troublante, que la disparition de l'homme et le pichet brisé étaient la cause et l'effet.

Cet après-midi-là, au lieu de gratter la peinture des fenêtres de la cuisine, j'emmenai Danny avec moi afin de procéder à quelques recherches. Nous tenant par la main, nous marchâmes le long du front de mer jusqu'à Ventnor, situé à plus d'un kilomètre. C'était une journée magnifique, la mer scintillait, les mouettes criaient et décrivaient des cercles dans le ciel à proximité des falaises. Nous montâmes un sentier escarpé, bordé de buissons et de rochers, qui débouchait sur un parking et les premières maisons de Ventnor.

Ventnor n'avait rien de sensationnel : une station balnéaire typique avec une gare routière, un cinéma transformé en salle de bingo et des boutiques pleines à craquer de ballons de plage, de chapeaux de paille et de seaux et de pelles. Mais elle avait une église paroissiale, Saint-Michael, et une bibliothèque, et c'était tout ce qu'il me fallait.

Dans la petite bibliothèque ensoleillée qui empestait l'encaustique à la lavande et où il faisait beaucoup trop chaud, je pris une table dans un coin et consultai le rayonnage REVENANTS et PHÉNOMÈNES OCCULTES. Je lus l'histoire de ce château écossais dans le comté de Fife, où, une fois par an, la nuit du 20 janvier [1], un flot de sang coulait au bas du grand escalier et inondait le hall. Je lus l'histoire de l'homme sans visage qui apparaissait dans un petit cottage de Great Ayton, dans le Yorkshire, un soldat atrocement mutilé à Passchendaele qui cherchait le réconfort de sa mère morte depuis longtemps.

Je consultai également le rayonnage TEMPS et RELATIVITÉ. La plupart des ouvrages que je trouvai étaient tellement abscons qu'ils auraient pu être écrits en hébreu, mais il y avait des passages intéressants dans *La Flèche du Temps* concernant les réalités alternatives. Ce livre expliquait notamment qu'il était scientifiquement possible que le même scénario cosmique ait plusieurs dénouements différents mais parallèles – en d'autres termes, les Indiens auraient pu défendre leurs terres et garder l'Amérique pour eux, et Hitler aurait pu être un Chancelier avisé et bienveillant qui apportait la paix et la prospérité à l'Europe, et non la guerre.

Puis, tout au bout du rayonnage consacré au TEMPS, je trouvai un exemplaire aux pages cornées de la revue *National*

1. *Saint Agnes's Eve* : cette nuit-là, une jeune fille était censée avoir la révélation de son futur mari si elle accomplissait certains rites. *(N.d.T.)*

Geographic, daté de juin 1970, protégé par une pochette plastique, sur laquelle était collée une étiquette jaunie indiquant TEMPS & SUMÉRIENS, p. 85. Je feuilletai la revue jusqu'à ce que je trouve l'article – MAGIE ET ZIGGOURATS AU PAYS DE SUMER, par le professeur Henry Coldstone II. L'article traitait des ziggourats de Babylone – les tours à étages qui avaient été construites à Ur, au bord de l'Euphrate.

Pourtant ce ne fut pas le sujet lui-même qui attira mon attention, mais la photographie granuleuse en noir et blanc sur le côté de la page, avec la légende : « Temple sumérien démoli par l'armée d'occupation turque en août 1915, parce que sa forme troublait le bey. »

Le temple était à peine visible, en raison de la mauvaise qualité de la photo. Mais il y avait quelque chose de tout à fait familier dans sa forme trapue et conique – dans la façon dont ses angles déconcertaient le regard – dans ses perspectives sombres et insolites.

J'aurais parié tout l'argent que je n'avais pas, sur-le-champ, que j'avais sous les yeux une photographie du toit de Fortyfoot House.

Je parcourus le reste de l'article aussi vite que je le pouvais. La bibliothèque était manifestement sur le point de fermer, et une femme sans beauté mais aux formes sensuelles, en tailleur gris et lunettes, me surveillait depuis son bureau comme si j'étais un voleur de livres en puissance.

Le professeur Coldstone avançait la théorie que plusieurs ziggourats importantes avaient été construites dans l'ancien Irak, lesquelles, bien qu'en pierre, étaient capables de modifier leur forme physique, et que les Babyloniens s'en servaient pour voyager d'un monde à l'autre.

Selon les croyances des Babyloniens, il y avait des civilisations infiniment anciennes qui étaient accessibles au moyen de certaines formes astro-géométriques, calquées sur le modèle des principales constellations. Des mathématiciens modernes – même avec des ordinateurs capables de calculer des trajectoires précises à travers l'univers – n'avaient pas réussi jusqu'à présent à reproduire ces formes. Apparemment, elles présentaient un trop grand nombre d'absurdités et d'impossibilités mathématiques.

Le professeur Coldstone affirmait que « la civilisation sumérienne dans son intégralité reposait sur un savoir apporté d'un autre monde très ancien au-delà des ziggourats. Leur écriture cunéiforme ne ressemblait à aucune autre écriture sur la planète, malgré les tentatives de certains traducteurs de l'époque victorienne pour démontrer qu'il s'agissait seulement d'une écriture pictographique simplifiée, dont les caractères étaient tournés sur le côté. Les dieux sumériens et les légendes sumériennes ne présentaient aucun point commun, religieux ou anthropologique, avec les autres religions ou mythes de l'humanité. A une époque aussi reculée que 3500 ans avant Jésus-Christ, ils parlaient avec une familiarité étrange de « l'endroit où les jours ne sont pas comptés » – un endroit où leurs prêtres et leurs scribes pouvaient se rendre assez facilement, mais pas toujours sans danger. Ce que certains de leurs prêtres voyaient au-delà des ziggourats leur faisait parfois perdre la raison; et il y avait un idéogramme particulier pour « Un-Qui-A-Vu-Ce-Qui-Attend-Au-Delà ». Pas « se trouve » au-delà. Pas « vit » au-delà. Mais « attend » au-delà.

Mais le professeur Coldstone ne donnait aucune explication.

Il y avait très peu de choses sur le temple qui avait été détruit par les Turcs, à l'exception d'une note écrite par le bey : « C'est un lieu de dissension et de malaise. La nuit, nous voyons des lumières et nous entendons des voix qui crient dans des langues que nous sommes incapables de comprendre. Considérant que ce temple est un défi à l'autorité turque dans cette région, j'ai ordonné qu'il soit dynamité et entièrement détruit ».

Je demandai à la bibliothécaire de me faire une photocopie de l'article.

– Les ziggourats. Un sujet intéressant, dit-elle, tandis que la photocopieuse éclairait le réduit où elle avait été installée, à côté de l'évier et d'une bouilloire et d'une demi-douzaine de grosses tasses à café.

– Je les trouve plutôt casse-pieds, répondis-je, et je ne parvins même pas à esquisser un sourire.

Des atomes de poussière de livres flottaient dans la lumière de l'après-midi. Dans le coin de la bibliothèque réservé aux enfants, Danny était assis, jambes croisées, et lisait une version pour enfants de *Dracula*.

– Pourquoi les vampires boivent-ils le sang des gens? me demanda-t-il comme nous sortions de la bibliothèque.

– Ils n'aiment pas le poisson pané, c'est pour cette raison.

– Non, sérieusement, pourquoi boivent-ils le sang des gens?

– Ce n'est qu'une histoire. Elle est censée te faire peur.

– Qu'arriverait-il s'ils buvaient le sang de quelqu'un et que cette personne a le sida?

Je m'arrêtai au coin de la rue et le regardai avec stupeur.

– Quel âge as-tu?

– Sept ans.

– Eh bien, ne parle pas comme ça. Tu n'as pas à t'inquiéter au sujet du sida. Pas encore, du moins.

– Et si un vampire me mord et que ce vampire a attrapé le sida par quelqu'un d'autre?

– Et si tu me posais tellement de questions que ma tête finisse par exploser?

Nous arrivâmes à Saint-Michael, une église victorienne plutôt austère avec des murs de silex et des cyprès dans l'enclos. Il était clair que l'enclos avait été beaucoup plus étendu jadis, mais une bonne partie avait été rognée afin d'élargir la rue, et vingt ou trente pierres tombales étaient entassées contre le mur du fond, à l'ombre des cyprès.

Nous pénétrâmes dans l'église où régnait un froid étonnant; nos pas crissaient et résonnaient. Une femme d'un certain âge disposait des fleurs dans un grand vase et le pasteur était juché sur un escabeau en bois, occupé à changer le numéro des cantiques. J'allai jusqu'au pied de l'escabeau et dis :

– Bonjour!

Il abaissa ses lunettes et me regarda. Il n'était pas très vieux, quarante-cinq ou cinquante ans, tout au plus, mais son visage était couvert de taches de rousseur, son front sérieusement dégarni, et il avait tous les maniérismes tatillons et exagérés d'un homme à l'âge de la retraite. Il portait une veste de tweed verte et un pantalon de velours côtelé vert et râpé :

– Je suis à vous dans une seconde, dit-il en faisant glisser le dernier des cartons numérotés. Cantique n° 345, *« Ô Seigneur, notre aide dans les siècles passés. »*

Il descendit de l'escabeau.

– Vous venez pour les gouttières? me demanda-t-il.

– Non, pas du tout. En fait, je voulais savoir s'il m'était possible de consulter les registres paroissiaux.

– Les registres paroissiaux! Mon Dieu, cela va être toute une affaire. A part celui de l'année dernière et celui de cette année, ils sont tous au presbytère. Cela dépend de la date à laquelle vous désirez remonter.

– Je ne sais pas très bien. Au moins jusqu'en 1875.

– Puis-je vous demander ce que vous cherchez, Mr...?

– Williams, David Williams. Bien sûr... Je cherche un acte de mariage.

– Je vois! Des ancêtres à vous?

– Pas exactement. Mais des gens dont j'ai entendu parler.

– Ils étaient d'ici, n'est-ce pas? demanda le pasteur. (Puis il se tourna vers la vieille femme qui disposait les fleurs et lança d'une voix qui résonna et résonna :) Ne mettez pas trop de glaïeuls devant la chaire, Mrs. Willis, je tiens à voir mes ouailles!

– Oui, ils étaient d'ici, lui dis-je. Ils habitaient à Bonchurch.

– Et vous êtes sûr qu'ils se sont mariés ici? Ils auraient pu se marier à Shanklin, vous savez.

– Hum, oui, mais autant commencer mes recherches ici.

Il jeta un coup d'œil à sa montre.

– Je retourne au presbytère maintenant. Si vous voulez bien m'accompagner.

Nous sortîmes du temple, traversâmes la rue, puis descendîmes une ruelle jusqu'à une maison imposante de la fin de l'époque victorienne, entourée de haies de lauriers et d'une clôture en bois délabrée. De l'herbe poussait entre les dalles de l'allée et la peinture marron sur les portes et les fenêtres cloquait.

– Cette maison aurait besoin d'un bon coup de peinture, fit remarquer le pasteur. Un luxe que je ne puis me permettre, hélas!

Il nous fit entrer dans le vestibule agrémenté d'un sol carrelé et de boiseries marron. Une forte odeur de hachis et de chou flottait dans la maison, et Danny fronça le nez et murmura :

– Les repas à la cantine.

Je lui dis de se taire mais le pasteur éclata de rire.

– Tout à fait exact! J'adorais manger à la cantine.

Une femme vêtue d'une robe à fleurs, au visage plat comme une limande, apparut à l'entrée de la cuisine. Elle tenait dans ses mains un bocal à poissons rouges.

– Mrs. Pickering, annonça le pasteur, et la femme nous adressa un vague sourire.

– Vous pouvez vous installer dans la bibliothèque si vous voulez, poursuivit-il en s'avançant dans le vestibule. Tous les registres sont là, plutôt en désordre, je le crains. Vous avez bien dit 1875?

– Autour de 1875. Je ne suis pas tout à fait sûr.

– Est-ce que vous avez le nom des deux conjoints?

– Oui... Billings, c'est le nom du marié. Et Mason, c'est le nom de la mariée.

Il s'immobilisa, la main sur la poignée de la porte de la bibliothèque.

– *Billings*, dites-vous, et *Mason*? De Bonchurch?

– C'est exact, de Fortyfoot House.

– Oh..., fit-il, sur la défensive. C'est *tout à fait* autre chose, alors. Vous ne comptez pas... *écrire* quelque chose là-dessus, n'est-ce pas?

– Non, non. Je suis décorateur d'intérieurs, pas écrivain. Je séjourne à Fortyfoot House pour l'été. Je dois la retaper afin que les propriétaires puissent la vendre.

– Je vous demande pardon? La retaper?

– Vous savez, la repeindre. Réparer les gouttières, ce genre de chose.

– Ah, fit le pasteur. Je vous prie de m'excuser, j'avais mal compris. Le fait est que de temps en temps j'ai des visiteurs tout à fait déplaisants... des journalistes en quête d'articles pour des journaux à sensation, et des gens écrivant des livres sur la magie noire et les sciences occultes, qui me demandent des renseignements sur Fortyfoot House. Je fais de mon mieux pour les décourager.

– Je ne pensais pas que Fortyfoot House était aussi célèbre, dis-je.

– Je dirais plutôt *d'une triste notoriété*, répliqua-t-il.

Il ouvrit la porte de la bibliothèque et nous fit entrer. La pièce sentait le renfermé, il y faisait très chaud, et elle présentait un désordre incroyable : les étagères étaient surchargées de piles de livres reliés cuir, d'albums de photos et de bulletins paroissiaux, et d'autres livres et des revues, entassés sur le tapis élimé, penchaient dangereusement. Un chat écaille de tortue dormait, pelotonné sur la tablette de la fenêtre, ses babines retroussées par un rictus comateux, à côté d'une bouteille de Moët & Chandon vide et d'une statuette africaine en ébène.

– Vous séjournez là-bas, dites-vous? demanda le pasteur.

– C'est exact. Mr. et Mrs. Tennant désirent que les travaux soient terminés le plus tôt possible.

– Ah oui... c'est compréhensible. Cette maison semble n'apporter que le malheur à ses propriétaires.

– Est-ce que vous savez pourquoi?

Le pasteur ôta ses lunettes et se frotta énergiquement les sourcils avec son poignet.

– J'ai procédé à certaines recherches... Ma foi, les histoires locales et les superstitions m'ont toujours intéressé. Mais les récits sont tellement contradictoires... le plus souvent extravagants... difficile de savoir ce qu'il faut croire.

– Mais vous avez entendu parler du jeune Mr. Billings, et de la femme qu'il a épousée, la femme qui s'appelait Mason, et vous avez également entendu parler de Brown Jenkin?

Le pasteur répondit d'un ton neutre :

– On en entend forcément parler, quand on vit à Ventnor. Cela fait partie de la mythologie locale.

– Avez-vous jamais *vu* quelque chose là-bas? Quelque chose qui vous donne à penser qu'une partie de ces histoires pourrait être vraie?

Il me regarda fixement.

– Dois-je comprendre, à en juger par le vif intérêt que vous portez à ce sujet, que c'est votre cas?

Danny était allé jusqu'à la fenêtre et caressait le chat.

– Je ne suis pas sûr de ce que j'ai vu, répondis-je au pasteur. Il y a une jeune fille qui vit avec moi à Fortyfoot House... elle a la quasi-certitude que des squatters se cachent dans le grenier, et qu'ils essaient de nous faire peur pour que nous quittions les lieux.

– Mais ce n'est pas ce que vous pensez, fit observer le pasteur, tout en ramenant délicatement en arrière le peu de cheveux qu'il lui restait.

– Personnellement, je trouve cela difficile à croire.

– Vous avez entendu des voix? Vous avez vu des lumières intenses, inexplicables?

– Plus que cela. J'ai vu quelque chose qui ressemble à un rat mais qui n'est pas un rat. J'ai vu une petite fille en chemise de nuit qui donnait l'impression d'être morte. J'ai également vu quelqu'un qui pourrait être Billings. J'en suis sûr. L'ennui, c'est que cela ressemble à une sorte d'hallucination, à chaque fois. Tout est fini en un instant, et je ne suis jamais certain d'avoir vraiment vu quelque chose ou vraiment entendu quelque chose, ou, même...

– Ou même si vous ne devenez pas fou, acheva le pasteur à ma place.

– Eh bien, oui, reconnus-je piteusement. Mais mon fils a vu Billings, lui aussi; et la petite fille morte en chemise de nuit. Ainsi que Liz. Mais... je ne sais pas...

– Vous pensez que vous pourriez tous être victimes de la même hallucination? Un genre d'hystérie collective? suggéra le pasteur.

– C'est exact, oui. Je ne sais pas grand-chose sur le surnaturel, ou sur ce qui se passe dans l'autre monde.

– Ma foi, aucun de nous ne le sait, admit le pasteur. A propos... mon nom est Dennis Pickering, mais appelez-moi Dennis, tout le monde m'appelle Dennis. Voulez-vous une tasse de thé? Mon épouse fait un gâteau parfumé au carvi tout à fait délicieux. Et votre petit garçon aimerait peut-être boire une orangeade?

Danny fronça le nez. Pour un garçon élevé au Pepsi sans sucre et autres boissons gazeuses, la perspective d'une orangeade tiède provenant de la cuisine du presbytère ne présentait guère d'attrait, pour ne pas dire plus.

– Tu préfères un yaourt? lui proposa Dennis Pickering.

Danny fit carrément la grimace.

– Il vient de déjeuner, expliquai-je.

Dennis Pickering enleva une pile de journaux et de livres, et nous nous perchâmes genou contre genou sur le bord du canapé poussiéreux en cuir marron.

– Il y a autre chose, lui dis-je. Quelque chose que j'ai été le seul à voir... ce qui me donne à penser qu'il ne peut pas s'agir d'une hystérie collective. La nuit dernière, vers deux heures du matin, j'ai vu quelque chose dans l'encoignure du plafond de ma chambre. Tout d'abord c'était seulement une sorte de lumière floue. Puis cela s'est lentement transformé en quelque chose qui ressemblait à une nonne, ou à une infirmière. Ce n'était pas très distinct. Cela m'a fait une peur bleue, pour vous dire la vérité. J'ai crié – hum, j'ai hurlé, en fait – et cela a disparu.

Dennis Pickering hocha la tête, d'un air pensif. Il joignit ses mains osseuses comme s'il priait, et durant un long moment il demeura silencieux.

– Vous me croyez, n'est-ce pas? lui demandai-je avec un rire gêné.

Il me vint brusquement à l'esprit que peut-être il ne me croyait pas, et qu'il se demandait s'il devait appeler la police ou l'asile de dingues le plus proche.

– Mon cher monsieur! (Il posa sa main sur mon genou, puis se rendit manifestement compte que son geste pouvait prêter à confusion, et il s'empressa de la retirer.) Oui... oui, je vous crois. Tous mes prédécesseurs récents ont eu connaissance de ce que l'on pourrait appeler les *irrégularités spirituelles* constatées à Fortyfoot House. Je me demandais seulement quel conseil vous donner – et, à vrai dire, ce que je peux faire.

– Est-ce que vous pouvez faire quelque chose? Serait-il possible d'exorciser Fortyfoot House, par exemple? Ou pourriez-vous conjurer tous ces fantômes? Ça marche toujours, dans les films, non?

Dennis Pickering soupira et dit :

– Oui... ça marche, dans les films! Mais ceci est la réalité, je suis désolé, Mr. Williams, et les âmes en peine et les morts qui devraient l'être sont beaucoup plus difficiles à apaiser que dans la fiction.

– Avez-vous une idée de la cause de tous ces phénomènes? lui demandai-je.

Il secoua la tête, presque tristement.

– Je connais assez bien l'histoire de Fortyfoot House, et j'ai vu des lumières et entendu des bruits que l'on pourrait sans doute attribuer à des forces surnaturelles. Mais ce que sont ces forces – et que cherchent-elles? – je n'en ai pas la moindre idée, tout comme ceux qui ont eu la charge de cette paroisse avant moi. C'est un peu comme de vivre à proximité d'un volcan en activité. Ça ne vous plaît pas, mais vous êtes obligé de faire avec.

Je tirai de ma poche la photocopie que m'avait faite la bibliothécaire.

– J'ai une théorie – enfin, c'est plutôt un pressentiment – je pense que Fortyfoot House se trouve en deux endroits à la fois. Ou plus exactement, dans deux *temps* à la fois. Tenez, regardez ceci, les anciens Sumériens ont construit des ziggourats qui étaient censées leur donner accès à un autre monde qui se trouvait au même endroit, mais infiniment plus ancien.

Dennis Pickering déplia la photocopie et l'examina minutieusement.

– C'est extrêmement intéressant, en effet, dit-il. J'en avais déjà entendu parler. Certains ont avancé qu'il y avait eu une civilisation pas simplement préhistorique mais *préhumaine* en Arabie, qui s'appelait alors Mnar, et que sa ville principale était Ib. Selon plusieurs historiens, comme le Dr Randolph Carter – ah, oui, vous voyez, regardez! Carter est mentionné ici – les Sumériens étaient à même de voyager dans le temps et de se rendre à Ib au moyen de certaines formules mathématiques et de plans architecturaux tout à fait mystérieux. Oui, c'est fascinant! – bien qu'un peu démodé, nous avons appris tout cela au séminaire. Et très suspect, j'en ai peur. L'Homme de Piltdown [1] de l'ancienne Babylone.

Il ôta ses lunettes et leva les yeux vers moi.

– Néanmoins je ne vois pas le parallèle avec Fortyfoot House. A mon avis, Fortyfoot House est simplement une demeure comme tant d'autres qui est imprégnée de la vénalité de ceux qui l'ont possédée jadis, et de la tragédie de ceux qui y sont morts. Un phénomène de hantise classique. En fait, j'ai écrit un modeste article à ce sujet : *Phénomènes de hantise à Fortyfoot House.* Il a été publié dans le *Church Times* au début des années soixante-dix.

Il me rendit la photocopie et poursuivit :

– Le pasteur de Saint-Michael, à l'époque de la construction de Fortyfoot House, était le révérend John Claringbull. Il connaissait très bien Mr. Billings. C'est-à-dire, le *vieux* Mr. Billings, pas le jeune Mr. Billings. Le vieux Mr. Billings était un philanthrope bien connu, et lorsqu'il décida de faire construire Fortyfoot House afin d'y accueillir des orphelins, garçons et filles, originaires de l'East End de Londres, le révérend Claringbull lui prêta toute l'assistance pastorale qu'il était à même d'apporter. Tout cela est clairement expliqué dans ses journaux intimes, lesquels sont toujours ici, au presbytère... quelque part dans ce fouillis.

1. Homme préhistorique ainsi nommé après la découverte de fragments d'ossements à Piltdown, dans le Sussex, en 1911 ; en fait, il s'agissait d'une mystification, comme cela fut prouvé en 1953. *(N.d.T.)*

» Tout se passa bien durant la construction de Fortyfoot House, apparemment, jusqu'à ce que le vieux Mr. Billings revienne de Londres en compagnie d'une jeune orpheline qui devait exercer les fonctions de femme de chambre, de cuisinière et de femme de ménage. Mr. Billings considérait que le salut moral de cette jeune fille était la tâche la plus importante qu'il ait jamais entreprise. Elle avait quatorze ans, se prostituait depuis l'âge de dix, et était incroyablement dépravée. On disait qu'elle avait grandi dans les taudis les plus sordides des docks de Londres, parmi les rats, les prostituées, les criminels et des gens dont la turpitude morale vous choquerait, Mr. Williams, même aujourd'hui.

» Au dire de Mr. Billings, le Dr Barnardo avait arraché cette fille à l'emprise d'une créature abjecte, sans nom, qui vivait au cœur même des clapiers des quais londoniens. Il avait été incapable de dire si cette créature était un homme ou une femme, ou même si c'était un être humain. On peut lire dans le journal du Dr Barnardo que cette créature était assise dans une obscurité presque complète, environnée des cadavres de milliers d'énormes rats d'égout, certains si vieux qu'ils étaient tombés en poussière, mais d'autres relativement récents, et encore partiellement momifiés.

» La fillette était assise aux pieds de la créature, portant une robe de velours d'une saleté repoussante, et psalmodiait – d'après le Dr Barnardo – un étrange chant guttural, maintes et maintes fois. Bien qu'il fût incapable d'en comprendre les paroles, le Dr Barnardo dit que ce chant l'emplit d'une horreur effroyable, comme si c'était une prière adressée au Diable lui-même.

» La fille résista lorsque le Dr Barnardo essaya de l'emmener, et finalement il fit appel à deux de ses amis, des hommes jeunes et robustes. Une nuit, ils l'attendirent dans Slugwash Lane, se jetèrent sur elle et l'emmenèrent dans la demeure londonienne du vieux Mr. Billings. Enfermée à clé dans une chambre, elle tenta de s'échapper à deux reprises; alors le vieux Mr. Billings décida de l'emmener sur l'île de Wight – aussi loin de Londres qu'il le pouvait – bien que Fortyfoot House ne fût pas encore terminée. Il pensait être capable de l'éduquer, avec l'aide du révérend Claringbull, et de faire d'une prostituée des docks une jeune fille bien élevée, pieuse et obéissante.

– Le syndrome de *Pygmalion*, fis-je remarquer. Faire une dame d'une marchande de fleurs. *My Fair Lady*, Audrey Hepburn.

– Exactement, convint Dennis Pickering. Malheureusement, les tentatives du vieux Mr. Billings pour jouer les professeurs Higgins se soldèrent par un échec. Vous êtes sûr que votre petit garçon ne veut pas un yaourt? Mon épouse le fait elle-même.

– Non merci, vraiment.

– Mmm... il me serait difficile de le lui reprocher. Je déteste son yaourt.

– Qu'est-ce qui a mal tourné entre le vieux Mr. Billings et la jeune fille? voulus-je savoir.

– Mon cher monsieur, *tout!* Cette fille avait un tel caractère, elle était si obstinée et rusée, que c'est elle qui a imposé sa volonté à Mr. Billings, au grand dam du révérend Claringbull. Tout cela apparaît très clairement dans le journal du révérend... une lecture tout à fait poignante.

» D'après le révérend Claringbull, elle exigea presque immédiatement qu'il dépense des centaines de guinées pour lui acheter de beaux vêtements et des bijoux, et bien qu'elle ait seulement quatorze ans, elle s'habillait et se maquillait comme une jeune femme de vingt ans. Elle exigea qu'il lui achète du cognac, ce qu'il fit, et de la morphine, qu'il se procura auprès du Dr Bartholomew à Shanklin. Elle avait des rapports sexuels avec tous les hommes et les adolescents qui lui plaisaient et même... (sa voix, déjà basse, se réduisit à un chuchotement presque inaudible) avec des poneys et des chiens.

– Mon Dieu! dis-je, ne sachant pas ce qu'il s'attendait à me voir dire.

– Le plus étrange, cependant, continua Dennis Pickering, c'est qu'elle insista avec force pour qu'il modifie les plans de l'architecte pour le toit de Fortyfoot House. Elle présenta des dessins et des formes géométriques qui stupéfièrent les architectes, et ceux-ci refusèrent de les approuver en arguant du fait que c'était techniquement impossible, et qu'un tel toit ne pouvait pas être construit.

» Mais... la fille était décidée à obtenir satisfaction, et le vieux Mr. Billings finit par céder, comme toujours, et les entrepreneurs suivirent les plans qu'elle avait dessinés et construisirent le toit et, comme vous pouvez le constater aujourd'hui, un tel toit était réalisable, tout à fait réalisable, même si on ne saurait jamais pourquoi elle exigea avec une telle insistance que le toit soit modifié et comment elle fut capable de dessiner de tels plans. Le révérend Claringbull voyait de moins en moins le vieux Mr. Billings, et lorsqu'il le voyait, ce dernier paraissait épuisé et tourmenté – incapable de se rappeler quel jour c'était, ou même quel *mois* c'était.

» Chaque fois que le révérend Claringbull apercevait la jeune fille, il se sentait « glacé de façon tout à fait incompréhensible ». S'il se trouvait dans la même pièce qu'elle, il avait presque immédiatement une éruption de boutons, comme un eczéma sec; et lorsqu'il fut invité au dîner donné en l'honneur de l'inauguration de Fortyfoot House, et fut placé à côté d'elle, il dut s'excuser après le velouté de tomates et passa la plus grande partie de la soirée dans le jardin, à vomir.

» « J'ai vomi des choses que je savais ne pas avoir mangées », c'est ce qu'il a écrit. « J'ai vomi des choses qui bougeaient de leur propre gré, des choses qui frissonnaient et se tortillaient dans l'herbe, puis elles se sont traînées péniblement pour se cacher dans les buissons ».

Dennis Pickering se tut brusquement et regarda à droite et à gauche de façon théâtrale, comme s'il craignait qu'un fantôme du passé ne puisse l'entendre, et n'assouvisse sa vengeance sur lui.

– Cela, bien sûr, c'est la version du révérend Claringbull. A première vue, c'est un récit tout à fait horrifiant et affligeant. Mais certaines personnes n'étaient pas très sûres que le révérend Claringbull soit tout à fait *compos mentis*. (Il inclina la tête vers moi et chuchota :) Si vous lisez le journal du bedeau, par exemple, et si vous savez lire entre les lignes, vous pourriez très facilement en déduire que – loin d'être *écœuré* par la jeune protégée du vieux Mr. Billings – en fait, le révérend Claringbull s'était épris d'elle de façon immodérée, et que sa violente réaction physique a été causée par sa propre honte et son sentiment de culpabilité. Le révérend Claringbull était marié, bien sûr, mais au dire de tout le monde son épouse souffrait continuellement de douleurs à la colonne vertébrale, avec le résultat inévitable que le révérend Claringbull avait beaucoup moins de... euh, *satisfactions conjugales*, qu'il ne l'aurait sans doute souhaité.

Danny tourna la tête et lui sourit avec candeur, et Dennis Pickering, embarrassé, rougit violemment, puis lui rendit son sourire.

– Oh, ne vous en faites pas, dis-je. Vous n'avez pas besoin de parler par énigmes. Danny a déjà appris tout ce qu'il y a à savoir sur la reproduction des amibes, des spirogyres, des holothuries et des gerbilles. Croyez-moi : ce que quelques humains adultes font ensemble ne va pas le dépraver. En fait, il est probable que cela ne l'intéresserait même pas.

– Ah... oui, vous avez sans doute raison, admit Dennis Pickering en s'appuyant contre le dossier du canapé. Voulez-vous priser?

– Je n'ai jamais essayé, à vrai dire.

– Bon, abstenez-vous d'essayer.

Il tira de sa poche une petite tabatière en argent et (sous le regard fasciné de Danny) entreprit d'aspirer un peu de tabac par chaque narine, puis il éternua, puis ses yeux se mirent à larmoyer.

Je dis, tandis qu'il réprimait un autre éternuement, et encore un autre :

– Mrs. Kemble, du Café de la Plage, m'a dit que le vieux Mr. Billings avait finalement été assassiné.

– Oh, Mrs. Kemble! Elle est obsédée par Fortyfoot House, bien que je ne sache vraiment pas pourquoi. Un jour, elle m'a demandé de bénir l'entrée au fond du jardin, sans me donner la moindre explication. Une femme étrange. Son mari a eu une conduite héroïque pendant la guerre; il a été tué à Dieppe. Mais on mange très bien chez elle.

– Vous ne savez pas comment le vieux Mr. Billings est mort?

Dennis Pickering se moucha en trois tons, comme un klaxon de Maserati.

– Eh bien... comme avec tout ce qui concerne Fortyfoot House, il y a toutes sortes d'histoires. Mais, selon toute vraisemblance, le vieux Mr. Billings a été frappé par la foudre. Cela, bien sûr, s'est passé longtemps après que l'orphelinat eut été ouvert, et quelque temps après que son fils fut venu ici pour l'aider.

» La fois suivante où le nom de Billings figure sur les registres paroissiaux... eh bien, le jeune Mr. Billings vint trouver le révérend Claringbull et lui demanda de les unir par le mariage, lui et la jeune protégée de son père. C'est la première fois qu'il est fait mention du nom de la jeune fille – Kezia Mason, célibataire. Le révérend Claringbull fut obligé d'écrire une longue lettre au diocèse, expliquant que la conduite scandaleuse de Kezia Mason rendait tout à fait impossible un mariage religieux. En outre, le bruit courait au village que le jeune Mr. Billings était lui-même affilié à une sorte de société secrète – une secte satanique, en fait, comme le tristement célèbre Hellfire Club – et que la chapelle de Fortyfoot House était utilisée pour célébrer des messes noires avec immolation d'animaux. Ces rumeurs étaient manifestement alimentées par les personnages étranges qui venaient souvent à Fortyfoot House lorsque le jeune Mr. Billings dirigeait l'orphelinat. « Des criminels recherchés par la police et des monstres », au dire du révérend Claringbull.

» Ce dernier affirma dans sa lettre que le jeune Mr. Billings avait des pouvoirs magiques. Un jour, il l'avait vu distinctement à l'une des fenêtres de Fortyfoot House, puis s'était éloigné pour le rencontrer, moins de trente secondes plus tard, sur le sentier menant au front de mer !

» Cette lettre à l'évêque causa la perte du révérend Claringbull. Bien sûr, on pensa qu'il était devenu complètement fou. Il fut muté de la paroisse de Saint-Michael, où on l'obligea à prendre quelques mois de repos, puis il fut transféré à Parkhurst en tant qu'aumônier adjoint de la prison. Un an plus tard, il fut tué d'un coup de couteau par un prisonnier affirmant qu'il était le diable et que ses yeux brillaient d'une lueur rouge dans le noir.

– Seigneur ! m'exclamai-je.

– Oui, reconnut Dennis Pickering. Ce fut une fin affreuse.

– Et le jeune Mr. Billings ? demandai-je. Que savez-vous sur lui ?

– Très peu de choses, je le crains. Le successeur du révérend Claringbull ici fut Geoffrey Parsley. Apparemment, c'était un homme bourru au franc parler qui s'intéressait plus au mouton des Downs et aux pommes de terre nouvelles qu'aux œuvres du Diable. Il ne prêta guère attention aux rumeurs locales concernant Fortyfoot House ; toutefois, il a écrit dans son journal qu'un jour, par une matinée d'été, il avait croisé le jeune Mr. Billings et la jeune fille, Kezia Mason, sur la route menant au village, et qu'il avait ressenti un grand froid alors qu'ils passaient à sa hauteur, « comme si la charrette du marchand de poissons l'avait frôlé, fumante de pains de glace et empestant le flétan ».

– Mrs. Kemble m'a également dit que le jeune Mr. Billings aurait eu un fils.

– Le bruit en a couru, en effet. De toute évidence, Kezia Mason attendait un heureux événement, si l'on peut parler ainsi, et à l'époque où on pouvait considérer qu'elle était sur le point d'accoucher, les gens ont aperçu plusieurs fois le cabriolet d'un docteur à Fortyfoot House. Mais personne n'a jamais vu de bébé.

– Et Brown Jenkin? demandai-je. Mrs. Kemble semble suspecter que le fils du jeune Mr. Billings – s'il en a eu un – n'aurait été nul autre que Brown Jenkin lui-même.

– Oui, j'ai entendu raconter cela. Mais en principe Brown Jenkin est un rat, n'est-ce pas? Et même si un enfant est affligé de difformités, on peut difficilement le confondre avec un rat.

– Il n'est pas fait mention de lui dans les registres paroissiaux?

– Pas la moindre mention.

– Mais il est certainement fait mention de tous ces enfants qui sont morts à Fortyfoot House?

Dennis Pickering hocha la tête, l'air grave.

– Oh, oui. Bien sûr. Geoffrey Parsley en parle assez longuement dans son journal. C'était en...?

– 1886, lui rappelai-je. En tout cas, c'est ce qui est inscrit sur les pierres tombales.

– Oui, c'est exact, ce doit être cela. 1886. Cela a provoqué une vive émotion sur l'île, bien sûr, et même au-delà. Le Dr Barnardo lui-même est venu à Fortyfoot House pour voir s'il pouvait faire quelque chose. Mais tous les enfants sont morts, jusqu'au dernier.

– Connaissez-vous la cause de leur mort? Ce n'est pas indiqué sur les pierres tombales.

Dennis Pickering eut un petit hochement de tête, lèvres pincées.

– Je n'en ai pas la moindre idée. Il y avait toutes sortes d'épidémies en ce temps-là, bien sûr. Nous oublions trop souvent à quel point les gens étaient prédisposés à des maladies que nous considérons aujourd'hui comme tout à fait bénignes. Avant la guerre, mon grand-père était ami avec le Dr Leonard Buxton, l'économe du Collège Exeter. Mais en 1939, le Dr Buxton et sa femme sont morts à trente-six heures d'intervalle, d'une pneumonie; pourtant ils avaient tout juste la quarantaine. Impensable, aujourd'hui.

» Il me semble qu'à l'époque on a dit que c'était la scarlatine qui avait emporté les enfants. Le jeune Mr. Billings fit venir un spécialiste de Londres. Il annonça la nouvelle à tout le monde, apparemment, afin que les gens de l'île sachent qu'il faisait tout son possible pour les enfants. Mais ce spécialiste de Londres était un personnage tout à fait mystérieux, d'après Geoffrey Parsley : un homme taciturne parlant à peine anglais et dont la partie inférieure du visage était recouverte d'un genre de pansement blanc d'une saleté repoussante. En tout cas, spécialiste ou pas, tous les enfants moururent en l'espace d'une semaine ou un peu plus, et furent enterrés dans l'enclos de la chapelle de Fortyfoot House, comme vous le savez manifestement. Et personne n'en fit un tas d'histoires; après tout, il arrivait fréquemment que des enfants meurent de telles maladies, et il arrivait fréquemment qu'ils meurent en grand nombre. Des tas de pensionnats ont été décimés, ou tout bonnement fermés, à cause de la scarlatine ou de la mononucléose infectieuse ou de maladies semblables.

» Indépendamment de ce fait, tous ces enfants étaient des orphelins de l'East End et ils n'avaient plus de famille pour se soucier de ce qui leur était arrivé.

– Mrs. Kemble a dit que le jeune Mr. Billings avait fini par perdre la raison, l'interrompis-je.

– Eh bien... il y a eu également toutes sortes de bruits à ce propos. Les gens disaient qu'il ne cessait pas d'apparaître et de disparaître. Ainsi on l'aurait vu à deux endroits différents – Shanklin Old Village et Atherfield Green – au même moment. L'imagination débordante des gens, à mon avis.

– Et Kezia Mason? Qu'est-elle devenue?

– Encore une fois, il y a toutes sortes d'histoires étranges. Mais tout compte fait, il semblerait qu'elle en ait eu assez de vivre à Fortyfoot House, et qu'elle soit partie. Son départ, bien sûr, a très bien pu conduire le jeune Mr. Billings à la folie. Il a confié à plusieurs personnes, y compris au révérend Claringbull, qu'il l'aimait plus que de raison. Apparemment, il buvait beaucoup, prenait de la morphine et, après toutes ces morts tragiques à l'orphelinat, le fait de perdre Kezia Mason a probablement été le coup de grâce pour lui. Finalement il s'est suicidé.

Je jetai un coup d'œil à ma montre. Il était presque trois heures et demie : le moment de retourner à mes travaux de peinture avant que l'agent immobilier s'amène inopinément à Fortyfoot House et constate que je n'en fichais pas une rame.

– Il faut que je parte, dis-je à Dennis Pickering. Mais j'ai vraiment besoin de savoir une chose... qu'est-ce que je peux faire? En toute sincérité, j'étais sur le point de faire mes valises et de ficher le camp. Mais, si vous pouvez apaiser ces esprits...

– Êtes-vous totalement convaincu de ne pas avoir imaginé ce que vous avez vu? me demanda Dennis Pickering.

– Totalement. Sans la moindre hésitation.

– Eh bien... à mon avis, on ne doit pas s'enfuir à la première manifestation de fantômes ou d'esprits, déclara Dennis Pickering. La plupart du temps, fantômes et esprits ne sont rien d'autre que nos propres angoisses, s'exprimant sous la forme d'hallucinations visuelles. Ceux, peu nombreux, qui sont « réels » – bien que parfois effrayants – sont habituellement inoffensifs. C'est uniquement lorsque des actes iniques, très graves et épouvantables, ont été perpétrés qu'une maison peut acquérir une aura de mal, une aura susceptible de menacer ou de déprimer ceux qui viennent y vivre par la suite.

– Vous pensez que c'est ce qui s'est peut-être produit à Fortyfoot House? lui demandai-je.

– Oui, tout à fait, convint-il.

– Alors que puis-je faire? Je dois habiter là-bas. Je dois travailler là-bas. Ainsi que mon fils. Ainsi que Liz.

Dennis Pickering fit un certain nombre de grimaces variées, comme s'il les essayait avant d'en choisir une à sa convenance.

– Je pense que je pourrais venir jeter un coup d'œil, dit-il, même s'il ne paraissait pas très enthousiaste.

– Vous pourriez faire ça? dis-je, réconforté. Je ne sais pas vers qui d'autre me tourner. Ce pauvre Harry Martin n'a pas pu m'aider, et je n'ai pas l'impression que Mortis puisse faire grand-chose, non plus.

Dennis Pickering m'adressa un sourire ironique.

– Qui aurait cru qu'un jour l'Église vienne en troisième position en matière d'aide spirituelle après un chasseur de rats et une entreprise de désinsectisation.

– Excusez-moi. Il m'a fallu un certain temps pour croire qu'il s'agissait vraiment de revenants ou d'esprits ou « d'irrégularités spirituelles », comme vous les appelez.

Dennis Pickering nous raccompagna dans le vestibule lambrissé qui sentait les repas à la cantine.

– Dans la soirée, après l'office du soir? me proposa-t-il. Disons, huit heures et demie?

– Ce serait parfait. Vous êtes d'accord pour aller dans le grenier, alors? Je vais acheter une torche électrique digne de ce nom.

– Vous pourriez essayer une petite prière, vous savez, fit Dennis Pickering en ouvrant la porte d'entrée. Non seulement pour vous-même, mais pour les âmes de ceux qui continuent de hanter Fortyfoot House.

– Oui, ce n'est pas une mauvaise idée.

Il nous serra la main, d'abord à moi, puis à Danny.

Tandis que nous descendions l'allée, Danny demanda à voix haute :

– Pourquoi ce monsieur a-t-il mis de la poussière dans son nez?

– C'était une prise. Du tabac. Au lieu de le fumer, tu l'aspires.

– Pourquoi?

Je fis encore deux ou trois pas, puis m'arrêtai.

– Dieu seul le sait, dis-je.

10

Marée basse

Nous retrouvâmes Liz à l'arrêt du car devant le Parc des Oiseaux Tropicaux, quelques minutes après cinq heures. Des flopées d'estivants sortaient et leurs ombres dansaient sur le parking, telle une succession de poupées découpées dans du papier. Des pères bedonnants en short de surf fluorescent et casquette de golf avec *Born to Kill* imprimé sur le devant, des mères blondes à la permanente en déroute en pantalon corsaire blanc trop serré et chaussures à talons hauts martelant l'asphalte, des enfants grassouillets en sueur avec des T-shirts New Kids on the Block, des socquettes grises et des baskets bariolées. S'élevant au-dessus du tintamarre des radios, nous entendions les cris rauques des toucans et des aras, et l'appel hideusement solitaires des paons.

Je trouvai que Liz avait l'air fatiguée et un peu – je ne sais pas – *distraite*, comme si quelque chose la préoccupait. Elle avait des cernes violacés sous les yeux et elle ne cessait pas de ramener ses cheveux en arrière et de les écarter de son front, comme si elle avait la migraine.

– Comment était-ce? lui demandai-je, une fois assis dans le car.

– Oh, épouvantable. Je pense qu'on devrait exterminer tous les touristes.

– Hé, voyons! Pas de touristes, pas de boulot.

Elle eut l'ombre d'un sourire.

– Oui, sans doute. Mais je n'étais pas dans mon assiette aujourd'hui. Je n'ai pas mes règles ou un truc comme ça. Je me sens fatiguée, c'est tout.

– Fortyfoot House n'est pas précisément l'endroit idéal pour dormir d'un sommeil de plomb.

Danny balançait ses jambes et regardait le soleil apparaître et disparaître à travers les frondaisons. Il n'avait pas souvent l'occasion de prendre le car, et c'était une véritable fête pour lui. Une sacrée fête! A moins de trouver un moyen de faire réparer ma voiture, nous serions obligés de prendre le car tout l'été. Il y avait un concessionnaire Audi à Ryde. Demain, si j'avais le temps, j'irais là-bas pour voir si je ne pouvais pas dénicher des pièces détachées d'occasion. Au fond, tout ce qu'il me fallait c'était un pare-brise, des phares, un volant et un compteur de vitesse. Je verrais pour les détails plus tard.

Nous descendîmes du car à l'intersection qui conduisait vers Bonchurch. Ce fut une promenade paisible; nous passâmes devant l'épicerie du village et un café proposant des « thés à la crème traditionnels » au toit de chaume et au jardin rempli de roses trémières. Sur le côté gauche de la route, il y avait un étang vitreux où des canards évoluaient et hérissaient leurs plumes. Les nuages de la fin de l'après-midi se réfléchissaient sur l'eau tels ceux d'un royaume médiéval englouti. Camelot était toujours plongé dans ses rêves, caché dans des lacs, des miroirs et des souvenirs. Le roi Arthur continuait de presser ses doigts sur son front, désespéré, et Lancelot se détachait en haut des tourelles dans le jour agonisant, tandis que des étendards claquaient au vent.

Je n'avais pas ressenti cette ancienneté magique et réconfortante de l'Angleterre depuis très longtemps – depuis que j'avais huit ans environ, et que j'avais escaladé pour la première fois les dos de dinosaures crayeux des South Downs. J'adorais ça. Mais lorsque je me tournai vers Liz pour lui en faire part, je me sentis aussitôt – et bizarrement – glacé, et je compris que cela ne l'intéresserait pas, et qu'au bout du compte je me couvrirais de ridicule.

Danny gambadait devant nous et sautait par-dessus les craquelures dans la chaussée afin de ne pas être attrapé par les ours. *Et dans les carrés je reste, et les hordes d'ours qui attendent aux coins, prêts à dévorer les imprudents qui marchent sur les lignes de la chaussée... vers leurs tanières repartent.* Cela ressemblait à une carte postale illustrée, excepté que nous retournions à Fortyfoot House, et que Liz était d'une humeur maussade, et que je commençais soudain à prendre conscience que je perdais le contrôle de toute mon existence. Ou peut-être ne la contrôlais-je plus depuis longtemps, et m'en rendais-je compte seulement maintenant.

Et dans les carrés je reste et les hordes d'ours...

Nous tournâmes au coin près du mur de pierre sous l'ombre vert foncé des lauriers, et le portail de Fortyfoot House était là, et l'allée descendant vers la porte d'entrée, et je ressentis une peur comme je n'en avais encore jamais ressenti, terrifié par ce qui se cachait dans cette maison et que j'allais devoir affronter.

Je pris Liz par le bras.

– Écoute, dis-je, allons boire un verre au Café de la Plage avant de rentrer, d'accord? Tu sais, histoire de se détendre. Tu as eu une rude journée.

Elle me regarda, paupières mi-closes, puis se tourna vers la maison. C'était le côté nord, le côté de l'ombre, et toutes les fenêtres étaient sombres. Je sentais qu'elle était tendue; je percevais sa lassitude et sa froideur comme si nous n'étions qu'une seule personne. Il y avait une intimité entre nous, une véritable intimité. Alors, pourquoi n'y avait-il pas de passion? Pour parler franc, j'aurais pu la déshabiller et la baigner si elle était indisposée, mais j'aurais été incapable de lui faire l'amour – pas vraiment, pas le véritable amour.

Nous contournâmes la maison et traversâmes les jardins. Danny se percha sur le cadran solaire et lança :

– Il marque cinq heures et demie!

– Hé, il est doué, dit Liz. J'ai su lire l'heure seulement à l'âge de dix ans.

Je m'approchai du cadran solaire. Il était muni d'une simple aiguille triangulaire en bronze, avec un cadran aux chiffres romains; la pointe de l'aiguille était brisée et décolorée. Peut-être pas *brisée*, plutôt *fondue*, et des petites protubérances de métal tordu recouvraient son arête émoussée. Je la touchai, et j'eus le sentiment de savoir ce qui lui était arrivé.

Une sensation infime de crépitement. Une impression de vertige, comme si j'avais quitté le sol et que je tournoyais et tournoyais sans fin.

Liz se tenait dans « l'allouinde », sa main en visière pour ne pas être éblouie par le soleil qui s'inclinait petit à petit.

– Quoi? me demanda-t-elle.

Je sautai du cadran solaire et la suivis sur la pelouse.

– Je ne sais pas. Juste une impression.

– Je crois que nous nous laissons influencer par cette maison, dit-elle. Nous aurions dû partir hier, quoi qu'il se passe ici. Squatters, fantômes, ou je ne sais quoi.

– Tu ne penses plus que ce sont des squatters? lui demandai-je.

Elle me lança un regard exaspéré.

– Bon, d'accord. Non, je ne pense pas qu'il s'agisse de squatters. Mais je ne pense pas non plus qu'il s'agisse de fantômes. Je ne crois pas aux fantômes. Et toi, tu crois aux fantômes? Et merde, David! J'ignore ce que c'est. J'y ai réfléchi toute la journée. Et je ne suis pas tellement sûre d'avoir envie de savoir.

– Si tu le désires vraiment, nous pouvons partir demain, dis-je.

Je m'efforçai de prendre un ton rassurant. Qui le pourrait, avec des bruits, des lumières, des enfants pâles et morts en chemise de nuit, et des personnages vêtus de noir qui se déplaçaient sur des photographies?

– Je ne sais pas, répondit-elle. (Elle paraissait à la fois irritée et déprimée.)

– Écoute, dis-je. Je me suis accordé quelques heures de loisir aujourd'hui et je suis allé voir le pasteur de Ventnor.

– Hein? Tu plaisantes?

– Pourquoi plaisanterais-je? Lorsque tu as un problème de plomberie, tu appelles un plombier, d'accord? Lorsque tu te retrouves avec une maison remplie d'esprits mécontents, tu appelles un pasteur. Tu l'as suggéré toi-même, d'ailleurs. Faire exorciser la maison, c'est ce que tu as dit. En fait, il connaît une quantité de choses sur Fortyfoot House et les Billings et Brown Jenkin. Beaucoup de ces faits sont consignés par écrit dans les registres paroissiaux.

– Et?

Je haussai les épaules.

– J'ignore s'il m'a cru ou non, tu sais, à propos des lumières, et d'Emmeline Chérie.

« Emmeline... », citai-je pour moi-même. *« On n'a pas vu... Emmeline... depuis plus d'une semaine... Elle s'est glissée entre... »*

– Quoi? demanda Liz. Qu'est-ce que tu racontes?

Je battis des paupières.

– Que veux-tu dire, qu'est-ce que je raconte?

– Tu as dit : *On n'a pas vu Emmeline depuis plus d'une semaine.*

– Je ne me suis pas rendu compte que je récitais ça à haute voix.

Liz soupira.

– David Williams, je crois que tu deviens complètement timbré, et je pèse mes mots!

– A.A. Milne, lui expliquai-je. Tu sais, le type qui a écrit *Winnie-the-Pooh*[1]. *On n'a pas vu... Emmeline... depuis plus d'une semaine... Elle s'est glissée entre... Les deux grands arbres au fond du jardin... Nous sommes partis à sa recherche. Emmeline!* Ce poème me terrifiait quand j'étais gosse. Il y avait un dessin de deux arbres près d'une clôture et je me disais toujours que *personne* ne pouvait avoir disparu entre ces arbres à moins que...

– A moins que *quoi*, David? Tu commences à m'inquiéter sérieusement.

– A moins que... je ne sais pas. A moins qu'Emmeline ne soit au même endroit mais dans un autre *temps*. Elle était partie pendant une *semaine*? Sans rien à manger? Sans dormir? Et où était-elle? J'étais vraiment terrifié.

– Voyons, David, c'est seulement une comptine pour enfants.

– Possible. Mais quelque chose m'a fait penser à cette comptine. Mon subconscient essaie peut-être de me dire quelque chose. Emmeline... même endroit, un autre temps.

– Je crois plutôt que ton subconscient essaie de te dire que tu ne devrais plus passer d'autres nuits à Fortyfoot House, cette putain de baraque... voilà ce que je crois!

– Et si le pasteur est capable de régler tout ça?

– Qu'est-ce que cela peut te faire, David? Ce n'est pas ton problème. Et ce n'est pas le mien, crois-moi.

– Erreur, Liz, c'est mon problème! Je n'ai pas envie de dépenser de l'argent en allant habiter ailleurs, à moins que ce soit la seule solution. De plus, on m'a déjà payé pour remettre la maison en état.

1. A.A. Milne (1882-1956) né à Londres, rédacteur en chef-adjoint de *Punch*, auteur dramatique, a écrit de nombreux ouvrages pour la jeunesse, dont *Winnie-the-Pooh* est le plus connu – dans les pays anglo-saxons. *(N.d.T.)*

– Exact, dit Liz. On t'a payé pour la restaurer, pas pour l'exorciser. Et si tu disais aux agents immobiliers qu'elle est hantée et que tu refuses de faire les travaux tant qu'elle ne sera pas *dé-hantée*?

– Oh, génial! Et tu penses qu'ils vont me croire?

– Tout le monde par ici semble penser que Fortyfoot House est hantée. Je commence même à le croire, et je ne crois pas du tout à des trucs de ce genre.

– Liz, je peux au moins essayer.

Elle secoua la tête d'un air désespéré.

– Tu ne crois pas sérieusement que ton pasteur peut faire quelque chose, dis-moi?

– Il doit passer ce soir et voir s'il peut trouver ce qui cloche, c'est tout. Entendu, peut-être ne pourra-t-il rien faire. Il est possible que cela n'ait rien à voir avec l'Église ou Satan ou quelque chose comme ça. Mais s'il y a une chance pour qu'il soit capable d'apaiser tous ces esprits, je pense que cela vaut la peine d'essayer. Pour un pasteur ce doit être un problème tout à fait ordinaire; il suffit de réciter les bonnes prières, c'est tout.

– Comme pour ton mariage, fit remarquer Liz d'un ton acerbe, avec son talent coutumier pour changer de sujet.

Elle me prit au dépourvu.

– Mon quoi? lui demandai-je. Mon mariage? Qu'est-ce que mon mariage a à faire avec ça?

– Tout et rien. Il est possible que cela ne concerne pas Fortyfoot House mais cela nous concerne, toi et moi.

– En toute franchise, dis-je, je ne pense pas qu'il y ait jamais eu un « toi et moi ».

– Oh, alors j'ai couché avec l'un de ces fantômes? Il pourrait y avoir eu un « toi et moi ». Il pourrait *encore* y avoir un « toi et moi ». Mais tu es incapable de prendre la moindre décision, hein? Tu es incapable de décider si tu as envie de quitter Fortyfoot House ou non. Va-t'en – reste – va-t'en – reste, on dirait le titre d'une chanson. Tu es incapable de décider si tu as envie de divorcer ou non. Tu es incapable de décider si tu as envie de faire l'amour avec moi ou non. Tu as tellement peur de prendre la mauvaise décision que tu n'en prends aucune. David, bordel de merde, décide-toi, au moins une fois dans ta vie!

– Je suis désolé, dis-je.

– Non! cria-t-elle. Je ne veux pas que tu sois désolé. Je veux que tu te prennes en charge, que tu repartes dans la vie, que ce soit avec moi ou avec quelqu'un d'autre. Tu seras incapable d'avoir la moindre relation avec une femme tant que tu n'auras pas récité les bonnes prières sur ton mariage avec Janie. Il faut que tu divorces, David, et ensuite il faut que tu oublies Janie, complètement. Même lorsque tu auras fait ça, tu seras probablement malheureux pendant des années et des années. Mais il faut absolument que tu te prennes en charge. Je vais te dire une chose. Ce n'est pas très flatteur de coucher avec un homme qui essaie de faire comme si tu étais son ex-femme, et qui débande lorsqu'il n'y arrive pas.

Je restai immobile, mon visage à demi couvert par ma main, comme le Fantôme de l'Opéra affublé de son masque. Elle avait raison, bien sûr. Enfin, aux trois quarts. Si j'étais incapable d'aimer passionnément ou de m'engager vraiment, ce n'était pas entièrement à cause de Janie : Fortyfoot House en était responsable pour une part. Mais c'était principalement à cause de Janie. J'étais toujours obstinément attaché à mes souvenirs des années que nous avions passées ensemble, et toujours amèrement et violemment jaloux de cet enfoiré de Raymond. La jalousie était pire que l'attachement. L'attachement peut s'estomper doucement avec le temps, les années qui passent, et les jours qui se lèvent et qui meurent. La jalousie doit être cautérisée sur-le-champ avec un tisonnier chauffé au rouge, comme pour une blessure par balle dans un film de John Wayne. *Pschiitt, arggggh,* terminé.

– Je suis désolé, répétai-je.

Puis, parce que j'avais dit que j'étais désolé, je dis :

– Je suis désolé.

Liz s'approcha de moi et glissa ses doigts dans mes cheveux, et m'embrassa. Elle était très petite, beaucoup plus petite que Janie, et plus douce que Janie, et plus intelligente, et je pensai, *si seulement, ô mon Dieu, si seulement...*

Elle appuya son visage contre mon épaule et je la serrai dans mes bras. Danny se tenait sur le petit pont qui enjambait le ruisseau et les nuages défilaient lentement et majestueusement dans le ciel, lorsque...

Comme dans un rêve *je tournai la tête vers le cadran solaire et j'aperçus un personnage corpulent, vêtu de noir. Il tournoyait lentement autour du cadran, à l'horizontale, telle une énorme hélice déchiquetée. Sa main était désespérément tendue vers l'extrémité de l'aiguille. Ses cheveux se dressaient sur sa tête et fumaient. Les pans de sa redingote battaient et crépitaient.*

– Bon sang! Est-ce que tu vois ce que je...

J'essayai de redresser la tête de Liz pour qu'elle puisse voir ce que je voyais, mais elle enfouit son visage contre mon épaule, et...

Des milliers et des milliers de volts d'une électricité qui grésillait et craquetait s'échappèrent de l'extrémité de l'aiguille. En une averse violente et insensée de fines étincelles, ils se glissèrent sous les ongles des doigts frémissants de l'homme. Je sentis l'odeur de l'ozone et des ongles brûlés. Je sentis le sang se mettre à bouillir. Je sentais toutes ces odeurs. J'entendais l'homme hurler des mots inintelligibles. N'ggaaa nngggaa sogoth nyaa – des mots étranglés, extraordinairement gutturaux, qui firent se dresser mes cheveux sur ma tête.

Puis il poussa un cri strident. Laisse-moi mourir, sale putain. Laisse-moi mourir, oh sois maudite maudite laisse-moi mourir.

– Liz! Regarde! dis-je d'une voix aussi plaintive qu'une scie à métaux.

Elle leva les yeux et me regarda en fronçant les sourcils, comme si elle ne comprenait pas ce que je disais. Puis elle se tourna vers le cadran solaire mais le personnage avait disparu. Il ne restait plus que quelques traînées effilochées d'une légère fumée bleue : elles se dissipèrent très vite, emportées par la brise soufflant de la mer.

– Qu'y a-t-il? demanda-t-elle. Qu'est-ce qui ne va pas?

– Il m'a semblé... (Je portai la main à mon front.) Il m'a semblé voir quelque chose, je ne sais pas trop ce que c'était. Je suis probablement fatigué, c'est tout.

– Tu es aussi mal en point que moi. J'ai failli m'endormir aujourd'hui alors que j'étais censée faire infuser le thé. La surveillante a dit que si je ne me remuais pas, elle allait me virer. Perdre son boulot dès le premier jour, ce serait un comble, non?

Je regardai à nouveau vers le cadran solaire. Qu'avait dit le révérend Dennis Pickering? *Le vieux Mr. Billings a été frappé par la foudre.* Peut-être, dans le jardin de cette maison qui semblait exister à la fois *maintenant* et *jadis*, venais-je d'assister à la mort du vieux Mr. Billings, aussi sûrement et aussi nettement que si j'avais réellement vu la chose se produire.

– Allons prendre ce verre, dis-je.

Nous franchîmes le petit pont et nous dirigeâmes vers l'entrée au fond de la propriété. Comme d'habitude, Danny courait devant nous; il dévala le sentier escarpé qui conduisait au front de mer. C'était la marée basse, la mer s'était retirée, découvrant les rochers festonnés de varech et les mares scintillantes. L'odeur de l'eau salée et du varech était très forte, et des dizaines de mouettes décrivaient des cercles au-dessus de la plage, pour piquer voracement et faire leur proie de minuscules crabes verts et de crevettes transparentes.

Nous arrivâmes au Café de la Plage et nous installâmes à une table. Chose curieuse, Doris Kemble n'était nulle part en vue. En fait, il n'y avait personne. Dans le jardin attenant, d'énormes tournesols dodelinaient doucement au gré de la brise, et un petit moulin à vent en bois verni faisait *squik-squik-squik-squik* en une petite rafale, s'arrêtait, puis faisait *squik-squik-squik-squik* en une autre petite rafale.

Je pénétrai dans la salle et allai jusqu'à la table où Mrs. Kemble avait l'habitude de compter son argent. Il y avait cinq piles impeccables de pièces de 2, 5, 10, 50 pence et d'une livre. Probablement trente ou quarante livres en tout, laissées là où n'importe qui aurait pu les prendre. Un calendrier avec des paysages du Hampshire était posé sur la table; les pages voletaient dans le courant d'air. A côté, il y avait une tasse de thé froid, recouvert d'une peau.

– Mrs. Kemble? appelai-je, mais personne ne répondit. Mrs. Kemble? appelai-je à nouveau.

Je ressortis. Liz était assise sur le muret; elle parlait à Danny des perroquets du Parc des Oiseaux Tropicaux.

– Si tu voyais les aras, ils sont insupportables! Et il y a un perroquet qui répète tout le temps, « Un peu de tenue, un peu de tenue! ». Il y a de quoi te rendre cinglé.

– Je pourrai venir demain? lui demanda Danny.

– Il n'y a personne, dis-je à Liz. Elle a laissé tout son argent sur la table, mais je ne la trouve nulle part.

– Elle est peut-être allée faire des courses, fit remarquer Liz. Tu sais, acheter du pain, ou de la salade, ou des crevettes.

– Est-ce que je pourrai aller voir les oiseaux demain? demanda Danny.

– Nous pourrions y aller vendredi, répondis-je.

Je parcourus la plage du regard. Il n'y avait personne en vue; juste un pêcheur solitaire dans un petit bateau tout là-bas en pleine mer.

– C'est très bizarre, déclarai-je.

Liz me regarda, un œil fermé en raison du soleil.

– Que faisons-nous alors? On va à Ventnor et on cherche un pub?

– Oui... à moins de nous servir dans le frigo de Mrs. Kemble et de lui laisser l'argent des consommations.

– Excellente idée. Je commence à avoir mal aux ripatons. (Elle ôta ses chaussures.) Regarde-moi ça, elles sont complètement déformées. Une vraie saloperie, je n'aurais pas dû les acheter.

J'allai dans la cuisine de Mrs. Kemble et pris dans son énorme frigo deux bouteilles de Harp Lager et un Coca-Cola. Je les décapsulai et les rapportai sur la terrasse. Nous prîmes place à une table, regardant les mouettes piquer vers la plage et le soleil descendre petit à petit à l'horizon. Tout au loin, j'apercevais un pétrolier faisant route vers l'ouest; il avait la même forme que ces plumiers en bois d'autrefois. La mer me rendait toujours nostalgique, même si je n'avais pas vraiment aimé ça, quand j'étais gosse.

Danny finit son Coke et commença à s'agiter.

– Tu veux aller jouer sur la plage? lui demandai-je. Organise donc une de tes courses de crabes. Nous garderons le plus rapide dans un seau pour le faire courir à nouveau demain.

Nous le regardâmes descendre la jetée en béton vers les rochers, puis s'avancer jusqu'au bord de l'eau, à une centaine de mètres de distance. Je m'appuyai sur le dossier de ma chaise et bus une gorgée de bière.

– A quelle heure l'exorciste doit-il venir? demanda Liz.

– Tu veux parler du révérend Dennis Pickering? Cela m'étonnerait qu'il apporte tout son attirail. Il vient juste jeter un coup d'œil.

– Tu penses sérieusement qu'il peut faire quelque chose?

– Je n'en ai pas la moindre idée, répondis-je. Il a dit lui-même que les « vrais » fantômes ne ressemblent pas aux fantômes qu'on voit dans les films. Ils ne s'en vont pas obligeamment parce que tu leur ordonnes de partir.

Je pensais continuellement à ce personnage corpulent vêtu de noir qui tournoyait lentement autour du cadran solaire, ses cheveux fumant, son visage crispé par la douleur. *N'gaaa nngggaa sothoth nggaaa.* J'avais rêvé tout ça. Je l'avais forcément rêvé. Mais supposons que j'aie tendu la main et que je l'aie touché alors qu'il tournoyait, crépitait et passait près de moi? Est-ce que je l'aurais vraiment *senti*? Ou bien est-ce que ses jambes m'auraient traversé, comme une ombre?

– Je continue de penser que nous devrions partir, déclara Liz. Nous pourrions louer une caravane au camping de Shanklin. Cela ne coûte pas très cher, et tu pourrais travailler ici dans la journée.

– Tu as sans doute raison, dis-je.

Mais maintenant que Dennis Pickering allait venir, je me sentais plus confiant, convaincu que nous pourrions conjurer les fantômes de Fortyfoot House. Les apparitions avaient été vraiment effrayantes – surtout la nuit – mais à part ce qui était arrivé à Harry Martin (hé, soyons sérieux un instant, cela avait été un *accident*, rien de plus) elles n'avaient pas cherché à nous faire du mal.

– Pourquoi ne pas attendre que le pasteur nous dise ce qu'il en pense avant de prendre une décision? suggérai-je. Ce sont seulement des fantômes, après tout, des *images*, et qui plus est, des images de personnes qui sont mortes il y a plus d'un siècle. Ces apparitions sont comme – je ne sais pas, des photographies vivantes. Comment pourraient-elles nous faire du mal?

– Je ne pense pas que j'aie particulièrement envie d'attendre pour le savoir, répliqua Liz.

Elle semblait résolue, de manière inattendue, et je la dévisageai.

– Tu veux dire que tu as l'intention de t'en aller ce soir?

– David, je suis désolée. Je suis vraiment désolée. Mais j'ai suffisamment de mal comme ça à y voir clair dans ma vie sans, en plus, avoir des choses qui font un chambard monstre toute la nuit.

– Qu'est-ce qui ne va pas? lui demandai-je.

Je savais qu'elle passait par un moment de déprime, mais j'avais mis ça sur le compte de son âge, ou de ses règles, ou tout simplement parce qu'elle était terrifiée par tout ce qui nous était arrivé.

Elle caressa mes doigts d'un air distrait.

– Oh, je ne sais pas. Je pense que je suis aussi désemparée que toi. J'ai l'impression d'être incapable de décider ce que je veux être. J'ai même l'impression d'être incapable de décider *qui* je veux être. Et venir ici n'a rien arrangé. En fait, on dirait que cela n'a fait qu'empirer les choses.

– Je ne comprends pas.

Elle sourit.

– Je crois que je fais une crise d'identité. Je me sens forte et indépendante, et l'instant d'après, je me sens aussi faible qu'un chaton. J'ai l'impression d'avoir ma vie bien en main, et l'instant d'après, j'ai l'impression que je vais tomber en morceaux. Heureuse, triste, heureuse, triste. Ce matin, j'ai ouvert les yeux et je n'ai même pas eu la sensation que c'était *moi*. Je suis incapable de décrire cette sensation. Mais rester ici ne m'aide pas du tout.

– Alors tu veux vraiment partir? dis-je.

Elle acquiesça de la tête. Elle avait peut-être l'air fatiguée, mais je la trouvais très jolie. Je posai ma main sur la sienne.

– Je t'assure, murmura-t-elle. Je n'ai vraiment pas besoin de bruits étranges et de putains de rats gigantesques et des pauvres vieux qui se font arracher la tête.

– Eh bien, c'est aussi mon cas, lui dis-je.

– Oui, mais je n'ai pas besoin d'un homme qui est incapable de prendre une décision, lui non plus.

– Je ne le pense pas, en effet, reconnus-je.

Je jetai un regard à la ronde. Il n'y avait toujours aucun signe de Mrs. Kemble. Un personnage à la mince silhouette s'approchait sur le front de mer, venant de Ventnor, à environ six cents mètres de là; la lumière du soleil dans son dos rendait ses jambes filiformes et rouges, *la porte s'ouvrit en coup de vent, il entra en courant* – mais lorsque je m'abritai les yeux de la main, je vis que c'était un vieil homme promenant un chien noir et blanc.

Le soleil était encore haut sur l'horizon, mais les ombres s'allongeaient, et il y avait une légère fraîcheur dans la brise, le genre de fraîcheur qui vous fait soudain frissonner comme si quelqu'un venait de marcher sur votre tombe. Je ne comprenais pas pourquoi Mrs. Kemble avait laissé son café ouvert, et sans personne pour servir les clients, à une heure aussi avancée de l'après-midi.

Ce fut alors que j'entendis un son strident et suraigu provenant de la plage. Tout d'abord je ne compris pas ce que c'était. On aurait dit une flûte ou un sifflet. Je plissai les yeux et scrutai le bord de l'eau, où les rochers étaient toujours ourlés de varech et d'écume, et où les mouettes décrivaient des cercles avec insistance. J'aperçus Danny à cet endroit, au milieu des rochers, et lui fis des signes, mais il ne me répondit pas. Il demeura immobile, les poings serrés, figé, étrangement crispé; et je réalisai petit à petit que c'était *lui* qui produisait ce son strident, suraigu. Il hurlait.

– Danny!

Je sautai par-dessus le muret du café et courus maladroitement vers la plage. Je me cognai la cheville contre un rocher glissant et manquai tomber, puis je bondis comme une chèvre des montagnes d'un rocher à l'autre, plongeant de temps en temps mon pied dans une mare. Je trébuchai et m'écorchai le poignet de ma main gauche, mais j'atteignis finalement une étendue plate et sablonneuse et je piquai un sprint pour rejoindre Danny; de l'eau m'aspergeait les mollets, mon cœur battait à grands coups, et le vent grondait dans mes oreilles.

Danny se tenait près d'une ligne de petits rochers brunâtres. Il s'était arrêté de crier mais il était toujours figé sur place et crispé, et son visage était convulsé de terreur. Il n'eut pas besoin de me dire ce qui l'avait terrifié, je le voyais par moi-même. Je l'empoignai et le pris dans mes bras, et commençai immédiatement à rebrousser chemin sur le sable humide vers le front de mer.

Liz m'avait suivi, et elle était essoufflée. Comme elle s'approchait, je lui dis :

– Tu peux remmener Danny au café? Utilise le téléphone de Mrs. Kemble et appelle la police.

– Qu'est-il arrivé? demanda-t-elle, les yeux écarquillés.

– C'est Mrs. Kemble, répondis-je.

Je reposai Danny sur le sable et Liz le prit par la main.

– Papa, dit-il d'une voix pitoyable.

– Je sais, Danny, fis-je. Je retourne là-bas... il y a peut-être quelque chose à récupérer avant que la mer monte à nouveau. Attendez-moi au café.

– Est-ce qu'elle est morte? demanda Liz d'une voix fluette.

Je hochai la tête.

– Je n'en ai pas pour longtemps.

A contrecœur, je retournai jusqu'aux rochers. Le vent ridait l'eau de mer qui commençait à recouvrir le sable. Les mouettes criaient et criaient au-dessus de ma tête. Mrs. Kemble était étendue sur le dos, nue, à l'exception de son collant déchiré, qui avait été abaissé sur ses genoux, et était rempli de sable et de débris de varech. Sa tête gisait dans un petit creux entre les rochers; ses cheveux grisonnants étaient filandreux et mouillés. Ses maigres avant-bras étaient ramenés vers le haut comme si elle essayait encore de repousser quelqu'un. Sa peau était blanche, aussi blanche que le ventre d'un poisson mort, et horriblement boursouflée par l'eau de mer.

Le pire, cependant, c'était que les crabes s'étaient occupés d'elle. J'avais vu des carrelets et des flétans que des pêcheurs avaient laissés trop longtemps dans leurs filets, leur abdomen complètement dévoré. Mais je n'aurais jamais pensé que des crabes pouvaient s'en prendre à un corps humain avec une telle voracité. Le visage de Mrs. Kemble avait été transformé en une horrible caricature par les petits crabes à la carapace verte qui grouillaient et s'affairaient maintenant dans ses orbites : ils avaient déjà dévoré ses lèvres et la moitié de sa joue droite, son dentier était visible, formant un affreux rictus.

Ils avaient rongé son ventre, et toute sa cavité abdominale n'était plus qu'une masse de dizaines de petits crabes : ils agitaient leurs pinces, se battaient entre eux et se grimpaient les uns sur les autres; leurs carapaces et leurs pattes cliquetaient et crissaient comme d'incessantes castagnettes. Des crabes sortaient déjà de l'ouverture béante, à moitié dévorée, entre ses jambes et tiraient sur la chair blanche et tendre de ses cuisses.

Ma gorge se noua, et un flot acide de bière chaude me remonta dans la bouche. Il était impossible de dire sur-le-champ comment Mrs. Kemble était morte : son corps avait été trop déchiqueté par les crabes. Alors que je me tenais là, horrifié, l'un d'eux se fraya un chemin entre ses dents et sortit de sa bouche, puis commença à se battre avec deux ou trois de ses congénères pour s'emparer de la peau grisâtre de ses gencives.

Je regardai autour de moi. La mer montait et venait lécher les rochers, apportant de l'écume sale, des débris de bois flottant, et des arcs-en-ciel de mazout. Il n'y avait aucune trace des vêtements de Mrs. Kemble; aucune trace de son sac à main;

absolument rien qui pourrait permettre à la police de connaître la cause de sa mort. Je me demandai si je devais essayer de traîner son corps jusqu'au front de mer, mais je savais que je serais incapable de la toucher, et de toute façon je risquais d'abîmer des preuves matérielles que les crabes avaient peut-être dédaignées. Enfin, c'est ce que je me disais. En réalité, j'étais terrifié à l'idée de la prendre par les bras pour la traîner sur la plage... et que les os se déboîtent des articulations des épaules, comme les pattes d'un poulet trop cuit.

Je commençai à rebrousser chemin vers le front de mer. J'avais fait six ou sept pas lorsque je sentis l'odeur de l'eau salée, du mazout, et d'un corps fraîchement éventré. Une odeur aigre de vinaigre, d'eau d'égout et de sang. J'eus un haut-le-cœur et je me pliai en deux, et je fus pris de nausées et je vomis et vomis. Je dus attendre un long moment, les mains appuyées sur mes genoux; des glaires s'écoulaient de mon nez. Lorsque j'eus suffisamment récupéré, je me dirigeai vers les rochers pour regagner le Café de la Plage.

L'inspecteur Miller pénétra dans la cuisine et se tint sous la lumière crue du plafonnier, puis il me regarda de la même façon que j'avais regardé ma voiture démolie à coups de masse; il avait les yeux las d'un homme qui a vu trop souvent ce genre de chose pour être encore bouleversé.

– C'est une sale affaire, déclara-t-il.

– Oui, dis-je. Vous voulez boire quelque chose?

– Je prendrais volontiers une tasse de thé si cela ne vous dérange pas.

Je me levai et branchai la bouilloire. L'inspecteur Miller prit une chaise, s'installa à la table de cuisine et ouvrit son calepin. Il avait pris des notes d'une toute petite écriture, presque une écriture de clerc, avec un stylo à plume – objet si rare de nos jours que cela frisait le comble du snobisme.

– Deux morts en deux jours, fit-il remarquer. Deux *vilaines* morts en deux jours.

– Je sais, dis-je. Et jusqu'à aujourd'hui, je n'avais encore jamais vu un cadavre, jamais.

– Sacré veinard, murmura l'inspecteur Miller. Vous avez vu Mrs. Kemble pour la dernière fois à l'heure du déjeuner?

Je hochai la tête.

– Elle allait tout à fait bien. Nous avons parlé de Fortyfoot House et de l'aspect que devait avoir la maison jadis. Elle était vraiment obsédée par cette maison. Non, non, *obsédée* n'est pas le terme qui convient. Plutôt *tourmentée.* Mais sa mère était femme de ménage ici lorsqu'elle était petite fille, et sa mère lui avait raconté toutes sortes d'histoires sur cet endroit. Mais elle paraissait enjouée.

– Avez-vous vu quelqu'un d'autre là-bas? Quelqu'un qui vous a paru louche, disons?

Le jeune Mr. Billings avec son chapeau noir et son visage blême, à l'ombre des arbres. Mais comment pouvais-je dire à l'inspecteur Miller que j'avais vu un fantôme; et que ce fantôme avait peut-être tué Mrs. Kemble? L'inspecteur Miller n'avait pas d'idées préconçues, d'accord. Il était même prêt à croire au surnaturel. Mais si je me mettais à parler d'hallucinations et d'apparitions, il serait obligé de me considérer comme suspect. *Homicide, alors qu'il ne jouissait pas de toutes ses facultés.* Interné à vie à Broadmoor, avec tous les autres psychopathes, meurtriers à la hache et dingues de tout poil.

– Non, l'endroit était très calme. Il n'y avait que nous. Oh, et ce type qui vient installer ses filets de pêche tous les après-midi.

– Oui, je lui ai parlé.

La bouilloire commença à siffler. Je laissai tomber un sachet de thé dans une tasse et la remplis d'eau.

– Pas de sucre, dit l'inspecteur Miller tout en écrivant.

– Savez-vous comment elle est morte? demandai-je avec circonspection.

Il ne leva pas les yeux.

– Nous ne pouvons être catégoriques. C'est toujours la même chose lorsque les crabes s'attaquent d'abord aux tissus tendres. Mais les deux coudes étaient broyés, ce qui explique la position de ses bras, comme une sauterelle, et ses vertèbres cervicales étaient également broyées. Nous ne savons absolument pas ce qui a pu provoquer ces blessures, pour le moment du moins, mais je pense que l'on peut dire à coup sûr que les circonstances de sa mort ne sont guère compatibles avec une mort naturelle.

– Un langage de policier typique, fis-je remarquer.

– Oh... on nous apprend tout ça à l'École de Police. Et puis j'ai commencé sur le tas, dans le Surrey.

– Pourquoi êtes-vous venu ici?

Il referma son calepin.

– Je pensais que ce serait plus calme. Amusant, non? Ma femme a trouvé que c'était foutrement trop calme, et elle m'a plaqué; et maintenant je me retrouve avec deux morts violentes en deux jours.

– Vous ne me posez pas d'autres questions?

– Ce n'est pas nécessaire. Le voisin immédiat de Mrs. Kemble l'a vue, vivante, après votre départ, et le révérend Pickering a confirmé que vous lui aviez rendu visite. A moins que vous ne soyez capable d'être en deux endroits en même temps, il est absolument impossible que vous soyez revenu ici pour faire un mauvais coup à Mrs. Kemble.

L'inspecteur Miller but son thé à petites gorgées jusqu'à ce qu'il l'eut fini. Puis il se leva, alla poser sa tasse dans l'évier, et dit :

– Je serai peut-être obligé de revenir plus tard. Vous n'allez nulle part, n'est-ce pas?

J'eus la certitude d'entendre un léger bruissement derrière la plinthe. L'inspecteur Miller l'avait-il entendu, lui aussi?

– Non, répondis-je. Je ne vais nulle part. Vous avez vu l'état de ma voiture.

– Je me posais justement des questions à ce sujet, fit l'inspecteur Miller tandis que je l'accompagnais jusqu'à la porte d'entrée.

– Justice divine, répliquai-je.

– Hmm, fit-il. Le Tout-Puissant est manifestement un Dieu très en colère.

Derrière moi, tandis qu'il franchissait la porte et s'éloignait, j'entendis à nouveau le bruit. Le bruit d'une course précipitée. *Scriitch-scriitch-scriitch.*

11

Le jardin d'autrefois

Le révérend Dennis Pickering téléphona peu avant huit heures pour dire qu'il serait en retard. Il y avait eu un léger *contretemps* [1], ses paroissiennes se disputant pour savoir qui décorerait l'église cette année pour l'action de grâces après la rentrée des récoltes. « J'ai bien peur que certaines de mes paroissiennes ne soient des fortes têtes. De vraies Walkyries! »

Je me tenais dans le vestibule, le regard fixé sur la photographie de « Fortyfoot House, 1888 ». Maintenant, le jeune Mr. Billings se trouvait à mi-chemin sur la pelouse, à quelques mètres seulement de l'endroit où son ombre gisait toujours. A ses côtés marchait une petite forme sombre qui aurait pu être n'importe quoi. Une tache sur le négatif, une macule, une ombre. Ou Brown Jenkin, la créature-rat qui courait dans Fortyfoot House et fouinait et cherchait – mais *quoi*? Pourquoi fouinait-il, que cherchait-il? Il n'y avait pas de nourriture dans le grenier, et pas la moindre trace que des rats avaient rongé les meubles ou s'étaient fait des nids dans de vieux journaux ou avaient essayé de s'introduire dans le garde-manger.

Si Brown Jenkin était un rat, c'était une sorte de rat foutrement étrange. Nous avions laissé du fromage dans une assiette sur la table de la cuisine, la veille au soir, et ce matin il était intact; et il n'y avait pas eu de tentatives pour piller le garde-manger – d'accord, il contenait principalement des boîtes de corned-beef et des spaghettis Heinz, mais tout de même! Ou bien Brown Jenkin n'était pas du tout un rat, ou bien c'était un rat qui préférait une autre sorte de nourriture.

1. En français dans le texte. *(N.d.T.)*

Nous dînâmes tranquillement – lasagne et salade – et terminâmes le vin. Danny tombait de sommeil; à neuf heures et quart, je le pris sur mon dos et le portai jusqu'au premier, puis je l'aidai à se débarbouiller et à se brosser les dents.

Alors que je le bordais, il me demanda :

– Les crabes ne peuvent pas venir sur la terre ferme, hein?

Je secouai la tête.

– Non, absolument pas.

– Je peux laisser la lumière allumée?

– Bien sûr.

– Les crabes ne peuvent pas entrer dans la maison, hein?

– Non, ils ne le peuvent pas. Ils sont obligés de rester dans la mer, sinon ils meurent. Écoute, tu as vu une chose affreuse, mais les crabes n'ont pas tué Mrs. Kemble. Elle s'est brisé la nuque – elle a probablement glissé et est tombée sur les rochers. Les crabes ne font pas la distinction entre une sorte de viande et une autre. Ils mangent des oiseaux morts, ils mangent des moules, ils mangent n'importe quoi. J'ai bien peur que ce soit la nature, rien de plus, et parfois la nature est cruelle.

Je lissai ses cheveux en arrière et l'embrassai sur le front.

– Dors bien, dis-je, et ne rêve pas d'autre chose que de bâtons de réglisse.

– Je n'aime plus les bâtons de réglisse.

– Eh bien, rêve de quelque chose que tu aimes.

– J'aime les femmes.

– Les femmes? Tu veux dire les petites filles, n'est-ce pas?

– Non, les femmes. Je déteste les petites filles.

Oh, très bien, pensai-je en refermant doucement la porte derrière moi. *Tel père tel fils*. Je restai dans le couloir un moment, cherchant à déceler ce bruit furtif de course rapide derrière les plinthes, ou ces incantations sourdes, brouillées, inintelligibles. Mais ce soir Fortyfoot House semblait particulièrement calme, comme si on l'avait recouverte d'une couche de kapok de deux mètres d'épaisseur pendant qu'aucun de nous ne regardait.

Je retournai au rez-de-chaussée. Liz était dans la salle de séjour, installée sur le divan, jambes croisées. Elle regardait la télévision.

– Est-ce qu'il reste du vin? me demanda-t-elle.

Je secouai la tête.

– Que vas-tu donner à boire au révérend Pickering, alors?

– J'avais pensé à du thé. Les pasteurs boivent toujours du thé, non?

– Pas les pasteurs que je connais.

– Bon, d'accord, dis-je. Je vais faire un saut à l'épicerie. Je pense que j'ai suffisamment d'argent pour acheter une grande bouteille de Plonko de France.

Il faisait encore chaud ce soir, aussi n'avais-je pas besoin de mettre une veste. Je refermai sans bruit la porte d'entrée derrière moi pour que Danny ne m'entende pas partir, puis je remontai l'allée envahie par les ombres pour rejoindre la route.

Lorsque vous avez passé la plus grande partie de votre vie dans le grondement incessant – vingt-quatre heures sur vingt-quatre – de la circulation de Londres et de Brighton, un village comme Bonchurch peut paraître d'un silence déconcertant, la nuit. Mais vous entendez également des bruits tout à fait inattendus et alarmants. Des bruits qui font penser à des hiboux morts dégringolant à travers les branches d'arbres complètement desséchées. Des bruits qui font penser à des hermines, courant à travers les fougères. Des craquements, des claquements secs et un soudain remue-ménage de plumes et de poils.

Je marchais à proximité du mur de pierre humide qui menait à l'épicerie du village. Je me retournai juste une fois pour regarder vers Fortyfoot House, mais j'aperçus seulement la forme trapue et anguleuse de son toit, derrière les sapins. Cependant, une fois de plus, elle semblait différente, vue d'ici, comme si elle m'avait tourné le dos. Je n'avais jamais connu une maison au caractère aussi ombrageux et changeant. Elle ne faisait jamais de compromis. Elle était toujours revêche et dissimulée et capable (dans la mesure où une maison en était capable) des actes de malveillance les plus déplaisants. Certaines maisons sont douces et confortables et ne feraient du mal à leurs occupants pour rien au monde. Mais à Fortyfoot House je n'arrêtais pas de me meurtrir les jambes contre la rampe de l'escalier, de m'écorcher les mains sur des clous et de me cogner la tête contre des montants de porte et des chambranles de fenêtre. Même si ce pauvre Harry Martin était mort *accidentellement*, ce n'était qu'un exemple de plus de l'agressivité dont Fortyfoot House était capable.

J'essayais continuellement de me persuader que rien ne nous menaçait vraiment, que les fantômes n'étaient pas plus dangereux que des souvenirs. Mais au fond de moi-même j'avais très peur de me raconter des histoires – ou, pire, d'être la dupe d'une force sombre et hargneuse.

Les boutiques étaient sur le point de fermer lorsque j'arrivai au village. L'épicier rentrait des cageots de concombres et de pommes de terre nouvelles, et il ne parut pas particulièrement ravi de me voir. L'épicerie était mal éclairée et sentait la lessive en poudre et le cheddar piquant. Je me dirigeai vers le rayon des vins et pris une grande bouteille de Piat d'Or rouge.

– Alors ça a recommencé? fit remarquer l'épicier tout en enveloppant ma bouteille de vin dans du papier de soie.

– Pardon?

– Vous êtes bien le type qui fait des travaux à Fortyfoot House? me demanda-t-il.

– Oui, c'est exact.

– Ça arrive toujours, chaque fois que quelqu'un essaie d'aménager cette maison.

– Qu'est-ce qui arrive toujours?

– Des accidents, la poisse. Comme pour ce pauvre Harry Martin.

– Ma foi... elle ne manque pas d'atmosphère, je le reconnais volontiers.

– Atmosphère? ricana-t-il. On ne me ferait pas entrer dans cette maison pour tout l'or du monde. Je veux, mon neveu!

Alors qu'il enregistrait mon achat sur sa caisse, je regardai à travers la devanture obscure vers la route. C'était difficile de voir avec netteté, parce que mon reflet et celui de la boutique se superposaient sur la nuit, mais j'aperçus une silhouette en manteau et capuchon marron qui s'éloignait en toute hâte vers Fortyfoot House. Ce ne pouvait être le pasteur : cette personne était beaucoup trop petite, et de toute façon elle marchait comme une femme, d'un pas souple et rapide. Cette silhouette me fit penser – de façon déconcertante – à Liz.

Je dis à l'épicier : « Je reviens tout de suite », et sortis, laissant la sonnette de l'épicerie retentir derrière moi. La silhouette avait déjà parcouru plusieurs mètres, bientôt engloutie par la nuit, mais comme je m'avançais sur le trottoir, elle tourna brièvement la tête encapuchonnée, et j'entrevis la tache pâle d'un visage. Je ne pouvais en être certain, pourtant ce visage ressemblait tellement à celui de Liz que j'appelai :

– *Liz! Liz?*

Mais la silhouette ne tourna pas la tête à nouveau : elle continua de hâter le pas et disparut au sein de l'obscurité.

Je fis demi-tour vers l'épicerie. Le commerçant attendait avec ma monnaie, une expression impassible sur son visage.

– Je peux fermer maintenant? me demanda-t-il.

– Je suis désolé, m'excusai-je. J'ai cru voir quelqu'un que je connais.

Il ne répondit pas mais me suivit jusqu'à la porte de l'épicerie, et la verrouilla dès que je fus dehors. Je me retournai tout en m'éloignant, et il était derrière la porte vitrée, il m'observait, son visage à demi dissimulé par un écriteau indiquant *Désolé! Nous sommes fermés. Même pour du thé Brooke Bond!* Ses yeux luisaient derrière les verres de ses lunettes, semblables à des huîtres fraîchement ouvertes.

Je me dirigeai vers les ténèbres et mes pas résonnaient contre les murs de pierre sur le bas-côté de la route. Plus j'y pensais, plus j'étais convaincu d'avoir vu Liz passer devant l'épicerie; ou une jeune femme lui ressemblant tellement qu'elle aurait pu être sa jumelle. Mais qu'est-ce que Liz aurait fait sur cette route, portant un grand manteau marron à capuchon? Et comment aurait-elle pu se trouver ici? Je l'avais quittée à Fortyfoot House et elle ne m'avait certainement pas dépassé sur la route.

J'arrivai au dernier tournant et le toit de Fortyfoot House apparut derrière les arbres. Une succession de triangles, de dos d'âne et de décaèdres, d'où se dressaient les cheminées telles de hautes flèches à l'extrémité trapue.

Tandis que j'approchais, je me surpris à examiner avec une attention de plus en plus soutenue le motif que formait le toit. Il évoquait de plus en plus une forme que je reconnaissais; et graduellement la signification de son architecture insolite et disgracieuse commença à m'apparaître. Je fis halte, regardai fixement le toit, et je *sus* que je ne m'étais pas trompé : j'avais deviné les implications de Fortyfoot House depuis le tout début, comme si j'avais été *préparé* pour mon arrivée ici, avant même de me douter que j'allais venir dans cette demeure.

Vu d'ici, le toit avait exactement la même forme que le temple sumérien dans le *National Geographic*, le temple que les Turcs avaient détruit. Les mêmes crêtes, les mêmes pointes, les mêmes angles.

Si cette fille, Kezia Mason, avait vraiment conçu elle-même les plans de ce toit, alors le vieux Mr. Billings avait amené à Fortyfoot House beaucoup plus qu'une gamine de l'East End. Il avait amené une intelligence millénaire qui savait comment ériger des édifices libérés des limitations habituelles de l'espace et du temps.

Je restai figé sur place : je fixais la silhouette sombre et voûtée de ce toit, avec la sensation d'avoir été frappé de génie ou de démence complète. Paul sur le chemin de Damas. C'était une sensation *énorme*; une sensation qui faisait bourdonner mes oreilles, comme si j'avais été projeté dans le vide de l'espace et que, brusquement et instantanément, je comprenais ce qu'était Dieu.

Je revins vers la maison. Un break Renault beige était garé à côté de l'épave de mon Audi; le révérend Pickering était manifestement déjà arrivé.

Liz ouvrit la porte d'entrée alors que je cherchais ma clé.

– Le pasteur est là, me dit-elle. Qu'y a-t-il? ajouta-t-elle.

Je devais certainement la regarder d'une drôle de façon.

– Est-ce que tu es sortie, il y a un moment? lui demandai-je.

– Sortie? Bien sûr que non. J'attendais ton retour. Pourquoi?

Je secouai la tête.

– Aucune importance.

Elle prit la bouteille de vin tandis que j'allais dans la salle de séjour. Dennis Pickering s'était installé dans l'un des vieux fauteuils à moitié défoncés et parlait avec Danny qui s'était relevé. Il se leva lorsque j'entrai dans la pièce, et me serra la main. Il semblait un peu fatigué, et il y avait de la soupe à la tomate sur le revers de son veston de tweed vert.

– Un verre de vin? lui proposai-je.

– Plus tard, peut-être, dit-il en jetant un regard à la ronde. Je dois avouer, David, que cette maison me procure un certain *malaise*. Pure imagination, bien sûr, mais dans cette affaire une bonne dose d'imagination est nécessaire... sans parler de la foi.

– Je suppose que vous avez appris pour Mrs. Kemble? lui demandai-je.

– Hélas, oui. L'une de mes paroissiennes m'a téléphoné. C'est affreux, tragique. La police semble penser qu'elle marchait sur les rochers lorsqu'elle a glissé, est tombée, s'est cognée la tête, et s'est noyée. C'est tout à fait concevable, surtout pour une femme d'un certain âge – et on peut facilement se noyer dans quelques centimètres d'eau. Un jeune garçon de Shanklin s'est noyé l'été dernier, dans des circonstances semblables, à peu près au même endroit.

– Nous n'avons pas entendu de bruits ce soir, dis-je. A moins qu'il y en ait eu pendant que j'étais allé acheter cette bouteille de vin.

Danny secoua la tête.

– Il me semble avoir entendu le rat, mais c'est tout.

– Où l'as-tu entendu? lui demandai-je.

– Là-haut, dans le grenier.

– Nous pourrions peut-être commencer par le grenier? suggérai-je à Dennis Peckering.

– Eh bien... pourquoi pas? dit-il en se frottant les mains. Une longue marche commence par un premier pas.

– J'ignorais que l'Église anglicane approuvait les préceptes du Président Mao, fis-je en souriant.

– Je peux venir avec vous? supplia Danny.

– Non, je regrette, lui dis-je. Je ne pense pas que cela sera dangereux, mais cela pourrait te faire peur.

– Cela ne m'ennuie pas d'avoir peur.

– Eh bien, moi, ça m'ennuierait que tu aies peur, point final.

– Je pourrais tenir la torche, insista Danny.

– J'ai dit *non*. Tu peux rester ici et regarder la télévision. Nous allons juste dans le grenier.

– Une courte prière, peut-être? intervint Dennis Pickering.

Je jetai un regard à Liz, embarrassé.

– Si vous pensez que cela peut nous aider, lui dis-je.

Il m'adressa un sourire narquois.

– Une chose est sûre, cela ne peut pas faire *de mal*.

Il joignit les mains, ferma les yeux et dit :

– O Seigneur, protège-nous dans ces moments d'adversité. Protège-nous du mal, connu et inconnu. Sois notre guide et conduis-nous hors des ténèbres de la peur et du doute vers la lumière inaltérable de Ta sainte vérité.

– Amen, marmonnâmes-nous en chœur.

D'abord, j'emmenai Dennis Pickering voir la photographie de Fortyfoot House dans le vestibule. Avant même de nous en être approchés, je fus à même de constater que le jeune Mr. Billings était revenu à sa place d'origine, et que la créature sombre qui l'avait accompagné sur la pelouse avait disparu. Ou *presque* disparu – parce que, lorsque je m'approchai, je vis que la porte de derrière de Fortyfoot House était légèrement entrouverte, et la plus infime suggestion d'une ombre foncée disparaissait à l'intérieur. La queue de Brown Jenkin?

Dennis Pickering se pencha et examina la photographie minutieusement.

– Oui, dit-il, c'est bien Billings le Jeune, sans aucun doute. Il y a un portrait de lui, une gravure plutôt sinistre, dans la salle du *Spotted Dog* [1], le café juste à la sortie de Ventnor, bien que j'ignore pourquoi ce portrait se trouve là-bas.

– Hier, il n'était pas à cet endroit, dis-je.

Dennis Pickering me lança un regard étonné.

– Vous voulez dire que cette photographie était accrochée autre part?

– Non, non. Le jeune Mr. Billings n'était pas à cet endroit. Il se déplace dans la photographie. Hier, il marchait sur la pelouse, juste ici, et tenait la main ou la patte d'une créature qui ressemblait à Brown Jenkin.

Dennis Pickering regarda à nouveau la photographie, puis me regarda.

– Vous êtes certain de cela?

– Tout à fait certain.

– Et vous, Liz? lui demanda Dennis Pickering. Vous avez vu cela, également?

– Je n'en suis pas sûre, répondit-elle.

Je la regardai en fronçant les sourcils.

– Tu n'en es pas sûre?

Elle détourna la tête.

– Je trouve cela plutôt dur à avaler, déclara-t-elle. Je ne sais pas si je dois croire mes yeux ou non.

– Mais on ne le voyait presque plus! me récriai-je.

– Je ne sais pas. On dirait un mauvais rêve, murmura-t-elle.

– Bah, peu importe, inutile de vous disputer, intervint Dennis Pickering. Je propose que nous allions jeter un coup d'œil au grenier.

Je voulus prendre la main de Liz comme nous faisions demi-tour mais elle la retira aussitôt.

– Qu'est-ce qui ne va pas? lui demandai-je à voix basse.

1. Le Chien tacheté. *(N.d.T.)*

– Rien, affirma-t-elle.
– Il y a quelque chose qui ne va pas.
– Mais non! Je ne veux plus être mêlée à cette affaire, c'est tout, et je ne vois pas pourquoi tu devrais t'en mêler. Ce n'est pas ta maison. Ce n'est pas ton problème.
Je m'arrêtai.
– Tu es sûre de ne pas être sortie tout à l'heure?
– Bien sûr que j'en suis foutrement sûre. Je ne comprends pas pourquoi tu fais toutes ces histoires à ce sujet.
– Alors, nous y allons? demanda Dennis Pickering avec une certaine impatience.
Nous montâmes l'escalier jusqu'au palier et j'ouvris la porte du grenier. A nouveau, cet air vicié s'en échappa. J'allumai ma torche électrique et la braquai vers le haut, puis je m'aperçus qu'une lueur grisâtre éclairait déjà le grenier. Je me tournai vers Liz et dis :
– Regarde, il y a de la lumière en haut. Les fils électriques ont peut-être décidé de se réparer tout seuls.
Dennis Pickering monta les marches raides devant moi. Il était presque arrivé en haut de l'escalier lorsqu'il s'arrêta brusquement et se figea sur place. Durant un long moment il ne bougea pas et ne prononça pas un mot. Finalement, il dit : « Je redescends », et il réapparut sur le palier. Il semblait très pâle, les yeux légèrement exorbités.
– Qu'avez-vous? lui demandai-je. Qu'y a-t-il?
– Il y a une lumière en haut, dit-il d'une voix mal assurée.
– Oui, et alors?
– J'ai bien peur que ce soit la lumière du jour.
– Hein? La lumière du jour? Mais il fait nuit noire dehors!
– C'est la lumière du jour, croyez-moi. Nous ferions mieux de fermer cette porte et de ne pas chercher à en savoir davantage.
– Vous vous trompez certainement. La lumière du jour? Mais c'est impossible! Il n'y a pas de fenêtres dans le grenier, et d'une, excepté la lucarne, et on l'a barricadée avec des planches.
Je commençai à monter les marches, mais Dennis Pickering m'agrippa par la manche et me cria :
– *Non!* Ne faites pas ça!
– Dennis, bon sang, ce ne peut pas être la lumière du jour!
– C'est la lumière du jour, c'est la lumière du jour, répéta-t-il

en resserrant sa prise sur ma manche. C'est l'œuvre du diable, croyez-moi. Je vous en prie, n'allez pas là-haut!

– Désolé, mais j'y vais.

– David! intervint Liz. Ne va pas là-haut!

Elle avait une expression sur son visage que je ne lui avais encore jamais vue. Une expression très bizarre, moitié affectueuse et moitié sévère. Le ton de sa voix était inhabituel, également. Elle avait parlé comme si elle avait une idée très précise de ce qui avait tellement terrifié Dennis Pickering, comme si elle savait pourquoi le grenier semblait inondé de lumière du jour.

Je repoussai doucement Dennis Pickering.

– Désolé, répétai-je, mais je dois y aller. Je ne peux absolument rien faire ici à Fortyfoot House tant que je n'aurais pas mis fin à ce ridicule *son et lumière* [1] une bonne fois pour toutes.

– Alors je vous accompagne, insista Dennis Pickering.

Pourtant, je vis que l'hyperventilation dilatait ses narines, et que ses mains tremblaient.

– Rien ne vous y oblige, si cela vous effraie, dis-je.

– C'est mon devoir de pasteur. C'est également mon devoir d'être humain.

– Vous ne pensez pas *vraiment* que c'est le diable?

– Appelez ça comme vous voudrez. Mais c'est là-haut, et c'est aussi réel que votre nez au milieu de votre figure. Vous ne *sentez* donc pas le mal dans l'air? C'est l'essence même du mal!

Je humai l'air.

– Je sens une odeur de brûlé, comme une odeur de soufre, mais c'est tout.

– L'essence du mal, acquiesça Dennis Pickering. Les miasmes de l'enfer.

– Eh bien, je regrette, dis-je, mais je vais là-haut.

Liz me lança un regard perçant, une mise en garde, mais c'était en grande partie à cause d'elle que j'allais là-haut. Si je ne débarrassais pas Fortyfoot House de tous ses bruits et de ses lumières, je ne pouvais guère m'attendre à ce qu'elle reste ici. Et depuis que nous avions discuté tous les deux cet après-midi, avant de découvrir le corps de Doris Kemble, j'avais commencé à réaliser à quel point j'avais envie qu'elle reste. Rectificatif : à quel point j'avais *besoin* qu'elle reste.

1. En français dans le texte. *(N.d.T.)*

Malgré la lumière qui filtrait dans l'escalier, j'emportai la torche électrique, à titre de précaution. Si l'électricité avait brusquement été capable de se remettre à fonctionner toute seule, il était possible qu'elle soit tout aussi capable de se détraquer toute seule, et je n'avais aucune envie de me retrouver dans ce grenier dans l'obscurité complète, comme cela m'était arrivé la première fois. D'accord, je n'avais pas peur du noir avant de venir à Fortyfoot House, mais maintenant j'en avais une trouille monstre.

J'arrivai en haut de l'escalier et jetai un regard à la ronde. Un sentiment d'incrédulité m'envahit peu à peu tandis que je commençais à comprendre que Dennis Pickering avait dit l'entière vérité. Le grenier *était* rempli de lumière du jour. Une lumière froide, grise, automnale; comme si on était à la mi-novembre et non en juillet. Non seulement ça, mais il n'y avait presque plus rien dans le grenier. Disparus le cheval à bascule, les meubles, les tapis roulés, les tableaux recouverts d'un drap. Juste quelques paniers en osier poussiéreux et des cartons à chapeau; et une machine à coudre à pédale d'autrefois.

La lucarne n'était plus barricadée avec des planches. En fait, elle était ouverte et fixée sur sa barre d'appui. Ainsi c'était par là qu'était venu l'air vicié et humide qui traversait le grenier; mais comment faisait-il pour continuer de se déverser quand la lucarne était fermée, je n'en avais pas la moindre idée.

– Le même endroit, un autre temps, murmurai-je.

C'était terrifiant et déconcertant, mais c'était aussi bigrement excitant : penser que nous avions monté l'escalier du grenier et que nous nous trouvions dans Fortyfoot House telle qu'elle avait été dans les années 1880.

– Je crois que nous ne devrions pas aller plus loin, m'avertit Dennis Pickering.

Le visage crispé, il s'agrippait à la rampe d'escalier.

– Je vais juste regarder par la lucarne, lui dis-je.

Je voyais des nuages passer, et j'entendais la mer, et le doux bruissement de feuilles mortes. Non seulement l'année avait changé, et l'heure du jour avait changé, mais la saison avait également changé.

Dennis Pickering tremblait comme s'il avait la grippe, et bien qu'il soit pasteur de l'Église anglicane, il se signa, deux fois.

– C'est l'œuvre du diable, sans aucun doute. Si vous regardez par cette lucarne, David, vous contemplerez l'enfer lui-même.

– Cela ne vous ennuie pas de tenir la torche? lui demandai-je.

Puis je m'avançai sur les lattes nues et gréseuses du plancher du grenier jusqu'à ce que je me tienne au-dessous de la lucarne. Là-haut, le ciel paraissait tout à fait normal. C'était une journée de grand vent au bord de la mer, et j'aperçus deux ou trois mouettes passer rapidement, et quelques feuilles rouge cuivre, mais je ne vis pas de fumée s'échappant des fournaises de l'enfer, ni de chauves-souris, ni de sorcières à califourchon sur un manche à balai filer dans le ciel en ricanant.

– Je vous en supplie, dit Dennis Pickering.

– Je jette juste un coup d'œil, lui certifiai-je.

Il secoua la tête avec exaspération.

Exactement comme Harry Martin l'avait fait avant d'être agressé, je traînai sur le plancher un coffre de voyage en bois noir jusqu'à ce qu'il soit au-dessous de la lucarne. Puis je montai dessus et regardai prudemment par l'ouverture. Ici, sur le toit, le vent me soufflait violemment dans les yeux, et les faisait larmoyer. Je détournai le visage et m'aperçus que Dennis Pickering m'avait rejoint. Son émerveillement et sa curiosité l'avaient emporté sur sa peur.

– Peut-être n'est-ce pas l'œuvre du diable, dit-il, impressionné. C'est tellement extraordinaire... cela n'a pu être fait que par le Seigneur.

– Peut-être est-ce l'œuvre d'êtres humains, suggérai-je. Ce soir, en revenant du village, j'ai levé les yeux vers ce toit et il a exactement la même forme que cette ziggourat sumérienne que les Turcs ont démolie. Peut-être est-ce l'œuvre de la jeune protégée du vieux Mr. Billings, Kezia Mason.

– Je ne sais pas..., murmura Dennis Pickering. Pour la toute première fois de ma vie, je me sens effrayé. Enfin, peut-être pas effrayé, plutôt *incertain*. Je ne comprends absolument pas ceci. C'est tellement étrange. Vous savez... à chaque minute qui s'écoule... j'ai de plus en plus la certitude qu'il s'agit d'autre chose. Cela ne ressemble pas au diable, cela ne ressemble pas à Dieu. C'est autre chose. Quelque chose de complètement *différent*.

Il continua de marmonner et de penser tout haut tandis que

je passais à nouveau ma tête par la lucarne. J'apercevais la roseraie, à l'endroit où le jardin allait en pente vers le cadran solaire. Le gazon était tondu, les rosiers avaient été taillés de façon irréprochable. Dans le lointain, au-delà du rideau des arbres, je voyais la mer au scintillement de cristal.

– Identique à la ziggourat, dites-vous? demanda Dennis Pickering. Que voyez-vous? Est-ce le jardin? Comment est-il?

– C'est le jardin, oui, répondis-je. Mais il n'a pas tout à fait le même aspect. Il est beaucoup mieux entretenu... et les arbres sont beaucoup plus petits – vous savez, les arbres près du ruisseau. Certains ne sont guère que des arbrisseaux.

– Alors nous avons remonté le temps, à votre avis? demanda Dennis Pickering.

Je m'abritai les yeux de la main et regardai à gauche, vers la chapelle. Elle était intacte : son toit d'ardoises était aussi gris et luisant que les plumes d'un pigeon, ses vitraux sombres et austères, l'herbe de son enclos fauché. Je n'apercevais qu'une douzaine de tombes, cependant, et elles étaient récentes, indiquées non par des pierres tombales en marbre mais par de simples croix de bois.

– Oui, dis-je. Je pense que nous avons remonté le temps.

– Est-ce que je peux regarder? demanda Dennis Pickering d'une petite voix timide. Juste un coup d'œil... c'est tellement prodigieux.

– Oui, bien sûr, acquiesçai-je.

Mais au moment où je m'apprêtais à descendre du coffre, j'entrevis deux silhouettes sombres traverser rapidement la roseraie, tout d'abord à demi cachées par les buissons et la tonnelle. C'était difficile de voir qui étaient ces personnages. Ils s'avançaient tellement vite qu'ils ressemblaient à des silhouettes aperçues derrière la vitre d'un train en marche. Puis ils arrivèrent à découvert et foulèrent le gazon tondu ras autour du cadran solaire, et je reconnus l'un d'eux immédiatement. Il était grand, avec d'épais favoris, une redingote noire et un chapeau tuyau de poêle. Le jeune Mr. Billings, le teint terreux et l'air agité. Il était accompagné sur sa gauche par un personnage plus petit, portant un manteau à capuchon marron. Ce personnage écartait les bras, faisait des pirouettes et sautillait tandis qu'il s'avançait, comme s'il exécutait une sorte de danse tout à fait singulière.

Je fus saisi d'une sensation de peur si intense que je laissai échapper un petit jet d'urine. Ceci n'était pas une photographie, c'était un après-midi réel, même si cela se passait il y avait plus d'un siècle. Et le jeune Mr. Billings était là, vivant, et très agité; et il y avait la petite créature velue au sautillement étrange qui devait avoir été Brown Jenkin.

De ma lucarne, je ne pouvais distinguer ce que le jeune Mr. Billings faisait ou disait. Il ne cessait pas de faire des gestes avec son bras droit, un mouvement de couperet, comme s'il était un boucher en train de hacher menu des queues de bœuf. Il semblait très irrité, mais la petite silhouette au manteau marron était apparemment peu disposée à l'écouter. Elle s'élançait, faisait des pirouettes, virevoltait, et courait devant le jeune Mr. Billings, si bien que celui-ci ne pouvait pas la rejoindre.

Tout ce que j'entendis au-dessus du sifflement du vent et du cri monotone des mouettes, ce fut les mots qu'il hurlait : « peu m'importe ce qu'elle veut... nous étions tombés d'accord... vous aurez seulement le nombre que... »

– Je vous en prie, m'implora Dennis Pickering.

Mais je restai sur le coffre. Me haussant sur la pointe des pieds, je tournai la tête de côté afin d'entendre ce que le jeune Mr. Billings et la silhouette au manteau marron se disaient. Le jeune Mr. Billings aboyait aussi durement qu'un chien, mais la petite silhouette continuait de virevolter et de danser, comme si elle s'en moquait éperdument. Parfois elle couinait et émettait un genre de gloussement haut perché. C'était comme un rêve, un cauchemar, que d'observer cet homme de grande taille à la redingote noire crier avec une telle fureur après une créature qui ressemblait plus à un animal qu'à un homme, énorme rongeur bossu et d'une taille démesurée.

– Nous étions tombés d'accord, purement et simplement! cria l'homme d'une voix rauque.

A cet instant, une femme apparut juste au-dessous de moi. Elle avait dû sortir par la porte de la cuisine, ou faire le tour de la maison. Je ne voyais pas son visage, parce qu'elle me tournait le dos, mais je reconnus les cheveux auburn en broussaille. C'était la femme dont le portrait avait été peint sur le mur de la chapelle, avec la créature-rat lovée sur ses épaules. Elle portait une légère robe blanche qui claquait et voletait au gré du vent, et en dépit du froid elle était nu-pieds.

Elle tenait par la main une petite fille d'environ dix ou douze ans, également vêtue d'une légère robe blanche, mais la petite fille avait une couronne de feuilles de houx et de laurier dans les cheveux.

Ils commencèrent à se disputer. La créature-rat gloussait et tournoyait autour d'eux. A de nombreuses reprises, l'homme affirma « Nous étions tombés d'accord, purement et simplement ! » mais il était évident que la femme vêtue de blanc ne lui prêtait aucune attention.

L'homme au chapeau tuyau de poêle tenta maladroitement de saisir la main de la fillette, comme s'il voulait l'arracher à la femme vêtue de blanc, mais la créature-rat bondit vers lui et grogna, et découvrit des rangées de petites dents jaunâtres et pointues – plusieurs rangées de dents – et une langue mince et violacée qui darda et cingla l'air. L'homme fit un pas en arrière et leva son avant-bras gauche pour se protéger, comme s'il préférait perdre sa main gauche plutôt que la moitié de son visage.

Aussitôt, la femme tourna les talons et commença à revenir vers la maison. L'homme au chapeau tuyau de poêle hésita, puis tenta de la suivre. Apportés par le vent, j'entendis les cris stridents de la petite fille.

– Que se passe-t-il? Que se passe-t-il? voulut savoir Dennis Pickering, en proie à une vive agitation.

– On dirait que le jeune Mr. Billings et Brown Jenkin ont eu un différend, déclarai-je en descendant du coffre.

Dennis Pickering prit ma place en toute hâte et regarda vers le jardin.

– Oui, vous avez raison ! Mon Dieu, c'est le jeune Mr. Billings ! Et c'est Brown Jenkin, sans aucun doute ! Et la femme ! Ce doit être Kezia Mason !

– Mais que font-ils? le pressai-je.

Il tendit la main vers moi et je l'aidai à redescendre du coffre.

– Kezia Mason emmène la petite fille... Dieu sait pourquoi. Mais si nous sommes en 1886, l'année où tous les enfants de Fortyfoot House sont morts ou ont disparu... alors vous pouvez être sûr et certain que quelque chose d'extrêmement déplaisant est sur le point de se produire.

– Nous ne pouvons pas lui porter secours? suggérai-je.

Dennis Pickering leva les yeux vers la lucarne et déglutit, l'air incertain.

– Nous pourrions toujours essayer. Mais, franchement, si j'étais vous, je me tiendrais à distance de Brown Jenkin.

Je traversai rapidement le grenier jusqu'à l'escalier. Liz nous attendait toujours sur le palier; et en bas, sur le palier, il faisait toujours nuit noire. Il était évident que nous ne pouvions pas rejoindre les jardins de Fortyfoot House, 1886, en passant *par là*.

– Nous pourrions sortir par la lucarne, proposa Dennis Pickering, avec un visible manque d'enthousiasme.

– Cela ne nous avancerait pas à grand-chose, répondis-je. On ne peut pas descendre depuis cette partie du toit. La paroi est verticale, sans la moindre prise.

– Ah, mais regardez..., fit-il en touchant mon bras. Est-ce que ce n'est pas une trappe là-bas, dans le plancher?

Je me retournai, et il avait raison. Un petit tapis des Indes poussiéreux, rouge et vert, la recouvrait en grande partie, mais j'apercevais une charnière et un coin du panneau qui s'emboîtait mal. J'écartai le tapis du pied, et c'était bien ça : une trappe assez grande pour qu'un homme puisse s'y glisser. Apparemment, on l'avait découpée dans le plancher quelque temps après que le grenier eut été érigé. C'était un travail d'amateur, en comparaison des poutres et des chevrons impeccablement montés et ajustés; et les clous et les charnières étaient déjà rouillés.

Chose curieuse, les verrous qui fermaient la trappe (et qui étaient maintenant tirés) étaient fixés de *ce* côté, du côté du grenier... ce qui voulait dire que lorsque les verrous étaient poussés, la trappe était verrouillée de façon à empêcher quelqu'un se trouvant en dessous de monter dans le grenier. Quelqu'un ou quelque chose.

Je me mis à genoux et approchai mon oreille de la trappe. Très faiblement, j'entendais la fillette crier dans l'une des pièces du rez-de-chaussée.

– Êtes-vous vraiment prêt à essayer? demandai-je à Dennis Pickering. (Mon cœur galopait tel un lapin ventre à terre.) Nous allons peut-être nous mêler de quelque chose qui ne nous regarde pas... et intervenir alors que nous ne devrions pas intervenir. Vous le comprenez, n'est-ce pas?

Dennis Pickering avala sa salive et sa pomme d'Adam tressauta.

– Lorsque l'innocent appelle au secours, nous devons

répondre, déclara-t-il. Et je pense que cela s'applique à l'innocent de 1886 aussi bien qu'à l'innocent de 1992.

Je dis « Amen » et ouvris la trappe, puis je la rabattis et la laissai reposer sur le plancher du grenier.

Je risquai un coup d'œil vers la lumière du jour hivernale en contrebas et je réalisai brusquement que cette trappe avait été pratiquée dans le plafond de ma chambre... excepté que c'était ma chambre *avant* que presque un tiers de la pièce ait été séparé par une cloison et condamné, et elle était beaucoup plus spacieuse et mieux ventilée, avec une seconde fenêtre donnant sur les plants de fraisiers. Un fauteuil pivotant se trouvait juste au-dessous de la trappe, et je glissai mes jambes par l'ouverture et parvins à poser mes pieds sur le siège, puis je sautai vers le plancher nu. A voix basse, je dis à Dennis Pickering de descendre à son tour.

J'étais stupéfait de voir à quel point ma chambre était différente sans le plafond incliné qui la réduisait d'un tiers. Au-dessous de la seconde fenêtre il y avait un lit-cage, peint en vert olive foncé, très écaillé, avec un matelas de crin bosselé et un seul drap, jaunâtre. Un grand plateau en cuivre décoloré était posé sous le lit, ainsi qu'un tablier roulé en boule, maculé de taches couleur de rouille et ficelé avec ses propres cordons.

Mais ce fut Dennis Pickering qui dit d'une voix glaciale : « *Regardez* » et montra du doigt le crucifix suspendu au mur, au-dessus de la tête du lit. C'était un grand crucifix de style gothique, taillé dans un bois au vernis foncé, avec un Christ en ivoire et en argent terni. Les yeux vitreux du Christ étaient grands ouverts : les yeux du sacrifice, les yeux de la souffrance. Ce qu'il y avait de terrifiant à propos de ce crucifix, cependant, c'est qu'il était suspendu la tête en bas, accroché à une cordelette torsadée de chanvre éraillé et de fleurs desséchées rouge sombre.

– Qu'est-ce que cela veut dire? demandai-je.

– Je ne sais pas. Des Satanistes, peut-être. Ou des fidèles de l'Antéchrist. Je n'ai jamais vu des fleurs de ce genre auparavant. Il s'agit peut-être d'un culte dont nous n'avons jamais entendu parler. Il y avait un grand nombre de petites sectes s'adonnant à la magie noire et d'adorateurs du diable à la fin du XIXe siècle.

– Écoutez! dis-je en lui prenant le bras.

A nouveau, nous entendîmes la petite fille crier. Apparemment, ils l'avaient emmenée dans la pièce qui était maintenant la salle de séjour. Ses cris étaient moins hystériques, mais plus pitoyables, comme si elle avait accepté ce qui allait lui arriver, mais était terrifiée et désespérée.

– Puisse Dieu nous donner la force nécessaire, murmura Dennis Pickering en me précédant vers l'escalier.

La maison en 1886 avait à peu près le même aspect qu'en 1992, excepté les boiseries en chêne sombre tout du long du couloir, dans l'escalier et dans le vestibule : au-dessus des lambris d'appui, les murs avaient été tapissés de papier peint : des fleurs vert jaunâtre et des treillis qui me firent penser aux dessins d'Aubrey Beardsley, fioritures délicates au raffinement décadent dont les couleurs suggéraient la corruption plus que la décoration. Il flottait dans l'air une odeur pénétrante de plâtre humide, de poisson bouilli et de cire à la lavande.

Dans le vestibule, il y avait un plus grand nombre de photographies et de dessins – mais pas, bien sûr, la photographie de « Fortyfoot House, 1888 ». Tandis que Dennis Pickering et moi nous dirigions précautionneusement vers la porte ouverte de la salle de séjour, je passai devant une eau-forte gothique au travail minutieux, *L'Arrivée du Premier Plat lors du Banquet pour le Couronnement de Jacques Ier*. J'entrevis également d'étranges gravures de mystérieux jardins remplis de folies extraordinaires, de belvédères et d'animaux de la taille d'un daim avec des pattes d'insecte et des carapaces semblables à des cuirasses. Il y avait des diagrammes d'animaux mutants et des planches médicales de femmes enceintes respirant du chloroforme dans des bocaux de forme octogonale et d'autres dessins étonnamment explicites de femmes soumises à un examen interne à l'aide de lampes et du « spéculum à bec de canard muni de valves mobiles ».

Je n'avais guère le temps d'examiner en détail toutes ces illustrations, mais je n'aurais pu imaginer une collection moins appropriée pour un orphelinat. Toutes étaient bizarres ou effrayantes ou désagréablement gynécologiques. Il y avait même l'horrible gravure d'une *« Femme de soldat, ayant suivi son époux sur le champ de bataille, coupée en deux par un boulet de canon, et mettant au monde à l'instant un enfant vivant »*.

Dennis Pickering leva la main pour me faire signe de m'arrêter et de ne pas parler. Nous nous trouvions à deux ou trois mètres de la porte de la salle de séjour, et maintenant nous entendions distinctement les petits cris plaintifs de la fillette, et le gloussement saccadé de Brown Jenkin, et la voix sourde et obstinée du jeune Mr. Billings. La lumière grisâtre de l'automne tombait sur le tapis rouge et marron, déjà lustré par le frottement d'un millier de bottines à semelles de cuir. Quelque part derrière nous – dans la cuisine, peut-être – j'entendais des bruits de vaisselle et quelqu'un chanter *Two Little Girls in Blue*.

– Que devons-nous faire, à votre avis? me demanda Dennis Pickering d'une voix sifflante.

Son haleine empestait le tanin éventé de trop de tasses de thé... Quoi qu'en pense Liz persuadée que les pasteurs avaient l'habitude de boire de l'alcool!

– Je ne sais pas, répondis-je. Que *pouvons*-nous faire?

J'imaginai Liz me disant « *Tu es incapable de prendre la moindre décision. Va-t'en – reste – va-t'en – reste – David, bordel de merde, décide-toi, au moins une fois dans ta vie* ».

J'essayais toujours d'échafauder un plan lorsque j'entendis une voix dure, assurée, cultivée, qui me fit retenir mon souffle. C'était une voix de femme à l'accent cockney, mais cela ne ressemblait pas du tout à l'accent cockney d'aujourd'hui. Une voix claire, cinglante, étrange, crachant des termes argotiques. Cela ne faisait aucun doute : ce devait être Kezia Mason, la protégée du vieux Mr. Billings et maîtresse du jeune Mr. Billings.

– Ferme-la, la môme; les carottes sont cuites pour toi. Le Vieil Ami t'attend.

La fillette cria à nouveau – un petit cri rauque – puis le jeune Mr. Billings dit :

– Kezia, ce n'est pas ce qui avait été convenu, tant s'en faut. Douze, tu avais dit, c'est tout, douze suffiront et, Grand Dieu! j'ai accepté à contrecœur. Mais pas plus de douze.

– Quand ai-je dit douze, mon amour?

– Tu as dit douze lorsque nous nous sommes mis d'accord, et Jenkin a dit douze, et c'était tout.

– J'ai dit douze du temps de la Reine Morpion.

– Kezia, tu ne peux pas en prendre d'autres. Que dirait Barnardo?

– Nous ferons venir Mazurewicz, tout simplement, et il certifiera qu'ils avaient tous reçu leur avis de congé.

– Bon sang, Kezia, tu ne peux pas les prendre tous!

– Le Vieil Ami prend ce dont a besoin le Vieil Ami, rétorqua Kezia, pendant que la fillette criait et criait à perdre haleine. Et le Vieil Ami, très cher amour, désire plus qu'un quignon de pain et un hareng!

Je chuchotai à Dennis Pickering :

– J'ai l'impression qu'ils viennent par ici. Je vais empoigner la fillette. Vous, poussez une bonne gueulante. Dites n'importe quoi : des prières, des jurons, pour créer un effet de surprise.

De manière inattendue, Dennis Pickering me prit la main.

– Si nous réussissons, si nous l'emmenons là-haut dans le grenier, vers notre propre *temps*, vous pensez qu'elle survivra?

– Que voulez-vous dire?

– Est-ce que vous pensez qu'elle survivra? Nous sommes en 1886, autant que je puisse en juger. Cette enfant a dix ou onze ans *ici*, mais supposons que nous la ramenions avec nous en 1992, où elle aura plus de cent ans? Nous la tuerons tout aussi efficacement que Kezia Mason! Peut-être encore plus cruellement!

A ce moment, les cris de la fillette augmentèrent, et je compris que nous devions absolument faire quelque chose.

– Pour l'amour de Dieu, Dennis, nous avons réussi à venir ici, à une époque où nous ne sommes même pas nés! La même chose peut certainement marcher, dans le sens inverse!

Dennis Pickering joignit ses mains et murmura la prière la plus rapide de toute l'histoire de la Chrétienté.

Puis il ouvrit les yeux et dit :

– Très bien, David. Essayons toujours, avec l'aide de Dieu!

La petite fille criait et criait et criait. Je poussai Dennis Pickering du plat de la main et, côte à côte, nous franchîmes la porte de la salle de séjour.

12

Kezia Mason

La scène cauchemardesque qui s'offrit à nos regards tandis que nous faisions irruption dans la pièce me hantera jusqu'à la fin de mes jours : dans des rêves, dans des ombres, dans des miroirs entr'aperçus, dans des chuchotements à demi entendus. Il suffit de la vision fugitive d'un fauteuil victorien à grand dossier dans la vitrine d'un magasin d'antiquités, ou d'une nuance particulière de la lumière grisâtre de l'automne. Il suffit d'un tapis à motifs marron, ou de l'odeur de la poussière et de la cire à parquet.

Parce que, à l'instant où Dennis Pickering et moi pénétrâmes dans cette salle de séjour, je réalisai pour la première fois que nous avions bel et bien remonté le temps, jusqu'à une époque qui n'était pas la nôtre, et que les choses horribles que nous contemplions n'étaient pas des fantômes, ou des photographies animées, ou le produit de notre imagination surexcitée. Elles étaient vivantes et réelles, elles vivaient et respiraient, et elles exhalaient l'enfer.

Le jeune Mr. Billings se trouvait au fond de la pièce, un coude levé avec raideur en un geste inachevé de protestation. Il était plus grand que je ne l'avais pensé, et sa redingote noire avait été faite sur mesure, avec des passements et des boutonnières de satin noir. Mais ses joues étaient fripées comme du papier de soie, ses yeux injectés de sang, et il avait tout à fait l'apparence d'un homme dont l'effondrement intérieur a fini par se révéler impitoyablement sur son visage.

Le portrait de Kezia Mason sur le mur de la chapelle de Fortyfoot House ne lui avait pas rendu justice. De petite taille, les traits fins, elle était presque belle, peut-être plus que belle, mais il y avait une impétuosité et une violence sans frein dans son regard qui auraient effrayé même les hommes les plus courageux que je connaissais – et qui *me* terrifiaient, à coup sûr. Ses cheveux étaient spectaculaires. D'un rouge ardent préraphaélite, ils semblaient se dresser sur son cuir chevelu comme s'ils étaient chargés d'électricité statique. Elle portait sur ses épaules un châle de laine écru aux mailles lâches, et une robe ample à manches larges en voile blanc très fin, brodée ici et là d'yeux, de mains et d'étoiles. La robe était tellement transparente que je pouvais voir son corps maigre, presque anorexique, comprimé par une quantité de sangles, de cordelettes et de bandes. Elle était nu-pieds, des pieds aux veines bleutées, blancs et sales.

Elle *siffla* lorsqu'elle nous aperçut. Ce fut sa première réaction : elle *siffla*.

Mais ce fut Brown Jenkin qui me paralysa vraiment. C'était la première fois que je le voyais d'aussi près. Brown Jenkin, la créature-rat d'origine inconnue, à moins qu'il ne provienne des cloaques des docks londoniens, ou qu'il soit le résultat de l'union du jeune Mr. Billings et de Kezia Mason, un accident génétique désastreux. Ou peut-être était-ce un rat ordinaire qui avait grandi pour devenir cette créature monstrueuse que je contemplais maintenant, bossue, les cheveux raides, parodie d'un jeune garçon, parodie d'un animal, dégageant l'odeur douceâtre de quelque chose pourri depuis longtemps.

Brown Jenkin mesurait un mètre quarante, peut-être moins. Sa tête était étroite et effilée, comme celle d'un rongeur, bien qu'elle ressemblât davantage au crâne allongé de façon grotesque dans le tableau d'Holbein le Jeune, *Les Ambassadeurs*. Ses yeux étaient aussi blancs que des champignons, même les iris étaient blancs. Son nez, bosselé et osseux, s'évasait largement, avec des narines aux muqueuses distendues et luisantes; il était beaucoup plus humain qu'animal. Sa bouche était fermée, mais je voyais que ses lèvres étaient d'un noir grisâtre, et l'extrémité de deux dents pointues dépassait légèrement de sa mâchoire supérieure.

Il portait un col de chemise blanc immonde et son cou était recouvert de bandages tout aussi immondes. Son corps difforme était vêtu d'un long manteau, ou d'une veste, de velours marron élimé; le devant du manteau était maculé d'une croûte de taches de soupe, d'œuf, et des vestiges indéfinissables d'une centaine d'autres repas. Des manches trop longues de son manteau sortaient deux mains blanches aux doigts effilés, des mains d'homme apparemment, si ce n'est que leurs ongles étaient crochus et noircis, comme les griffes d'un rat. Au-dessous du bord du manteau, lequel traînait par terre, j'apercevais deux pieds longs et minces, enveloppés, comme le cou de la créature, dans des bandages blancs souillés.

Brown Jenkin avait planté ses griffes dans la robe de la petite fille, et il la tenait en l'air, au bout de son bras tendu, de telle sorte que les bottines de la fillette ne touchaient pas le sol. La petite fille était raidie par la terreur : poings serrés, épaules voûtées, visage blême. Ses cheveux châtain foncé avaient été soigneusement tressés, mais maintenant l'une des tresses était défaite et recouvrait à moitié son visage, ce qui lui donnait un air encore plus hagard et désespéré.

Durant un instant, comme si nous posions pour une photographie prise avec un flash, nous restâmes tous immobiles, à nous regarder avec stupeur. Puis Kezia Mason recula en sifflant. Et le jeune Mr. Billings s'écria :

– Kezia ! Qui sont ces gens ? Quelle sorte de jeu joues-tu avec moi maintenant ?

Il bondit et s'empara d'une canne noire au pommeau d'argent qui était appuyée contre l'une des chaises, mais à ce moment Dennis Pickering leva ses deux mains et hurla :

– *Au nom de Dieu !*

– Un *cureton* ! siffla Kezia Mason, comme si elle percevait son appartenance à l'Église.

– Au nom de Dieu, lâchez cette petite fille ! rugit Dennis Pickering.

Il s'avança d'un pas majestueux, les mains toujours levées, impressionnant d'assurance. Le jeune Mr. Billings abaissa sa canne, déconcerté, et même Kezia Mason semblait interdite.

– *Celui qui touchera à un seul cheveu de ces enfants devra me rendre des comptes, a dit le Seigneur !* cria Dennis, le cou gonflé, de la salive giclant de ses lèvres.

J'avais presque réussi à me convaincre que nous leur en avions imposé par notre attitude autoritaire, lorsque Kezia Mason s'avança, releva les pans diaphanes de sa robe, adressa à

Dennis Pickering une grimace effrontée, puis lui fit une révérence ironique.

– Rendre des comptes au Seigneur, hein, mon pote? le provoqua-t-elle. Eh bien, si j'étais toi, je me souviendrais que le Vieil Ami Scratch n'apprécie pas beaucoup les jours de congé côté bectance. Je retournerais vite fait à la boutique de l'Esprit Saint, si j'étais toi!

Elle s'exprimait dans un argot de la fin de l'époque victorienne, complètement désuet et très vulgaire, mais il n'était nul besoin d'être grammairien pour comprendre qu'elle le prévenait que le diable n'aimait pas qu'on le prive de son déjeuner.

– *Obéissez!* frémit Dennis Pickering. *Au nom du Père, et du Fils, et du Saint-Esprit!*

Je commençai à contourner discrètement Dennis Pickering, afin d'arracher la fillette des griffes de Brown Jenkin. Aussitôt, celui-ci l'entraîna derrière le sofa, et les talons de la fillette heurtèrent et raclèrent le plancher. Cela ressemblait à une cauchemardesque partie de chaises musicales. Elle avait cessé de crier, mais était toujours crispée; de temps à autre elle laissait échapper des miaulements et des geignements de terreur. Elle ne semblait pas comprendre que Dennis Pickering et moi tentions de la secourir. En fait, elle ne semblait pas avoir remarqué notre présence.

Le jeune Mr. Billings brandit sa canne, comme s'il s'apprêtait à l'abattre sur la tête de Dennis Pickering, mais Kezia Mason dit : « *Non!* » et tendit la main droite pour retenir son bras. Puis elle pressa fortement sa main gauche sur ses yeux et psalmodia d'une voix perçante :

– Tu verras ce que je vois! Que ma vue soit la tienne! Toute ma vision tu auras! Et tes couleurs tu perdras!

Ensuite, poussant un cri terrifiant, elle pointa son index droit vers le visage de Dennis Pickering.

– *Sadapan, Quincan, Dapanaq, Can! Panaqan, Naquacan, Quacanac, Can!*

Dennis cria, lui aussi, mais ce n'était pas un cri de triomphe. Ses yeux sortirent de leurs orbites, durant un instant de tension déconcertant. Puis ils jaillirent de sa tête, juste devant moi, et volèrent à travers la pièce répandant une fine ondée de sang. Un œil tomba dans les cendres de l'âtre. L'autre glissa vers le bas du pied d'un fauteuil avec la lenteur d'un escargot, et laissa derrière lui un fin ruban d'humeur vitrée, striée de sang, et de nerf optique.

Je fus saisi d'une telle panique que j'étais incapable de penser à ce que je devais faire. A ce moment, Brown Jenkin ricana, un gloussement haut perché et grêle, et chanta, « *Eyes, pies! Yeux, peur! Augen, Angst!* » et je pensai, *bordel de merde, David, nous sommes complètement dépassés*. Je voulus saisir la main de Dennis Pickering pour l'entraîner vers la porte. Mais Kezia Mason écarta les doigts qui recouvraient ses yeux et siffla vers moi :

– Non, mon pote, ce n'est pas à toi de le toucher. Pas maintenant!

Je fis prudemment un autre pas vers Dennis Pickering. Il se tenait toujours les deux mains levées, mais il était silencieux maintenant, aveugle et silencieux, choqué par le pouvoir qui l'avait si soudainement vaincu. Toute sa vie il avait su que l'enfer existait, et il avait fait des prêches sur l'enfer et ses diverses formes, et l'enfer pouvait-il être réel? A présent l'enfer avait fondu sur lui et lui avait arraché les yeux.

Cette fois, Kezia Mason retroussa ses lèvres, me montrant les dents, et me lança un avertissement rauque :

– Un pas de plus, Monsieur le Bon Samaritain, et je t'arrache les mirettes, à toi aussi!

Je reculai, déglutissant sous l'effet de la peur. Je tentai de m'élancer vers la porte, mais Kezia Mason glapit, « Pas de ça, non plus! Chêne, ferme-toi! » et elle traça une diagonale dans l'air, d'un geste brusque de la main. La porte se referma et claqua devant moi dans un fracas assourdissant. Je saisis la poignée et essayai de la tourner, mais Kezia Mason cria, « Hé, serre-moi la pince, mon pote! » et la poignée de bronze terni devint une main de bronze terni à la poigne vicieuse : elle me serrait et me broyait les doigts, et je fus obligé de les dégager avec effort.

Je me tournai vers elle, le souffle court, tout en me frictionnant la main.

– Je sais qui vous êtes, l'avertis-je.

– Eh bien, je suis très flattée, mon pote, dit-elle en secouant la tête et en esquissant un sourire féroce.

Du coin de l'œil je vis que le globe oculaire de Dennis Pickering avait terminé sa descente visqueuse vers le tapis – un globe oculaire nu sur des poils de tapis hérissés – mais je ne pus me résoudre à le regarder.

– Vous ne pouvez pas vous échapper d'ici, dis-je d'une voix haut perchée, mal assurée. Des gens nous attendent en haut, et si nous ne sommes pas revenus dans deux minutes...

– Cela ne sert à rien de nous menacer, mon ami, déclara le jeune Mr. Billings.

C'était la première fois que je l'entendais parler d'aussi près. Sa voix paraissait triste et lasse, comme s'il avait lutté et menacé de la même façon que je luttais et menaçais, mais avait depuis longtemps renoncé.

– Personne ne peut retenir ou arrêter mes compagnons, poursuivit-il. Une fois que vous aurez accepté ce fait, vous vous apercevrez qu'il est beaucoup plus facile de s'entendre avec eux.

– Bien parlé, intervint Kezia Mason, et elle me décocha une œillade.

La fillette se remit à pleurnicher, et à pousser de petits cris.

– Qu'avez-vous l'intention de lui faire? demandai-je.

– Pensez-vous que cela vous regarde? répliqua le jeune Mr. Billings.

– J'habite ici. Je vis ici. Je suis censé m'occuper de cette maison.

– Mais ce... cette enfant... elle n'est absolument rien pour vous.

Soudain Dennis Pickering gémit : « Mon Dieu, aidez-moi! O mon Dieu, aidez-moi! » et tomba à genoux sur le tapis. Kezia Mason lui lança un regard indifférent, puis se tourna vers moi.

– Ici il n'y a que des mioches des rues. Pas de quoi te faire du mouron, mon pote.

– Qu'avez-vous l'intention de lui faire? répétai-je, bien que je me rende compte que ma voix chevrotait.

– Elle va à un pique-nique, affirma Kezia Mason. C'est tout. Pas de quoi se biler. Un pique-nique, et c'est la pure vérité.

– Mr. Billings? demandai-je.

Le jeune Mr. Billings baissa la tête et évita mon regard.

– Oui, c'est tout à fait exact. Elle va... à un *pique-nique*.

Il cracha le mot « pique-nique » comme si c'était une bouchée de boue humide et gréseuse, révélant son vif déplaisir d'être obligé de corroborer un mensonge aussi évident.

Pris de fureur, je montrai du doigt Brown Jenkin.

– Avec *ça*? Elle va à un pique-nique avec *ça*?

Immédiatement, de façon terrifiante, Brown Jenkin fronça son nez étroit et poussa un horrible cri, aussi strident qu'un coup de sifflet, comme si son palais était fendu. Il griffa le dossier du sofa, lacérant le tissu et provoquant une pluie de bourre de kapok. Durant un instant frénétique, je crus qu'il allait lâcher la fillette et se jeter sur moi.

– Avec *ça*? tempêta-t-il. *Was denkst, du, dummkopf? Bastard-bastard, me parler de cette façon?*

Je reculai, effrayé. Le jeune Mr. Billings recula également, et garda sa canne bien levée. Mais les cris stridents de Brown Jenkin parurent tirer brusquement la fillette de sa torpeur. Elle battit les paupières et ouvrit ses yeux tout grands, puis me regarda fixement comme si elle s'apercevait enfin de ma présence.

Elle hurla et tendit les bras vers moi. Brown Jenkin, déjà bouillant de colère, la secoua violemment avec sa main griffue et lui cria :

– *Silenzio? Double whore! Maul zu! Ou bien I rip out your lunchpipes!*

Je ne peux pas dire que je pensai à un acte de bravoure. Je ne pensai même pas *« et puis merde! »*. Je me contentai d'écarter Kezia Mason d'un coup d'épaule, comme un joueur de rugby, et de sauter sur la banquette du sofa, puis je décochai un violent coup de pied à Brown Jenkin, l'atteignant à la clavicule.

Brown Jenkin laissa tomber la fillette et poussa des cris encore plus affreux; ses yeux blanc-sur-blanc me regardaient sans ciller, ses narines s'évasaient encore plus largement, ses lèvres se crispaient. Je bondis du sofa et en fis rapidement le tour, respirant bruyamment. Je ne savais pas ce que j'allais faire maintenant, mais je me doutais que Brown Jenkin avait une idée foutrement précise de ce qu'il avait l'intention de *me* faire. Il retroussa ses lèvres, tels les lambeaux d'un ballon noir crevé, et découvrit une foultitude de dents mal plantées, ébréchées et décolorées, mais manifestement assez pointues pour traverser peau et os. J'esquivai et sautillai d'un côté et de l'autre; j'essayais de garder le sofa entre nous, mais ce n'était pas facile. Brown Jenkin semblait s'élancer si vite d'un côté du sofa vers l'autre que j'avais l'impression d'avoir des hallucinations, ou de dérailler complètement.

Ou même de rêver.

– *Salaud-salaud, rantipole-rider, si? Pavian Saugling! Je vais take your lunchpipes, yes-yes? Je vais slice you, oui? Zerschneiden, ja?*

Ce torrent de mots inintelligibles mais remplis de haine fut accompagné d'une soudaine ruée de cet horrible Brown Jenkin. Aussitôt je reculai de deux ou trois pas, me cognai le talon contre le bord de l'âtre et fis dégringoler la garniture du foyer dans un tintamarre catastrophique.

– Arrière! ordonna Kezia Mason à Brown Jenkin. Celui-là est pour moi. Je vais m'amuser avec lui. Il m'a tapée dans l'œil, tu piges?

Mais Brown Jenkin renifla, ricana et attaqua. Ses ongles traversèrent la manche de mon pull et je les sentis se planter dans ma peau comme du fil de fer barbelé. Cela me fit tellement mal que, durant une fraction de seconde, je crus qu'il m'avait vraiment arraché le bras. Mais lorsque je levai ma main, suffoquant de douleur, je m'aperçus qu'il avait seulement réussi à me faire saigner.

– David? gémit Dennis Pickering, les orbites béantes, le visage couvert de sang, depuis sa position agenouillée au milieu du tapis. David, vous n'êtes pas blessé?

– Tout va bien, Dennis, ne vous inquiétez pas. Je viens vous aider dans une seconde.

– Que se passe-t-il, David? Il faut que vous nous sortiez d'ici! Vous m'entendez, David? Il faut que vous nous sortiez d'ici? C'est la maison du diable, c'est l'œuvre du diable!

– Oh, ferme ton hachoir à viande, vieille carne! lui dit Kezia Mason d'un ton cassant. Tu veux que ta cervelle te sorte par les oreilles?

Malgré l'avertissement de Kezia, Brown Jenkin s'approcha en gloussant, bondit et chercha à me frapper de nouveau. Pris de panique, je tendis la main derrière moi et tâtonnai dans l'âtre. Je ramenai un lourd tisonnier noir gisant parmi les cendres, le fis tournoyer et l'abattis sur l'épaule de Brown Jenkin. Il y eut un bruit étouffé, comme si j'avais frappé sur un épais coussin de velours, et brusquement, dans un doux chuchotement, une pluie de poux blanc jaunâtre tomba des pans de son manteau et se déversa sur le tapis.

– *Aggh enculé-enculé!* hurla Brown Jenkin, tapant du pied et tournant sur lui-même. *Tu as my Schulterblatt gebroch'!*

Je brandis le tisonnier pour le frapper à nouveau mais à cet instant, Kezia Mason leva la main et le tisonnier fut arraché de mes doigts. Il fit un vol plané à travers la pièce en sifflant doucement et s'enfouit profondément dans l'un des battants de la porte, où il vibra un long moment.

– Tu t'écrases, Brown Jenkin, l'avertit Kezia Mason. Fais attention, je sens mon bras qui me démange, demi-portion. Ce gentleman est pour moi.

Brown Jenkin se mit à glousser, à renifler, à grogner et à cracher – une comédie tout à fait répugnante. Puis, de mauvaise grâce, il s'éloigna lentement de moi, dans une pluie de lentes et de poux, tout en se grattant derrière les oreilles avec ses doigts terrifiants, semblables à des griffes.

– *Ich habe sore now, bellissima, je suis malade, show me pity, ya? Hah! hah! hah!*

– Ça ne prend pas! File, toi et ta bande de gentlemen, siffla Kezia Mason vers lui.

Elle *siffla* vraiment, comme une bouilloire, et pour la première fois Brown Jenkin recula, sous l'effet d'une peur véritable.

A cet instant, je passais à l'action et le regrettai presque aussitôt. Je me jetai sur Brown Jenkin pour le plaquer, comme au rugby. Seigneur, cela faisait plus de vingt ans que je n'avais pas participé à un match de rubgy et j'entendais encore Mr. Oecken, notre entraîneur, hurler « Allez, Williams! Fonce, Williams! Fonce! » puis mon épaule percuta du velours, des muscles de rongeurs tendus comme des câbles et des jambes qui se démenaient.

Mais il était à terre, et je donnai un coup de pied à son visage pointu, trébuchai, sautillai, et parvins à prendre la fillette dans mes bras.

Elle était beaucoup plus lourde que je ne l'avais pensé; je perdis l'équilibre, m'affalai contre les rideaux, et tombai. Cette chute me sauva probablement la vie – parce que, au moment où je tombai, le jeune Mr. Billings abattit sa canne et frappa les rideaux à quelques centimètres seulement au-dessus de ma tête.

– Restez où vous êtes! cria Kezia Mason.

Elle commença à s'avancer vers nous, sa robe blanche virevoltant dans le courant d'air, puis Dennis Pickering se frappa la poitrine avec ses poings et vociféra :

– Seigneur! Pourquoi m'as-Tu abandonné? *Pourquoi?*

Kezia Mason hésita et, à ce moment, Dennis Pickering tendit les bras au hasard et agrippa sa robe.

– Lâche-moi, sale corbeau! lui cria Kezia Mason. Que veux-tu que je te fasse? Que ton palpitant cesse de battre?

– Créature sans Dieu! gémit Pickering.

Son visage était une vision épouvantable, gris, défait, ses orbites vides cramoisies et ses joues barbouillées de sang. Pourtant il continuait de s'agripper et de tirer sur sa robe, et de se traîner sur les genoux tandis qu'elle reculait et essayait de se dégager.

– David! s'écria-t-il. David, sauvez-vous! Sauvez-vous! Et sauvez la petite fille!

– Que Dieu me fasse minette, mais tu es un vrai martyr! se moqua Kezia Mason. A présent, lâche-moi, cureton, avant que j'envoie tes balloches rejoindre tes yeux!

– O Seigneur! vociféra Dennis Pickering. O Seigneur, faites que ceci soit un cauchemar!

Sur ce, il se souleva et se redressa, puis s'affala sur Kezia Mason. Tous deux partirent à la renverse contre un fauteuil et tombèrent lourdement sur le tapis. La robe de Kezia Mason se déchira tout du long, et alors qu'elle se débattait pour se relever, frappait du pied le visage et les épaules de Dennis Pickering pour le repousser, elle déchira sa robe de plus en plus. Finalement, folle de rage, elle ramena ses bras derrière son dos, saisit le col de sa robe et tira pour s'en défaire complètement. Dennis Pickering se retrouva à quatre pattes sur le plancher, empêtré dans des tourbillons de toile de coton diaphane; il frappait avec ses paumes sur le tapis en une tentative aveugle pour découvrir où Kezia Mason était partie. Il gémissait, saignait, priait et secouait la tête.

Kezia Mason écarta ses cheveux rouge feu de son visage. Elle ne portait plus qu'un extraordinaire assemblage de bandelettes, de cordelettes et de foulards torsadés qui s'entrecroisaient sur ses seins et les partageaient en des quarts blancs protubérants. Les bandelettes étaient si serrées autour de son corps étique que je voyais sa cage thoracique saillir. Sur les bandelettes qui comprimaient son ventre était accrochée une quantité incroyable de petites médailles en métal, de touffes de cheveux noirs et de choses semblables à des champignons desséchés, mais qui auraient pu être n'importe quoi, depuis des truffes jusqu'à des oreilles humaines. Entre ses maigres cuisses blanches, elle portait seulement un foulard tirebouchonné qui rentrait profondément entre ses fesses décharnées et qui séparait sa toison pubienne en deux flammes rouges sur le devant.

Elle frappa à nouveau Dennis Pickering avec son pied nu, puis elle se tourna vers moi, alors que j'essayais de prendre la fillette dans mes bras et de l'emporter vers la porte. Elle était transfigurée par la colère. Ses yeux fixés sur moi brillaient d'une lueur folle, et sa bouche était tordue par un rictus de haine absolue.

– Tu ne sais pas avec quoi tu joues, mon pote, cracha-t-elle. Tu joues avec des pendules, avec la peur, et avec ta vie.

La petite fille commença à geindre et à se tortiller dans mes bras. Elle ne comprenait manifestement pas que je tentais de la sauver. A ses yeux, je n'étais qu'un adulte de plus qui s'agitait et criait, et qui voulait l'emmener quelque part. Un instant, je crus qu'elle allait s'échapper de mes bras, et je criai :

– Non! Ne fais pas ça!

Puis Dennis Pickering agita follement les bras vers Kezia Mason, aveugle mais saisi d'une fureur légitime.

– *Sorcière!* rugit-il. *Je sais ce que tu es! Sorcière! Épouse de Satan!*

– Imbécile! lui cria Kezia Mason. Tu t'imagines qu'un être aussi insignifiant que toi peut me donner un nom? Le pouce du diable sur toi, prêtre bouffi de graisse!

D'un mouvement souple d'hermine qui fit naître des picotements sur ma nuque et dans mon cuir chevelu, Brown Jenkin se laissa tomber à quatre pattes derrière le sofa, puis s'avança rapidement sur le tapis d'un air mauvais. Il saisit le devant de la chemise de Dennis Pickering avec ses deux mains griffues, et déchira bruyamment sa chemise et son tricot de corps, découvrant son ventre blanc et rond, et sa poitrine glabre.

– O Seigneur, protège-moi! s'écria Dennis Pickering.

– *God-God sauve-moi!* le singea Brown Jenkin, gloussant et reniflant par ses narines dilatées.

– Ne le touchez pas! criai-je d'une voix grêle et tendue.

Mais Brown Jenkin, avec un sourire lubrique, arracha la ceinture du pantalon noir du pasteur. Puis, sans la moindre hésitation, il ramena son bras droit en arrière et plongea ses cinq griffes dans le repli de chair blanchâtre de son bas-ventre. Je les vis s'enfoncer : complètement, jusqu'au bout des petits doigts gris de Brown Jenkin. Dennis Pickering hurla, « Non ! O mon Dieu, non ! » et tenta de repousser la main de Brown Jenkin, mais celui-ci traça haineusement un motif entrecroisé dans l'air et taillada la joue et la poitrine de Dennis Pickering, lui ouvrant l'artère du poignet gauche. Du sang gicla partout, un blizzard de sang qui aspergea le tapis et le sofa, cinglant même les vitres. Je sentis un embrun chaud et humide sur mon visage, comme le premier signe d'un orage d'été imminent.

– *Blut und Tränen!* couina Brown Jenkin. *Je sais que my Redeemer liveth!*

– Le pouce du diable ! jubila Kezia Mason. Nous allons voir quelque chose de sanglant !

Brown Jenkin se redressa, à moitié debout, à moitié accroupi. Il posa une main griffue sur l'épaule de Dennis Pickering pour s'appuyer, puis il ramena son autre main vers le haut, ouvrant le ventre du pasteur et le découpant en cinq tranches parallèles, comme de gros rubans de pâtes molles trop cuites.

Dennis Pickering hurla et secoua sa tête d'un côté et de l'autre, en proie à des souffrances atroces, insoutenables. Brown Jenkin siffla et ricana :

– *Was ist los, Pfarrer? Why-why tu cries?*

D'un mouvement brusque, il fit pivoter sa main couverte de sang et répandit le contenu du ventre de Dennis Pickering sur le tapis. Ils sortirent brusquement en un flot gluant : des intestins jaunâtres, chauds et ensanglantés ; un estomac rouge vif qui continuait de se contracter au gré des ondes péristaltiques ; un foie violacé, et une grappe de choses qui fumaient et tremblotaient comme du pudding, et que j'étais incapable de reconnaître. Le pire, c'était l'odeur de poudre douceâtre du sang et des organes internes. Ma gorge se noua et j'eus un violent haut-le-cœur. La petite fille se blottit brusquement contre moi.

Dennis Pickering cessa de hurler. Il baissa les mains et promena ses doigts sur son ventre, incapable de comprendre ce qui lui était arrivé. Il souleva ses intestins en un amas lourd et dégoulinant. Durant un moment démentiel et écœurant, cela me fit penser à ces sorciers en Afrique qui prédisaient l'avenir en examinant les entrailles de sacrifices humains. A cet instant,

Dennis Pickering avait certainement compris avec une terrifiante certitude quel était son avenir. Car il était déjà mort. Il rejeta sa tête en arrière et poussa un rugissement de désespoir et de peur, comme je n'en avais encore jamais entendu.

– Ferme ton clapet, prêtre! lui ordonna Kezia Mason.

Brown Jenkin avança vivement sa tête lisse et happa la bouche de Dennis Pickering, faisant taire son rugissement aussitôt. Un instant, cela donna l'impression que Dennis et Brown Jenkin échangaient un sinistre et abominable baiser; puis Brown Jenkin secoua violemment la tête, tel un terrier déchiquetant un lapin, et il arracha les lèvres de Dennis, ses joues, et la moitié de ses gencives et de ses dents. J'aperçus sa mâchoire ensanglantée, où des dents étaient encore plantées.

Brown Jenkin s'apprêtait à le mordre à nouveau lorsque le jeune Mr. Billings, qui était resté près du mur au fond de la pièce, lança :

– Assez! Pour l'amour de Dieu, tuez-le et qu'on en finisse!

Kezia Mason se retourna et le regarda avec une animosité non dissimulée.

– Ce divertissement ne vous plaît pas, Monsieur le Sentimental?

Dennis Pickering s'affaissa sur le côté, et resta étendu sur le tapis, parcouru de spasmes, sa tête à demi cachée sous l'un des fauteuils.

– Tuez-le, pour l'amour du ciel! répéta le jeune Mr Billings en s'avançant.

Mais Brown Jenkin, la bouche ruisselante de sang, les poignets de chemise imbibés d'écarlate, s'essuya le visage avec un mouchoir grisâtre d'une saleté immonde, et ne fit rien.

Ce fut alors que je pris la décision de m'enfuir. Je savais que Kezia Mason s'apprêtait à porter à nouveau son attention sur moi et que, lorsque cela se produirait, je n'aurais pas l'ombre d'une chance de m'échapper. Je soulevai la fillette et la pris sur mon épaule, puis je m'élançai vers la porte. Je saisis et tournai la poignée avant que Kezia Mason puisse lui jeter un sort. Et ouvris la porte.

– Hé, toi, reviens! vociféra Kezia Mason.

La porte se referma en claquant, mais un instant trop tard. Elle me heurta seulement l'épaule et me fit trébucher un instant. Je fis deux ou trois pas incertains dans le vestibule, les cris de Kezia Mason me résonnant encore dans les oreilles, et la fillette se mit brusquement à pousser des gémissements de terreur.

– Pluie de verre! Pluie de tableaux! hurla Kezia Mason.

Et toutes les gravures et tous les tableaux volèrent des murs et vinrent me frapper à la tête, au visage et aux épaules, en un tir de barrage de cadres aux bords coupants et de verre se brisant en morceaux. Néanmoins je parvins à arriver au fond du vestibule avec juste quelques coupures, et je montai l'escalier avec une vigueur dont je fus le premier surpris.

J'atteignis le palier et me dirigeai vers la porte du grenier. Un instant, je fus tenté de l'ouvrir et de me précipiter vers le grenier, mais je me dis que si j'allais au grenier en passant *par là*, je serais toujours dans le temps de Brown Jenkin. Pour regagner mon propre temps, je devais utiliser la trappe par où nous étions entrés.

J'entendais Brown Jenkin traverser le vestibule à toute allure, se lançant à ma poursuite. J'entendais Kezia Mason hurler : « Rattrape-le, Jenkin, foutu nabot, sinon je t'arrache les tripes! » Je m'engouffrai dans ma chambre et claquai la porte derrière moi, puis la verrouillai. Cela me ferait gagner une ou deux minutes, et c'était tout ce dont j'avais besoin. A bout de souffle, je posai la fillette par terre : elle resta figée sur place, toute tremblante, à me regarder fixement, les yeux écarquillés.

– N'aie pas peur, lui dis-je. Tu es hors de danger maintenant.

Je grimpai sur le fauteuil pivotant, puis je baissai les mains pour attraper les bras de la fillette et je la tirai vers moi.

– Voyons si tu peux atteindre cette trappe... c'est ça... accroche-toi bien!

Elle pleurnicha tandis qu'elle essayait de se hisser hors de la trappe.

– Allez, l'encourageai-je. C'est facile, encore un petit effort. Très bien, continue.

A ce moment, j'entendis un terrifiant cliquetis de griffes dans le couloir, suivi d'un formidable coup sourd, comme Brown Jenkin se jetait contre la porte. Le chambranle vibra, la clé tomba de la serrure et tinta plaintivement sur le plancher.

– *Ouvrez! Ouvrez!* glapit Brown Jenkin. *Mach die Tür auf fucker-fucker!*

Terrifiée, la petite fille sursauta et lâcha sa prise sur le rebord de la trappe. Elle pencha brusquement d'un côté et manqua me faire tomber du fauteuil.

– *Open up salaud scheisse!* tempêta Brown Jenkin.

Il secoua violemment la poignée et se mit à donner des coups de pied dans la porte. L'un des panneaux du bas craqua et se fendit, et Brown Jenkin frappa de plus belle.

– Vite! pressai-je la petite fille.

Je la soulevai à nouveau vers la trappe. D'accord, elle n'avait que dix ou douze ans, et était sous-alimentée, mais elle était foutrement lourde et je haletais sous l'effort.

– *Je vais rip out your lunchpipes salaud!*

Brown Jenkin donnait des coups de pied et secouait et martelait la porte, et l'un des panneaux du haut se fendit également. A ce moment je remerciai Dieu pour la solidité des portes victoriennes.

La petite fille tenta à nouveau de se hisser hors de la trappe. Tandis que je la tenais à bout de bras et la soulevais aussi haut que possible, ses jupons menaçaient de me suffoquer. Ils dégageaient une odeur douce-aigre, comme une odeur de lavande et de rognures de crayon.

– Dépêche-toi, la suppliai-je. Tu peux y arriver si tu essaies vraiment!

Mais elle paraissait n'avoir aucune force, aucune volonté. Et alors que Brown Jenkin donnait des coups de pied et commençait à faire une fente en forme de V dans un autre panneau, elle laissa ses doigts glisser mollement de la trappe et baissa la tête, comme si elle s'était déjà résignée à être éventrée et mise en pièces.

– Essaie, bon sang! lui criai-je. Si tu n'essaies pas, il va nous attraper!

La porte s'ouvrit en coup de vent, il entra en courant, le grand homme-ciseaux...

Je voyais les griffes de Brown Jenkin se frayer un chemin à travers le panneau et faire voler des éclats de bois. Il se jetait sur la porte d'une façon presque suicidaire, fulminait et vociférait, et je compris que, si jamais il nous rattrapait, nous n'aurions pas droit au délai de grâce qu'il avait accordé à Dennis Pickering. Il nous découperait en morceaux comme une scie circulaire.

– Je t'en prie! *Essaie!* demandai-je à la fillette.

Mais elle demeurait molle, lourde et inerte dans mes bras. Si elle ne se hissait pas hors de la trappe, je ne pourrais pas la tenir ainsi encore très longtemps. Je pensai à Danny, à Janie, et je pensai également à Liz. Je commençai à me dire, pensée honteuse et lâche, que je pouvais peut-être me sauver, en abandonnant la fillette ici.

Après tout, qu'avait dit Dennis Pickering? *Supposons que nous l'emmenions avec nous en 1992, où elle aura plus de cent ans? Nous la tuerons tout aussi efficacement que Kezia Mason... peut-être encore plus cruellement!*

Un panneau entier fut enfoncé et fracassé, et lorsque je me retournai, j'aperçus Brown Jenkin qui me lançait un regard furieux depuis l'obscurité du couloir. Ses yeux ressemblaient à des semences de tapissier, ses dents à des bouteilles de lait brisées. Sa main griffue se glissa par le trou dans le panneau et tâtonna, cherchant la poignée.

– *Allez!* hurlai-je vers la fillette. *Allez, pour l'amour de Dieu!*

Ce fut alors qu'un miracle se produisit. Dans l'embrasure de la trappe au-dessus de ma tête, apparut le visage de Liz, vaguement éclairé par la lumière du jour grisâtre émanant de la lucarne du grenier.

– David? dit-elle. David – que se passe-t-il? Je t'ai entendu crier.

– Hisse-la vers toi! criai-je, tandis que Brown Jenkin secouait la poignée avec fureur.

– Quoi?

– Elle n'arrive pas à grimper, elle est paniquée! Je t'en prie aide-la à monter!

Liz se pencha et saisit les poignets de la petite fille.

– Allez, l'encouragea-t-elle d'une voix douce. Tu peux le faire.

– Liz! lui criai-je. Grouille-toi, bon Dieu!

– Je fais de mon mieux! Je ne suis pas Arnold Schwarzenegger, tu sais!

Aussi molle qu'un sac de lentilles, la fillette laissa Liz la tirer et la hisser hors de la trappe. Je soulageai Liz d'un peu de son poids en poussant les pieds de la fillette tandis qu'elle s'élevait. Il y eut un moment de tension extrême où je crus que Liz n'y arriverait pas. Elle n'était pas beaucoup plus costaud ou plus lourde que la fillette. Puis elle se laissa tomber en arrière, et la petite fille fut soulevée et tirée hors de la trappe. Elle s'écorcha sérieusement les chevilles mais elle était en sûreté, et vivante. Et la pire des écorchures était préférable à la plus légère estafilade que Brown Jenkin était capable d'infliger.

– *Enculé-bastard-je-vais-tote-you-now!* glapit Brown Jenkin.

Je sautai et m'agrippai au rebord de la trappe, et durant un moment je me balançai d'un côté et de l'autre, trop vieux et en trop mauvaise forme pour opérer un rétablissement et me hisser hors de la trappe, comme j'aurais dû être capable de le faire, tel un bouchon sautant d'une bouteille. Je tirai, grognai, me contorsionnai, balançai mes jambes. A l'instant où j'essayais de faire passer mes coudes par-dessus le rebord de la trappe, la porte s'ouvrit dans un fracas épouvantable et Brown Jenkin fit irruption dans la chambre, aussi rapide qu'une ombre, et chercha à me taillader les pieds. Je ne sentis rien. Mais, lorsque je baissai les yeux, je vis que ses griffes avaient traversé le côté de ma chaussure, et que du sang dégouttait sur le fauteuil, sur le plancher, et sur Brown Jenkin lui-même.

Je le chassai à coups de pied. Il grimpa sur le fauteuil et essaya de me lacérer les jambes. Je le frappai du pied à nouveau, et cette fois il perdit l'équilibre et tomba lourdement par terre. Il produisit un choc sourd comme un chien tombant sur le flanc.

– *Je vais kill you enculé have no Zweifel!*

Mais je me hissai hors de la trappe, coinçant mon genou contre le rebord. J'opérai un dernier rétablissement et roulai de côté sur le plancher du grenier. Puis, immédiatement, je refermai violemment la trappe et poussai les verrous, sans regarder en contrebas.

Le grenier fut aussitôt plongé dans l'obscurité. Je restai où j'étais, m'agenouillant près de la trappe, mais je me rendais compte que tout le bric-à-brac qui encombrait le grenier de 1992 était revenu – les malles de voyage, les chaises, les commodes basses, les psychés, et même le cheval à bascule. Peut-être était-ce en tirant les verrous que l'on ouvrait « la porte » vers 1886, peut-être était-ce en soulevant la trappe. De toute façon, je n'avais pas l'intention d'essayer de nouveau. Une brève incursion dans le monde de Brown Jenkin et de Kezia Mason et du jeune Mr. Billings me suffisait amplement.

Épuisé et contusionné, je me remis debout, pris une profonde inspiration, puis m'avançai lentement vers l'escalier, me cognant contre les meubles. Dieu merci, l'obscurité n'était pas complète dans le grenier : Liz avait calé la porte avec la carpette, mais après la lumière automnale de 1886, j'avais les plus grandes difficultés à m'habituer à la pénombre. Je descendis l'escalier et sortis sur le palier, puis je refermai la porte du grenier derrière moi. Liz m'attendait, elle tenait la petite fille par la main; Danny était un peu plus loin, le visage très pâle.

– Alors? demanda Liz, tremblant d'émotion.

– Alors quoi? fis-je.

– Ça va? Tu n'es pas blessé?

– Non, je ne suis pas blessé. Enfin, j'ai une belle estafilade au pied, mais c'est tout. Heureusement que je n'étais pas en espadrilles.

– Où est le pasteur?

– Comment?

– Le pasteur, Twittering, quelque chose comme ça.

– Oh... Pickering. Dennis Pickering.

– C'est ça, Dennis Pickering. En bien, où est-il? Et quelle était cette créature en bas, cette horrible créature qui poussait des cris stridents? C'était Brown Jenkin?

– Oui, c'était Brown Jenkin. Il... euh... je l'ai un peu taquiné et il s'est fâché.

– Mince alors! S'il était seulement fâché, ça doit être quelque chose lorsqu'il est fou de rage.

– Non, non, je t'assure. Disons qu'il est agressif, comme un chien de garde, mais c'est tout.

– Tu trembles.

– Mais non, je vais très bien.

Alors, où est Dennis Pickering? Tu ne m'as pas répondu.

– Il va très bien, lui aussi. Il est...

Puis je m'aperçus que Danny me regardait fixement et nous écoutait attentivement. Si je lui disais ce qui s'était vraiment passé, il aurait probablement des cauchemars jusqu'à la fin de ses jours. Tout comme moi. Comment pourrais-je jamais oublier les griffes de Brown Jenkin transperçant la chair molle du ventre de Dennis Pickering, puis tailladant des organes ensanglantés et des couches moelleuses de graisse blanche?

– ... il a péféré rester en bas, juste au cas où, expliquai-je. Il a le chic avec les enfants, tu sais.

– Combien de temps restera-t-il?

– Il... euh... écoute, emmenons d'abord les enfants au rez-de-chaussée.

– David, c'était vraiment la lumière du jour? voulut savoir Liz.

– Oui, c'était vraiment la lumière du jour. Et c'était vraiment l'automne. Et autant que je puisse le savoir, nous étions vraiment en 1886. Ce n'est pas une mystification, Liz. N'importe qui peut pousser des cris terrifiants et produire des bruits étranges, mais personne ne peut changer le moment de la journée. Personne ne peut changer la *saison.*

Elle jeta un regard inquiet vers la porte du grenier.

– Aucun risque que quelque chose puisse sortir de là-haut, dis-moi?

– Je n'en sais rien. Toute cette affaire me dépasse.

Je fermai la porte du grenier au loquet. Il n'était probablement pas assez solide pour empêcher Brown Jenkin d'enfoncer la porte s'il en avait vraiment envie. Mais au moins le boucan nous préviendrait de son arrivée!

Je m'agenouillai près de la petite fille. Son visage était hâve, et ses yeux jaune paille, de la couleur des agates. Dennis Pickering s'était trompé : le passage de 1886 à 1992 n'avait eu aucune conséquence fâcheuse pour elle, autant que je puisse m'en rendre compte, en tout cas. Mais cela me faisait un drôle d'effet; penser que, je me trouvais devant une femme qui avait quatre-vingt ans de plus que moi. Était-ce l'œuvre de Dieu, ou l'œuvre du diable, ou s'agissait-il de tout autre chose? Une chose secrète, puissante, et totalement différente?

– Comment t'appelles-tu? lui demandai-je.

Elle soutint mon regard mais ne répondit pas.

– Allons, tu peux me dire ton nom?

Elle demeura silencieuse.

Danny nous rejoignit et se tint à côté d'elle.

– D'où vient-elle? demanda-t-il. Elle a l'air bizarre, comme Emmeline Chérie.

– Je pense qu'elle est une amie d'Emmeline Chérie, dis-je. Tu connais Emmeline Chérie?

La fillette hocha la tête. Bon, il y avait du progrès, apparemment.

– Qu'est-il arrivé à Emmeline Chérie? lui demandai-je.

– *Brown Jenkin*, chuchota-t-elle, puis autre chose que je ne compris pas.

– Brown Jenkin? Brown Jenkin a fait quelque chose? Qu'est-ce que Brown Jenkin a fait?

– Brown Jenkin l'a emmenée.

– Oh mon Dieu! s'exclama Liz. Cette fois, je pense que nous devrions prévenir la police.

– Attends un peu, l'interrompis-je. Où Brown Jenkin l'a-t-il emmenée?

La petite fille se cacha les yeux avec sa main gauche, puis, dans l'air, elle fit un geste curieux avec les doigts de sa main droite, pour imiter quelqu'un montant un escalier.

– Brown Jenkin l'a emmenée à l'étage?

Elle acquiesça de la tête, se cachant toujours les yeux avec sa main.

– Bon, et ensuite, qu'est-ce que Brown Jenkin a fait?

– Il a dit ses prières.

– Je vois.

– Il a dit ses prières et ensuite il a emmené Emmeline Chérie là-haut et le long là-bas et à travers là-bas et en bas là-bas.

Elle décrivait quelque chose qu'elle était à même de visualiser mais que j'étais parfaitement incapable de comprendre.

– Lorsque tu dis « là-haut », que veux-tu dire par « là-haut »? Là-haut dans le grenier, c'est ça?

Elle acquiesça à nouveau.

– Et ensuite, où?

Elle inspira rapidement.

– Le long là-bas et à travers là-bas et en bas là-bas.

– Je vois.

J'étais décontenancé. « Le long là-bas et à travers là-bas et en bas là-bas » ce pouvait être absolument n'importe où, d'autant plus que Brown Jenkin semblait avoir la faculté de passer d'une année à l'autre, dans les deux sens, avec toute l'aisance d'un acteur se faufilant entre les pans d'un rideau.

– Est-ce que tu sais pourquoi il l'a emmenée? demandai-je à la fillette.

Elle secoua la tête.

– Il l'a emmenée pour faire un pique-nique.

– A toi aussi, il a dit qu'il allait t'emmener pour faire un pique-nique, hein?

Elle acquiesça.

– Et tu ne l'a pas cru?

– Je ne sais pas. Edmond a dit que Brown Jenkin vous emmenait et vous cachait pour toujours dans un endroit où les pendules ne peuvent pas vous attraper.

On n'a pas vu Emmeline depuis plus d'une semaine...

– Où est-ce, à ton avis?

– Je ne sais pas.

– Bon sang, David, nous devrions téléphoner à cet inspecteur, dit Liz. J'ignore ce que font ces gens, mais nous sommes incapables de mettre fin à leurs activités.

– Des gens? fis-je en tournant la tête.

– Eh bien... des fantômes, des rats, quoi qu'ils soient.

J'eus la brusque vision, d'une netteté impitoyable, de Brown Jenkin en train de découper en tranches le ventre de Dennis Pickering. Je ne pensais pas que la fillette avait vu ce qui s'était passé ou, si elle avait vu, qu'elle avait vraiment compris ce qui se passait. Cela m'avait pris au dépourvu, moi aussi, le tape-à-l'œil de cette scène. Une seconde plus tôt, Dennis Pickering n'avait montré rien de plus extraordinaire qu'un ventre blanc grassouillet. La seconde d'après, il avait tenu dans ses mains un monceau d'organes internes, visqueux et ensanglantés.

Je pensai : il est mort, il est forcément mort. Mais quand? S'il était toujours en 1886, il est mort longtemps avant le jour de sa naissance. Et cette petite fille avec sa robe et ses jupons est encore vivante alors qu'elle devrait être morte depuis longtemps. Quand j'étais écolier, je lisais des histoires de science-fiction et je savais que les voyages dans le temps étaient bourrés de paradoxes : par exemple, quelqu'un retournait dans le passé et se rencontrait lui-même lorsqu'il était plus jeune, ou tuait son propre père, ou allait voir sa propre tombe; mais, jusqu'à maintenant, je ne m'étais jamais rendu compte à quel point c'était un casse-tête inextricable, totalement déconcertant.

J'entendis des grattements dans le grenier. Puis un bruit comme si l'on traînait quelque chose, puis un autre grattement.

– Je pense que nous ferions mieux d'aller au rez-de-chaussée, dis-je, brusquement terrifié et me représentant Brown Jenkin traversant rapidement le grenier.

Nous descendîmes pour nous rendre dans la cuisine. Je jetai un coup d'œil à la photographie de Fortyfoot House dans le vestibule, mais elle était redevenue normale, à supposer qu'elle ait réellement changé, à un moment ou à un autre. L'alcool et des nerfs à vif peuvent vous jouer de drôles de tours.

J'ouvris le frigo, pris la bouteille de vin et dévissai la capsule. Ce fut seulement lorsque je voulus me verser à boire que je m'aperçus que mes mains tremblaient violemment.

– Tu penses que le pasteur ne court aucun danger? demanda Liz.

– Oh, bien sûr, pas de problème.

– Mais que fait-il? Enfin, comment *est-ce* là-bas?

Je renversai sur ma chemise la moitié de mon verre de vin et bus le reste tant bien que mal. Putain de tremblote!

– En fait, c'est comme ici. A peu près. Le mobilier est différent, le jardin est mieux entretenu. Tous les murs sont lambrissés. Mais c'est tout.

– Tu as rencontré quelqu'un, à part cette petite fille? Et Brown Jenkin, naturellement.

– Oui... hum... le jeune Mr. Billings.

– Tu l'as vraiment rencontré? Est-ce que tu lui as parlé?

– Un peu. Il paraissait... distrait. Tu sais, la tête ailleurs.

– Mais tu lui as parlé. C'est stupéfiant!

– Oui, c'est stupéfiant. Moi-même, j'ai encore du mal à le croire.

Liz demanda à la fillette si elle voulait un verre de lait et des petits gâteaux. La fillette hocha la tête et Danny l'aida à s'asseoir à la table de cuisine.

– Qu'as-tu donc fait pour irriter Brown Jenkin à ce point? me demanda Liz.

Elle versait du lait froid dans deux grands verres et la fillette semblait fascinée de voir le lait dans un carton, et encore plus en extase devant le frigo. Il me vint brusquement à l'esprit que j'avais ramené avec moi une enfant qui était née avant le siècle de la radio, de la télévision, des voitures, des avions, des objets en plastique, de l'éclairage électrique omniprésent, et d'à peu près tout ce que nous considérons comme normal dans notre vie quotidienne.

Je pris une chaise et la regardai manger et boire. Le choc causé par la mort de Dennis Pickering commençait à se faire sentir; j'étais gelé jusqu'aux os et engourdi, comme ailleurs. J'entendais la voix de Liz mais j'avais l'impression qu'elle parlait dans une autre pièce. La petite fille adora les sablés au chocolat que Liz avait posés sur la table à son intention, et elle en mangea six d'affilée, les enfournant dans sa bouche. Danny coula un regard vers moi et haussa son sourcil droit, en une excellente imitation d'Elizabeth Montgomery dans *Ma Sorcière bien-aimée.*

– Je n'ai pas envie de parler de Brown Jenkin pour le moment, dis-je. Ce n'est pas précisément une créature de rêve.

– Est-ce que c'est un rat? demanda Liz.

Je secouai la tête et essayai de me sortir de ma torpeur.

– Il *ressemble* à un rat, mais il est habillé comme un petit garçon. Il est d'une saleté répugnante, il sent mauvais, et il est tout à fait immonde. Je ne sais pas exactement ce qu'il est. Mais il parle, un mélange invraisemblable de français, d'anglais, d'allemand et d'italien, aussi ce doit être un être humain.

– Je ne veux pas aller à un pique-nique, déclara la petite fille d'un ton catégorique.

– Pourquoi? s'étonna Danny. J'adore les pique-niques.

Mais la petite fille secoua vigoureusement la tête.

– Si tu vas à un pique-nique avec Brown Jenkin, tu ne reviens jamais, et ensuite on te creuse une tombe.

– Je te répète que nous devrions parler à cet inspecteur, dit Liz. S'ils enlèvent des enfants, nous devons absolument mettre fin à leurs agissements.

– Je suis de ton avis, convins-je. Je suis entièrement de ton avis. Mais *quand* ont-ils enlevé des enfants? Aujourd'hui? Hier? Demain? Il y a cent ans?

– Et cette petite fille qui a disparu à Ryde? Et le jeune frère de Harry Martin?

– Et essayer de convaincre l'inspecteur Miller que je ne suis pas fou à lier? Il n'y a pas de preuves, d'accord? Et tant que nous n'aurons pas de preuves, la police pensera immédiatement que c'est moi qui ai enlevé ces enfants. Écoute, j'ai déjà amené ici une petite fille inconnue. Je suis parfaitement incapable d'expliquer d'où elle vient, ou ce qu'elle fait ici. Je ne sais même pas comment elle s'appelle.

– Charity, dit la petite fille d'une voix claire. Charity Welbeck.

– Ah... c'est déjà quelque chose, fis-je observer. Eh bien, sois la bienvenue, Charity Welbeck. Permets-moi de te présenter à la seconde moitié du XXe siècle.

– Est-ce qu'elle va rester? demanda Danny.

– Je n'en sais rien. Oui, probablement. Je ne vois pas où elle pourrait aller.

– Je pourrais lui apprendre à pêcher, dit Danny. Et nous pourrions organiser des courses de crabes.

– Et si nous reparlions de tout ça demain matin? suggérai-je. Pour le moment, c'est l'heure d'aller au lit.

Liz se leva.

– Je vais leur faire couler un bain. Charity peut mettre l'un de mes chemisiers pour cette nuit.

Danny fit le tour de la table et m'embrassa.

– Dors bien, McUlotte, lui dis-je.

– Récite-nous la poésie écossaise, demanda-t-il.

Je secouai la tête.

– Non, pas ce soir, ça ne me dit rien.

– Oh, s'il te plaît! Charity ne la connaît pas.

– Elle en a de la chance! sourit Liz.

– Oh, allez, insista Danny.

– Et si *tu* lui récitais cette poésie? suggérai-je.

Danny l'emmena vers l'escalier. Il marchait au pas et balançait les bras, et je l'entendis chanter : « *Lorsqu'il s'agit de nos sous nous sommes sens dessus dessous. Et pour nous remettre à l'endroit nous buvons un petit coup. Et même tout notre soûl.* »

En temps normal, j'aurais souri. Seulement ce soir, je n'avais pas du tout envie de sourire. Dennis Pickering avait été tué. J'étais parvenu à sauver Charity mais de justesse. Et j'étais pourchassé par une créature plus abjecte et plus vorace que tous les cauchemars que j'aurais pu imaginer.

Je restai assis, tendu et tourmenté, et je ne savais vraiment pas quoi faire.

13

Apparition

J'appliquais un pansement adhésif sur mon pied lorsque Liz entra dans la salle de bains. Elle portait une chemise de nuit Marks & Spencer avec Minnie Mouse sur le devant.

– Ça semble plutôt vilain, dit-elle.

Je décollai le pansement pour lui montrer. Deux des ongles griffus de Brown Jenkin avaient traversé comme des scalpels la trépointe de ma chaussure, et fait deux larges estafilades sur le côté de mon pied. Cela me cuisait et il m'avait fallu presque une heure pour arrêter le sang.

– Tu devrais te faire faire une piqûre antitétanique, me conseilla Liz. Si Brown Jenkin est aussi sale que tu le dis, cela risque de s'infecter.

– Je m'en occuperai demain, lui promis-je.

Elle releva sa chemise de nuit et la fit passer par-dessus sa tête. Nue, ses seins ballottant, elle se pencha vers la baignoire et trempa sa main dans l'eau.

– Elle est bouillante! Tu dois avoir la peau dure comme du cuir.

– Les Japonais prennent toujours des bains très chauds.

– Oui, et ils mangent aussi de la pieuvre crue, mais cela ne veut pas dire que j'aime ça.

Elle fit couler un peu d'eau froide, puis grimpa dans la baignoire.

– Les enfants dorment? lui demandai-je.

– Comme des marmottes. La pauvre Charity s'est endormie dès qu'elle a posé sa tête sur l'oreiller.

– J'aimerais bien savoir ce que je vais faire à son sujet.

– Je ne comprends vraiment pas pourquoi tu l'as ramenée ici. Ce n'est pas son époque, d'accord?

– Brown Jenkin s'apprêtait à l'emmener pour l'un de ses pique-niques, voilà pourquoi.

– David, tu ne peux pas jouer avec le temps et l'espace. Tu n'es pas Dieu! Je ne sais pas comment tu as fait, ou même si tu l'as réellement fait, mais tu as ramené une petite fille de l'époque victorienne en 1992. Comment pourra-t-elle s'adapter? Pour le moment ça va, mais elle n'a pas encore vu la télé. Et elle n'est pas sortie de la maison. A ton avis, que pensera-t-elle lorsqu'elle verra un 747 passer dans le ciel?

Je me levai et boitillai jusqu'au lavabo. Dans la glace embuée, j'avais l'air beaucoup moins fatigué que ce que je ressentais. En fait, j'avais presque l'air réel. Du bout de mon index, je dessinai des lunettes sur la buée et je lorgnai au travers.

– Combien de temps Dennis Pickering compte-t-il rester là-bas? demanda Liz.

Je ne répondis pas tout de suite, je me regardai dans la glace, écoutant le clapotis de l'eau du bain. Mes lunettes-de-buée commencèrent à pleurer.

– Je t'ai dit un mensonge, avouai-je finalement. Dennis Pickering est mort.

– Quoi? David! David, regarde-moi! Que veux-tu dire, il est mort?

– Précisément cela. Il est mort. Brown Jenkin l'a tué, il l'a éventré. C'était horrible.

– Oh mon Dieu. Oh, David! A présent, cela fait trois personnes qui ont été tuées!

Je baissai la tête. Une grosse araignée s'extirpait maladroitement de la bonde. J'observai ses pattes s'agiter sur le rebord en acier glissant.

– J'ai essayé de toutes mes forces de me convaincre que Harry Martin et Doris Kemble étaient morts accidentellement, dis-je. Mais j'ai vu Brown Jenkin tuer Dennis Pickering, je l'ai vu de mes propres yeux, juste devant moi, et je pense que Brown Jenkin a également tué Harry Martin et Doris Kemble. Harry, le visage complètement arraché. Ce n'étaient pas des crochets! Doris Kemble, éventrée comme un sac d'épicerie. Elle n'est pas simplement tombée. Je veux dire, bon sang, ne me demande pas des détails ! Et maintenant le révérend Dennis Pickering. C'est atroce.

– Tu vas prévenir la police ? demanda Liz.

Je me retournai.

– A quoi bon ? Pour leur dire quoi ? « Le pasteur vient d'être assassiné il y a cent ans ! » ?

– Eh bien, moi, je le leur dirai !

– Ah ouais ? Et ils te demanderont *où* il a été assassiné.

– Où a-t-il été assassiné ?

– Dans la salle de séjour. Ensuite ils te demanderont *qui* l'a assassiné, et tu leur répondras que c'est une créature-rat qui l'a assassiné. Et ensuite ils te demanderont *quand* il a été assassiné, et tu leur répondras en 1886. Oh, à propos, nous avons ramené de 1886 une orpheline qui n'a jamais vu un avion ou un double vitrage ou une barre de Mars, et qui n'a jamais entendu parler de *La Guerre des étoiles* ou des Tortues Ninja.

Liz se savonnait lentement les seins. Elle s'immobilisa et leva les yeux vers moi, sans rien dire.

– Je suis désolé, murmurai-je. Mais si moi-même j'ai du mal à y croire, comment pouvons-nous espérer que la police croira cette histoire ? Nous ne pouvons même pas montrer ne serait-ce qu'une tache de sang sur le tapis, encore moins un cadavre.

– Même si nous retournions là-bas en passant par la trappe ?

– Oh non ! m'écriai-je. Nous n'emprunterons *jamais plus* cette trappe. Elle est verrouillée et elle restera verrouillée.

– Mais nous pourrions peut-être rapporter son corps ici. Ils n'ont pas eu le temps de l'enterrer. Alors nous pourrions prouver qu'il est mort, et prouver qu'il a été assassiné, et prouver que ce n'est pas nous !

– Non, répliquai-je. Nous ne redescendrons pas par cette trappe, point final.

Il n'y avait rien à ajouter. L'aventure de ce soir m'avait déjà convaincu que notre départ de Fortyfoot House n'avait que trop tardé. Quoi qu'il se passe ici, cela me dépassait complètement et cela ne me regardait pas, même si un pasteur et un chasseur de rats et la propriétaire d'un café avaient été assassinés de propos délibéré, et même si Charity et les autres orphelins de Fortyfoot House étaient en danger de mort.

J'enfilai mon pantalon de pyjama et ouvris doucement la porte de la salle de bains. J'entendais des voix dans la chambre de Danny : Danny et Charity qui discutaient. Je n'appelais pas ça « dormir comme des marmottes ». Je m'avançai sans bruit dans le couloir, m'efforçant de ne pas faire craquer les lames du plancher, et j'approchai mon oreille de la porte.

« ... à Whitechapel, lorsque j'étais toute petite. Ensuite Mrs. Leyton m'a trouvée et m'a emmenée chez le Dr. Barnado, et ensuite le Dr. Barnado m'a envoyée ici.

« Tu n'as pas de... parents? » C'était la voix de Danny.

« J'ai dû en avoir, mais je ne les ai jamais connus. Parfois j'ai l'impression de me souvenir de ma mère, me chantant une berceuse, et je vois ses bottines à boutons noirs, mais ensuite je ne l'entends plus, et je ne vois plus ses bottines, alors je suppose que je dois rêver tout ça. »

« Est-ce que tu vas... retourner là-bas? »

« Je n'y ai pas encore réfléchi. Je ne comprends pas ce qui se passe. Je croyais que j'étais toujours ici, mais je *ne suis pas* toujours ici, hein? Je veux dire, c'est la même maison, mais aucun de mes amis n'est ici, et tout est plutôt bizarre. »

J'écoutai encore un moment mais, avec une rapidité surprenante, leur conversation porta sur les jeux et les jouets : Danny essayait d'expliquer à Charity ce qu'était un Transformer. « C'est un robot mais c'est aussi un vaisseau spatial. »

« Qu'est-ce que c'est, un ro-beau? »

« C'est un homme en métal. Mais tu fais comme ça – clic-clic-clic – et il se transforme en un croiseur de combat intergalactique. »

« Un quoi? » pouffa Charity. Et lorsque je l'entendis rire, je compris que j'avais eu raison de la sauver, et que tout m'autorisait à penser que je devais la garder ici et la protéger, coûte que coûte.

Liz était déjà au lit lorsque j'entrai dans la chambre. Assise, le menton appuyé sur sa main, elle lisait *Narcisse et Goldmund* de Herman Hesse. Je me glissai dans le lit à côté d'elle et la regardai lire un moment.

– Tu aimes vraiment ça? lui demandai-je.

Elle sourit, sans lever les yeux.

– Écoute plutôt : « Crois-moi, j'aurais préféré dix mille fois avoir ton pied à caresser plutôt que le sien. Ton pied n'est jamais venu vers moi sous la table pour me demander si je pouvais aimer. » Tu sais de quoi il parle, hein? Faire du pied à quelqu'un.

– Les enfants ne dorment pas, dis-je. Ils discutent. J'ai l'impression qu'ils s'entendent très bien.

Liz demeura silencieuse un moment, puis elle ferma son livre.

– Que comptes-tu faire, David? Tu ne vas pas rester ici un jour de plus, n'est-ce pas? Si ce Brown Jenkin peut *tuer* des gens...

– Ne t'inquiète pas, répondis-je. J'ai déjà pris une décision.

– Pour une fois!

– J'ai pris tes critiques à cœur, voilà pourquoi. Tu avais entièrement raison. Je laissais les choses aller à la dérive. Je suppose que je sentais que si je prenais des décisions vraiment positives et que je remontais la pente, je m'éloignerais de plus en plus du temps passé avec Janie. Maintenant je comprends que cette époque est bel et bien révolue, même si je ne prends aucune décision. Même si je reste couché dans mon lit toute la journée, à glander.

– Alors, que vas-tu faire?

– Je vais emmener Danny et Charity chez ma mère, à Horley. Ensuite je reviendrai ici et je mettrai le feu à cette foutue baraque.

Liz me regarda avec stupeur.

– Tu vas *quoi*? Mais tu ne peux pas faire ça!

– Je le peux et je le ferai. Cette maison est possédée ou hantée, appelle ça comme tu voudras. J'ignore ce que mijotent le jeune Mr. Billings et Kezia Mason. J'ignore ce qu'est Brown Jenkin, ou qui était Mazurewicz. J'ignore ce qui est arrivé au *vieux* Mr. Billings, sauf qu'il a été frappé par la foudre. Mais cette demeure est remplie de fantômes, d'agitation, de gémissements, de grognements et de Dieu sait quoi encore. Maintenant, Dennis Pickering est mort et ça suffit. Je vais mettre fin à tout ça.

– Et si quelqu'un te prend sur le fait?

– Je ne me ferai pas prendre sur le fait. Je ne perdrai même pas mon salaire. Je dirai que ma lampe à souder a mis le feu à un chambranle de fenêtre, et que toute la maison a flambé, accidentellement. Bon Dieu, quelqu'un aurait dû le faire depuis longtemps!

– David, c'est une demeure historique. Tu ne peux pas l'incendier comme ça.

– Les gens vivants sont plus importants que l'histoire. Et les gens qui devraient être morts et qui ne le sont pas... ils sont plus importants que l'histoire, eux aussi.

Liz posa son livre sur l'édredon et s'allongea, la tête sur l'oreiller. Elle me plaisait de plus en plus, d'heure en heure. J'adorais ses airs de petite fille avec son nez retroussé, sa sensualité d'adolescente, son odeur propre de savon. La seule pièce du puzzle que je ne parvenais pas à assembler tout à fait c'était ce qu'elle pensait réellement de moi, et pour quelle raison elle restait. Tantôt elle était distante et impatiente, tantôt critique et intransigeante; parfois drôle, parfois passionnée, mais toujours comme si elle riait d'une plaisanterie que je ne comprenais pas entièrement, et comme si elle faisait l'amour dans sa tête, toute seule, sans partager. Elle m'avait fait un coït buccal plusieurs fois, dont une ou deux fois alors que je dormais (au commencement, du moins). A chaque fois, sa tête était détournée de moi, et elle avait avalé sans la moindre manifestation de désir ou d'émotion ou même de plaisir.

– Réfléchis-y demain, dit-elle.

– C'est tout réfléchi, et nous sommes demain.

– Et moi dans tout ça?

– Je te trouverai un endroit où dormir.

– Et nous?

– Je ne sais pas. Écoute, chaque chose en son temps, d'accord? Je veux d'abord régler la question de Fortyfoot House une bonne fois pour toutes.

Elle tourna la tête et me regarda sans ciller. Il y avait une minuscule tache orange dans l'iris de son œil gauche.

– Lorsque j'ai dit que tu devrais faire preuve de plus de décision, je ne suis pas très sûre que je pensais à ça.

– Aux grands maux les grands remèdes.

– Hmm, fit-elle et, ostensiblement, elle me tourna le dos.

Je pris *Narcisse et Goldmund*.

– « Un jour », lus-je à haute voix, « toute rougissante, livrant un violent combat intérieur, afin de lui procurer une grande joie, elle lui montra ses seins. Elle déboutonna lentement son corsage afin de lui permettre de voir les petits fruits blancs qui y étaient dissimulés ».

– Je te fais confiance pour trouver tout de suite les passages cochon, dit Liz, sa voix assourdie par l'oreiller.

Elle se retourna. Cette minuscule tache orange dans son iris étincelait presque, comme du feu.

– Ne fais rien d'inconsidéré, David. Je tiens à toi.

– Si tu tiens à moi, tu m'aideras.

Je m'endormis et je fis un rêve étrange et glauque. Dans mon rêve je planais dans les airs tel un cerf-volant, au-dessus d'une plage en pente. La mer en contrebas était noire et gélatineuse, comme si c'était de la mélasse. Je savais que l'eau était remplie de crabes, de millions de crabes : ils grouillaient et se montaient les uns sur les autres. Le ciel était de bronze, noirâtre, et un gong résonnait et retentissait dans mes oreilles, menaçant de m'assourdir.

Le monde tel qu'il était, le monde tel qu'il est, le monde tel qu'il sera.

Je ne survolais pas la mer depuis très longtemps lorsque je m'aperçus que je descendais petit à petit vers sa surface. J'essayai de lever et de replier mes jambes afin que mes pieds ne traînent pas dans l'eau, mais le vent se réduisit à un murmure et je descendis de plus en plus. Finalement mes pieds s'enfoncèrent dans l'eau, puis mes jambes, et ensuite j'eus de l'eau jusqu'à l'aine. L'eau était glaciale et je sentais les crabes cliqueter et bouger autour de moi, sur mes pieds, entre mes jambes, près de mon ventre.

Je hurlai mais je ne hurlai pas vraiment : cela devait plus ressembler au grognement sourd et terrifiant que pousse une personne qui rêve. Je me réveillai en sursaut et réalisai que j'avais mouillé mon pantalon de pyjama, mais pas le lit, heureusement. En sueur, frissonnant, je m'extirpai du lit et allai dans la salle de bains où je me déshabillai et me lavai. Mon visage dans le miroir paraissait disloqué et hagard, comme si le miroir était brisé.

Tandis que je me séchais avec une serviette, il me sembla entendre ces bruits de grattement et de galopade derrière les murs, puis sur le plancher du grenier. Je me tins immobile, nu, et écoutai attentivement, mais dès que je prêtai l'oreille, les bruits cessèrent, et j'entendis seulement le léger murmure du vent, soupirant dans les arbres, et le chuchotement maussade de la mer.

Je bus deux verres d'eau froide puis éteignis la lumière et

rebroussai chemin vers ma chambre, sur la pointe des pieds. Danny et Charity devaient dormir maintenant. En tout cas, je ne les entendais pas parler. Je voulus aller jeter un coup d'œil, puis je me ravisai : la porte de leur chambre grinçait tellement que j'avais peur de les réveiller.

Je m'apprêtais à ouvrir la porte de *ma* chambre lorsque je vis un léger scintillement de lumière bleutée sous la porte. J'hésitai, ma main posée sur la poignée, et fronçai les sourcils. Ce n'était certainement pas la lampe de chevet. Cela ressemblait plutôt au scintillement d'une télévision, alors que nous n'avions pas de télévision dans la chambre à coucher. Peut-être était-ce un éclair, brillant à travers les rideaux. Le temps avait été particulièrement instable ces derniers jours, et à plusieurs reprises j'avais entendu le tonnerre gronder au loin, traversant la Manche. Cela m'avait rappelé (bien que cela n'eût aucun rapport) que durant la Première Guerre mondiale, des estivants sur la côte sud de l'Angleterre entendaient les tirs d'artillerie en France. J'avais toujours trouvé cela poignant et inquiétant.

A nouveau, j'entendis ce *scriitch-scriitch-scriitch*, et je ressentis d'horribles picotements sur mon dos nu, comme une faible décharge électrique. Au lieu d'ouvrir la porte, je m'agenouillai dans le couloir et regardai par le trou de la serrure. Le courant d'air s'échappant par l'orifice fit larmoyer mon œil, mais j'apercevais les contours sombres du lit, la tête de Liz sur l'oreiller, et une partie de la fenêtre.

La lumière scintilla à nouveau, et ce n'était certainement pas un éclair. Cela venait *de l'intérieur* de la pièce – dans l'encoignure, là-bas. Elle scintilla avec plus d'éclat et j'aperçus distinctement les cheveux de Liz. En même temps, j'entendis un chant caverneux et déformé, un son tellement grave que je le sentais vibrer dans ma mâchoire. *Ygggaaa sothoth nggaaa.* Bien que ce chant fût grave et brouillé – cela ressemblait plus à un son produit par un tuyau d'orgue qu'à une voix humaine – je reconnus les mots que le vieux Mr. Billings avait hurlés dans le jardin, alors qu'il était électrocuté par le cadran solaire. *Nngggnggyyaaa nnggg sothoth.*

Je n'avais pas la moindre idée de ce que ces mots signifiaient, mais ils étaient psalmodiés avec une telle insistance, comme une invocation, qu'ils firent naître en moi une peur irrationnelle qui confinait à la panique. On appelait quelqu'un ou quelque chose vers Fortyfoot House – mais qui, ou quoi, j'étais parfaitement incapable de me le représenter. En fait, je n'y tenais pas particulièrement.

La lumière scintilla à nouveau, presque aveuglante cette fois. J'étais étonné que Liz ne se soit pas réveillée. Je me décidai finalement à ouvrir la porte; j'avais même commencé à tourner la poignée – lorsque la source de la lumière apparut, et je restai cloué sur place.

L'infirmière ou la nonne que j'avais vue flottant à mi-hauteur du mur se tenait au milieu de la pièce. Une créature grande et luisante, coiffée d'une guimpe compliquée, et enveloppée dans un habit de lumière bleutée qui se soulevait et s'abaissait comme si elle flottait sur un océan phosphorescent. La créature s'avança dans la pièce en un étrange pas glissé; elle laissa derrière elle une série d'images rémanentes qui disparurent rapidement.

Le chant se poursuivait, sonore et lascif. *NggGGAaa – sothoth – gnoph-hek – nggaaAA.* Et, malgré ses consonances étranges, malgré le fait que cela ne ressemblait à aucune langue que j'aie jamais entendue, je pressentis que j'étais sur le point de comprendre ce qu'il signifiait, comme quand vous avez un mot sur le bout de la langue. Vous le *sentez*, vous le *goûtez* presque, mais vous ne parvenez pas à le prononcer.

La nonne s'approcha lentement du pied du lit et resta là un moment; sa longue robe ondoyait. Apparemment, elle contemplait Liz tandis que celle-ci dormait. Puis elle commença à se pencher en avant vers le lit – à *s'incliner* selon un angle impossible jusqu'à ce qu'elle soit à quelques centimètres seulement au-dessus de l'édredon.

Je vis Liz bouger. J'ignorais si cette apparition représentait un quelconque danger, ou ce qu'elle voulait, mais je savais qu'il m'était impossible de rester dans le couloir plus longtemps. Je tournai violemment la poignée et ouvris la porte d'un coup d'épaule. Le battant cogna bruyamment contre le mur. Mon intention était de pousser un cri de guerre ou un hurlement – pour faire peur à l'apparition, et aussi pour me donner du courage. Mais lorsque je me retrouvai devant le lit, tout nu, ma gorge se noua et je parvins tout juste à émettre un *aahhh!* enroué tout à fait dérisoire.

Dans un grondement de tonnerre, la créature sur le lit se

retourna, et au-dessous de la guimpe je vis un *visage*, un masque mortuaire aux yeux caverneux, aux joues creuses et aux dents haineuses. Ma gorge se bloqua complètement et je restai pétrifié sur place, à la regarder fixement, terrifié.

Un bruit retentit, comme si des centaines de litres d'eau se déversaient brusquement d'un énorme réservoir en zinc – un grondement impétueux, un bruit *d'écoulement* – et l'apparition parut se fondre dans l'édredon, ses bras se fondirent dans les bras de Liz, son visage hideux se fondit dans le visage de Liz. Ses cheveux se dressèrent sur sa tête un instant, et crépitèrent, produisant de minuscules étincelles bleutées d'électricité statique. Ses yeux s'ouvrirent et, durant une fraction de seconde, ils brillèrent d'une lueur rouge.

Ensuite tout devint immobile et silencieux. Un silence surnaturel. Même le vent était tombé. Même la mer avait cessé son chuchotement. Liz me regardait, les yeux écarquillés, et je soutins son regard.

– Qu'y a-t-il? demanda-t-elle finalement. Pourquoi es-tu debout, à me regarder comme ça?

– Je... je suis allé boire un verre d'eau.

– Où est ton pyjama? Tu vas te geler les fesses!

– Il ne fait pas froid à ce point.

– Écoute... tu ferais mieux de te recoucher. Ou bien as-tu l'intention de rester là toute la nuit, à me faire peur?

– Je... oui, bien sûr. (Je m'approchai du lit, continuant de la regarder avec attention.) Est-ce que tu vas bien?

– Bien sûr que je vais bien. Je ne devrais pas?

– Je veux dire, est-ce que tu te *sens* bien? lui demandai-je.

Elle eut un rire impatient.

– Bien sûr que je me sens bien. Je ne devrais pas?

Je me recouchai. Immédiatement, elle posa son bras sur ma poitrine, puis se pressa contre moi, ses seins contre mon côté, ses cuisses contre mes mollets. Elle pinça son sein droit entre son pouce et l'index.

– Je croyais que tu avais dit que tu n'avais pas froid, me taquina-t-elle.

– Je n'ai pas froid. J'ai eu une sorte de frayeur, c'est tout.

– Une frayeur? Quelle sorte de frayeur?

– Cette chose que j'avais déjà vue – cette apparition, comme une nonne. Je l'ai vue dans la chambre alors que tu dormais et elle s'est inclinée vers toi.

– Elle s'est inclinée vers moi? Mais qu'est-ce que tu racontes? (Elle souriait, elle riait presque.)

– Je ne sais pas. Je l'ai vue de mes propres yeux. Elle s'est inclinée vers toi et ensuite elle a disparu.

Elle promena ses doigts sur mon flanc et toucha un nerf, ce qui me fit sursauter.

– J'ai l'impression que tu as trop bu.

– Liz, je l'ai vue. Elle était là, juste au-dessus du lit.

Elle passa sa main sur mes cuisses, les pinça, les griffa, puis elle saisit mon pénis et commença à le caresser. Je pris son poignet et la fis cesser.

– Non, ça ne me dit rien, je t'assure.

Elle m'embrassa, mais elle ne me lâcha pas. Dès que je libérai son poignet, elle se mit à me caresser de nouveau, brutalement.

Elle enfonçait ses ongles dans ma peau.

– Hé, ça fait mal! protestai-je.

– Oh là là, se moqua-t-elle. Tu ne supportes pas une petite douleur? Je croyais que les hommes éprouvaient du plaisir dans la souffrance.

Elle continua de me caresser, de plus en plus brutalement. Finalement, je saisis sa main à nouveau et la tins fermement.

– Liz, tu me fais mal, et trop c'est trop.

– Ne me dis pas que tu n'aimes pas ça. Tu es raide comme un manche à balai.

– Tu me fais mal et ça ne me dit rien.

Elle éclata de rire, un rire strident et moqueur qui était presque un cri. Je ne l'avais encore jamais entendue rire de cette façon; cela me donna des fourmillements sur la peau, et mes testicules se ratatinèrent. Elle tira la couverture sur le côté et se redressa pour se mettre à califourchon sur ma poitrine. Ses genoux serraient ma cage thoracique, ses mains tenaient mes mains et les plaquaient sur le lit. Malgré sa petite taille, elle paraissait lourde et robuste. Il faisait tellement sombre dans la chambre que c'était difficile de voir son visage avec netteté, mais je distinguais ses dents qui luisaient et ses yeux qui brillaient. Son souffle était rauque et puissant, sa cage thoracique se soulevait et s'abaissait, ses seins se soulevaient et s'abaissaient.

– Liz? dis-je avec circonspection. (J'avais l'impression de ne plus la connaître du tout.)

– Pourquoi restes-tu ? haleta-t-elle.

– Hein ? Mais de quoi parles-tu ?

– Pourquoi restes-tu ? Pourquoi n'es-tu pas parti lorsque tu as compris que quelque chose n'allait pas ?

J'essayai de me redresser, mais elle me repoussa sur l'oreiller.

– Liz, dis-je, est-ce vraiment à *toi* que je parle, ou à quelqu'un d'autre ?

Elle laissa échapper à nouveau ce rire strident, terrifiant.

– A ton avis ? Mon Dieu, David, tu es tellement stupide !

J'inspirai profondément et m'efforçai de rester calme et lucide. Pour moi, ce n'était pas facile. J'étais plutôt du genre à m'emballer et à faire n'importe quoi. « Liz... » commençai-je, mais elle pressa le bout de ses doigts sur mes lèvres et dit :

– *Chuutt !* Tu ne comprends absolument rien, et tu n'as pas besoin de comprendre, à vrai dire.

– Comprendre quoi ? Liz, tout ceci est parfaitement ridicule !

Mais elle se pencha en avant et m'embrassa, d'abord mes paupières, puis ma bouche, et elle promena le bout de sa langue sur mes lèvres et, pour une raison inexplicable, je me sentis calme tout d'un coup, comme si ce que Liz faisait ou disait n'avait aucune importance... comme si c'était plus facile de rester allongé sur le lit et de faire tout ce qu'elle me demandait de faire. Son haleine était douce, sucrée et capiteuse : les effluves de l'été, l'haleine d'une jeune femme qui s'est empiffrée d'abricots. Sa langue explora mes dents, et puis nous nous touchâmes, bout de langue contre bout de langue, et nous restâmes ainsi, et je sentis que quelque chose d'indescriptible se passait entre nous, une sorte de communion étrange, comme un secret partagé.

Un instant, je vis cette petite lueur rougeâtre dans ses yeux. Un instant, je compris des choses que je n'avais jamais été destiné à comprendre. Des choses comme : *Dieu n'existe pas – il n'a jamais existé – il n'existera jamais – mais les Grands Anciens ont toujours été là... certains incandescents de par leur bienveillance, certains voilés et lointains, certains beaucoup trop hideux et terrifiants pour que les êtres humains puissent les appréhender.* Liz se redressa, et ce moment de compréhension s'estompa et s'évanouit. Mais j'eus le sentiment qu'un événement capital aux conséquences inouïes était sur le point de se produire, et que j'allais en faire partie.

Liz se souleva de ma poitrine et se tortilla pour se mettre dans une certaine position, ses genoux calés sur mon oreiller, de part et d'autre de ma tête. Sa vulve se trouvait à deux ou trois centimètres au-dessus de ma bouche, et je sentais l'odeur forte, caractéristique, de son sexe.

Je levai les yeux vers elle. Elle se tenait à la tête du lit des deux mains. De l'endroit où j'étais allongé, son visage était encadré par la vallée en forme de V de son sillon mammaire et par l'entrelacs luisant de ses poils pubiens.

– Tu hésites, David, dit-elle d'une voix étrange. Pourquoi hésites-tu? Tu n'aimes pas cette saveur?

– Liz... commençai-je.

Mais mon esprit était pris dans un tel tourbillon de sensations, de peurs et de désirs secrets. *Supposons que tu rencontres une fille qui accepte de faire tout ce que tu veux... absolument tout.* Avais-je dit cela? Liz avait-elle dit cela? Je ne savais pas. Mais tandis qu'elle était assise au-dessus de mon visage, me taquinant, m'excitant, je me vis faire des choses avec Liz que je n'aurais jamais osé faire avec Janie. Je voyais du nylon noir, des cuisses blanches. Je voyais des lèvres moites. Je voyais des seins gonflés. Je voyais de la soie tachée d'humidité.

En un lent mouvement de son bassin – une rotation provocante – Liz s'abaissa vers ma bouche. Je fus suffoqué par un baiser chaud et glissant, un baiser qui faillit m'étouffer. Ma langue goûta précautionneusement les crêtes, les fentes et les creux, sonda un instant son urètre au goût piquant, puis se glissa profondément dans son vagin, et le baiser fut complet, lèvres contre lèvres. Elle se pressa contre moi avec une force accrue tandis que ma langue faisait le tour du col de son utérus.

Mais j'avais conscience, alors que Liz poussait un cri dans une sorte d'extase, et que de la salive et du suc ruisselait sur mon menton, que ceci n'avait rien à voir avec un acte d'amour. Ceci n'était pas fait par amour. Ce n'était même pas par plaisir sexuel. C'était autre chose. C'était, d'une façon que j'étais absolument incapable de comprendre, un acte de procréation. C'était pour faire un enfant.

Ou, sinon un enfant, *quelque chose.*

Je me souviens que Liz finit par s'écarter de mon visage. Elle s'agenouilla sur le lit à côté de moi et me contempla un long moment, et je restai allongé et la contemplai; l'air chaud de la nuit séchait ma bouche. De temps à autre, elle avançait la main et effleurait ma poitrine nue, traçant un motif maintes et maintes fois. Cela ressemblait à une fleur, ou à un trèfle à quatre feuilles, ou à une étoile.

– Tu sais quoi? dit-elle doucement. Lorsque j'étais plus jeune, ma mère m'envoyait à l'école de mon petit frère, pour lui apporter son déjeuner. Je voyais les tout petits enfants jouer dans la cour, et je pensais toujours que j'adorerais avoir un bébé.

Je fermai les yeux. Je me sentais incroyablement fatigué. Fortyfoot House n'avait peut-être pas réussi à me tuer, mais elle m'avait complètement épuisé.

– J'ai juste besoin de dormir, murmurai-je.

Liz continua de tracer ce motif.

– J'entendais mon frère réciter « *tu, ta, ti... bu, ba, bi... ubanu, ammatu, ganu, ashlu* ».

Je dormais, mais je continuais d'entendre sa voix. Elle semblait capable de se faire entendre dans mon esprit, que je sois endormi ou éveillé. Je rêvai que je volais au-dessus de cet océan à nouveau, par un jour sombre et sans vent. Liz se tenait sur le rivage; je volais très vite mais elle demeurait au même endroit par rapport à moi. Son visage à moitié recouvert par des bandages, elle continuait de parler. *Tu, ta, ti... bu, ba, bi...*

Puis, sans transition, ce fut le matin, et le soleil éclairait la couverture, aussi épais et doré que du beurre, et les martinets se chamaillaient dans les gouttières. Liz dormait toujours, la bouche ouverte, ses cheveux répandus sur l'oreiller. Je m'extirpai du lit et allai jusqu'à la fenêtre. Au-dessous de moi, la mer scintillait.

Tandis que je me tenais à la fenêtre, je parvins presque à me persuader que ce serait un crime d'incendier Fortyfoot House. Pourtant, malgré son emplacement superbe, la maison elle-même était perturbée, malfaisante et inquiétante, et elle avait l'effet le plus effroyable sur quiconque tentait d'intervenir. J'avais la certitude que, si je ne la détruisais pas par le feu, je pourrai très bien être sa prochaine victime.

14

Sous le plancher

Après avoir pris mon petit déjeuner – musli Kellog's et une tasse de café noir à l'effet dévastateur – je sortis pour voir s'il n'y avait pas un moyen de faire remarcher ma voiture. En fait, elle n'avait même pas besoin de *marcher*. Du moment qu'elle clopinait, cela me suffisait. Liz était déjà partie à son travail. Elle portait un T-shirt noir très moulant et une jupe très courte jaune canari, et des boots jaunes à lacets. Je ne savais pas si son intention était de m'exciter, ou de me faire comprendre que j'avais au moins dix ans de plus qu'elle, ou si elle agissait ainsi par simple perversité.

Mais elle m'avait embrassé sur le seuil de la cuisine, les yeux ouverts, et le soleil sur son visage, et elle avait pressé mon entrejambes de façon espiègle, et chuchoté « merci » de telle sorte que, à tout le moins, j'avais eu le sentiment de lui avoir donné quelque chose qu'elle désirait.

J'étais allé jeter un coup d'œil à Danny et Charity. Tous deux étaient encore profondément endormis. Maintenant qu'elle avait pris un bain, s'était lavé les cheveux et portait un chemisier de Liz, elle ressemblait à n'importe quel enfant d'aujourd'hui. J'avais presque du mal à croire que je l'avais ramenée de 1886.

Je franchis la porte d'entrée et, bien sûr, la première chose qui se présenta à mon regard ce fut la Renault de Dennis Pickering, soigneusement garée à côté de l'épave de mon Audi. Bon Dieu ! j'avais complètement oublié sa voiture ! Je ressentis un terrible flot de culpabilité et de peur. De la culpabilité parce que son épouse devait être folle d'angoisse, à attendre le retour de Dennis à la maison. De la peur parce que la police allait inévitablement voir la voiture du pasteur garée devant Fortyfoot House, et supposer (à juste titre, assez curieusement) que Liz et moi étions pour quelque chose dans sa disparition.

Je fis le tour de la voiture et essayai d'ouvrir la portière. Elle n'était pas verrouillée, mais Dennis Pickering avait emporté les clés. J'aurais sans doute pu desserrer le frein à main et pousser la voiture pour la mettre à l'abri des regards, derrière les communs, mais ensuite, qu'est-ce que j'en ferais? J'ignorais totalement la façon de trafiquer les fils pour mettre le contact. De plus, tous les habitants de Bonchurch et de Ventnor devaient connaître la voiture du pasteur, et si je roulais avec, je serais aussitôt repéré.

Mon ami Christ Pert avait dit un jour que la seule façon de régler un problème insoluble c'est de coucher avec la plus grosse femme que vous pouvez trouver, et de lui poser la question. Il était convaincu que les femmes bien en chair avaient réponse à tout. Il avait même envisagé de monter un service S.O.S, « Si vous avez un problème, appelez une femme bien en chair ! »

Je me demandais toujours ce que j'allais faire de cette foutue bagnole lorsque la Rover rouge foncé de l'inspecteur Miller s'engagea de manière inattendue dans l'allée et décrivit un demi-cercle bruyant avant de s'arrêter devant la maison. L'inspecteur Miller descendit, en manches de chemise et lunettes de soleil. Lorsqu'il ôta ses lunettes de soleil, je trouvai qu'il avait l'air exténué, comme s'il n'avait pas dormi depuis trois jours. Il fut suivi de près par l'officier de police Jones, l'œil brillant, rouquin, et embaumant le Brut-33.

– Aha... ainsi donc Dennis Pickering, le pasteur volage, *est* ici, déclara l'inspecteur Miller, s'approchant de la Renault et donnant un coup de pied dans le pneu arrière droit.

– Hum... non, il n'est pas ici, en fait, répondis-je. (Je savais qu'il me fallait choisir mes mots avec soin.)

– Pardon? dit l'inspecteur Miller d'un ton qui faisait clairement comprendre qu'il ne me demandait pas du tout pardon.

– Il est venu, oui... mais il n'est plus ici.

– Sa voiture est toujours ici, fit observer l'officier de police Jones.

– En effet, dis-je.

– Mais lui n'est plus ici?

– Non. Il... a bu quelques verres hier soir... Il a préféré rentrer chez lui à pied.

– Quelques verres, cela fait combien? s'enquit l'inspecteur Miller.

– Six, sept verres de vin. Nous discutions, nous avons trop bu, sans nous en rendre compte, en fait.

– Oh, dit l'inspecteur Miller. C'est navrant. A quelle est-il parti?

– Je ne m'en souviens pas. Vers les onze heures et demie, probablement.

L'inspecteur Miller chaussa ses lunettes de soleil et resta là, les mains posées sur les hanches; il ne regardait rien en particulier. Malgré le soleil, Fortyfoot House se dressait derrière lui, froide, sombre et effacée, telle une personne âgée lors d'une réunion de famille, qui ne dit rien et pense seulement aux jours enfuis et à ceux qui étaient vivants autrefois, et qui la connaissaient et l'aimaient, mais qui sont morts depuis longtemps.

– Le révérend Pickering avait promis à son épouse de lui téléphoner à onze heures, argua l'inspecteur Miller.

– Oh, vraiment?

– Il lui a dit qu'il passait ici, et qu'il se rendrait ensuite à Shanklin Old Village pour voir Mrs. Martin.

– Il ne m'en a pas parlé.

L'inspecteur Miller hocha la tête mais ne dit rien. L'officier de police Jones donna un coup de pied dans le pneu de la Renault et l'inspecteur Miller le regarda d'un air désapprobateur, en fronçant les sourcils.

– Il me semblait légèrement dégonflé, expliqua l'officier de police Jones, devenant écarlate.

A ce moment, Danny et Charity apparurent dans l'embrasure de la porte – Danny en pyjama et Charity portant la chemise à rayures de Liz.

– Papa? appela Danny. Charity veut savoir ce qu'elle doit mettre!

– Si vous voulez bien m'excuser, dis-je à l'inspecteur Miller.

– Mais je vous en prie, fit l'inspecteur Miller. J'ai l'impression que vous êtes très occupé. Qui est cette petite fille?

– Ma nièce, mentis-je. La cadette de ma sœur.

– Ah, les vacances au bord de la mer avec son oncle! dit

l'inspecteur Miller, se tournant pour partir. Vous nous appellerez si le pasteur vient récupérer sa voiture, n'est-ce pas? Je pense qu'il est juste allé faire un tour. Ce n'est pas la première fois, apparemment. Mrs. Pickering nous a dit qu'il avait des problèmes avec son identité sexuelle.

– Un pédéraste refoulé, en d'autres termes, intervint l'officier de police Jones.

L'inspecteur Miller lui décocha un regard irrité.

– Il se promène de long en large sur la plage et parle avec Dieu, c'est ce que Mrs. Pickering nous a dit.

– Pour ne pas penser aux petites fesses dodues des enfants de chœur, lança l'officier de police Jones, devenant plus explicite.

– Vous voulez bien la fermer, Jones? fit l'inspecteur Miller d'un ton cassant.

– Excusez-moi, grimaça l'officier de police Jones.

Tous deux rebroussèrent chemin vers la Rover. Ils étaient montés et s'apprêtaient à refermer leurs portières respectives, lorsque Charity lança d'une voix perçante :

– Monsieur! Monsieur! Nous pouvons *vraiment* avoir deux œufs chacun pour le petit déjeuner? Danny dit que nous pouvons!

L'inspecteur Miller hésita, pendant des heures, me sembla-t-il. Puis il redescendit de sa voiture, ôta à nouveau ses lunettes de soleil, et me demanda, avec la patience étudiée d'un policier :

– Comment s'appelle cette petite fille?

– Charity, dis-je. Pourquoi?

Sans me répondre, l'inspecteur Miller appela :

– Charity! Charity! Viens ici, Charity, s'il te plaît.

Charity courut nu-pieds sur les graviers de l'allée, sans la moindre hésitation. Une petite fille habituée à obéir aux caprices des « gentlemen » sans discuter. Elle s'approcha de l'inspecteur Miller et lui fit une révérence.

L'inspecteur Miller la considéra avec une perplexité visible.

– Cet homme est-il ton oncle? lui demanda-t-il finalement, en me désignant d'un mouvement de la tête.

Charity me jeta un regard inquiet et je m'efforçai de lui faire comprendre *oui, oui* sans modifier l'expression nonchalante que j'avais soigneusement arborée depuis que l'inspecteur Miller était redescendu de sa voiture. J'ignore à quoi ressemblait mon visage, mais il devait être passablement grotesque car Charity me fixa d'un air embarrassé, puis elle se tourna vers l'inspecteur Miller et annonça :

– Non, monsieur, ce n'est pas mon oncle.

– Ooooh, fit l'inspecteur Miller. Ce n'est pas ton oncle?

– C'est un gentleman très courageux, monsieur. Il m'a sauvé la vie, et il m'a emmenée, et il m'a baignée.

– Il t'a baignée, vraiment?

– Oh, bon sang, inspecteur, intervins-je. Ce n'est pas moi, mais Liz qui lui a fait prendre un bain.

– Mais vous n'êtes pas son oncle?

– J'aime bien qu'on appelle « oncle »

– Mais vous n'êtes pas son oncle?

– Non.

– Bon, d'accord, concéda l'inspecteur Miller avec cette patience terriblement fastidieuse dont les policiers font preuve pour obtenir des aveux de la part de leurs suspects. S'il n'est pas ton oncle, qui est-il?

– C'est le papa de Danny. Il m'a sauvé la vie et il m'a emmenée. Le révérend a été tué mais il m'a sauvé la vie.

– Le révérend a été *tué*?

– Ne l'écoutez pas, dis-je, avec un geste de la main désinvolte. Elle raconte n'importe quoi, vous savez, elle invente des choses. Hum, pour vous dire la vérité, elle a une case de vide. Une tare de naissance.

Mais l'inspecteur Miller s'obstina.

– Qui a tué le révérend, trésor?

– Je vous assure, vous ne devriez pas l'écouter, tentai-je désespérément.

Charity avait l'air de plus en plus inquiète.

– Ce n'est pas ce gentleman qui l'a tué, monsieur. Ce gentleman m'a sauvé la vie. Celui qui l'a tué, c'était...

A ce moment elle plaça ses mains en triangle devant son visage, de telle sorte que seuls ses yeux étaient visibles, des yeux mobiles au regard furtif et sournois; puis elle courba le bout de ses doigts pour leur donner la forme de dents, voûta ses épaules en une imitation hideusement évocatrice de Brown Jenkin, et se mit à sautiller devant l'inspecteur Miller en une danse affreuse qui le fit se figer sur place.

– Mince alors! s'exclama l'officier de police Jones. Que diable pensez-vous que ce soit, monsieur?

Le visage de l'inspecteur Miller était blême.

– Brown Jenkin, dit-il.

– Pardon, monsieur?

– J'ai dit « Je réfléchis ».

– Oh, d'accord, monsieur. Très bien, monsieur.

L'inspecteur Miller se mit à croupetons devant Charity, la tint par les bras et la regarda dans les yeux.

– Charity... *où* le révérend a-t-il été tué?

– Dans le salon, monsieur.

– Mais il n'y est plus, n'est-ce pas?

– Pas *maintenant*, monsieur.

L'inspecteur Miller avait l'oreille suffisamment fine pour avoir saisi son accent d'insistance singulier sur « *maintenant* », mais il était clair qu'il ne comprenait pas ce que cela impliquait. Qui aurait compris? Même les manières surannées de Charity n'auraient pu convaincre un policier sensé qu'elle et moi venions d'arriver de 1886. J'avais du mal à le croire moi-même. Cela ressemblait à quelque chose que j'avais rêvé, ou à un film que j'avais vu jadis.

L'inspecteur Miller se redressa et me considéra avec une expression lasse, exagérément patiente.

– Je pense que vous feriez mieux de me raconter ce qui s'est passé, dit-il. (Il se tenait près de moi et parlait si doucement que l'officier de police Jones ne pouvait pas entendre ce qu'il disait.) Mes supérieurs n'en croiraient pas un mot, et l'officier de police Jones n'en croirait pas un mot, c'est entendu. Mais *moi* j'y crois, et cela doit cesser, d'une manière ou d'une autre, avant que quelqu'un d'autre se fasse tuer.

– Je ne suis pas certain d'être en mesure de vous aider, répliquai-je.

J'avais mon propre plan pour régler le problème de Fortyfoot House et je ne voulais pas que l'inspecteur Miller rende les choses encore plus compliquées qu'elles ne l'étaient déjà.

– Pourquoi cette petite fille dit-elle que le révérend Pickering a été tué? demanda l'inspecteur Miller.

– Oh, elle divague, c'est tout.

– Néanmoins... pourrions-nous jeter un coup d'œil dans la maison?

– Oui. Bien sûr. Pas de problème.

L'inspecteur Miller se tourna et prit Charity par la main.

– Tu veux bien me montrer l'endroit exact où le révérend a été tué, Charity?

Docilement, Charity l'emmena vers la maison. Nous les suivîmes, l'officier de police Jones et moi.

– Ah, les gosses! grommela l'officier de police Jones. Je déteste les enquêtes avec des gosses. Vous ne savez jamais ce qui est vrai, ce qui est inventé, et ce qui vient de la télé.

Je ne répondis pas. Je décidai que la ligne de conduite la plus sûre était de garder le silence.

L'inspecteur Miller pénétra dans la salle de séjour et fureta un peu partout. Bien sûr, la pièce était très différente de ce qu'elle avait été en 1886. Les boiseries avaient disparu, le mobilier était moderne. L'âtre d'origine était toujours là, mais le manteau de cheminée victorien avait été arraché depuis longtemps, et remplacé par une bordure de carreaux beige des années trente.

– Eh bien... aucune trace de bagarre, déclara l'inspecteur Miller. Où le révérend a-t-il été tué, Charity?

Charity montra du doigt l'endroit où, hier, il y avait cent six ans, Brown Jenkin avait éventré Dennis Pickering avec une telle férocité.

– Je vois, fit l'inspecteur Miller. Et comment a-t-il été tué?

Charity imita une griffe avec sa main gauche et mima un violent mouvement vers le haut, comme si elle lacérait quelque chose.

– Il s'est griffé lui-même, à mort, suggéra l'officier de police Jones.

L'inspecteur Miller ne dit rien et continua d'aller et venir dans la pièce. Il prenait des objets et les reposait à leur place, déplaçait des revues. Il leva même un verre de vin vide vers la lumière et l'examina attentivement.

Finalement, il demanda à Charity :

– Une fois qu'il était mort, ce révérend, qu'ont-ils fait de son corps?

Charity secoua la tête.

– Je ne sais pas. Nous nous sommes enfuis. Le papa de Danny m'a emmenée en haut et il m'a sauvé la vie.

L'officier de police Jones adressa à l'inspecteur Miller un hochement de tête dubitatif.

– Sauf votre respect, monsieur, c'est un vrai conte de fées, à mon avis.

– Il devrait y avoir des litres de sang, n'est-ce pas? reconnut l'inspecteur Miller.

– Oh, des litres! approuvai-je.

Je commençais à transpirer, j'ignorais pourquoi. Toutes ces questions de l'inspecteur Miller... j'éprouvais un sentiment de culpabilité, alors que je n'avais absolument rien fait.

– Dites-moi, cela ne vous dérange pas que je regarde sous le tapis? demanda l'inspecteur Miller.

– Faites comme chez vous, répondis-je.

L'officier de police Jones inclina le fauteuil pour permettre à l'inspecteur Miller de dégager et de tirer le tapis. Puis, avec une grande adresse, quasiment comme un poseur de moquettes professionnel, il enroula le tapis afin de mettre à découvert les lattes du plancher au milieu de la pièce. Il avait raison, bien sûr; il y avait *eu* du sang partout sur le plancher lorsque Dennis Pickering avait été tué, mais, au fil des années, la tache s'était réduite à un motif foncé, roussâtre – comme un test de Rorschach – et cette forme me fit penser à une sorcière au menton crochu qui ricanait.

L'inspecteur Miller mit un genou à terre et passa sa main sur le plancher.

– On a renversé quelque chose ici, mais ce n'est pas récent, il s'en faut de beaucoup.

L'officier de police Jones se balança sur une latte de parquet en un mouvement de va-et-vient.

– On a également décloué ce plancher, monsieur. Pas récemment, mais il n'a pas été remis correctement.

L'inspecteur Miller me lança un regard aussi acéré que la lame d'un couteau à cran d'arrêt. Il ne faisait rien pour dissimuler le fait qu'il me suspectait d'en savoir plus sur la disparition de Dennis Pickering que ce que je lui disais, mais j'étais passablement sûr qu'il ne me suspectait pas de l'avoir tué. Contrairement à ses collègues, il était prêt à croire aux lumières, aux bruits et aux étranges forces surnaturelles qui troublaient la paix de Fortyfoot House. Son seul problème, comme le mien, c'était l'absence de preuves.

– Cela ne vous dérange pas que nous soulevions deux ou trois de ces lattes, pour voir ce qu'il y a en dessous?

– Ce n'est pas ma maison. Vous feriez mieux de demander l'autorisation aux agents immobiliers.

– Nous n'abîmerons rien.

– Écoutez, je préfère que vous demandiez l'autorisation aux agents immobiliers. Dunn & Michael, à Ventnor.

L'inspecteur Miller haussa les épaules.

– Très bien, Mr. Williams, si vous insistez. Nous y allons de ce pas.

– Parfait. Ce n'est pas pour vous embêter, croyez-moi, mais si jamais quelque chose est abîmé... eh bien, c'est moi qui serai tenu pour responsable.

– Je comprends, dit l'inspecteur Miller d'un ton conciliant. Donnez-nous une demi-heure, et nous serons revenus. Ça ne vous dérange pas que nous laissions le tapis comme ça?

– Non, bien sûr que non.

L'inspecteur Miller et l'officier de police Jones quittèrent Fortyfoot House sans mot dire. Je restai sur le pas de la porte et les regardai s'éloigner vers le haut de l'allée. Puis je me tournai vers Danny et Charity et leur dis :

– Et si vous alliez jouer sur la plage? Danny, montre à Charity comment on organise une course de crabes. Je vous préparerai le petit déjeuner.

– Mais j'ai faim maintenant! gémit Danny.

– Danny, s'il te plaît. Tu sais que les choses sont un peu compliquées en ce moment. Revenez dans... disons, vingt minutes. Regarde, je te prête ma montre.

J'ôtai ma Swatch transparente et la passai autour du poignet de Danny. Cela faisait bientôt six mois qu'il me cassait les pieds pour avoir une montre comme la mienne, et il était tellement content qu'il ne put s'empêcher de sourire jusqu'aux oreilles. Charity fixait la montre, fascinée, mais Danny la poussa d'un geste affectueux et dit : « Suis-moi, Charity! Nous allons attraper des crabes » et tous deux sortirent de la cuisine en courant, dévalèrent le jardin, passant près du cadran solaire, et franchirent la porte au fond de la propriété.

Ici une seconde plus tôt, partis la seconde d'après. Bon Dieu, pensai-je, si seulement nous pouvions retrouver cette innocence. Moi et Janie. Moi et Liz.

Je pris ma petite pince à levier dans ma boîte à outils et l'emportai dans la salle de séjour. S'il y avait quelque chose ou quelqu'un sous le plancher, je voulais être le premier à le découvrir. Je me mis à genoux et insérai l'extrémité plate de la pince entre les lattes, puis je tirai et soulevai l'une d'elles, précautionneusement, pour ne pas faire de marques. Au début les lattes ne cédèrent pas. Elles étaient branlantes et oscillaient d'un côté et de l'autre lorsqu'on se tenait dessus, mais les clous qui les maintenaient avaient été solidement enfoncés, et j'allais devoir exercer une sacrée pesée pour les dégager.

Je commençai en douceur, mais après six ou sept tentatives infructueuses, je me dis « et merde, cela n'a aucune importance » On me payait pour restaurer Fortyfoot House, et si j'avais envie de desceller ces lattes j'allais le faire, et comment ! Je pourrais toujours dire que j'avais senti une odeur de pourriture sèche.

Finalement, dans un crissement torturé, je réussis à sortir l'un des grands clous du plancher. Encouragé, je redoublai d'efforts et je parvins également à dégager et à retirer la latte.

Il faisait sombre sous le plancher. Sombre mais sec, comme une champignonnière. J'avais laissé ma torche électrique en haut, sur le palier, mais je n'avais pas besoin d'une torche pour savoir qu'il y avait quelque chose sous le plancher.

Je glissai ma pince au-dessous de la latte d'à côté. Je poussai, tirai, m'escrimai avec la latte et finis par la retourner. Alors je vis ce que Fortyfoot House avait dissimulé pendant toutes ces années : un corps momifié, parcheminé, gris cendré, soigneusement logé entre les lambourdes du plancher, dans une position qui était presque celle d'une momie égyptienne; la peau tendue et complètement desséchée, couleur acajou verni; les bras repliés sur la poitrine comme les pattes d'un poulet; les orbites vides. Son ventre était déchiqueté, mais les années avaient séché la cavité béante, de telle sorte que cela ressemblait plutôt à un nid de guêpes : des couches jaune paille, des couches superposées, le *millefeuille* [1] de la dessiccation et de la mort.

Malgré sa momification, ce n'était pas difficile de le reconnaître. Il portait un col romain jauni et un pantalon de velours côtelé putréfié. C'était Dennis Pickering : éventré et enterré sous le parquet, il y avait plus d'un siècle. L'air sec sous le plancher avait préservé son corps et ses vêtements de la décomposition, suffisamment pour que l'inspecteur Miller soit à même de l'identifier. Ce que ferait l'inspecteur Miller d'une

1. En français dans le texte. *(N.d.T.)*

momie vieille d'un siècle, en Hush Puppies et sous-vêtements Marks & Spencer, je l'ignorais, et je n'avais pas particulièrement envie de le savoir. Dès que l'inspecteur Miller aurait quitté Fortyfoot House, je mettrais le feu à la maison pour la détruire de fond en comble, et avec un peu de chance cela nous débarrasserait définitivement de Brown Jenkin, du jeune Mr. Billings, et de Kezia Mason; et des fantômes, quels qu'ils soient, qui avaient empoisonné l'existence des habitants de Bonchurch depuis que Fortyfoot House avait été construite.

Je contemplai le corps ratatiné de Dennis Pickering un long moment. C'était tout à fait incroyable de penser que je lui avais parlé pas plus tard qu'hier et qu'il était là maintenant, semblable à une momie dans la salle des antiquités égyptiennes du British Museum.

– Pauvre bougre, murmurai-je.

De ma vie je ne m'étais jamais senti aussi navré pour quelqu'un. Le pire, c'est que je ne pouvais pas dire à son épouse ce qui lui était arrivé. Je ne pouvais même pas lui dire où il était.

Il était clair que je devais faire disparaître le corps avant le retour de l'inspecteur Miller, mais j'ignorais comment. Il y avait une grande brouette dans l'appentis de jardinier; il me serait peut-être possible de le transporter dans cette brouette et de le dissimuler sous le tas de compost mais, outre le fait qu'il risquait de tomber en miettes si je le touchais, je me mettrais dans une situation foutrement délicate. Si l'inspecteur Miller me surprenait alors que j'étais occupé à enterrer le corps de Dennis Pickering, il supposerait automatiquement (et à juste titre) que je savais comment Dennis Pickering était mort. Comme si je n'étais pas suffisamment suspect à propos de la mort de Harry Martin et de la venue inexpliquée de Charity...

Je me dirigeai vers la cuisine. Je voulais jeter un coup d'œil au tas de compost pour voir si je pouvais enterrer Dennis Pickering sans trop remuer le terreau. Mais, alors que j'ouvrais la porte de la cuisine, je vis une voiture de police se ranger à côté de mon Audi, et un policier en uniforme en descendre. Il mit sa casquette soigneusement, puis se tint près de sa voiture, les mains jointes derrière son dos. L'inspecteur Miller avait manifestement demandé par radio que l'on me surveille de près.

Bon sang, qu'est-ce que j'allais faire maintenant? L'affaire se compliquait de plus en plus. Si j'avais pu me fier à l'inspecteur Miller – être certain qu'il m'innocenterait – je lui aurais tout raconté. Mais l'inspecteur Miller avait beau croire aux fantômes, à Brown Jenkin, et aux forces surnaturelles qui se déchaînaient à Fortyfoot House, il serait néanmoins obligé d'en rendre compte à ses supérieurs, et s'il trouvait le corps de Dennis Pickering, ses supérieurs exigeraient qu'il arrête quelqu'un pour ce meurtre. Dennis Pickering était le pasteur local, après tout, pas un loubard ou un vagabond ou un estivant plein comme une vache. Bien sûr, il ne pourrait jamais prouver que c'était moi, tout simplement parce que ce n'était pas moi; mais il pourrait me faire incarcérer, en détention préventive, pendant des mois, et Danny serait confié à Janie, ou envoyé dans un centre pour enfants assistés, et je perdrais Liz de vue pour toujours.

Je retournai dans la salle de séjour et contemplai le cadavre desséché sous les lattes du plancher. Il m'était impossible de sortir le corps de la maison maintenant, même en supposant que je trouve le courage nécessaire pour faire ça. Mais si je sortais le corps de la maison *alors* – en 1886 – aussitôt après que Kezia Mason et Brown Jenkin l'aient caché sous le plancher?

Si je le sortais de la maison *alors*, il ne serait plus ici *maintenant*, bien que, à y réfléchir, puisqu'il *était* ici maintenant, je n'avais peut-être pas réussi à le sortir de la maison en 1886. Pouvait-on vraiment changer le cours de l'histoire? Est-ce que je pouvais vraiment retourner dans le passé et faire en sorte que l'on ne découvre jamais le corps de Dennis Pickering? Mieux encore, est-ce que je pouvais retourner dans le passé et faire en sorte qu'il ne soit même pas tué? Les possibilités semblaient infinies, kaléidoscopiques. Peut-être pouvais-je retourner là-bas et faire en sorte que Kezia Mason n'ait jamais été amenée à Fortyfoot House, pour commencer, et que le vieux Mr. Billings n'ait jamais été frappé par la foudre. Peut-être pouvais-je même changer le cours de l'histoire de telle sorte que Brown Jenkin n'ait jamais été conçu.

Je remis les lattes en place et les calai du talon. Avec ma pince j'enfonçai les clous de nouveau, puis je pris une poignée de poussière et de cendres dans l'âtre et les répandis dans les interstices entre les lattes. Je les étalai et frottai soigneusement pour donner l'impression, autant que possible, que les lattes n'avaient jamais été déclouées. Le résultat était loin d'être parfait, mais si l'inspecteur Miller ôtait les lattes sans prendre le temps de les examiner, il ne remarquerait sans doute rien.

Je jetai un coup d'œil à Danny et Charity par la fenêtre. Ils jouaient à proximité du cadran solaire : Charity, assise dans l'herbe, tressait une guirlande de pâquerettes, Danny sautait à cloche-pied à côté d'elle. Faiblement, je l'entendais chanter, *« ... et les hordes d'ours... qui attendent aux coins, prêts à dévorer... les imprudents qui marchent sur les lignes de la chaussée... »* Je pouvais les abandonner quelques minutes, ils étaient en sûreté... le temps pour moi de monter au grenier et de retourner là-bas, et de faire disparaître le corps de ce pauvre Dennis Pickering.

Je courais le risque, bien sûr, de tomber à nouveau sur Brown Jenkin ou Kezia Mason, mais si je faisais attention, j'étais certain de pouvoir les éviter – ou de courir assez vite pour leur échapper. J'emportai ma pince à levier. Cette fois, je serais sur mes gardes, et je ne les laisserais pas me prendre au dépourvu, certainement pas !

Je montai l'escalier jusqu'au premier, ouvris la porte du grenier, et écoutai attentivement. Durant un moment, il me sembla entendre le murmure de voix, puis je réalisai que c'était seulement le vent : il soufflait doucement et tristement dans les combles. J'avais plus ou moins espéré que le grenier serait toujours éclairé, mais il était plongé dans une obscurité complète, et je fus obligé d'allumer ma torche électrique et de promener son étroit faisceau jaune sur les marches, rapidement, prudemment, pour trouver *quoi*?

Précautionneusement, le dos plaqué contre le mur, je montai l'escalier du grenier, jusqu'à ce que j'atteigne la rambarde. Le grenier était plongé dans l'obscurité – mais, à mon grand soulagement, je vis qu'un cône de faible lumière bleutée filtrait par les carreaux de la lucarne. C'était toujours le grenier de 1886. La seule différence depuis notre dernière incursion c'est que la nuit était tombée maintenant. Je m'avançai jusqu'à la lucarne et levai les yeux. J'apercevais des étoiles piqueter le ciel, et de petits nuages gris-violet.

Je dirigeai le faisceau de ma torche vers la trappe. Elle était toujours verrouillée du côté du grenier, mais l'un des verrous avait été arraché de ses vis, comme si quelqu'un au-dessous avait frappé à coups redoublés sur la trappe avec une force de maniaque. J'hésitai un instant, puis je m'agenouillai à côté de la trappe, et tirai les verrous précautionneusement. Le verrou arraché cliqueta un peu, et je retins mon souffle et tendis l'oreille pendant presque une demi-minute, si jamais quelqu'un en bas m'avait entendu. Je n'avais aucune envie de descendre vers ma chambre, et de me faire déchiqueter les jambes par Brown Jenkin.

J'inspirai profondément, puis je relevai la trappe et regardai avec appréhension vers le bas. Il faisait tout à fait noir dans la pièce, mais je distinguais la forme pâle du lit. Brown Jenkin avait certainement renversé le fauteuil, parce que je n'apercevais qu'un seul de ses pieds. J'allais être obligé de me laisser tomber vers le sol, en faisant le moins de bruit possible. J'écoutai attentivement, mais je n'entendis pas de voix. J'entendais seulement une porte battre – *bang* – silence – *bang*. Bien sûr, je n'avais aucun moyen de savoir quelle heure du jour c'était en 1886 – ou même si j'étais revenu en 1886 le même jour où j'en étais parti, dans cet ordre. Ce pouvait même ne pas être 1886 du tout. Ce pouvait être 1885 ou 1887 ou n'importe quelle autre année. Il était impossible de savoir si le fauteuil avait été renversé par Brown Jenkin quelques heures plus tôt, ou si il gisait sur le côté dans une Fortyfoot House déserte et abandonnée depuis des mois.

Néanmoins, je devais tenter le coup et présumer que Fortyfoot House, 1886, suivait un temps parallèle. Je me glissai par la trappe, restai suspendu à la force du poignet un instant, puis je me laissai tomber aussi doucement que possible sur la carpette de la chambre à coucher. Je ne bougeai pas pendant un moment et écoutai attentivement, pour être certain que personne ne m'avait entendu. Une chose était sûre : la chambre à coucher avait le même aspect que la fois précédente. Le lit, la fenêtre, le crucifix à l'envers. Au rez-de-chaussée, j'entendis l'horloge de parquet sonner onze heures, un carillon bruyant et las.

La porte de la chambre était légèrement entrouverte. Je me dirigeai vers elle en posant précautionneusement mes pieds sur le plancher afin de ne pas faire trop de bruit. L'une des lattes émit un faible craquement prolongé, mais le reste du plancher était solide. Mon cœur battait la chamade et cognait contre ma poitrine, et je respirais comme un homme en équilibre sur une corde raide. Après tout, Brown Jenkin pouvait très bien être tapi dans le couloir, prêt à se jeter sur moi, ou Kezia Mason était peut-être à même de percevoir que j'étais ici.

Les murs sont tendus de velours noir et doux comme le péché..., m'entendis-je réciter, dans ma tête. *Des petits nains en sortent à pas feutrés...*

Je poussai doucement le battant. Le couloir était encore plus sombre, presque aussi noir que le cabinet de travail tendu de velours du roi Philippe. J'attendis, j'écoutai attentivement – au point d'en avoir mal aux oreilles.

Ce fut alors qu'une petite forme blanche surgit de l'obscurité, et se coula vers moi, suivie d'une autre, et d'une autre.

Je fus saisi d'une telle panique que j'étais incapable de faire le moindre mouvement. Je ne levai même pas ma pince à levier. Les formes s'approchèrent de plus en plus, produisant le plus infime des bruissements. Des nains, sortis du placard. Des fantômes, sortis du cimetière. Ou bien...

15

L'avertissement

Les petites formes étaient tout près de moi et, à la faveur de la lumière ténue émanant de la chambre, je vis que c'étaient des enfants, des enfants au visage très pâle, vêtus de longues chemises de nuit blanche. L'épuisement et la sous-alimentation se lisaient dans leurs yeux, et leurs cheveux étaient sales et dépeignés, mais ce n'étaient pas des nains, ou des fantômes. Seulement des enfants : deux petites filles et un petit garçon.

– Qui êtes-vous? demanda l'une des petites filles.

Elle était très jolie mais d'une maigreur pitoyable. Je discernai dans sa voix l'intonation monocorde et rauque, caractéristique de l'East End de l'époque victorienne. Le même accent que Kezia Mason.

– Je ne vous ai encore jamais vu. Le directeur sait que vous êtes ici? s'inquiéta-t-elle.

Je secouai la tête.

– Il ne le sait pas et je ne tiens pas particulièrement à ce qu'il le sache.

– Vous parlez d'une drôle de façon, fit remarquer le petit garçon. D'où est-ce que vous venez?

– De Brighton.

– J'ai été à Brighton une fois, en train. Ma mère m'avait emmené.

– T'as jamais eu de mère, intervint la seconde petite fille.

– Bien sûr que si! Elle m'a emmené à Brighton une fois. Ensuite elle a eu un autre enfant et elle en est morte.

– Parlez moins fort, il ne faut réveiller personne! dis-je.

– Qu'est-ce que vous faites, alors? Vous chapardez? s'enquit la première petite fille. Vous n'êtes pas un plumeur, hein? Brown Jenkin n'aime pas les plumeurs.

– Qu'est-ce que c'est, un plumeur? lui demandai-je.

– Oh, vous savez bien! L'un de ces docteurs ou révérends qui vous disent de retirer vos frusques afin de vous regarder tout nu.

– Hum, non, je ne suis pas un plumeur, ni un chapardeur, lui dis-je. Je cherche un ami à moi, c'est tout.

– Feriez mieux d'éviter que Brown Jenkin vous surprenne ici, me conseilla la seconde petite fille.

– Je suis au courant pour Brown Jenkin, lui dis-je. Je suis également au courant pour Kezia Mason.

– Quand vous aurez trouvé votre ami, vous resterez pas ici, hein? voulut savoir le petit garçon.

– Non, bien sûr que non. Je partirai immédiatement.

– Vous ne nous emmenerez pas avec vous?

– Vous emmener avec moi? *Tous?* Je ne sais vraiment pas. Je ne pense pas que ce soit possible. Pourquoi?

– Beaucoup d'entre nous meurent, voilà pourquoi. Mr. Billings vous jette un regard et dit que vous êtes malade, et que vous devez vous divertir pour aller mieux. Alors Brown Jenkin vous emmène pour faire un pique-nique, et c'est la dernière fois qu'on vous voit, et ensuite on vous enterre.

– Mais nous ne sommes pas malades, intervint la première petite fille. Mr. Billings ne nous donne pas beaucoup de boustifaille, juste du pain et un peu de beurre la plupart du temps, alors nous avons faim. Mais nous ne sommes pas malades, aucun de nous, excepté Billy, et il a la coqueluche. Il a *toujours* la coqueluche.

– Combien d'enfants reste-t-il? leur demandai-je.

– Trente et un maintenant, tous comptés, excepté Charity, et personne ne sait où elle est allée.

Je savais où était allée Charity, bien sûr, mais je ne leur dis pas. Je n'étais pas venu ici pour soustraire tous ces gosses de l'East End à l'orphelinat de Mr. Billings. Tout simplement, je n'en avais pas le temps ou (Dieu puisse me pardonner!) j'étais trop égoïste pour me soucier de leur sort. Ce qui avait commencé comme une tentative pour découvrir ce qui se passait à Fortyfoot House revêtait à présent toutes les caractéristiques de *L'Auberge du Sixième Bonheur*. Encore un peu et j'allais marcher au pas, en 1886, suivi d'une bande d'enfants abandonnés, et chanter *This Old Man, He Played One, He Played Knick-knack On My Drum.* Je ne me voyais pas dans la peau d'Ingrid Bergman, merci bien!

Pour le moment, une seule chose m'importait : sortir le corps de Dennis Pickering de sous le plancher, et m'en débarrasser.

– Écoutez, chuchotai-je aux trois enfants. J'ai une chose importante à faire au rez-de-chaussée. Lorsque j'aurai terminé, je reviendrai ici pour parler avec vous. Où dormez-vous?

La première petite fille montra du doigt la chambre d'à côté dans le couloir, la chambre à coucher qui, *maintenant*, ne contenait plus que des chaises cassées, des livres et des cartons.

– Parfait, murmurai-je. J'en ai pour une vingtaine de minutes, tout au plus. Essayez de rester éveillés.

– Nous resterons éveillés.

Ils repartirent vers l'obscurité. Mais, alors que la première petite fille s'apprêtait à franchir la porte de sa chambre, sur la pointe des pieds, elle se tourna vers moi et me fit signe, puis porta son index à ses lèvres.

– Venez voir, dit-elle.

Elle me prit par la main – ses doigts étaient décharnés et glacés – et elle m'entraînait de l'autre côté du couloir, vers la chambre de Liz ou, du moins, la chambre qui était celle de Liz, avant qu'elle ne commence à coucher avec moi. Avec d'infinies précautions, la petite fille tourna la poignée et entrouvrit doucement la porte.

– C'est la chambre de qui? lui demandai-je.

– Chuutt! dit-elle.

Elle ouvrit la porte plus largement et je sentis des frissons glacés me parcourir l'échine. Un côté de la pièce était dominé par un grand lit en bois, muni de trois ou quatre couvertures de laine. Sur la gauche, du côté le plus éloigné de la fenêtre, Mr. Billings était allongé sur le dos, les yeux clos, la bouche ouverte, les bras le long du corps. Il ronflait comme un sonneur, avec une légère hésitation dans chaque inspiration. A côté de lui était étendue Kezia Mason, ses cheveux auburn répandus sur l'oreiller telles des vagues de feu. A ma grande frayeur, je vis que ses yeux étaient grands ouverts et qu'elle regardait fixement le plafond.

La petite fille sentit mes doigts se crisper.

– Ne t'inquiète pas, chuchota-t-elle. Elle n'est pas éveillée. Elle dort toujours les yeux ouverts.

– Nom de Dieu! fis-je.

C'était une vision horrifiante : Kezia Mason étendue, tellement immobile, respirant à peine, les yeux ouverts. C'était presque impossible de croire qu'elle dormait vraiment, et qu'elle ne nous voyait pas.

La petite fille referma la porte sans bruit.

– Où est Brown Jenkin? lui demandai-je.

– Je ne sais pas. Il est probablement dehors, quelque part.

– Dehors?

– Il ne dort jamais. Je ne l'ai jamais vu dormir, en tout cas. Il est toujours en train de courir çà et là. Je le déteste!

– Qui est-il, au juste? Quelqu'un m'a dit qu'il était leur fils, à Mr. Billings et à Kezia Mason. Pourtant, même si quelque chose s'est mal passé lorsqu'il est né... eh bien, il ne devrait pas avoir cet aspect, d'accord? Il ressemble plus à un rat qu'à un petit garçon.

– Oui. Mais il ressemble plus à un petit garçon qu'à un rat.

La petite fille rebroussa chemin vers sa chambre et ouvrit la porte.

– A propos, dit-elle, je m'appelle Molly.

Je pensai brusquement à l'une des pierres tombales que j'avais vue dans l'enclos de la chapelle. Une simple croix de pierre, avec la simple inscription « Molly Bennett, Agée de onze ans, à la Droite du Seigneur ». Je n'eus pas le courage de lui demander si son nom de famille était Bennett. La pensée que cette fillette au visage pâlot serait bientôt emmenée par Brown Jenkin à l'un de ses sinistres « pique-niques » était trop horrible. J'avançai la main et effleurai ses cheveux dépeignés. Elle était tout à fait réelle, même si plus d'un siècle nous séparait. Si j'avais appris ne serait-ce qu'une seule chose durant ces derniers jours, c'était que la réalité de l'existence humaine n'est pas affectée par le temps. Une fois que nous sommes ici, nous sommes ici pour toujours. C'était une pensée étrange, un peu triste, mais réconfortante, également.

– Je reviens dans quelques minutes, dis-je à Molly.

Puis, je descendis doucement l'escalier vers le vestibule. Les mêmes étranges aquarelles et eaux-fortes étaient accrochées au mur. Je les discernais tout juste à la faveur de la lumière qui filtrait par l'imposte au-dessus de la porte d'entrée. Maintenant, cependant, elles paraissaient encore plus obscènes et mystérieuses : un catalogue illustré d'abominations gynécologiques. J'entrevoyais des visages angoissés, des instruments chirurgicaux terrifiants, et des nouveau-nés, vivants, coupés en morceaux dans une tentative désespérée pour sauver leur mère moribonde. Je passai devant ces tableaux aussi vite que possible.

La porte de la salle de séjour était ouverte. Aucune lampe n'était allumée dans la pièce, et il n'y avait personne, mais je compris, à en juger par le désordre qui y régnait, que j'étais revenu ici quelques heures seulement après ma dernière visite. On avait balayé l'âtre, le tapis était roulé, mais c'était tout.

Je m'avançai vers le milieu de la pièce, où Dennis Pickering avait été tué. Les lattes du plancher étaient humides et dégageaient une forte odeur de savon noir, comme si on avait passé une serpillière. Mais le savon et l'eau n'avaient pas été suffisants pour faire disparaître la large tache de sang et je savais par expérience qu'elle ne le ferait jamais. La tache de sang avait exactement la même forme que la dernière fois que je l'avais vue... il y avait une demi-heure environ, 106 ans plus tard.

Je m'agenouillai et insérai ma pince à levier entre les lattes du plancher. Elles étaient mieux ajustées et plus encaustiquées qu'en 1992. Je les soulevai précautionneusement, m'arrêtant de temps à autre, car les clous produisaient un fort couinement lorsque je les dégageais des lambourdes, comme un porc qu'on égorge.

Dennis Pickering avait été tué cet après-midi, pourtant l'odeur dc son corps était déjà presque insoutenable. Une odeur douceâtre, lourde et prenante, comme une odeur de lait condensé et de poisson avarié. Je me demandais bien pourquoi le jeune Mr. Billings et Kezia Mason ne l'avaient pas enterré dehors, dans le jardin, mais peut-être avaient-ils le même problème que moi... peut-être étaient-ils surveillés par la police ou, plus vraisemblablement, par des voisins curieux. Bonchurch était une petite communauté cancanière en 1992 : cela avait dû être pire en 1886, alors qu'elle comptait moins de la moitié de sa population actuelle.

Je retirai une latte, puis une autre. Le pauvre Dennis gisait, flasque et recroquevillé, exactement dans la même position où je l'avais trouvé précédemment. Un flot de bile et de petit déjeuner à moitié digéré me remonta dans la bouche, mais je savais que je devais absolument le sortir de là pour moi, pour Danny, et peut-être pour le repos de son âme immortelle. Personne ne méritait d'être enterré sous un plancher, sans aucune cérémonie religieuse.

Une seule chose me préoccupait sérieusement – et c'était de savoir si j'influais ou non sur le temps. Cela ressemblait à un effroyable paradoxe : Dennis Pickering gisait là, mort, alors qu'il n'avait même pas encore été conçu. Toutefois, si le temps ressemblait à un roman ou à un film – ou à la Tapisserie de Bayeux, qui se déroule dans un ordre séquentiel mais qui continue d'exister après que vous êtes passé devant – peut-être n'y avait-il pas de véritable paradoxe. Excepté celui-ci : quel Dennis Pickering était le vrai Dennis Pickering? Le Dennis Pickering qui naîtrait un jour... ou bien le Dennis Pickering qui gisait ici, mort?

Je commençai à hyperventiler, de peur, de désarroi. Au bout d'une minute ou deux, je fus obligé de fermer les yeux, de serrer les poings et de me dire *arrête, ça suffit, règle ce problème petit à petit.*

Finalement, je trouvai le courage nécessaire pour avancer mes mains vers les lattes et glisser peu à peu mes doigts sous la masse molle des épaules de Dennis Pickering. En haletant, je le soulevai et sortis ses épaules et son bras gauche de la cavité, de telle sorte qu'il était à moitié assis. Sa main glissa et heurta bruyamment le plancher. Ses orbites vides étaient remplies de mûres de sang séché, et du sang avait aussi séché sur ses joues, formant de nombreux ruisselets. Le sang qui avait dégoutté des mâchoires de Brown Jenkin sur la peinture murale de la chapelle avait peut-être été un présage, et un avertissement de ne pas intervenir dans cette affaire.

Je me mis debout et empoignai Dennis Pickering sous les aisselles; puis, laborieusement, je le tirai de sa tombe de fortune et l'allongeai sur le plancher. Heureusement pour moi, Brown Jenkin avait enfourné la plupart des intestins de Dennis Pickering dans sa cavité abdominale, et boutonné sa chemise imbibée de sang. Néanmoins, je percevais l'horrible ballottement de son ventre béant, et je fus obligé de m'arrêter un moment, et de déglutir plusieurs fois, tout en essayant de penser à autre chose.

Je le traînai jusqu'à la porte-fenêtre. Puis je fis demi-tour et remis les lattes en place. Je fermai doucement la porte de la salle de séjour avant d'enfoncer les clous de nouveau. Je me servis d'une pelle à charbon que j'avais trouvée dans l'âtre, enveloppée dans l'un des coussins du sofa pour assourdir le son. J'avais l'impression de faire autant de boucan que Satan frappant aux portes de l'Enfer, mais ce ne devait pas être aussi bruyant, en réalité.

Ouvrant la porte-fenêtre, je sortis le corps de Dennis Pickering de la maison, moitié le portant moitié le traînant, et traversai le patio. Ses talons crissèrent sur les dalles. Je le tirai et cheminai lentement : je traversai les pelouses, passai près de la pièce d'eau, franchis le petit pont et me dirigeai vers l'entrée au fond du jardin.

Mon intention était de le porter jusqu'à la plage et de le confier à la mer, de le pousser vers le large. Le matin venu, les crabes se seraient occupés de lui. Quiconque découvrirait ce qui resterait de lui penserait que c'était un pêcheur qui s'était noyé en mer, non pas que cela eût de l'importance, pas en 1886. Personne ne connaissait Dennis Pickering, en 1886. Personne n'avait même jamais entendu parler de lui.

J'atteignis le front de mer. La jetée était différente, beaucoup plus basse, et une volée de marches en bois conduisait vers les rochers. Les marches étaient fixées aux moellons de la jetée avec des chevilles en fer. Je me souvins de ces chevilles en fer, rouillées et brisées, sans marches à soutenir. En 1992, je m'étais demandé ce que c'était; maintenant, je savais.

Je portai Dennis Pickering vers la plage. C'était marée basse et je fus obligé de le traîner sur plus de deux cents mètres, le long d'un étroit chenal sablonneux entre les rochers.

Finalement j'atteignis les vagues, froides et salées. Elles éclaboussèrent mes jambes de pantalon et remplirent mes chaussures. Le corps de Dennis Pickering commença à flotter et à tourner lentement sur lui-même, mais je le tirai vers la mer, aspergé par les vagues. Bientôt j'avais de l'eau jusqu'à la taille. Dennis dansait sur l'eau et flottait à côté de moi. Je lui imprimai une dernière poussée et il disparut sous l'eau puis réapparut à la surface et s'éloigna doucement. Je distinguai tout juste la tache blanche de son col romain dans l'obscurité.

Je ne connaissais pas de prières, aussi j'en inventai une. Sous ce ciel victorien, dans un monde où les Indes étaient sous l'autorité britannique, un monde où les tsars étaient sur le trône à Moscou, et où le Président Cleveland dormait à Washington, je fis faire à un homme d'un autre temps son dernier voyage, à la rencontre de son Dieu.

Puis, gelé jusqu'aux os, je revins lentement vers la plage.

Il n'y avait pas de Café de la Plage en 1886, mais la rangée de cottages se dressait déjà sur le front de mer – des cottages proprets blanchis à la chaux, les massifs émondés pour l'hiver, et les jardins étaient aussi bien entretenus qu'ils le seraient en 1992. Je gravis le sentier escarpé qui menait à l'entrée de derrière de Fortyfoot House. Il n'était pas goudronné et mes chaussures détrempées chuintaient sur les cailloux et le sable. J'entendais un chien aboyer au loin et je voyais des lumières clignoter, et l'irréalité de ce que je faisais faillit me submerger.

Alors que j'approchais de l'entrée, je m'aperçus qu'une silhouette indistincte se tenait près de la haie, sa tête dissimulée par le lierre en surplomb. Je fis halte et cherchai à percer les ténèbres, au cas où ce serait Brown Jenkin. Si c'était Brown Jenkin, je n'avais pas le choix. Il ne me resterait plus qu'à prendre les jambes à mon cou et essayer de retourner à Fortyfoot House par un autre chemin.

Mais la silhouette semblait plus grande et plus massive que Brown Jenkin, et elle demeura silencieuse, se contentant d'attendre à l'ombre du lierre. Elle portait un long manteau, et ses mains étaient jointes en une attitude de très grande patience.

– Qui est là? dis-je finalement.

La silhouette s'avança. Son visage était dissimulé par un capuchon, comme un capuchon de moine. Je m'écartai tout doucement, muscles tendus, prêt à m'enfuir en courant si je le devais. Puis le capuchon fut rabattu sur la nuque, et je me retrouvai en face du jeune Mr. Billings, un bel homme à l'air hagard, aux joues légèrement grêlées. Il sentait le gin et une eau de toilette fleurie que je fus incapable d'identifier. Il s'éclaircit la gorge.

– Vous ne me reconnaissez pas? demanda-t-il d'une voix douce.

– Bien sûr que si, répondis-je.

– Je vous ai observé, poursuivit-il. J'ai vu ce que vous avez fait, là-bas sur la plage. Vous aviez pris un grand risque, monsieur, en venant ici. Vous avez pris un risque encore plus grand, en revenant.

– Vous et Kezia Mason, vous l'avez assassiné, répliquai-je d'une voix mal assurée. Il méritait mieux que d'être enterré sous le plancher.

– Oh... comme d'être dévoré par les crabes, sans doute?

– Les crabes, les asticots, quelle différence? Au moins, j'ai dit une prière pour lui.

– Grand bien vous fasse, dit le jeune Mr. Billings. (Il tournait lentement autour de moi et me toisait.) Bien sûr, votre geste n'a aucun rapport avec le fait que vous ne teniez pas à ce que la police trouve le corps du révérend Pickering dans une maison où vous étiez le seul suspect concevable?

– Peut-être.

Le jeune Mr. Billings s'arrêta et me regarda fixement.

– Il se peut que j'aie vendu mon âme, monsieur, mais je ne suis pas stupide.

– Je n'ai pas dit que vous l'étiez.

Il réfléchit un moment, tout en me considérant. Puis il demanda :

– Que dois-je faire de vous, à votre avis?

– Mon fils m'attend, répondis-je.

– Bien sûr. Ainsi que Charity.

– Brown Jenkin allait la tuer.

– Il est inutile de me dire ce que Brown Jenkin allait faire.

– Est-ce pour cette raison que vous vous disputiez tous les deux, dans le jardin?

Il baissa les yeux.

– Ils en ont déjà pris tellement. Vous ne me croirez sans doute pas, mais cela me brise le cœur.

Ce soudain aveu de remords me prit totalement au dépourvu. Jusqu'ici j'avais supposé que même s'il n'y avait aucun lien de parenté entre le jeune Mr. Billings et Brown Jenkin – le père et un fils monstrueux – tout au moins ils agissaient en étroite collusion.

– Pourquoi emmenez-vous les enfants? lui demandai-je. Ce n'est pas uniquement pour les assassiner, tout de même!

– Bien sûr que non! s'écria le jeune Mr. Billings. Mais c'est très difficile à expliquer. Cela concerne des choses que la plupart des gens auraient beaucoup de mal à comprendre... comme le temps, et la réalité. La morale, également. Et si une vie humaine a plus de valeur qu'une autre.

Je jetai un regard inquiet vers la masse sombre de Fortyfoot House.

– Il n'y a aucun danger que Brown Jenkin nous trouve ici?

– Pourquoi? Brown Jenkin vous fait peur à ce point?

– Dire qu'il me fout une trouille monstre serait très au-dessous de la vérité.

– Eh bien, sourit le jeune Mr. Billings, peut-être nous trouvera-t-il ici. Ou peut-être que non, et je serai peut-être obligé de le siffler.

– Qu'est-il? demandai-je.

– Brown Jenkin? Brown Jenkin est tout ce qu'il semble être. Une créature sournoise et vicieuse, un rongeur couvert de vermine, un horrible petit garçon.

– D'où vient-il? Quelqu'un m'a dit qu'il était votre fils.

– Mon fils? Brown Jenkin? Je me sentirais offensé si cela n'était pas aussi risible. Non, monsieur, pas mon fils. Mais le rejeton de Kezia, en quelque sorte, après qu'elle fut retournée voir ce... ce *Mazurewicz.*

Il cracha après avoir prononcé le nom de Mazurewicz, et s'essuya la bouche du dos de la main.

– Que diable se passe-t-il à Fortyfoot House? lui demandai-je. Depuis que je suis arrivé ici, ce ne sont que des bruits, des lumières et des voix qui grondent. Brown Jenkin galopant dans le grenier. Et deux personnes innocentes ont été tuées.

Le jeune Mr. Billings réfléchit un moment, ouvrit la bouche, la referma. Puis il dit :

– Non. Vous ne comprendriez pas.

– Dites toujours.

Il recommença de tourner autour de moi.

– Vraiment? Vous y tenez vraiment? Très bien.

Il fit halte brusquement, tira une montre de gousset et la tint tout près de son œil gauche afin de pouvoir lire l'heure dans la semi-obscurité. Un instant, la montre accrocha la lumière, et j'entrevis quelque chose gravé sur le boîtier, quelque chose qui ressemblait à une pieuvre entourée de tentacules sinueux.

– Il est tard, il est très tard, déclara-t-il. Au cas où nous serions interrompus, laissez-moi tout d'abord vous donner un avertissement.

– Un avertissement? A quel propos?

– A propos de votre Liz. Votre amie... cette fille qui *était* votre amie.

– Bon, allez-y, le sommai-je. Que désirez-vous me dire à son sujet?

– A moins que vous ne fassiez attention, cher monsieur, votre Liz vous donnera trois fils. Un fils de sang, un fils de semence, et un fils de salive.

– *Quoi?* fis-je avec incrédulité. Mais qu'est-ce que vous racontez? Nous n'avons pas du tout l'intention d'avoir des enfants. D'ailleurs, Liz prend la pilule. Vous savez ce que c'est, la pilule?

Le jeune Mr. Billings acquiesça de la tête.

– Je sais beaucoup de choses sur votre temps.

Je le regardai en fronçant les sourcils.

– Du moins, j'espère qu'elle prend la pilule. Je l'ai vue la prendre.

– Cela ne ferait aucune différence, affirma le jeune Mr. Billings. Aucune pilule au monde ne peut empêcher la conception de *ces* trois fils, mon ami, parce que ces trois fils seront les trois-en-un *en sens inverse*, la Trinité Impie. Et lorsqu'ils seront adultes, ils engendreront ensemble l'Antéchrist, et la porte donnant sur le Monde Qui A Été sera enfin ouverte. Ensuite toutes les notions de l'enfer que les hommes ont eues depuis toujours se matérialiseront... ici, sur terre. Dans nos villes, dans nos océans.

Il s'agrippait à la rambarde qui courait le long du sentier, sous cette forêt d'étoiles, et je commençai à penser qu'il était fou à lier. Pourtant il parlait posément, doucement, sans la moindre trace d'hystérie dans la voix, et j'avais vu suffisamment de choses démentielles à Fortyfoot House pour croire que ce qu'il disait contenait peut-être une part de vérité. Si je pouvais parler à des enfants qui étaient morts cent ans auparavant... si je pouvais rencontrer un rat qui marchait et parlait comme un homme... si je pouvais voir une apparition qui se dissolvait dans le corps d'une jeune femme endormie... alors je pouvais au moins écouter ce que le jeune Mr. Billings avait à me dire.

– Que savez-vous à propos des femmes que l'on appelle des *sorcières*? me demanda-t-il.

– Les sorcières? fis-je en secouant la tête. Pas grand-chose... seulement ce que j'ai lu dans les contes de fées. Il y a quelque temps, j'ai vu à la télévision une émission consacrée aux sorcières. C'étaient des sorcières « blanches » : elles pouvaient faire lever la pâte, soigner des verrues, ce genre de choses. Mais c'est à peu près tout. Elles ne pouvaient pas voler dans le ciel, à califourchon sur un manche à balai.

– Laissez-moi vous dire quelque chose que vous croirez peut-être... ou peut-être pas, dit le jeune Mr. Billings. Kezia Mason est ce que l'on pourrait appeler une sorcière.

– Hum... je veux bien le croire. Je l'ai vue fermer la porte de la salle de séjour sans même la toucher. Je l'ai vue frapper le révérend Pickering de cécité.

– Ce n'est qu'une infime partie de ses pouvoirs, déclara le jeune Mr. Billings. Voyez-vous... elle n'est pas une personne vivante comme nous le sommes. Ce n'est même pas un être humain... Comme toutes les sorcières, c'est une entité venue de temps préhumains... d'un âge où la terre était occupée par une civilisation totalement différente. Elle est un esprit très ancien, si cela vous permet de mieux comprendre.

– C'est un fantôme?

– Non, non. Pas un fantôme. Pas une *ombre*, au sens où vous l'entendez. Disons plutôt... une *âme*.

– Mais je l'ai vue, je l'ai touchée. C'était un être de chair et de sang.

– Bien sûr. Mais cette enveloppe matérielle n'est pas la sienne. Même le nom de Kezia Mason n'est pas le sien. Elle vit à l'intérieur du corps de Kezia Mason, mais elle n'est rien de plus qu'un coucou, vous comprenez, dans un nid de chair et douillet. Tout ce qui était Kezia Mason – ses souvenirs, ses idées, sa personnalité, si l'on peut dire – a été jeté dehors, comme des oisillons sans défense. Lorsque Kezia Mason mourra, ou sera devenue trop vieille à son goût, elle s'en débarrassera et cherchera quelqu'un d'autre à occuper, en remplacement. C'est un parasite, si vous voulez.

– Vous voulez savoir ce que je pense? dis-je en secouant la tête. Je pense que l'un de nous deux est fou à lier.

Le jeune Mr. Billings ne fut pas offensé le moins du monde.

– Pourquoi pensez-vous cela? persista-t-il. Vous n'êtes pas fou, et je ne peux pas être fou, parce que je vous dis la vérité; et je dis forcément la vérité, sinon je ne vous connaîtrais pas, vous ou votre petit garçon. Nous sommes en 1886, Mr. Williams. Ni vous ni votre fils n'êtes encore nés – et il en sera ainsi pendant presque un siècle.

– Bon, d'accord, concédai-je. Vous dites la vérité. Mais auriez-vous la bonté de m'expliquer ce qui se passe?

– Entendu, accepta le jeune Mr. Billings. Je vais m'efforcer d'abréger autant que possible le récit d'une longue et étrange histoire. Pour commencer, tout cela a été la faute de mon père. Il a passé des années et des années dans l'East End de Londres, dans les quartiers pauvres, à venir en aide aux enfants indigents. Il s'est dépensé sans compter, il a fait un travail admirable, croyez-moi, mais à ma grande honte je suis obligé de dire qu'il n'agissait pas ainsi par pure philanthropie.

– C'était un plumeur? lui demandai-je.

Le jeune Mr. Billings me lança un regard peu amène.

– Qui vous a dit ça? Charity?

– Peu importe, continuez.

– Ma foi... vous n'êtes pas très loin de la vérité. Il avait un faible pour les très jeunes filles. Il vit Kezia Mason pour la première fois chez le Dr Barnardo. Il en tomba éperdument amoureux, littéralement envoûté. Il voulait qu'elle soit confiée à ses soins immédiatement, mais le Dr Barnardo se méfiait des hommes tels que lui... et indépendamment de ce fait, le Dr Barnardo soupçonnait apparemment que Kezia Mason n'était pas tout à fait ce qu'elle semblait être. Autant qu'il puisse en juger, elle considérait qu'elle appartenait corps et âme à une *créature* nommée Mazurewicz, qui vivait dans une immense cave, un cloaque immonde, sous l'un des quais les plus délabrés des docks de Londres.

» Prenant des risques considérables, le Dr Barnardo avait enlevé Kezia Mason pour l'emmener chez lui, maintes et maintes fois, mais elle parvenait toujours à s'échapper et retournait auprès de Mazurewicz. Un personnage des plus étranges. Au dire du Dr Barnardo, c'était le couple le plus abject qu'il ait jamais vu : une créature qui vivait et se comportait comme le roi des rats, et l'une des plus jolies Cockneys qu'il ait jamais connues.

J'aurais fait n'importe quoi pour regagner Fortyfoot House le plus vite possible, et retourner en 1992, où Danny et Charity jouaient dans le jardin et attendaient leur petit déjeuner, mais j'avais l'impression d'être l'Invité des Noces dans *Le Dit du Vieux Marin*, lequel n'a pas d'autre choix que de rester. Le jeune Mr. Billings s'était réveillé, levé, et m'avait suivi vers la plage afin de tout me raconter, et j'étais obligé d'écouter.

Il toussa, prit son mouchoir, et s'essuya la bouche.

– Ce que le Dr Barnado ignorait, bien sûr – de même que mon pauvre père – c'est que Kezia Mason était sûrement l'image mortelle d'une jeune et jolie Cockney. Extérieurement, c'était une ravissante jeune fille aux formes sensuelles. Intérieurement, c'était une créature dix mille fois plus étrange et plus dépravée que Mazurewicz. Par la suite, lorsqu'il était trop tard, j'ai découvert que c'était Mazurewicz qui était sous *son* emprise, et non l'inverse. Et chaque fois qu'elle retournait auprès de lui, c'était dans un but bien précis.

» L'histoire de Mazurewicz est très décousue et incohérente. Mais mon père m'a dit qu'il était arrivé à Londres en 1850 environ, et qu'il venait des bas quartiers du port de Danzig. On racontait qu'il était le fils d'une très belle ballerine polonaise, laquelle faisait montre de goûts très particuliers dans ses relations sexuelles. Avec *quoi* avait-elle couché, personne ne l'a jamais su exactement. Mais il y a eu des cas d'union féconde entre des humains et des animaux, en dépit des dénégations catégoriques des scientifiques et des théologiens. Des femmes ont mis au monde des bergers allemands, des cochons, et même des poneys. Il existe des dizaines et des dizaines de témoignages authentifiés, et probablement des milliers de cas semblables dont personne n'a jamais eu connaissance, parce que cela se passait dans de petits villages isolés, et que le monstre était tué dès sa naissance.

– Alors, qu'est-il arrivé? demandai-je. Votre père a amené Kezia Mason à Fortyfoot House?

– Oui. Du jour au lendemain, elle a accepté de l'accompagner. Mon père était ravi. Il lui a acheté des vêtements et lui a appris à lire, il la traitait comme une princesse. Il la persuada de poser pour lui – il voulait faire son portrait et la photographier – bien que, a posteriori, ce fut probablement *elle* qui le tenta. Elle accepta de poser pour lui, mais exigea que mon pauvre père lui achète des bijoux, des fourrures, du cognac, et de la morphine, tout ce qu'elle voulait. Bien sûr, il n'osa pas protester. Et il continuait de la vénérer. Dieu Tout-Puissant, il n'avait pas le moindre soupçon de ce qu'elle était!

– Comment l'avez-vous appris? lui demandai-je avec méfiance.

– Moi? Ah! Un jour, je l'ai surprise dans la bibliothèque de mon père, en train de faire bouger les personnages sur ses peintures à l'huile. Elle faisait se déplacer les nuages, tourner les ailes des moulins à vent, s'animer les tableaux. Ce fut alors que j'eus la certitude qu'elle était une sorcière, ou ce que les habitants du Hampshire appellent une « faiseuse de merveilles ».

– Et qu'avez-vous fait? voulus-je savoir.

– Exactement ce que vous avez fait, lorsque vous avez tenté de découvrir l'explication des phénomènes étranges à Fortyfoot House. Je suis allé à la bibliothèque du village. Naturellement, elle était différente à cette époque. C'était une bibliothèque privée, très petite, mais le vieux Mr. Bacon pouvait vous trouver tout ce que vous cherchiez.

» J'ai lu la véritable histoire des sorcières, et j'ai été stupéfait, monsieur, croyez-moi. Je n'avais jamais cru qu'elles existaient vraiment, sous quelque forme que ce soit. Certes, nous connaissons tous une vieille femme ou une autre, une pauvre vieille que l'on montre du doigt parce que les poules ne pondent pas ou parce que le lait des vaches a tourné. Mais dans ces ouvrages il était question de sorcières – *witches* en anglais – un mot qui a été prononcé pour la première fois il y a plus de 3 500 ans avant Jésus-Christ. Le mot viking *wicca* vient du mot tsigane *wycjka* qui lui-même vient du mot sumérien *willa*, signifiant sorcière.

» Les anciens Égyptiens ont construit leurs pyramides en se basant sur des mathématiques très complexes, des mathématiques qui permettent de ralentir le temps, afin que les corps de leurs pharaons sacrés ne tombent jamais en décomposition. Le pouvoir de la pyramide est parfaitement connu : nombre de négociants en vins tout à fait respectables entreposent leurs vins dans des casiers en forme de pyramide afin de ralentir leur maturité.

» Les Sumériens utilisèrent les mêmes mathématiques pour faire quelque chose que les Égyptiens n'osèrent jamais tenter : ils conçurent des ziggourats qui leur permettraient de voyager dans le temps, de retourner dans un passé incroyablement lointain, avant même que l'homme soit apparu sur la Terre... lorsque le monde était habité par ce qu'ils appelaient les Grands Anciens, et par les serviteurs des Grands Anciens. Il y eut un âge où de gigantesques et mystérieuses cités recouvraient le Moyen-Orient. Ces cités ont réellement existé... si vous voulez des preuves, il vous suffit d'aller au British Museum. Apparemment, elles étaient administrées par des bêtes dont le visage ressemblait à de la fumée, au corps orné d'étranges tentacules, par des choses qui écumaient, et par des organismes au mal indicible qui avaient l'aspect de globules de lumière aveuglante.

» Ces entités avaient été créées à partir des ténèbres des origines – la matière dont tout l'univers est fait. Elles étaient étranges et redoutables, au-delà de tout ce que vous pouvez imaginer.

– Et vous essayez de me dire que Kezia Mason est l'une de ces entités?

Le jeune Mr. Billings acquiesça de la tête.

– Personne ne connaît le nombre exact des sorcières. Il y en a peut-être des milliers, peut-être moins de deux ou trois cents. Lorsqu'un hôte humain meurt – ou est pendu, noyé, ou brûlé en place publique – l'entité se dissimule, tout simplement, en sommeil, à l'endroit où son hôte est mort, jusqu'à ce qu'un autre hôte passe à proximité. Ainsi les mêmes sorcières se renouvellent, vie après vie, maintes et maintes fois.

Je songeai brusquement à l'apparition scintillante de la nonne que j'avais vue dans ma chambre, et un sombre sentiment de peur et de défiance commença à filtrer à travers mon esprit, comme de l'eau glacée filtrant à travers un tapis.

– Autant que je sache, poursuivit le jeune Mr. Billings, les entités s'échappèrent du pléistocène lorsque des prêtres sumériens leur rendirent visite. Les prêtres remontèrent le temps et vinrent à Sarnath, l'une des plus importantes cités des Grands Anciens. Il existe six ou sept récits distincts de ces voyages, sur différentes tablettes en écriture cunéiforme. Ce fut un incroyable triomphe des mathématiques, sans parler du courage inouï que cela représentait. Mais les prêtres commirent une erreur fondamentale aux terribles conséquences. Lorsqu'ils arrivèrent à Sarnath, ils furent persuadés de voir une civilisation à son apogée. Je suppose que c'était compréhensible, puisque leurs propres cités étaient tout à fait primitives, en comparaison. Mais, en réalité, les Grands Anciens étaient menacés d'extinction complète. Ils n'avaient pas su s'adapter aux changements climatiques de la Terre, et ils avaient vécu individuellement pendant si longtemps qu'ils avaient oublié nombre de leurs facultés pour survivre, comme de se mettre en léthargie pendant des centaines d'années, quasiment sans s'alimenter. Pire, ils s'étaient fait la guerre pendant si longtemps qu'ils ne pouvaient plus se faire confiance les uns les autres pour prendre part à l'Acte de Renouvellement, au cours duquel les trois principales espèces des Grands Anciens doivent être périodiquement conçues et portées dans le corps-hôte d'un animal qui est originaire de la planète Terre.

– Je ne comprends pas, avouai-je.

– Eh bien... moi non plus, pour vous dire la vérité, admit le jeune Mr. Billings. Je n'ai jamais pu amener Kezia à m'expliquer ceci clairement, mais il semblerait que les Grands Anciens n'étaient pas originaires de ce monde... et qu'il était indispensable pour eux de s'adapter progressivement à la Terre au moyen d'Actes de Renouvellement, effectués à des intervalles réguliers. Un hôte devait être choisi, et fécondé par chacune des trois principales espèces... les créatures aux tentacules, les créatures-écume et les créatures qui ont l'aspect de globules de protoplasme brillant. Il y a eu de nombreux cas à travers l'histoire de femmes retrouvées horriblement déchiquetées, d'une façon qui donnait à penser que quelque chose ou *des choses* étaient *sorties* de leur corps en les éventrant *de l'intérieur*. En Sibérie, en 1801, un groupe de bûcherons découvrit le corps pris dans la glace d'un mastodonte femelle, horriblement déchiqueté. Il ne faisait aucun doute qu'elle avait été mise en pièces *de l'intérieur*. Ils rapportèrent que c'était comme si elle avait mangé de la dynamite. En 1823, une paysanne française fut découverte dans un vignoble près d'Épernay, son corps déchiqueté et les débris éparpillés sur presque un hectare de terrain. Un jeune garçon qui avait été témoin de sa mort a parlé de voix caverneuse et de lumière aveuglante, et lorsqu'on lui a demandé de décrire ce qu'il avait vu, il s'est caché le visage avec sa main et a risqué un coup d'œil entre ses doigts, et ce fut tout ce qu'il accepta de faire. Un autre cas... en 1857, une jeune femme de 17 ans fut trouvée par son mari dans leur cabane, à Nightmute en Alaska : elle donnait l'impression d'avoir littéralement explosé. La cabane avait été ébranlée si violemment qu'elle avait été déplacée à une vingtaine de mètres de ses fondations. Mazurewicz m'a montré le récit de ces faits dans certains de ses livres. Il y avait également des croquis, exécutés par des témoins oculaires, et croyez-moi, monsieur, ils m'ont donné des cauchemars pendant des semaines.

– Vous voulez dire que la même chose va arriver à Liz? lui demandai-je, terrifié.

– Oui, je le crains, répondit le jeune Mr. Billings.

– Elle va être *tuée*, bon Dieu?

– Je suis désolé, mais il m'était absolument impossible d'empêcher cela.

– Mais *comment*? m'écriai-je.

Le jeune Mr. Billings me considéra d'un air grave.

– J'ai le regret de vous annoncer, cher monsieur, que l'entité-sorcière a déjà pris possession de votre Liz.

Oh, mon Dieu. La nonne.

– Je l'ai vue, dis-je. Du moins, je pense l'avoir vue. C'était une sorte de forme scintillante... cela ressemblait à une nonne.

– Oui, acquiesça-t-il. L'âme, si vous voulez, de cette créature préhumaine qui, à l'origine, est venue à Fortyfoot House sous l'apparence de Kezia Mason. Voyez-vous... Kezia Mason est morte ici. Je le sais avec certitude, parce que je l'ai vue mourir de mes propres yeux, et j'ai caché ses restes dans notre chambre – *votre* chambre, dans le futur – dans une cloison dans le toit. C'est pour cette raison qu'une fenêtre sera murée sur un côté de la maison, et que votre chambre aura un plafond à la pente aussi étrange.

» L'entité-sorcière attendait dans le mur de cette pièce lorsque vous êtes arrivé. En sommeil, oui, mais à même de se réveiller dès qu'un hôte approprié venait à proximité. Elle commencera par exercer une influence sur votre Liz; elle l'a *déjà* fait, à vrai dire. Peut-être avez-vous remarqué des sautes d'humeur de sa part, des disputes à propos de sujets sans importance, des choses de ce genre.

– Oui, dis-je, transi d'horreur.

– Eh bien, poursuivit le jeune Mr. Billings, lorsque l'entité-sorcière sera convaincue que votre Liz fera un hôte approprié pour elle... elle émergera des murs et s'installera dans son esprit et dans son corps. Ou elle a déjà émergé, dans *votre* temps.

– Et ensuite?

– Ensuite son premier travail sera de se faire féconder par un être humain. *Vous*, par bonheur. Vous la féconderez trois fois – par voie orale, avec de la semence; par voie vaginale, avec de la salive; et par voie rectale, avec du sang. Ces trois fécondations amèneront au développement embryonnaire dans son corps des trois principales espèces des Grands Anciens. Dans votre temps, deux de ces trois actes de conception ont déjà eu lieu... seul le troisième n'a pas encore été accompli.

– Quelle est la durée de gestation pour ces créatures? lui demandai-je. Enfin... combien de temps avant qu'elles mettent son corps en pièces pour sortir?

– Six ou sept mois. Mais durant cette période, votre Liz deviendra presque méconnaissable. Elle changera, physiquement, et elle manifestera nombre d'appétits violents et étranges. Dans votre intérêt, dans l'intérêt de votre fils, il serait préférable que vous ne vous trouviez pas à proximité. Kezia est devenue... ah, je préfère ne pas penser à la façon dont Kezia a changé. Ou plutôt, *changera*.

– C'est ainsi que Kezia est morte, elle aussi? En mettant au monde ces créatures?

– Malheureusement, oui. Malheureusement... et d'une manière tout à fait horrible.

Je marquai un temps, réfléchissant profondément.

– Dites-moi une chose, fis-je au bout d'un moment. Est-ce qu'il subsiste quelque chose de Liz? Ou bien cette entité-sorcière a-t-elle « jeté dehors » tout ce qu'elle était?

– Je l'ignore, répondit le jeune Mr. Billings. Parfois, lorsque je parle avec Kezia, j'entrevois de façon fugitive la douce jeune fille qu'elle a dû être autrefois. Mais je ne saurais dire si cette douce jeune fille a disparu à jamais, irrémédiablement.

– Je pensais à Liz, lui dis-je. Si elle est toujours Liz, alors cela vaut la peine d'essayer de faire sortir d'elle cette entité-sorcière, non?

– Vous ne le pouvez pas. Du moins, il n'existe aucun moyen de la chasser, à ma connaissance.

– Supposons que je ne lui fasse plus l'amour? Supposons que le troisième fils ne soit pas conçu?

– Les deux autres se développeront – beaucoup plus lentement que s'ils étaient trois. Mais lorsqu'ils émergeront finalement, ils seront suffisamment violents pour la tuer, sans leur frère pour les aider.

– Et un exorcisme?

Le jeune Mr. Billings secoua la tête.

– Vous ne pouvez rien faire, monsieur. Absolument rien. Nous n'avons pas affaire au *diable* ici. Nous avons affaire à des êtres réels, à des créatures réelles, des êtres vivants dotés d'une substance et d'une forme et d'une intelligence très développée. Ils ont bâti des cités entières en Asie Mineure et dans l'Antarctique, et ont dominé le monde pendant des millions d'années. Ils ont laissé une marque sur cette planète que l'on ne pourra jamais effacer.

– Et pour cette raison, je vais permettre que Liz soit mise en morceaux?

– Ce n'est pas une question de « permettre », je le crains. Vous ne pouvez pas l'empêcher, tout simplement.

Je me mordillais la lèvre. Je ne voyais pas ce que je pouvais faire. Le jeune Mr. Billings me mentait peut-être. D'un autre côté, peut-être me disait-il la vérité. Son récit semblait cadrer avec la plupart des faits, incontestablement, et tout ce qu'il avait dit à propos des ziggourats sumériennes m'avait particulièrement convaincu. J'avais constaté par moi-même que le toit de Fortyfoot House, le toit « impossible » dont une orpheline de l'East End avait dessiné les plans, présentait les mêmes angles étranges que les Sumériens avaient utilisés pour voyager dans le temps.

– Que se passe-t-il lorsque ces trois créatures naissent? demandai-je d'une voix rauque.

– Elles s'unissent... c'est ce que Kezia m'a dit, en tout cas... et elles forment la grande Trinité Impie... un être hermaphrodite tout-puissant, comme une reine des fourmis, disons... lequel à son tour donne naissance à des milliers et des milliers de nouvelles formes des trois principales espèces des Grands Anciens, et qui règne sur elles, pour les millénaires à venir.

– Mais vous avez dit que ces créatures pouvaient ne pas survivre.

– C'est une entreprise hasardeuse. Même dans *votre* temps, les conditions climatiques ne leur conviennent pas encore tout à fait. Idéalement, les Grands Anciens ont besoin d'un air très dense en gaz sulfureux, d'un ciel sans oiseaux ni insectes, et d'un océan sans poissons ni coraux ni plancton. Il leur faut un monde tel qu'il était dans les temps préhumains... sans vie animale, sans végétation, un monde toxique et stérile. Depuis que les Grands Anciens sont morts, les entités-sorcières survivantes, peu nombreuses, ont continuellement tenté de renouveler la race... espérant à chacune de leurs tentatives que le monde aura suffisamment dépéri pour offrir les conditions de vie idéales pour eux. Je dois dire que, dans votre temps, la pollution de l'air et la stérilité des océans leur donnent bon espoir!

» Ainsi que Kezia me le répète souvent, elle est impatiente de respirer les remugles de l'enfer.

– Alors, même si elles parviennent à la tuer, ces créatures que Liz est censée porter en elle ne survivront pas?

Le jeune Mr. Billings secoua la tête.

– Très peu de temps... quelques minutes peut-être, puis elles se volatiliseront, littéralement... mais dans vingt ou trente ans, dans votre temps... ma foi, le monde sera très différent. Pour les humains, l'air sera quasiment irrespirable, mais pour les Grands Anciens, ce sera du nectar.

Je m'apprêtais à demander au jeune Mr. Billings si cela servait à quelque chose d'emmener Liz dans une clinique pour la faire avorter, lorsque j'entendis un léger bruissement dans les buissons du jardin. Le jeune Mr. Billings l'entendit, lui aussi, et leva la main.

Nous écoutâmes attentivement pendant un moment qui me parut interminable. Le cœur du jeune Mr. Billings devait battre aussi vite que le mien.

– Rien... dit-il finalement. Du moins, ce n'est pas Brown Jenkin.

– *Qu'est* Brown Jenkin, au juste? lui demandai-je.

– Le démon familier de Kezia, répondit le jeune Mr. Billings. Les sorcières ont un désavantage... elles sont déjà *déplacées* dans le temps... aussi ne peuvent-elles pas utiliser les « portes » sumériennes pour aller d'un temps à un autre, comme les humains peuvent le faire, comme vous et moi pouvons le faire. Si elles franchissaient ces portes, elles se retrouveraient tout simplement à l'âge préhumain, qui est leur véritable temps. Pour cette raison, les sorcières mettent toujours au monde un démon familier qui accomplit des tâches pour elles, en allant d'un temps à un autre. Parfois c'est un chat, plus fréquemment c'est un chien, ou un nain. Dans le cas de Kezia, c'est Brown Jenkin. Kezia est une sorcière très perverse, très étrange et puissante. Un jour, elle m'a dit son nom préhumain, mais j'ai du mal à m'en souvenir. Quelque chose comme Sothoth.

Je pensai au vieux Mr. Billings tournoyant autour du cadran solaire, crépitant d'électricité et hurlant *N'gaaa nnggg sothoth n'ggggaaAAA*.

Je frissonnai.

– Brown Jenkin est déjà allé dans le futur afin de préparer le prochain Renouvellement, déclara le jeune Mr. Billings, lorsque les Grands Anciens renaîtront enfin, de manière triomphale, et domineront le monde comme ils ont toujours cru qu'ils étaient destinés à le faire. Même les portes sumériennes ne peuvent vous transporter au-delà de ce temps... c'est la limite ultime de l'évolution du monde... la frontière du temps, si vous voulez.

» Selon vos critères, cher monsieur, vous jugeriez probablement que ce monde futur est tout à fait sinistre. L'air est jaune, les océans sont noirs, et – le plus grave – les hommes et les femmes sont tous stériles, en raison des radiations et des cancers à évolution rapide.

» Il n'y aura plus d'enfants, conclut-il d'un ton dramatique.

Je le regardai en fronçant les sourcils.

– C'est effroyable. Mais pourquoi dites-vous cela de cette façon? « Il n'y aura plus d'enfants »?

– Auriez-vous oublié vos contes de Grimm? demanda le jeune Mr. Billings. Les enfants sont indispensables dans les contes de fées. Les enfants sont indispensables pour la survie des sorcières, parce qu'ils sont le régime de base d'une sorcière.

– Expliquez-moi cela, lui intimai-je. Vous voulez dire que Brown Jenkin effectue des allers et retours entre maintenant et le futur très lointain... et qu'il enlève des enfants et les emmène dans le futur pour qu'ils servent de *nourriture*.

Le jeune Mr. Billings demeura calme; les yeux brillants, bien qu'un peu hagards; sa voix douce et posée.

– Sans enfants vivants, la créature préhumaine à l'intérieur de Kezia Mason mourrait. Elle a l'apparence d'une jeune fille, mais n'oubliez pas qu'elle est une créature, une abomination indicible sans forme terrestre. Lorsque les Grands Anciens se seront Renouvelés, ces créatures pourront vivre uniquement de gaz et de minéraux, mais sous cette forme, elles ont besoin de chair.

– Et Kezia vous a dit tout cela?

– Elle était obligée de le faire. Elle avait besoin de mon aide, pour la raison suivante : Brown Jenkin a découvert que dans ce temps futur, lorsque le prochain grand Renouvellement sera imminent... *elle* sera l'unique entité-sorcière encore en vie. Les autres seront mortes de faim ou de nouvelles maladies. Son futur moi est une femme d'ici, une certaine Vanessa Charles, et son futur moi est parfaitement enceinte, attendant le grand moment. Mais son futur moi a besoin de se nourrir. Il mange comme quatre, pour dire les choses crûment.

» Mon père avait refusé qu'elle prenne ne serait-ce qu'un seul des enfants de Fortyfoot House, et c'est pourquoi, comme je l'ai découvert par la suite, elle l'a tué. Après cela, durant une longue période – avant que je comprenne ce qu'elle était réellement – elle m'a envoûté, tout comme elle avait envoûté mon père. Ainsi que vous le savez, nous nous sommes même mariés. Il n'y avait rien chez elle, physiquement – absolument rien – qui trahissait ce qu'elle était réellement à l'intérieur.

» Elle faisait l'amour comme aucune autre femme que j'aie jamais connue. Elle m'a rapporté fortune et réussite sociale; elle me donnait un tel sentiment d'euphorie! Et puis, un jour, l'un de nos enfants a disparu. Le jeune Robert Philips, il avait seulement six ans, puisse Dieu me pardonner! J'ai trouvé ses restes dans les bois entre ici et Shanklin Old Village. Son corps mutilé, brûlé, *à moitié mangé.* Je n'oublierai jamais cette vision : son fémur avec des lambeaux de chair rouge, rongé et présentant des marques de dents humaines – c'était horrible. Le lendemain, j'ai trouvé le sifflet de Robert dans l'un des tiroirs de Kezia, ainsi qu'un mouchoir taché de sang. J'ai compris alors que j'avais épousé un être incroyablement malfaisant.

Le jeune Mr. Billings demeura silencieux un long, très long moment. Puis il ajouta finalement :

– Elle m'a promis de me donner de l'argent si je me taisais. Elle m'a menacé de mutilations et de mort. Puis elle m'a tout raconté. Elle avait absolument besoin que l'orphelinat de Fortyfoot House fonctionne le plus longtemps possible, afin de disposer d'enfants en bonne santé lorsque ce serait nécessaire... et, bien sûr, si jamais l'on soupçonnait que des enfants étaient molestés ou assassinés, l'orphelinat serait fermé immédiatement, et on nous retirerait les enfants.

» Pour parler net, cher monsieur, Fortyfoot House n'est ni plus ni moins qu'un magasin d'alimentation pour l'une des plus sinistres et effroyables créatures qui ait jamais existé sur cette terre. C'est un garde-manger, rempli d'enfants vivants...

16

Dent et griffe

Je regardai le jeune Mr. Billings avec stupeur et il s'efforça de soutenir mon regard un instant, l'air digne... puis la honte parut l'accabler, et il fut obligé de détourner les yeux.

– Il faut que je parte, lui dis-je. Je ne sais pas si je dois vous remercier pour ce que vous m'avez dit, ou bien vous maudire.

– Vous pouvez au moins sauver Charity, fit-il observer. Emmenez-la le plus loin possible de Fortyfoot House et partez, vous aussi. Brown Jenkin ne peut pas vous poursuivre très loin.

– Et les autres enfants? J'en ai rencontré quelques-uns tout à l'heure, dans le couloir au premier.

– Oh, oui. Ce sont eux qui m'ont réveillé, avec leurs chuchotements et le bruit de leurs pas. Vous ne pouvez pas les emmener, je le crains. Si seulement vous le pouviez. Mais Brown Jenkin en massacrerait deux fois plus, dans sa fureur. Il est complètement détraqué, totalement irrationnel.

– Mais les enfants vont mourir, de toute façon. J'ai vu leurs pierres tombales.

– Le destin n'est pas immuable, cher monsieur, ainsi que vous l'avez déjà découvert. Et si vous aviez laissé votre ami le pasteur sous le plancher? Et si vous et lui n'aviez jamais franchi la porte sumérienne pour venir ici? Notre destin ne dépend que de nous. Le seul paradoxe c'est que nous ne faisons pas l'effort de changer le cours de notre vie lorsque nous en avons la possibilité.

Il prit ma main et la serra fortement. J'éprouvai alors la plus étrange des sensations : je tenais la main d'un homme qui était mort il y avait plus de cent ans. J'avais l'impression de faire un tour de montagnes russes, ma voiture sur le point de basculer vers le néant. Je compris comment des hommes perdaient la raison.

– J'ai accepté que Brown Jenkin prenne six enfants, dit-il. J'ai pensé que, ma foi, s'ils n'étaient pas venus ici, à Fortyfoot House, ils seraient morts de toute façon, dans l'East End de Londres, de faim, ou de froid, ou de violences sexuelles. Ensuite, lorsque Kezia m'a harcelé, j'ai accepté qu'il en prenne six autres, mais mon autojustification commençait à sonner creux, incontestablement. Maintenant elle en réclame encore six, et je sais comment tout cela se terminera, à moins que je ne prenne des mesures drastiques.

– Que comptez-vous faire?

– Me rendre dans le *futur*, déclara le jeune Mr. Billings. Me rendre dans le futur, à la limite ultime du temps, et neutraliser cette monstruosité avant le Renouvellement... avant que l'avenir du monde soit condamné à jamais.

Je jetai un coup d'œil à ma montre. Cela faisait presque une demi-heure que j'étais parti, et Danny et Charity devaient se demander où j'étais passé.

– Je ferais mieux de repartir, dis-je. Je ne suis pas certain d'avoir tout compris. Par exemple, pourquoi Brown Jenkin ne peut-il pas revenir du futur et avertir Kezia de ce que vous allez faire?

– Parce que ce temps de *maintenant* – ce mois de novembre en 1886 – est mon *vrai* temps. Vous pouvez vous en aller par cette porte, mais si vous revenez demain je serai toujours ici, au mois de novembre 1886, et la même quantité d'heures et de minutes se sera écoulée dans mon monde comme dans le vôtre.

– Je suis encore plus perdu qu'avant.

– Croyez-moi, insista le jeune Mr. Billings, nous pouvons sauver les enfants si nous essayons. J'en ai la certitude. Si nous échouons, alors je mérite le sort que Dieu me réserve... quel qu'il soit.

– Vous voulez savoir? lui demandai-je.

Il secoua la tête.

– Je ne l'imagine que trop bien. La folie et la mort, probablement. Je les sens déjà s'attacher à mes pas. Mais je préfère ne pas l'apprendre de quelqu'un qui le sait avec certitude.

Je poussai la grille du jardin et m'avançai vers l'obscurité des arbres. Fortyfoot House se découpait sombrement sur le ciel, étrangement non anglaise et bizarre au cœur de la nuit, comme quelque forteresse turque, ou une falaise sur un monde incommensurablement lointain. Je gravis le sentier, franchis le petit pont puis commençai à traverser les pelouses à l'arrière de la maison. La pièce d'eau ressemblait à une fenêtre argentée dans l'obscurité, une fenêtre qui donnait directement sur un abîme terrifiant, inaccessible. Si on basculait par cette fenêtre, on tombait directement vers le ciel.

Je passais rapidement près du cadran solaire lorsque j'entendis un crépitement aigu. Je regardai vers le cadran solaire et vis qu'un léger filet d'étincelles bleu vif ourlait l'aiguille et le cadran métallique, faisant ressortir les chiffres romains. Je scrutai les ombres du jardin : certaines étaient bossues, certaines monstrueuses, mais toutes étaient menaçantes. S'il y avait des étincelles, Kezia Mason ne devait pas être très loin, et si Kezia Mason se trouvait à proximité, il en allait de même pour Brown Jenkin. Je me mis à courir mais j'avais tout juste atteint la bordure de « l'allouinde » lorsqu'un éclair ressemblant à un long bâton jaillit de l'aiguille du cadran solaire et me frappa à l'épaule. Tous les nerfs de mon bras gauche tressautèrent et mes muscles se contractèrent si fortement que mon poing se dressa involontairement. Puis j'éprouvai une douleur cuisante, et une petite bouffée de fumée s'éleva de l'épaule de ma chemisette en coton.

Descendant les marches du patio, Kezia Mason venait vers moi, suivie de près par Brown Jenkin qui sautillait, se grattait et ricanait. Kezia portait un costume étrange, presque arabe : des draps de lit déchirés et souillés, enroulés autour de sa tête en un monstrueux *burnous*. Seuls ses yeux étaient visibles. Les draps étaient ramenés sur ses épaules et maintenus par une quantité de cordelettes nouées et entrelacées. Elle était nue depuis sa cage thoracique jusqu'aux genoux, à l'exception d'une bourse fixée à sa taille, et cette bourse était bourrée de feuilles mortes de chêne, de pétales de rose brunâtres, de touffes de gui; il y avait même un moineau à demi momifié. Ses mollets étaient enveloppés dans d'autres draps déchirés, et ses pieds étaient nus, bien qu'elle eût noué un petit bout de cordelette autour de chaque doigt de pied.

Les draps donnaient l'impression d'être tachés de sang et

d'urine, et bien qu'elle se trouvât à une dizaine de mètres de moi, je sentais la puanteur de la mort. Kezia Mason et Brown Jenkin *étaient* la mort, la mort et son compagnon sautillant.

– *Bonsoir bastard comment ça va?* gloussa Brown Jenkin.

Il virevoltait sur la pelouse, gambadait d'une ombre à l'autre, si bien que je ne savais pas laquelle était l'ombre et laquelle était la créature-rat.

– *Nous étions so traurig enculé-enculé. Mais so happy now, das wir your lunchpipes riechen konnen! Je vais hook out your derrière-ring avec meinen Klauen, ja!* glapit-il.

Tandis que Brown Jenkin couinait et dansait au sein des ombres, Kezia Mason tournait lentement autour de moi, pâle, sentant le rance, et très étrange. Ses draps bruissaient, sa bourse ballottait sur son ventre nu.

– Alors, qu'est-ce qui t'amène de nouveau ici, Monsieur le Fouineur? me demanda-t-elle. Fatigué de respirer, peut-être? Et qu'as-tu fait du cureton? Tu l'as balancé à la baille?

– *Ha! Ha! Tekeli-li! Tekeli-li!* glapit Brown Jenkin.

Kezia Mason pointa un index rigide vers lui, ses yeux grands ouverts derrière son immonde capuchon de fortune.

– Silence, Jenkin! Hé, on dirait que le diable t'a chié dessus!

Un claquement sec retentit depuis le bout de son doigt, et sur-le-champ une veine se rompit dans la narine de rat de Brown Jenkin, et du sang aspergea ses moustaches et son col relevé. Il porta les mains à son nez et se mit à décrire des cercles sur la pelouse en pleurnichant.

– Eh bien? demanda Kezia en s'approchant de moi. (Son odeur douceâtre et piquante était insoutenable, et je sentis un flot de bile me remonter dans la gorge.) Qu'est-ce que tu veux, mon pote? Tu m'as l'air un peu pâle! Tu es venu te rincer l'œil? Ou chercher des ennuis? Ou les deux, peut-être?

Franchement, je ne savais vraiment pas quoi lui dire. Je comprenais à peine ce qu'elle me disait, et ma gorge était tellement nouée par la peur et le dégoût que j'aurais été incapable de parler, de toute façon. Je jetai un rapide regard en coin pour m'assurer que Brown Jenkin ne s'approchait pas furtivement de moi, par-derrière, mais immédiatement elle tendit la main et agrippa mon visage, avec ses cinq doigts aux ongles cassés. Elle enfonça profondément son petit doigt dans la chair de ma joue, l'annulaire dans ma bouche, le médius dans ma narine, et se servit de son pouce et de son index pour me pincer l'autre joue si brutalement que je criai «*Ah!*».

– *Hee-hee, fly-bow enculé!* ricana Brown Jenkin. *Je vais fressen your roustons!*

L'annulaire de Kezia avait un goût écœurant, comme du sang rance. Mon estomac se souleva, et je ne pus m'empêcher d'avoir des hauts-le-cœur.

– Ça te dirait que je t'arrache la fraise? me défia-t-elle. Je peux le faire, tu sais! Un mouvement du poignet, et tout vient! Tu ne serais pas encore prêt pour ta boîte à dominos! Mais réfléchis un peu, vivre sans lèvres, et sans nez, et avec des joues ressemblant à des trous de rat! Et personne ne pourrait regarder ta bronche sans se chier dessus! Et à la réflexion, tu es à chier toi-même!

– *Laisse-moi rip him!* siffla Brown Jenkin.

Je sentis ses griffes glisser sur le côté de ma jambe de pantalon, mais Kezia maintenait mon visage en une prise tellement vicieuse que je ne pouvais rien faire, à part frissonner. Je suppose que j'aurais pu lui donner des coups de pied, ou essayer de repousser sa main, mais il émanait d'elle quelque chose qui semblait me vider de toutes mes forces; je n'aurais même pas été capable d'écraser une mouche, encore moins de me dégager de la prise la plus révoltante et vicieuse que quelqu'un m'ait jamais infligée.

La griffe de Brown Jenkin remonta le long de ma cuisse et, un instant, me piqua entre les jambes.

– *Ah oui-oui nous pouvons les rip off*, ricana la créature-rat. *Zwei porky pounders pour le dîner, oui? Nicht vergessen Abendessen!*

Kezia pencha en avant sa tête enveloppée de draps et me chuchota en un ouragan brûlant d'haleine fétide:

– Alors, on t'arrache tes bijoux de famille, mon pote?

– *Tear of sa saucisse!* cria Brown Jenkin.

Mais à cet instant j'entendis le jeune Mr. Billings lancer:

– Attends, Kezia! Attends!

– Attendre quoi? répliqua-t-elle. La Saint-Glinglin?

Le jeune Mr. Billings s'avança sur la pelouse envahie par les ombres et s'arrêta près de nous. Du coin de l'œil, cependant, je notai qu'il restait prudemment à distance. Peut-être n'avait-il pas envie que mes entrailles salissent sa redingote.

– Kezia... il doit encore te donner le fils de sang, déclara le jeune Mr. Billings.

La réaction de Kezia à ces paroles sensées fut d'agripper mon visage encore plus violemment. Je sentis ma lèvre inférieure éclater, et du sang me couler sur le menton.

– C'est la vérité, Kezia. Tu ne peux pas lui faire de mal cette fois. D'abord il doit faire ce que le destin exige.

– Des bobards, à nouveau, dit Kezia, mais je perçus d'après le ton de sa voix qu'elle n'en était pas entièrement convaincue.

– Pense ce que tu veux, fit le jeune Mr. Billings en haussant les épaules. Mais si tu désires que le Renouvellement se produise plus tôt, et non plus tard, tu devrais le laisser tranquille.

– Il a emmené Charity, lui rappela Kezia. C'est une belle ordure, à tout le moins.

– Certes, il a emmené Charity, dit le jeune Mr. Billings, s'efforçant de prendre un ton conciliant. Mais Jenkin peut aller te la chercher, non? Sans la moindre difficulté. Allons, Kezia, voici le père... et il t'en a donné deux. Mais deux ne suffisent pas, tu le sais très bien.

Brown Jenkin commença à émettre un horrible gloussement sourd et glissa sa main dans sa manche pour se gratter le bras. Je ne pouvais les voir dans l'obscurité, mais je me représentai parfaitement les averses de poux grisâtres qui devaient tomber de ses poils.

– Alors je pourrai lui donner son dessert plus tard? demanda Kezia, sans lâcher sa prise sur mon nez et ma bouche.

– C'est exact, Kezia. Tu pourras le faire... plus tard.

– *Rip him maintenant!* la pressa Brown Jenkin. *Rip off sa tête et tire son Leber durch seine Kehle!*

Je déduisis de ce salmigondis effréné que Brown Jenkin voulait m'arracher la tête et tirer mon foie par mon cou. Si je ne l'avais pas vu éventrer Dennis Pickering, j'aurais pensé qu'il exagérait, dans le seul but de me faire peur. Mais sa cruauté était totale. C'était une créature de l'enfer et il n'y avait rien à ajouter.

Finalement, Kezia ôta sa main de mon visage. Elle resta près de moi, cependant, à me considérer avec un mélange de curiosité, de mépris et... d'autre chose. Presque une pointe de désir.

Durant un moment, je ne fus pas du tout certain qu'elle allait vraiment me laisser partir. Puis elle hocha la tête, hésita, et se retourna, me laissant entrevoir ses fesses pâles et nues avant de rabattre ses draps sur son corps. Elle s'éloigna vers la maison, tel un fantôme boursouflé et mal fagoté. Brown Jenkin renifla et sautilla autour de nous quelques instants, puis il suivit sa maîtresse en boitillant. Il continua de se gratter et de ricaner tout seul.

– Je suppose que je devrais vous remercier, dis-je au jeune Mr. Billings.

– Vous n'avez pas à me remercier, m'assura-t-il. Votre Liz voudra sa troisième et dernière conception, et Brown Jenkin viendra chercher Charity, et si j'étais vous je mettrais également Danny à l'abri. L'enfer est sur le point de s'entrouvrir.

Nous marchâmes côte à côte vers le patio et montâmes les marches. Nos chaussures crissèrent sur les dalles.

– Puis-je vous poser une question? dis-je au jeune Mr. Billings, tandis qu'il ouvrait la porte de derrière à mon intention.

– Je ne vous promets pas d'y répondre.

– Il y a une photographie de vous dans le vestibule. Plusieurs fois, je vous ai vu vous déplacer dans cette photographie. J'ai également vu Brown Jenkin dans cette photographie.

Brown Jenkin avait déjà allumé deux ou trois lampes dans la maison, et il en allumait d'autres, se juchant sur le siège des fauteuils afin d'arriver jusqu'à elles. Il tenait une bougie filée dans sa griffe, et la cire tombait goutte à goutte, s'enflammait sur sa manche, et coulait, continuant de brûler, sur son poignet. Une odeur nauséabonde de poils roussis flottait dans la pièce.

Brown Jenkin me lorgnait avec une lubricité tellement carnivore que je sentis des frissons glacés me parcourir l'échine, comme si j'étais resté assis toute la journée sur une chaise au dossier de métal. Il n'avait pas besoin de parler, son œil incrusté de mucosités était tout à fait explicite. *Un jour je t'arracherai le foie, mon ami. Je l'extirperai, violacé et ruisselant de sang, du tronçon de ton cou béant, attends un peu et tu verras!*

Le jeune Mr. Billings l'ignora et me précéda dans le vestibule puis dans l'escalier.

– Je sais à quelle photographie vous faites allusion. Une petite plaisanterie de Kezia. Elle a gardé une partie de son espièglerie d'enfant, malgré ce qui se cache dans son âme. Elle a le pouvoir d'animer toutes sortes d'images. Elle peut toucher un tableau représentant une journée ensoleillée au bord de la mer, et le changer en un paysage nocturne, avec une mer déchaînée et une violente tempête. J'en ai déduit que les préhumains se servaient du mouvement des images pour communiquer entre eux.

Il paraissait insouciant tandis qu'il parlait, presque jovial. Mais il se dégageait quelque chose d'inquiétant de cet homme qui s'exprimait comme le directeur d'une entreprise faisant visiter son usine à quelqu'un, alors que, en réalité, il était hagard et tourmenté, voyageait dans le temps, et vivait sous le même toit qu'une sorcière à moitié nue, un rat couvert de vermine, et une quarantaine d'enfants sur le point d'être enlevés et tués pour leur chair.

Nous passâmes devant la chambre des enfants. La porte était légèrement entrebâillée, et Molly et ses deux amis nous regardèrent passer d'un air déçu. Le jeune Mr. Billings ordonna d'un ton sec : « Au lit, vous trois », et je ne pouvais rien faire pour les aider. Si le jeune Mr. Billings avait dit la vérité, Brown Jenkin saisirait ce prétexte pour en massacrer un plus grand nombre, et la pensée de ces enfants d'une maigreur pathétique coupés en morceaux comme des lapins m'était tout à fait insupportable.

Nous entrâmes dans ma chambre et le jeune Mr. Billings m'aida à monter sur le fauteuil.

– N'essayez pas de revenir ici, me prévint-il. La prochaine fois, je ne serai pas en mesure de vous protéger de Kezia. Elle adore arracher les visages.

– Entendu, convins-je. Mais je ne peux pas vous certifier ce que je ferai, une fois retourné en 1992.

– Surveillez votre Liz, c'est ce que je vous conseille de faire. Et n'oubliez pas ce que je vous ai dit. On peut changer son destin si on en a la volonté. On peut tout changer. Le temps n'est rien d'autre qu'une boîte remplie de minutes.

– Nous verrons, lui dis-je.

Je me hissai vers le grenier, une fois de plus. J'apercevais la lumière du jour filtrer par l'escalier, et très faiblement j'entendais Danny appeler : « Papa? Papa? Où es-tu? Papa! »

Le jeune Mr. Billings m'adressa un léger sourire dépourvu de joie. Maintenant plus d'un siècle nous séparait, nous n'étions plus dans le même monde. Il leva une main en un petit geste d'adieu.

– Dites-moi, fis-je comme je m'apprêtais à refermer la trappe. Vous avez vendu votre âme en échange de quoi?

Il continua de me regarder fixement. Un moment, je crus qu'il ne me répondrait pas. Puis il dit :

– Et vous? Vous vendriez votre âme en échange de quoi?

– Je ne sais pas. La jeunesse éternelle, je suppose. Dix millions de livres-sterling. Mais je ne dirais pas non à un petit déjeuner décent, pour vous dire la vérité.

Le jeune Mr. Billings secoua la tête très lentement.

– J'ai vendu mon âme en échange de quelque chose de tout à fait différent, cher monsieur. Si jamais nous nous rencontrons à nouveau, je vous dirai ce que c'était. Ce n'était pas trente deniers d'argent, mais il ne s'en faut pas de beaucoup. En attendant... n'oubliez pas mon conseil. Surveillez votre Liz, et emmenez ces enfants aussi loin de Fortyfoot House que vous le pourrez.

– Est-ce que je peux vous faire confiance?

Il continua de secouer la tête.

– Non, répondit-il. Vous ne le pouvez pas.

17

Le fils de sang

Danny et Charity étaient installés à la table de la cuisine et mangeaient leurs œufs à la coque, trempant dedans des mouillettes. J'étais debout devant l'évier et regardais par la fenêtre tout en buvant une grande tasse de café noir. Le soleil illuminait la cuisine, le vent était chaud et apportait l'odeur de la mer. J'avais du mal à croire que, moins d'une demi-heure auparavant, j'avais pataugé dans l'eau glaciale de la mer en novembre et avais confié aux vagues le corps éventré du révérend Dennis Pickering.

Je ressentis des démangeaisons sous ma chemisette et je me grattai. Je priai le ciel pour que Brown Jenkin ne m'ait pas refilé quelques-uns de ses poux.

Je posai ma tasse vide dans l'évier.

– Danny, dis-je. Je suis désolé... mais nous allons être obligés de partir.

– Tu *n'arrêtes pas* de dire que nous allons être obligés de partir et nous sommes toujours là.

– Cette fois, il le faut vraiment.

– Mais pourquoi? Que s'est-il passé?

– C'est cette maison. Disons que c'est une maison magique, mais une partie de cette magie est dangereuse. Je n'ai pas envie qu'il vous arrive quelque chose, à toi et à Charity.

– Et Liz?

– Oui... euh, je me fais du souci pour elle, également.

– Quand devons-nous partir?

Je consultai ma montre.

– Dès que vous aurez terminé votre petit déjeuner. Une seule valise suffira. Nous reviendrons chercher le reste de nos affaires plus tard.

– Et moi? demanda Charity.

– Oh, tu viens, toi aussi. Tu as envie de venir, dis-moi?

Charity acquiesça de la tête. Je commençais à l'aimer beaucoup. Peut-être était-ce à cause de ses bonnes manières d'une rigueur toute victorienne, ou bien sa façon de proposer de vous aider pour tout – préparer le petit déjeuner, faire les lits, passer un coup de balai. Des enfants comme Charity cela tenait du rêve... du moins aujourd'hui, lorsque vous parvenez par miracle à les transbahuter de la télévision jusqu'à la table de la salle à manger, et retour à la case départ, uniquement pour qu'ils consentent à avaler quelque chose.

Je montai dans ma chambre, sortis notre vieille valise cabossée de sous le lit, et ouvris les fermoirs rouillés. Tandis que je pliais chemises et pantalons et les disposais aussi soigneusement que possible au fond de la valise, je coulai un regard vers le T-shirt vert de Liz et une petite culotte qu'elle avait laissés sur le lit. Je ne savais pas du tout comment j'allais m'y prendre avec elle. J'avais vu de mes propres yeux l'apparition scintillante, surnaturelle, qui avait paru se fondre en elle. Mais le jeune Mr. Billings avait-il dit la vérité? Est-ce que cela avait *vraiment* été l'entité préhumaine appelée Sothoth, ou rien d'autre qu'une illusion d'optique – trop de vin, trop de problèmes d'argent et pas assez de repas bien équilibrés?

D'un autre côté, supposons qu'il ait dit la vérité et que Liz soit maintenant possédée de l'entité qui s'était appropriée le corps de Kezia Mason? Supposons qu'elle soit enceinte de deux formes de vie qui allaient la déchiqueter pour sortir de son corps? Devais-je le lui dire? Ou bien me taire... d'autant plus que le jeune Mr. Billings avait souligné qu'il était impossible de la faire avorter? Devais-je la conduire à l'hôpital? Ou bien m'enfuir et l'oublier complètement, fermer les yeux et me boucher les oreilles, et me comporter comme si j'étais quelqu'un d'autre qui n'avait jamais ne serait-ce qu'*entendu parler* de Fortyfoot House?

Il y avait quelque chose qui me turlupinait dans cette affaire... pourquoi le jeune Mr. Billings s'était-il donné tout ce mal pour m'avertir des dangers que je courais en restant à Fortyfoot House? Il aurait pu laisser Brown Jenkin m'éventrer. Il aurait pu laisser Kezia Mason m'arracher le visage.

Mais j'avais le sentiment qu'il avait besoin de moi, pour quelque raison inexplicable. J'avais le sentiment qu'il m'avait plus ou moins impliqué, à mon insu, dans une sorte de complot secret.

Il avait fait allusion à la trahison absolue... les trente deniers d'argent. Cela avait peut-être une plus grande signification que je ne l'avais pensé tout d'abord.

Mais je ne pouvais pas passer plus de temps à me poser toutes ces questions. Je devais penser à Danny et je devais penser à Charity. Plus longtemps nous restions ici, plus grand était le risque que Brown Jenkin ne nous attrape, et je ne me faisais aucune illusion sur ce qu'il ferait aux enfants s'il parvenait à les enlever.

... la porte s'ouvrit en coup de vent, il entra en courant...

Je mis le pyjama de Danny dans la valise puis allai dans la salle de bains pour prendre nos brosses à dents. Je me regardai dans la glace de l'armoire à pharmacie. Vanné n'était pas le terme qui convenait : j'avais une mine épouvantable. J'avais nettoyé le sang sur mon menton, mais ma lèvre était toujours salement éclatée, et il y avait des égratignures et des meurtrissures rouge vif tout autour de mon nez et de ma bouche.

Lorsque je retournai en bas, je constatai à ma grande surprise que Liz était déjà rentrée de son travail : assise à la table de la cuisine, elle s'était fait un café instantané et tournait la cuillère dans la tasse. Les enfants étaient sortis sur le patio et tapaient dans un ballon de plage à moitié dégonflé. Liz m'adressa un sourire étrange tandis que je traversais la cuisine et posais ma valise près de la porte ouverte.

– Tu as fait ta valise, dit-elle, mais elle ne semblait pas très étonnée.

– Je, euh... oui. J'ai décidé de partir. Je pense que j'ai eu mon compte.

– Oh, fit-elle. Et tu allais partir sans rien me dire?

– Bien sûr que non. J'avais l'intention de venir te voir au parc des oiseaux et de t'annoncer que je partais.

– Mais tu n'avais pas l'intention de me demander si je voulais venir avec toi?

Je ne sus pas quoi dire. Je ne savais même pas si je parlais encore à Liz, ou à une créature froide et immatérielle qui se trouvait ressembler à Liz, avoir la voix de Liz, et me taquiner comme Liz.

– Pas une seule seconde je n'ai pensé que tu voudrais venir avec moi, mentis-je. Allons, pourquoi resterais-tu avec un homme plus âgé que toi, sans argent, sans avenir, sans voiture et avec deux enfants à élever?

– Et si tu me laissais en juger par moi-même? répliqua-t-elle.

Je jetai un coup d'œil aux enfants, riant et jouant au soleil, et je pensai aux gosses enfermés à Fortyfoot House, il y avait tant d'années de cela; sans espoir et à moitié morts de faim, et pour seul avenir la mutilation et la mort.

– Comment se fait-il que tu sois rentrée aussi tôt? demandai-je à Liz. Il est seulement onze heures.

Sa cuillère tintait dans sa tasse de café, encore et encore et encore.

– Je ne me sentais pas très bien, répondit-elle. J'ai eu un genre de crampes d'estomac.

– Je vois, dis-je en hochant la tête.

– L'un des caissiers m'a reconduite ici. Il est très sympa. Il s'appelle Brian.

– Il a ton âge?

– Hé, tu n'es pas jaloux?

Il me sembla entrevoir à nouveau cette lueur rougeâtre dans ses yeux. J'avais la très nette impression que quelqu'un d'autre m'observait attentivement à travers les yeux de Liz, comme quelqu'un regardant par les yeux d'un personnage découpés dans un tableau.

– Est-ce que tu sais ce que c'est? lui demandai-je.

Elle m'adressa un petit hochement de tête interrogateur.

– Je veux parler de tes crampes d'estomac, expliquai-je. Tu as une idée de ce que c'est?

Je pensais que cela me permettrait peut-être d'apercevoir un signe sur son visage, quelque chose indiquant qu'elle n'était pas ce qu'elle semblait être. Mais elle se contenta de hausser les épaules et de faire une grimace, puis elle dit :

– Je vais peut-être avoir mes règles plus tôt que prévu. Ou peut-être ai-je mangé trop vite ce matin. J'ai toujours des crampes d'estomac lorsque je mange trop vite.

– Tu veux que j'aille te chercher quelque chose?

Elle eut un sourire provocant.

– Un peu du remède spécial du Dr Williams me remettrait peut-être en forme.

– Je... euh... je m'en vais, dis-je d'un ton sec. (J'avais l'impression d'être un personnage dans une pièce de Noël Coward). J'emmène les enfants à Brighton. Ensuite, eh bien... ensuite, j'aviserai.

– Tu ne peux pas m'emmener avec toi?

Je pris une chaise et m'assis à côté d'elle.

– Après avoir tué le pasteur, Brown Jenkin l'a enterré sous le plancher, et il y était toujours. Il ressemblait à une momie desséchée, après toutes ces années. C'est pour cette raison que je suis retourné là-bas, ce matin, après ton départ. Je suis retourné en 1886 pour l'enterrer. Enfin, pas exactement... je l'ai confié à la mer. Tu sais, comme on immerge le corps d'un matelot mort en mer.

– Qu'essaies-tu de me dire, David? quelque chose ne va pas, hein? Quelque chose ne va *vraiment* pas?

– Je ne sais pas. Je n'en suis pas certain. J'ai rencontré le jeune Mr. Billings, et il m'a tout raconté à propos de son père, de Kezia Mason, et de Fortyfoot House.

Bon Dieu, comment lui annoncer qu'elle était enceinte de deux créatures parasites? J'en suis parfaitement incapable! Mais supposons que je ne la prévienne pas, et qu'elle soit massacrée sans même savoir ce qui lui arrivait?

– Le jeune Mr. Billings t'a tout raconté?

– Oui. Je l'ai rencontré... là-bas, près de l'entrée au fond du jardin. J'ai également vu Kezia Mason, et Brown Jenkin.

Elle posa sa main sur la mienne.

– David... tu es certain d'être dans ton état normal?

– Que veux-tu dire? J'étais là-bas... je lui ai parlé. J'étais là-bas, en novembre 1886. Le jeune Mr. Billings a dit que Kezia Mason n'était pas du tout une orpheline, qu'elle était *occupée*, disons, par une créature très ancienne qui n'est pas humaine. Il a dit qu'en réalité les sorcières sont ... des femmes comme les autres qui ont été « occupées » par des créatures préhumaines. Il a dit que...

Je m'interrompis. Liz me regardait avec l'expression la plus étrange que j'aie jamais vue, amusée, affectueuse; il y avait toujours cette lueur rouge vif dans son iris, mais peut-être était-ce une tache de naissance, après tout.

– Continue, m'encouragea-t-elle. Que t'a-t-il dit encore?

Lentement, avec hésitation, je lui parlai des ziggourats sumériennes et des portes qui permettaient de voyager dans le temps. Je lui parlai de Mazurewicz, de Brown Jenkin et du Dr Barnardo. Je lui parlai enfin des Grands Anciens et des trois fils qui deviendraient la Trinité Impie, et domineraient le monde.

Lorsque j'eus terminé, elle me dévisagea sans rien dire, un très long moment. Puis elle avança la main et toucha ma joue.

– Est-ce que tu réalises ce qui t'est arrivé? dit-elle de la plus douce des voix.

– Je sais ce qui va t'arriver à toi. Je sais ce qui va arriver à ces gosses.

– David... depuis que tu es ici, tu t'es mis à imaginer des choses de plus en plus insensées. Tu étais à cran, perturbé nerveusement – tes problèmes d'argent, ton mariage en ruine – et tu as totalement perdu les pédales. Tu ne penses pas *sérieusement* que tu es retourné dans le passé, dis-moi? Voyons, c'est impossible?

J'étais abasourdi.

– Où veux-tu en venir? Tu essaies de me dire que j'ai imaginé tout ça? « Il s'est réveillé, et tout n'était qu'un rêve »? Allons, Liz, tu as vu le jeune Mr. Billings de tes propres yeux, et Emmeline Chérie, *et* Brown Jenkin! Et merde... je n'ai pas imaginé cela!

Elle caressait mes doigts, décrivant des cercles et des cercles, encore et encore, avec persistance, comme elle avait remué son café.

– David, cette maison est remplie de toutes sortes de bruits, de faux contacts dans l'installation électrique, de choses de ce genre. Elle a une *atmosphère*, je te l'accorde volontiers. Mais elle n'est pas hantée, absolument pas; et tout ce que tu viens de me raconter sur le jeune Mr. Billings et Brown Jenkin! Tu t'es laissé *bouffer* par l'atmosphère de cette maison, c'est tout!

– Bordel de merde, Liz! Regarde mes chaussures, regarde mon pantalon! J'ai pataugé dans cette saloperie de mer!

– D'accord, tu as pataugé dans cette saloperie de mer. Et alors, qu'est-ce que ça prouve? Moi aussi, je peux aller patauger dans cette saloperie de mer si ça me chante.

– Ça va, ça va, concédai-je avec colère. Si tout ça se passe uniquement dans ma tête... alors, tu peux me dire qui est cette petite fille?

Je me levai, allai jusqu'à la porte de la cuisine et montrai le patio du doigt.

Où Danny, seul, tapait dans ce ballon de plage à moitié dégonflé.

Je regardai à droite, je regardai à gauche. Je m'abritai les yeux de la main et scrutai le jardin. Il n'y avait qu'un écureuil; il sautillait sur l'herbe, tel un arceau de croquet vivant.

– Danny, où est Charity?

Danny fit semblant de dribbler un adversaire et de marquer un but. La balle vint heurter mollement le mur de la cuisine.

– Qui? me demanda-t-il.

– Charity, la petite fille.

Il cessa de jouer et me regarda d'un air étonné, les bras le long du corps.

– Quelle petite fille?

– La petite fille avec qui tu jouais au foot. La petite fille avec qui tu as pris ton petit déjeuner. La petite fille qui a dormi ici la nuit dernière, ou plutôt qui a plaisanté avec toi une bonne partie de la nuit. C'est cette petite fille-là!

Danny avait l'air tellement ahuri que je compris qu'il me disait la vérité. Il ne savait vraiment pas de quoi je parlais. Et cela signifiait que je perdais complètement la boule, ou bien que Liz, possédée de cette entité-sorcière, produisait des illusions visuelles et mentales d'une habileté incroyable. Je savais ce qui semblait le plus vraisemblable. Je revins dans la cuisine et dis :

– D'accord, je vais le prouver. Ils ont mangé des œufs, deux œufs chacun. Les coquilles sont dans la...

J'appuyai sur la pédale de la poubelle. Le couvercle se releva. Deux coquilles d'œufs – pas quatre.

Je regardai dans l'évier : deux coquetiers, une assiette, une cuillère. Dans le placard, les coquetiers que j'avais donnés à Charity étaient rangés au fond, propres, brillants, froids et sec. Liz m'observait, les mains posées sur les genoux. Je lui décochai un regard furieux, mais rien dans son expression n'indiquait qu'elle me dupait. Elle semblait calme, compatissante, et patiente. Je refermai la porte du placard avec un soin exagéré. *Clac.*

– Il se passe quelque chose, dis-je.

– David... il ne se passe absolument rien. C'est uniquement dans ta tête.

– Impossible. Je suis allé là-bas... j'étais en 1886, pas plus tard que ce matin. J'ai parlé au jeune Mr. Billings pendant une dizaine de minutes. Il était aussi près de moi que tu l'es en ce moment. Et regarde ce que Kezia Mason a fait à mon visage.

– Tu t'es griffé, c'est tout.

Je m'approchai du petit miroir accroché au mur près de la porte de la cuisine, et je me regardai dedans.

– Ou bien je deviens complètement dingue, ou bien je me fais entuber dans les grandes largeurs.

– David, tu ne deviens pas dingue. Tu es à cran, perturbé nerveusement, c'est tout. Tu as entendu toutes ces histoires sur Brown Jenkin et Mr. Billings, et tu en as fait tout un roman. Tu as fui la réalité. C'est un symptôme de stress très courant.

A ce moment, la sonnette d'entrée retentit.

– Ce doit être l'inspecteur Miller, dis-je. Maintenant nous allons bien voir si j'ai imaginé tout ça.

J'allai jusqu'à la porte d'entrée et l'ouvris. Mais ce n'était pas l'inspecteur Miller. C'était Dennis Pickering, un sourire amical aux lèvres, éclairé par le soleil. Vivant, sain et sauf, aussi réel que moi. Le soleil faisait briller les poils duveteux dans ses oreilles, et il y avait des taches de porridge sur son cardigan vert Tamise.

– Oh, bonjour, David! fit-il d'un air enjoué. Je suis juste venu m'excuser pour hier soir!

J'ouvris la bouche et la refermai. J'avais l'impression d'avoir quarante de fièvre, et je frissonnai.

– Ce qui s'est passé... mes paroisiennes faisaient tellement d'histoires à propos de la décoration de l'église que je n'ai pas pu me sauver. Ensuite, le temps que je finisse de dîner, j'étais vraiment trop fatigué pour aller à la chasse aux fantômes. Mais je peux venir ce soir, si vous voulez.

Je m'attendais plus ou moins à ce qu'il se volatilise brusquement sous mes yeux. Mais il continuait de parler et de sourire et il était réel. Je l'avais vu les yeux arrachés. Je l'avais vu le ventre déchiqueté. J'avais *vu* cela, nom de Dieu! Je l'avais porté jusqu'à la plage, j'avais pataugé dans les vagues et j'avais poussé son corps vers les ténèbres. J'avais entendu sa cavité stomacale se remplir d'eau de mer avec un horrible gargouillement. Pourtant il était là, souriant et bavardant sur le pas de la porte.

– Je pense que vous découvrirez que pratiquement tout ce que vous avez vu et entendu ici était un phénomène naturel, déclara-t-il. Les humains sont des créatures tellement superstitieuses, vous n'êtes pas de cet avis? Nous préférons toujours croire à l'explication surnaturelle, plutôt qu'à l'explication scientifique. Pourtant, à leur façon, les phénomènes scientifiques sont tout aussi merveilleux. Ils sont l'œuvre de Dieu.

– Oui, dis-je. Vous avez sans doute raison.

– Parfait, parfait, fit-il avec un sourire radieux, se frottant les mains. Je ne vous retiens pas plus longtemps. Je suis sûr que vous êtes très occupé. La peinture, les papiers peints! Ça ne fera pas de mal à Fortyfoot House!

Il alla jusqu'à sa Renault et se glissa derrière le volant. Je le vis se pencher de côté et chercher ses clés dans ses poches. Puis, au bout d'un petit moment, il ouvrit la portière et redescendit.

– Un problème? lui demandai-je.

– Oui... apparemment, j'ai égaré mes clés de voiture.

Je parcourus du regard l'allée de gravier.

– Je ne les vois nulle part. Mais elles ne peuvent pas être très loin. Vous les avez peut-être fait tomber dans la voiture?

Il regarda rapidement à l'intérieur de la Renault.

– Non... elles ne semblent pas être ici. Je ferais peut-être mieux de retourner à pied jusqu'au presbytère et de prendre le double de mes clés.

Je le rejoignis près de la voiture.

– Peut-être ont-elles glissé sous le siège, suggérai-je.

J'ouvris la portière côté conducteur et jetai un coup d'œil sous les sièges avant, mais il n'y avait aucune trace des clés nulle part.

– Bah, ne vous tracassez pas, dit-il. Un peu de marche à pied me fera le plus grand bien.

– Je vous proposerais bien de vous conduire là-bas, mais...

Je désignai de la tête l'épave de mon Audi, et il m'adressa un haussement d'épaules compatissant. Je le regardai remonter l'allée vers la route. Arrivé près de la haie de lauriers, il se retourna et me fit au revoir de la main.

Ce fut peut-être un reflet lumineux : un mirage, produit par l'air chaud de l'été s'élevant des graviers de l'allée. Mais j'eus l'impression durant une fraction de seconde que Dennis Pickering ressemblait à quelqu'un d'autre, quelqu'un de tout à fait différent, une silhouette plus petite, plus sombre, plus voûtée. Puis il continua son chemin et disparut derrière la haie avant que je puisse en être certain.

Je remontai l'allée au petit trot et regardai vers la route. Il était toujours Dennis Pickering, cheveux clairsemés, pantalon de flanelle grise, cardigan de laine vert Tamise. Pourtant il semblait avoir parcouru une distance incroyable pour un laps de temps aussi court : il était presque arrivé à l'épicerie du village.

Quelque chose clochait. Quelque chose ne cadrait pas. Je ne pouvais pas croire que j'étais stressé au point que notre aventure dans le grenier n'avait jamais eu lieu, que j'avais tout imaginé. Quelqu'un me dupait, que ce soit Liz ou la créature qui était censée vivre dans le corps de Liz, que ce soit le jeune Mr. Billings ou Kezia Mason, que ce soit Dennis Pickering ou Brown Jenkin. Peut-être me dupaient-ils *tous*.

Je revins vers la voiture de Dennis Pickering et jetai à nouveau un coup d'œil autour du véhicule et sous les sièges. S'il était venu ici ce matin, avait garé sa voiture devant la maison et avait marché directement jusqu'à la porte d'entrée, comment avait-il pu égarer ses clés? Je posai ma main sur le capot de la Renault pour m'appuyer tandis que je me penchais pour regarder au-dessous – le métal était chaud, en plein soleil, mais je ne sentais aucune odeur de moteur chaud.

J'ouvris le capot et touchai la culasse. Elle était complètement froide. Cette voiture n'avait pas roulé ce matin : elle était restée ici depuis que Dennis Pickering l'avait garée à cet endroit, hier soir.

A ce moment, Liz apparut dans l'embrasure de la porte.

– Téléphone, appela-t-elle.

Je pris la communication dans la salle de séjour. Dehors, j'apercevais Danny : il continuait de feinter, de dribbler et de taper dans le ballon de plage.

– Ici l'inspecteur Miller, dit l'inspecteur Miller. L'épouse du pasteur, Mrs. Pickering, vient de me téléphoner.

– Ne me dites rien, laissez-moi deviner. Il est rentré.

– C'est exact. Comment le savez-vous?

– Il était ici, il y a un instant. Du moins, quelqu'un qui lui *ressemblait*.

Il y eut un silence.

– Je ne suis pas très sûr de comprendre.

– Ne vous en faites pas pour ça. Apparemment, il y a unanimité ici pour dire que je perds la boule.

– Oh, je vois.

– Non, je ne le pense pas. J'ai vu Dennis Pickering mais je ne suis pas convaincu que *c'était* Dennis Pickering.

– Pourquoi n'aurait-ce pas été Dennis Pickering?

– Parce que Dennis Pickering a disparu.

– Pas du tout. Son épouse vient de m'appeler pour dire qu'il était rentré.

– Est-elle sûre que c'est lui?

– Ma foi, si sa propre femme n'est pas capable de le reconnaître, je me demande qui le pourrait?

– Je me fais du souci pour elle, dis-je.

– Pourquoi cela? s'étonna l'inspecteur Miller.

– S'il *n'est pas* Dennis Pickering, et je ne pense pas qu'il le soit, alors il est *autre chose.*

Un nouveau silence. Un raclement de gorge comme une rafale de mitraillette.

– Cela me semble logique, bien qu'un peu tordu. Mais s'il est autre chose, qu'est-il donc?

– Je pense qu'il pourrait être Brown Jenkin.

– Vous pensez qu'il pourrait être Brown Jenkin, répéta l'inspecteur Miller d'une voix terne. Vous voulez dire qu'il est en réalité un rat géant, portant un col romain?

– Vous ne me croyez pas.

– Je n'ai pas dit que je ne vous croyais pas. J'aimerais seulement savoir comment Mrs. Pickering pourrait prendre un rat pour son mari. Beaucoup de femmes auraient de *bonnes* raisons de prendre un rat pour leur mari, mais pas Mrs. Pickering.

– Vous avez vu sa voiture ce matin, n'est-ce pas, devant Fortyfoot House?

– Oui, en effet.

– Par conséquent, il est forcément venu ici hier soir?

– Cela me semble logique. A moins qu'une autre personne ait pris sa voiture à son insu et l'ait garée devant chez vous.

– Il n'a rien dit de la sorte. Enfin, il n'a pas dit : « Oh, regardez, ma voiture est ici. Je l'ai cherchée partout. » Mais il a dit qu'il n'était pas venu ici hier soir.

– Pourquoi a-t-il dit cela, à votre avis?

– Pour me faire croire que je suis sujet à des hallucinations.

Mais je ne suis pas sujet à des hallucinations, parce que son moteur était froid. Cette voiture n'a pas bougé d'ici depuis hier soir. Par conséquent, il est *forcément* venu. Qui plus est, il n'avait même pas les clés sur lui. Il a prétendu les avoir égarées. Mais comment peut-on égarer un jeu de clés sur six mètres de gravier?

– Ceci est bigrement intéressant, Mr. Williams, mais ce n'est pas exactement la preuve irréfutable que le révérend Pickering est un rat géant. En outre, pourquoi voudrait-il vous faire croire que vous êtes sujet à des hallucinations?

– Ce n'est pas *lui* qui fait ça.

– Alors qui est-ce?

Je réalisai brusquement que je devais paraître complètement délirant et hystérique. Je tenais beaucoup à ce que l'inspecteur Miller me soutienne et me croie. Après tout, maintenant que Dennis Pickering n'était plus, il était la seule personne faisant autorité à croire à la réalité de Brown Jenkin. Mais je me rendais compte, à en juger par le ton de sa voix, que je poussais le bouchon un peu loin. De toute évidence il commençait à penser que j'étais *effectivement* sujet à des hallucinations.

Et le problème, c'est que je commençais presque à le croire moi-même.

Tout ce qui m'était arrivé depuis que je me trouvais à Fortyfoot House ne semblait guère plus réel qu'un film d'horreur que j'aurais regardé à la télé.

– Écoutez, dit l'inspecteur Miller. Maintenant que le révérend Pickering est rentré chez lui ou, du moins, maintenant que quelque chose qui *ressemble* au révérend Pickering est rentré, je n'ai plus besoin de regarder sous votre plancher. Je propose que nous en restions là pour aujourd'hui, d'accord?

– Je suis désolé, dis-je.

Je ne savais vraiment pas si j'étais désolé ou non. Je reposai le combiné sur son socle et poussai un long soupir et regardai fixement le dessin que Danny avait punaisé au mur. Emmeline Chérie, avec des asticots rouges dans les cheveux, et l'homme au chapeau tuyau de poêle. J'avais le sentiment d'être sur le point de disjoncter complètement.

Je retournai dans la cuisine. Liz épluchait des oignons, et ses yeux larmoyaient. Je m'arrêtai à l'entrée de la pièce et dis :

– Qu'est-ce que tu fais?

Elle s'essuya les yeux avec son poignet, et bousilla son rimmel.

– Je prépare un poulet en cocotte. Pourquoi?

– C'est inutile, à moins que tu n'aies l'intention de manger du poulet pendant une semaine. Nous partons. Du moins, Danny et moi partons.

– David..., dit-elle. La pire chose que tu puisses faire c'est de t'enfuir. Si tu t'enfuis, tu ne seras jamais capable d'affronter ce qui te perturbe à ce point. Tu as besoin de te reposer, et d'en parler. Tu as besoin d'y réfléchir.

– Écoutez le grand psy amateur!

Elle posa son couteau sur la table.

– David, je t'en prie. Tu as transformé Fortyfoot House en une sorte d'allégorie de ta relation avec Janie. Tu ne comprends donc pas cela? Et lorsque tu as vu Harry Martin mourir, et ensuite lorsque tu as trouvé le corps de Doris Kemble, tu as considéré cela comme la preuve que tous tes cauchemars à propos de Fortyfoot House étaient réels.

» David... je t'ai observé. Tu as un comportement tellement bizarre, et tu dis des choses tellement bizarres. Je pensais que tu surmonterais tout ça, mais cela ne fait qu'empirer, apparemment. Si tu t'en vas d'ici maintenant, à cause de ce qui se passe dans ta tête, tu ne réussiras qu'à rendre ces cauchemars encore plus crédibles.

– Hmm, fis-je en contournant la table de cuisine. Jolie théorie. C'est très astucieux. Bien joué! Mais supposons que j'aille jeter un coup d'œil dans le grenier. Alors?

Elle haussa les épaules.

– Comment le saurais-je? Tu es la seule personne qui n'arrête pas d'aller au grenier.

Je consultai ma montre.

– Ce doit être presque l'aube maintenant, en 1886.

– David, s'écria Liz, tu as entendu ce que tu viens de dire? Cela paraît tellement *dingue*. Dans un instant tu vas me dire que tu es Napoléon.

– J'ai besoin de preuves, c'est tout, répliquai-je en espérant que je ne m'étais pas mis à trembler.

Le ballon de Danny cognait contre le mur de la cuisine – *flap-slap-flap* – et une mouette poussa une série de cris, comme des pleurs d'enfant, tandis qu'elle décrivait des cercles dans le ciel.

– Tu veux un café? me demanda Liz, l'air soucieuse.

Est-ce qu'une entité sans âme venue de l'aube des temps me demanderait si je voulais un café? Peut-être le ferait-elle. Peut-être était-elle capable de toutes sortes de ruses subtiles et raffinées. Elle avait commis une erreur avec la voiture de Dennis Pickering, cependant. Elle avait pu utiliser l'image que Liz avait de Dennis Pickering pour créer une *illusion* de Dennis Pickering lui-même, mais une fille comme Liz (qui ne conduisait pas) n'aurait pas pensé à créer une illusion de chaleur pour le moteur de sa voiture.

Et ses clés? Elle avait complètement oublié les clés, d'accord? Pourtant, si la réapparition de Dennis Pickering avait *vraiment* été une illusion, elle aurait certainement pensé à lui donner des clés. Peut-être que les illusions ne pouvaient pas conduire. Est-ce qu'une entité sans âme venue de l'aube des temps savait conduire une voiture?

Je levai les yeux vers Liz. Elle était si jolie et paraissait tellement innocente et préoccupée que je me sentis plus fou que jamais. J'avais l'impression que mon cerveau était littéralement en morceaux, comme un pot de confitures que quelqu'un a fait tomber par terre.

– Non merci, je ne veux pas de c-c-c..., bégayai-je.

Elle posa sa main sur mon épaule et m'embrassa sur le front.

– David, tu as une mine affreuse. Et si tu allais t'allonger un moment?

Je pris une profonde inspiration. Calme-toi, David. Calme-toi. Tu n'es pas du tout fou. Tu sais que tu n'es pas fou. *Alors où est Charity? Et comment se fait-il que Danny ne se souvienne même pas d'elle?*

– Je veux d'abord jeter un coup d'œil dans le grenier, dis-je.

– Tu penses que c'est une bonne idée?

– Je ne sais pas. Ce pourrait être une très mauvaise idée. Ce pourrait être extrêmement dangereux. Mais je suppose que tu ne peux pas te rappeler pourquoi. Je suppose que tu ne te rappelles pas que tu as tiré Charity hors de cette trappe pour empêcher Brown Jenkin de la déchiqueter?

Liz ne répondit pas, mais serra mon épaule en un geste de réconfort. Elle se tint près de moi, si près que je sentais son haleine sur mon visage.

– C'est... euh... quelque chose que je dois faire, c'est tout, lui dis-je.

Je me levai et approchai ma chaise de la table.

– Tu veux que je vienne avec toi? demanda-t-elle.

– Non, non. Continue de préparer ton poulet. Qui sait, il n'y a peut-être rien là-haut. Dans ce cas, nous pourrons dîner ici.

18

Illusion

J'ouvris la porte du grenier. A nouveau, ce souffle d'air, comme une haleine fétide. Je tournai la tête pour regarder Liz qui se tenait à mi-hauteur de l'escalier. Elle hocha la tête et dit :

– Vas-y. Monte. Il faut que tu sois absolument sûr.

J'allumai ma torche électrique et la braquai vers les marches. Il faisait sombre là-haut, totalement sombre : pas la moindre lueur de l'aube. Mais en 1886 *c'était* le mois de novembre, et non le mois de juillet, et il *était* encore très tôt – aussi il était tout à fait possible que Fortyfoot House soit plongée dans l'obscurité.

– David, dit Liz. Je t'en prie... crie très fort si tu as besoin de moi.

– Ai-je jamais dit que je n'avais pas besoin de toi? répliquai-je.

– Je désire simplement qu'il ne t'arrive rien.

Je ne sus pas quoi répondre à cela. Aussi montai-je les marches jusqu'au grenier, et je jetai un regard à la ronde. Le faisceau lumineux de ma torche éclaira le même bric-à-brac – le cheval à bascule, la malle de collège, les meubles recouverts de draps poussiéreux. Je restai tout à fait immobile près de la rambarde et j'écoutai attentivement pendant un long moment, mais il n'y avait pas de grattements, pas de course précipitée, seulement le murmure sourd du vent, et les cris plaintifs de mouettes affamées.

... des petits nains en sortent à pas feutrés, pensai-je, *et des petits nains s'y glissent à pas feutrés...*

Tu vois bien, tu as rêvé tout ça. Ton enfance a été nourrie de nains et d'hommes-ciseaux aux longues jambes rouges... Harriet, et les allumettes, et Augustus qui ne voulait pas manger sa soupe. *Oh! emportez cette horrible soupe! Je ne mange pas de soupe aujourd'hui!*

Je me souvins de ma mère assise près du poêle à charbon dans ma chambre, par les nuits d'hiver dans le Sussex, me lisant ces histoires. J'entendais les mots aussi nettement que si elle les prononçait maintenant. Je voyais ma courtepointe verte, mon pyjama vert à rayures. Je voyais mes maquettes d'avion en plastique sur la tablette de la cheminée, mal assemblées et couvertes de grumeaux de colle.

Je voyais Kezia Mason, affublée de draps tachés de sang. Je voyais le jeune Mr. Billings, furieux et traversant rapidement la pelouse, tel l'homme-ciseaux! et Brown Jenkin courir derrière lui, semblable à une ombre pleine de griffes et de dents.

Je m'aperçus que je m'agrippais à la rambarde comme si j'essayais de l'arracher. Mon cœur cognait frénétiquement contre mes côtes. Le stress, pensai-je, le *stress*. Trop d'adrénaline. Je deviens cinglé. Je ne fais plus la différence entre le réel et l'imaginaire. C'est ce qui se passe lorsque vous perdez les pédales, lorsque vous devenez fou à lier. Lorsque vous êtes atteints d'une paranoïa galopante, effrénée, en Technicolor et en Cinémascope.

Je fis un pas en avant, puis un autre, dirigeai le faisceau de la torche vers la gauche, vers la droite, puis vers le plafond, puis vers le plancher. J'arrivai à la lucarne et je levai les yeux. Pas de ciel, pas d'étoiles. Tout était muré, exactement comme la première fois, lorsque Harry Martin avait passé sa tête par l'ouverture. Ce pauvre Harry Martin. Je m'approchai de l'endroit où il y avait eu la trappe. Je soulevai le petit tapis. Pas de trappe. Je passai mes mains sur les lattes nues du plancher, et cela ne faisait aucun doute. La soi-disant « porte sumérienne » du jeune Mr. Billings permettant d'aller en 1886 n'existait pas, tout simplement. J'avais imaginé tout cela, absolument tout. J'avais mélangé les contes de mon enfance avec les rumeurs locales concernant Fortyfoot House et l'article du *National Geographic* consacré aux ziggourats sumériennes, et j'avais créé un monde imaginaire de mystérieux étrangers et de sorcières, avec des voyages dans le temps pour couronner le tout!

D'une certaine façon, c'était presque un soulagement de découvrir que rien de tout cela n'était vrai. Je me tenais seul dans ce grenier plongé dans l'obscurité, les larmes aux yeux, et j'avais l'impression d'avoir été délivré d'une terrifiante responsabilité. Bon Dieu! si Liz n'était pas intervenue, si Liz ne m'avait pas montré à quel point j'étais devenu bizarre, j'aurais sans doute fini dans un hôpital psychiatrique, à hocher la tête, à faire des grimaces et à raconter à mes infirmières compatissantes que Sothoth voulait m'attraper. Je me souvenais même d'où venait le nom « Sothoth » : d'une histoire d'horreur que j'avais lue au lycée, une nouvelle de H.P. Lovecraft. *« Le funeste Yog-Sothoth, ce rejeton des ténèbres des temps originels, ce monstre amorphe et muni de tentacules dont la face ressemblait à un agrégat de globes irisés – Yog-Sothoth qui écume tel le limon originel dans le chaos nucléaire pour toujours au-delà des avant-postes les plus inférieurs de l'espace et du temps! »*

Je me mis à arpenter le grenier. Je continuais de pleurer. J'avais l'impression de naître une seconde fois ou, sinon de renaître, au moins d'être pardonné pour tout ce que j'avais pensé, et pour tout ce que j'avais fait. Je tapai du pied sur le plancher, à l'endroit où la trappe avait été – ou plutôt, où elle *n'avait pas* été – puis je redescendis l'escalier, éteignis ma torche, et refermai la porte du grenier derrière moi.

Liz attendait toujours, à mi-hauteur de l'escalier.

– Eh bien? dit-elle avec un sourire.

– Eh bien, je ne sais pas pourquoi tu souris. Je viens de découvrir que je suis fou.

– Oh, David, pour l'amour du ciel! Tu n'es pas fou! Tu as lutté contre le stress; tu essayais de garder ta vie en un seul morceau. Écoute... et si nous prenions le car jusqu'à St Lawrence pour déjeuner au Buddle Inn. J'adore le Buddle Inn.

Danny m'attendait également, au bas de l'escalier. Il prit ma main d'une façon très adulte, l'air préoccupé, et m'emmena vers le patio.

– Est-ce que ça va, papa?

– Oui, bien sûr. Ça va très bien.

Il se tenait à côté de moi, les mains jointes derrière son dos tel le prince de Galles, et parcourait du regard les pelouses, les chênes non élagués et la chapelle en ruine comme s'il en était le propriétaire, que Dieu le bénisse!

– Tu penses qu'un jour nous aurons une maison comme celle-là? me demanda-t-il.

– Je ne sais pas. Peut-être, si tout s'arrange.

– Je voudrais que maman soit ici.

– Oui, je te comprends.

– Tu n'aimerais pas que maman soit ici?

Je secouai la tête.

– Non, je ne pense pas. Je pense que tout ça est terminé maintenant. Maman semble être plus heureuse avec Raymond. Je devrais peut-être essayer d'être plus heureux avec Liz.

– J'aime bien Liz, déclara Danny.

Je fus ravi de l'apprendre.

– Qu'est-ce qui sort par la cheminée? me demanda-t-il.

– Je ne sais pas. La fumée?

– Mais non! Le Père Noël!

Je ne pus m'empêcher de rire. Non parce que la plaisanterie de Danny était particulièrement drôle, mais de soulagement. J'avais l'impression que tout le poids du monde venait d'être retiré de mes épaules.

– Liz est amusante, dit-il.

– Ah oui?

– Elle a fait danser mon dessin.

Je le regardai fixement. Je sentis à nouveau cette peur glacée m'envahir.

– Quoi? Qu'est-ce que tu dis?

– Emmeline Chérie, et l'homme au grand chapeau. Elle les a fait danser.

– Comment a-t-elle fait cela?

Danny secoua la tête.

– Je ne sais pas.

Je m'apprêtais à lui demander ce qu'il voulait dire par « faire danser son dessin » lorsque Liz apparut dans l'embrasure de la porte de la cuisine. Elle avait mis un jean incroyablement serré et un T-shirt rouge qui rendait évident le fait qu'elle ne portait pas de soutien-gorge.

– Tu es prêt? demanda-t-elle, s'approchant et déposant un baiser sur ma joue non contusionnée.

J'ignore quel genre de mimique je fis, mais ce fut certainement une expression compliquée et inquiète, parce que Liz passa son bras sous le mien, m'embrassa à nouveau, et dit :

– Bonté divine, David ! Nous allons seulement déjeuner. Dépêche-toi... nous allons rater le car.

Nous déjeunâmes sur la terrasse, au soleil – haddock fraîchement frit, frites et pintes de bière ; je regardais Danny tremper ses frites dans son ketchup et je me sentais très anglais et normal, presque comme si nous formions une famille à nouveau.

Après le déjeuner, nous prîmes le car pour rentrer à Bonchurch. Le ciel s'assombrissait et un orage était imminent ; des éclairs ondulaient comme des langues de serpents au-dessus de Godshill et de Whiteley Bank. Lorsque nous arrivâmes à Bonchurch et descendîmes du car, il y avait une forte odeur d'ozone dans l'air, et des gouttes de pluie grosses comme des pièces de dix pence tachetaient la chaussée.

Liz et moi marchions bras dessus bras dessous ; Danny gambadait devant nous. La poitrine de Liz ballottait, lourde et chaude, contre ma main. J'avais toujours du mal à croire que j'avais rêvé mes incursions en 1886. Mais, chose curieuse, c'était moins compliqué pour moi de croire que cela *n'avait pas* eu lieu. C'était plus facile de penser que tout cela avait été le produit de cauchemars : pousser Dennis Pickering vers le large, parler au jeune Mr. Billings à l'ombre des arbres, me faire griffer et meurtrir le visage par Kezia Mason, et me faire pincer l'entrejambes par Brown Jenkin, ce renifleur couvert de poux.

Comment tout cela pourrait-il être vrai ? Comment les Grands Anciens pourraient-ils être vrais ? Comment Liz pourrait-elle être fécondée par de la semence, de la salive et du sang, et donner naissance à trois créatures différentes, dépourvues de forme humaine ? Je la sentais près de moi, svelte, les seins lourds, douce, gracieuse, avec une odeur de petits gâteaux faits à la maison et de musc Body Shop. Elle avait raison. Tout cela était insensé.

Un formidable coup de tonnerre fendit le ciel et illumina le toit et les cheminées de Fortyfoot House comme dans un film d'horreur de la Hammer. Brusquement la pluie tomba à verse ; elle sifflait et crépitait dans les massifs de lauriers. Nous courûmes aussi vite que possible vers la porte d'entrée, où Danny nous attendait déjà. Il sautillait et dansait d'un pied sur l'autre parce qu'il avait envie d'aller aux W.-C.

– Dépêche-toi, papa!

J'ouvris la porte et nous entrâmes. Il faisait très sombre et humide, et la maison sentait l'abandon. J'accrochai ma veste trempée, puis j'allai dans la cuisine et ouvris le frigo.

– Tu veux un verre de vin? demandai-je à Liz. Il reste un peu de ce truc bulgare.

– Berk! Bon d'accord.

Elle s'approcha de moi et passa ses bras autour de mon cou. Ses cheveux mouillés étaient collés sur son front. Je l'embrassai et je songeai qu'elle me plaisait énormément.

– Il faudrait que je me remette au travail, lui dis-je.

– Alors tu as décidé de rester?

– Je le pense. Pour le moment, en tout cas. J'ai le sentiment que Fortyfoot House ne veut pas que je parte.

– Cet endroit n'est pas si moche que ça, fit remarquer Liz. En fait, je m'y suis beaucoup attachée.

Danny entra dans la cuisine, tout en remontant la fermeture à glissière de son short.

– Je peux aller jouer sur la plage? demanda-t-il.

– Il pleut.

– Ça ne fait rien. Je mettrai mon maillot de bain.

Je regardai par la fenêtre de la cuisine. Dehors, il faisait suffisamment chaud et, au-dessus de la Manche, le ciel commençait déjà à se dégager.

– D'accord, dis-je. Mais tu restes dans les rochers ou sur le sable. Tu ne vas pas dans l'eau. Nous te rejoindrons dans un petit moment.

Danny enfila son maillot hawaiien bleu-et-jaune vif, prit son seau et sa pelle, et s'éloigna sous la pluie.

– Je crois qu'il est aussi fou que toi, sourit Liz.

Je lui tendis un verre de vin et dis :

– *Nasdravye*. A la folie, sous toutes ses formes!

Nous trinquâmes, puis Liz m'embrassa.

– Et si nous allions au premier? proposa-t-elle. Le vin est encore plus savoureux au lit.

Je la regardai par-dessus le bord de mon verre. La pluie crépitait doucement contre la vitre, et commençait à s'engouffrer par la porte de la cuisine ouverte, mouchetant le linoléum. Dans le lointain, le tonnerre grommelait comme s'il souffrait de dyspepsie. *Trois fils*, m'avait dit le jeune Mr. Billings. *Un de semence, un de salive, un de sang.* Ou bien avais-je rêvé, ou imaginé, cela?

Liz monta l'escalier devant moi; elle se retourna deux ou trois fois pour s'assurer que je la suivais. Lorsque nous entrâmes dans la chambre, le soleil était réapparu, et la pièce était éclaboussée de lumière. Liz posa son verre de vin à côté du lit défait, et immédiatement déboucla sa ceinture. Elle ôta son jean puis s'agenouilla sur le lit et me tendit les bras. A travers le nylon blanc de sa culotte, je voyais le triangle sombre de sa toison pubienne.

Je me défis de ma chemise et m'extirpai de mon pantalon, et je la rejoignis sur le drap froissé. Nous étions à genoux, face à face, comme les amants sur la couverture de *Les Joies du Sexe*, nous embrassant et explorant la saveur de nos bouches respectives. Liz sentait le vin, et autre chose, une douceur indéfinissable mais très évocatrice qui me rappela une saveur d'il y avait longtemps, mais que j'étais incapable de reconnaître.

Je fis glisser son T-shirt par-dessus ses seins et ses bras levés. Puis je pris ses seins dans mes mains. Ses mamelons se durçirent, éclairés par le soleil, aussi brillants que des pâtes de fruits à la mandarine. J'embrassai ses seins et titillai leur pointe avec mes dents. Elle passa sa main dans mes cheveux et fredonna : « David, je t'aime, David, je t'aime », maintes et maintes fois, du murmure le plus rauque que j'aie jamais entendu. Cela ressemblait presque à une chanson, ou à un chant rituel.

Maladroitement, je tirai sa culotte sur ses cuisses, puis je la repoussai doucement sur le dos afin de pouvoir soulever ses jambes et retirer sa culotte complètement. Ses poils pubiens brillaient dans le soleil de l'après-midi tels des fils dorés. Les lèvres de sa vulve luisaient. Elle baissa ses mains vers ses cuisses et s'ouvrit pour moi, écartant largement ses lèvres.

...la porte s'ouvrit en coup de vent... chuchota quelqu'un. C'était peut-être moi.

Je me contorsionnai pour ôter mon caleçon. Mon érection se dressa, énorme et écarlate. Liz prit mon pénis dans sa main et le caressa lentement, passant le bout de son pouce sur mon méat.

– David, tu es superbe. David, je t'aime.

Je voulus me coucher sur elle afin de la pénétrer, mais elle résista, serrant mon pénis encore plus fort. Je sentais ses ongles s'enfoncer dans ma peau.

– J'ai envie de toi, haletai-je.

Elle m'adressa un sourire sarcastique.

– Tu as peut-être envie de moi, mais je n'ai pas encore décidé si je vais te laisser me prendre.

Je me pressai contre elle à nouveau ; je me sentais de plus en plus frustré. Elle serrait mon érection si fort que la tête devint d'un violet foncé, l'afflux du sang stoppé.

– Liz.... ça fait *mal* !

– Tu n'aimes pas la souffrance ? me taquina-t-elle. Je pensais que tu étais le genre d'homme qui prend son pied lorsqu'il a mal.

J'hésitai un moment, puis je poussai à nouveau. Cette fois, je sentis une douleur cuisante. Liz m'avait griffé le dessous de mon pénis. Je baissai les yeux, et un petit filet de sang coulait entre les doigts de Liz. Il glissa sur le dos de sa main, forma une lourde goutte visqueuse, puis disparut entre ses fesses potelées.

Je la regardai fixement. Elle soutint mon regard ; ses yeux me mettaient au défi de dire quelque chose.

Un de semence, un de salive, un de sang. Les trois espèces des Grands Anciens, attendant l'Acte de Renouvellement.

– Qu'y a-t-il ? me demanda Liz, mon érection commençant à mollir et à devenir flasque.

– Je veux que tu me dises qui tu es, exigeai-je.

– Tu sais qui je suis !

– Je n'en suis plus bien sûr. Tu as eu les trois choses maintenant – le sperme, la salive et le sang. Tu pourrais être l'un des Grands Anciens dont parlait le jeune Mr. Billings. Tu *l'es*, probablement.

– David... tu es complètement maboul !

– Ah oui ? Alors pourquoi m'as-tu griffé ?

– J'aime griffer lorsque je fais l'amour, c'est tout. C'est l'animal qui se réveille en moi, je suppose.

– L'animal ? Ou *l'entité* ?

Liz se mit sur son séant et passa son bras autour de mon épaule.

– David, c'est ridicule. Je suis désolée de t'avoir griffé, mais c'était pour m'amuser, je t'assure. Et il n'y a pas *d'entité* et il n'y a pas de « jeune Mr. Billings » et il n'y a pas de « Brown Jenkin » et il n'y a pas de « Kezia Mason ». Tout ça se passe dans ta tête. Tu as rêvé tout ça... ce sont seulement des fantasmes.

– C'est impossible, affirmai-je. Si je les ai rêvés, comment se fait-il que je me souvienne d'eux avec une telle précision? Je peux même te décrire ce qui était gravé sur la montre de gousset du jeune Mr. Billings. Cela ressemblait à une sorte de pieuvre. J'étais là-bas, je suis *allé* là-bas, j'en suis sûr.

Liz m'enlaça et me serra contre elle, sa joue pressée contre mon épaule.

– David, fit-elle d'une voix douce, je sais que tu *penses* être allé là-bas. Je sais que tu le crois vraiment. Mais cela ne s'est pas passé. Tu n'es allé nulle part.

– Je ne sais pas, lui dis-je. Je ne sais foutrement pas quoi penser.

Je descendis du lit et allai jusqu'à la fenêtre. Liz s'allongea et posa sa tête sur l'oreiller, m'observant.

Le ciel était dégagé maintenant. L'orage était passé. Seul le plus infime des arcs-en-ciel luisait au-dessus du toit en ruine de la chapelle. Je ne vis pas de silhouette coiffée d'un chapeau tuyau de poêle traverser rapidement « l'allouinde ». Je ne vis pas de rongeur aux épaules voûtées courir derrière les buissons, encapuchonné, muni de griffes et infesté de poux. Avec un immense sentiment de soulagement, je commençai à comprendre que, une fois à Fortyfoot House, j'avais créé un monde imaginaire pour moi-même... un monde inventé dans lequel j'avais tenté de régler tous mes problèmes en leur donnant des visages, des formes et des noms.

Liz s'approcha derrière moi et passa ses bras autour de ma taille. Je sentis la pointe de ses seins effleurer mon dos nu.

– Tu te rappelles ce que je t'ai dit? me demanda-t-elle. Tu *peux* te remettre de ton échec avec Janie. Tu *peux* apprendre à être toi-même. C'est ta vie, David. Saisis-la à bras-le-corps!

Je tournai la tête et l'embrassai. Ses yeux flamboyèrent d'une lueur écarlate dans la lumière du soleil. *Un de sang.* De l'autre côté de la fenêtre, les mouettes criaient, et l'après-midi était gorgé de chaleur et de soleil, une bénédiction de la nature, peut-être de Dieu.

– Regarde un peu... c'est une journée magnifique, dis-je. Cela te rend heureux de vivre.

Puis j'aperçus Danny émerger des arbres et se diriger lentement vers la maison. Dans une main il portait son seau et sa pelle. Dans l'autre il tenait quelque chose qu'il lançait en l'air et rattrapait, qu'il lançait en l'air et rattrapait.

19

Une mort en été

Je finissais de boutonner ma chemise lorsque je le rejoignis à l'entrée de la cuisine.

– Salut! Tu en as eu assez des courses de crabes?

Il se frotta le front comme s'il avait mal à la tête.

– Je n'aime plus les crabes. Pas après ce qu'ils ont fait à Mrs. Kemble.

– Ils ne savaient pas. Ils ne font pas de distinction entre les poissons et les gens.

– Ils sont horribles.

– Hum, oui, dis-je. Tu as probablement raison. Tu veux de la limonade?

Il lança en l'air un objet foncé et métallique, et le rattrapa au vol.

– Qu'est-ce que c'est? lui demandai-je, dévissant la capsule de la bouteille de limonade et lui versant un verre.

– Des clés, répondit-il. Je les ai trouvées sur la plage. Elles ont au moins cent ans.

– Des *clés*? m'exclamai-je. Fais voir.

– Elles sont complètement rouillées. Il y a même des huîtres dessus.

Il me tendit un petit trousseau de clés passées dans un porte-clés. Je les posai sur ma paume et les examinai. Il avait raison. Elles devaient avoir au moins cent ans. Les clés en acier, rouillées par l'eau de mer, n'étaient plus que des dents fines comme des gaufrettes, et les clés en laiton, noircies par le sel, étaient incrustées de minuscules patelles.

Le porte-clés lui-même était un disque de métal, orné d'une

sorte de médaille triangulaire. Il y avait quelques traces d'émail bleu autour du triangle, et au-dessous je distinguai les lettres rongées par l'eau de mer « Re...lt ».

– Tu crois qu'elles ont de la valeur? demanda Danny. Ces clés appartenaient peut-être à des pirates.

Je secouai lentement la tête.

– Ces clés n'appartenaient pas à des pirates. Ce sont des clés de voiture.

– Mais elles semblent si vieilles.

– Elles *sont* vieilles. Mais regarde ces lettres, sous la médaille. Re – quelque chose – quelque chose – quelque chose – lt. Renault. Ce sont les clés de la voiture du révérend Pickering. Il les avait égarées ce matin.

– Comment peuvent-elles être aussi vieilles s'il les a perdues seulement ce matin? fit observer Danny en fronçant les sourcils.

J'avais poussé son corps éventré vers le large, et les vagues l'avaient emporté... mais ses clés avaient dû glisser de sa poche et tomber sur les rochers. Elles dataient de plus d'un siècle, pourtant Danny devait les avoir trouvées à peu près à l'endroit où elles étaient tombées. Elles dataient de plus d'un siècle, pourtant elles n'étaient là-bas que depuis ce matin.

Je m'assis et examinai les clés de Dennis Pickering encore et encore, sous le regard étonné de Danny. Ces clés étaient la preuve flagrante du paradoxe stupéfiant de Fortyfoot House. A Fortyfoot House on pouvait changer le passé *et* le futur. On pouvait faire en sorte que des faits se soient produits dans le passé, même s'ils ne s'étaient jamais produits. Et le plus troublant, on pouvait faire en sorte que des faits *ne soient pas* produits, mêmes s'ils s'étaient produits.

Le corps de Dennis Pickering était resté sous le plancher de la salle de séjour depuis que Brown Jenkin l'avait assassiné en 1886. Je l'avais vu là-bas. Pourtant maintenant il n'était plus du tout là-bas... maintenant j'avais changé le passé. Je compris soudain que le temps n'était pas linéaire, mais *parallèle*. Notre conscience allait d'un événement au suivant comme les cartes défilant à toute allure dans une machine « Lisez votre horoscope et connaissez votre avenir! ». Mais on avait la possibilité d'arrêter les cartes et de revenir au commencement. On avait la possibilité de retirer des cartes et de les remplacer par d'autres cartes. Les événements étaient *toujours là-bas*, depuis la préhistoire jusqu'à la fin des temps. La reine Victoria était toujours là-bas, Henri VIII était toujours là-bas, Jules César était toujours là-bas. De même que moi, enfant. De même que Janie. Il m'était peut-être possible de retourner dans le passé et de faire en sorte que Janie ne rencontre jamais cet enfoiré de Raymond.

Ce n'était pas étonnant que les Grands Anciens aient saisi avec une telle avidité cette chance de voyager dans le temps. Ce n'était pas étonnant qu'ils aient pris possession des prêtres sumériens qui s'étaient aventurés dans le passé pour venir voir cette civilisation préhumaine. Ce n'était pas étonnant qu'ils aient pris possession de Kezia Mason, de toutes celles qui l'avaient précédée et étaient venues ensuite. Ils avaient été infiniment astucieux, veillant voracement à leur survie. Ils avaient immédiatement compris, comme je le comprenais maintenant, que le temps pouvait être bougé, déplacé, et réarrangé. Tels des politiciens, ils avaient réalisé avec une clarté impitoyable que la maîtrise du temps est la clé de la maîtrise de toute chose, et de tout être, et un monde où la morale n'existe plus – un monde où ils règneraient en maîtres incontestés et pourraient satisfaire leurs appétits égoïstes.

Yog-Sothoth. Comment Lovecraft avait-il eu connaissance de ce nom, je préférais ne pas y penser. Mais le règne de Yog-Sothoth était imminent. *Yog-Sothoth, qui écume tel le limon originel dans le chaos nucléaire pour toujours au-delà des avant-postes les plus inférieurs de l'espace et du temps!*

Je pris dans mes mains le trousseau de clés rouillées et incrustées de coquillages, et j'eus l'impression que le sol bougeait sous ma chaise. Elles étaient la preuve irrécusable que *j'étais* retourné en 1886. Elles étaient la preuve irrécusable que Dennis Pickering *avait* été tué par Brown Jenkin, et que j'avais porté son corps jusqu'à la plage, dit mes prières dérisoires pour le repos de son âme, puis l'avais poussé vers le large.

Cela voulait dire que le « Dennis Pickering » qui m'avait rendu visite ce matin n'avait pas du tout été Dennis Pickering. La double vision que j'avais eue de lui était exacte, c'était plus que probable : il avait été Brown Jenkin, créant une illusion de Dennis Pickering grâce à la magie de Kezia Mason. Elle avait changé un bouton de porte en une main humaine : pour quelle raison ne serait-elle pas capable de changer Brown Jenkin, cette créature couverte de poux, en un pasteur de campagne?

J'allai dans le vestibule et téléphonai à l'inspecteur Miller. Il prenait un déjeuner tardif, des sandwiches, dans son bureau, et lorsqu'il prit la communication, il avait la bouche pleine.

– Inspecteur Miller? Ici David Williams de Fortyfoot House.

– Oh, oui. Un problème, Mr. Williams?

– Vous devriez envoyer quelqu'un au presbytère de Saint-Michael.

– Pour quelle raison?

– Juste pour vérifier que Mrs. Pickering est saine et sauve.

L'inspecteur Miller déglutit, puis demanda avec circonspection :

– Saine et sauve? Sur quoi vous fondez-vous pour penser qu'elle pourrait ne pas être saine et sauve?

– Écoutez, dis-je, à part les habitants de Bonchurch, vous êtes la seule personne que j'aie rencontrée à être persuadée qu'il se passe ici quelque chose qui pourrait être dangereux.

– Et alors? demanda-t-il d'un ton méfiant.

– Eh bien... je ne peux pas me lancer dans de grandes explications maintenant... mais je pense que le révérend Pickering n'est pas tout à fait ce qu'il semble être. Je pense que le révérend Dennis Pickering qui est venu ici ce matin n'est absolument pas le vrai révérend Pickering.

– Pas très clair, fit observer l'inspecteur Miller. S'il n'est pas lui-même, qui est-il? Et son épouse aurait certainement remarqué la différence immédiatement.

– Il *n'y a pas* de différence. Il est une sorte d'illusion.

J'entendis des bruits de mastication et de déglutition, puis un bruit de succion tandis que l'inspecteur Miller buvait une petite gorgée de thé brûlant.

– C'est une histoire plutôt difficile à avaler, j'espère que vous vous en rendez compte, Mr. Williams?

– Vous ne pensez pas qu'il serait préférable de vérifier, au lieu de regretter ensuite de ne pas l'avoir fait?

– Vous avez probablement raison. Écoutez, voici ce que je vais faire. Je devais passer près de chez vous de toute façon, pour parler à Mr. Divall, l'épicier. Je viens vous prendre et nous irons tous les deux au presbytère. Comme ça, nous pourrons tirer cette affaire au clair une bonne fois pour toutes.

– Parfait, je vous attends.

Je raccrochai. Au premier, j'entendais Liz chanter *The Windmills of My Mind*. Il me vint alors à l'esprit que la découverte faite par Danny des clés de Dennis Pickering était la preuve irrécusable d'autre chose : que Liz m'avait menti en disant que je n'étais jamais allé en 1886, et que je n'avais pas ramené Charity avec moi. Et si elle avait menti sur ce point, alors peut-être avait-elle également menti en me disant qu'elle ignorait tout du jeune Mr. Billings et des portes sumériennes, et des Grands Anciens qui avaient survécu pendant presque cinq millénaires dans les corps et les esprits d'hôtes innocents... attendant le jour où la terre serait suffisamment polluée pour réapparaître sous leur forme préhumaine.

Il me vint également à l'esprit que si le jeune Mr. Billings avait dit la vérité, cette apparition, la nonne spectrale que j'avais vue s'étendre sur Liz, était la même entité-sorcière qui avait pris possession de Kezia Mason, et d'innombrables jeunes femmes avant elle.

Et je lui avais donné la troisième et dernière imprégnation dont elle avait besoin – l'imprégnation par le sang.

Je me tenais dans le vestibule et j'avais l'impression que mon cerveau était sur le point d'exploser. En dépit de ce que la logique et l'expérience me disaient, il m'était pratiquement impossible de croire que Liz avait pu être « possédée » ou « occupée ». Elle parlait toujours de la même façon, continuait de faire les mêmes plaisanteries. Elle avait toujours la même *apparence*.

Liz descendit l'escalier, vêtue en tout et pour tout de l'une de mes chemises. Elle chantonnait et vint vers moi d'une allure enjouée; ses cheveux voletaient et ses seins ballottaient.

– Quelque chose ne va pas? demanda-t-elle en m'embrassant sur le bout du nez. On dirait que tu viens de voir un fantôme.

Je secouai la tête.

– Tout va très bien, rassure-toi. Mais l'inspecteur Miller veut que j'aille à Shanklin avec lui répondre à quelques questions.

– Il ne pense tout de même pas que tu as quelque chose à voir avec la mort de Harry Martin ou de Doris Kemble?

– Non, bien sûr que non. Il revérifie les dépositions, c'est tout. L'enquête judiciaire pour Harry Martin commence la semaine prochaine. Il tient seulement à s'assurer que je n'ai pas omis un détail important.

– Bon, d'accord, dit Liz. Danny et moi irons nous promener.

Je ressentis un brusque élancement d'inquiétude. Si elle était vraiment « occupée » par l'entité-sorcière, était-ce prudent de laisser Danny seul avec elle ? Le jeune Mr. Billings ne m'avait-il pas solennellement affirmé que tous les contes de fées étaient vrais, et que les sorcières se nourrissaient principalement d'enfants ? J'eus une vision d'une netteté saisissante de mon *Green Fairy Book*, le livre de mon enfance, et de la gravure représentant une sorcière au nez crochu qui glissait dans son four un énorme plat à rôtir sur lequel étaient entassés six ou sept enfants terrifiés.

– Je... euh, je pensais emmener Danny avec moi. L'inspecteur Miller a dit qu'il lui montrerait une voiture de police.

Liz marchait devant moi. Elle tourna la tête et fronça le nez d'un air dédaigneux.

– *C'est rasoir !* Danny n'a certainement pas envie de passer tout un après-midi avec une bande de flics.

– Au contraire, il est emballé !

A ce moment, Danny entra dans la cuisine. Il continuait de lancer en l'air les clés de Dennis Pickering et de les rattraper au vol, encore et encore.

– Ton paternel doit aller chez les poulets, dit Liz en passant son bras autour des épaules de Danny. Et si nous faisions une promenade jusqu'à Ventnor pour acheter des bonbons ? Ensuite nous pourrons faire un château de sable, nous asseoir dedans et nous gaver de tonnes de bonbons !

– J'espérais que tu voudrais venir avec moi, intervins-je. L'inspecteur Miller a dit qu'il te montrerait une vraie voiture de police.

– Et alors ? demanda Danny le Hautain.

– Alors... eh bien, je dois revoir ma déposition avec lui. Mais ça ne sera pas très long.

J'aurais voulu trouver un mensonge plus attrayant, mais j'étais déjà pris à mon propre hameçon. Je me représentais parfaitement ce qui se passait dans la tête de Danny : qu'est-ce que je préfère, un après-midi ennuyeux et interminable à attendre papa dans un bureau surchauffé et mal ventilé, ou une balade sur la plage, à jouer et à manger des bonbons et à patauger dans l'eau ?

Liz pencha sa tête de côté et dit :

– Tu n'as aucune inquiétude à avoir, David. Je *prendrai soin* de lui.

– Oh, allez, papa, me supplia Danny.

Ma foi, que pouvais-je dire, avec un haussement d'épaules, à part oui?

Je me fis un devoir de couler un regard vers Liz, pour voir s'il y avait dans ses yeux ne serait-ce que le plus infime signe de malice ou de contentement ou de fourberie ou (bonté divine!) de voracité. Mais elle était seulement la même Liz et j'eus presque mauvaise conscience pour avoir douté d'elle.

Seules les clés tenaient un autre discours. Lancer – *cliquetis* – rattraper au vol. Lancer – *cliquetis* – rattraper au vol.

L'inspecteur Miller frappa à la porte d'entrée et il paraissait impatient et congestionné. Il régnait une chaleur presque étouffante maintenant, et l'air montait des graviers de l'allée en ondoyant comme l'eau limpide d'une rivière à truites.

– Alors, vous êtes prêt? demanda-t-il, regardant sa montre-bracelet en acier inoxydable comme si elle venait de faire une remarque déplacée.

– Oui, et merci d'être venu. Je sais que tout cela semble terriblement tiré par les cheveux.

Il fit le tour de sa voiture et ouvrit la portière.

– Tiré par les cheveux n'est pas le mot qui convient. C'est carrément louftingue. Cette maison vous fait perdre la tête, vous savez. Demain, vous allez me téléphoner et me dire que vous avez vu Satan en personne.

– Je ne le pense pas, dis-je, m'efforçant de prendre une voix posée, tandis qu'il effectuait une marche arrière et contournait la Renault de Dennis Pickering

– Le révérend Pickering n'a pas récupéré sa voiture? me demanda-t-il.

– Il avait égaré ses clés. Il a dit qu'il retournait chez lui pour récupérer les doubles. Jusqu'ici je ne l'ai pas revu.

– Curieux, fit l'inspecteur Miller. Il a besoin de sa voiture pour ses tournées.

– Peut-être a-t-il emprunté celle de sa femme.

– La voiture de sa femme est en réparation. Mrs. Pickering a eu un accident la semaine dernière, sur le parking de Ventnor.

– Des blessés?

L'inspecteur Miller secoua la tête.

– Seulement des dégâts matériels. Mrs. Pickering a heurté et renversé le caddie de quelqu'un, un beau gâchis!

Je me retournai sur mon siège alors que nous franchissions le portail de Fortyfoot House. Liz et Danny se tenaient sur le pas de la porte, yeux plissés à cause du soleil, et me faisaient des signes de la main.

Quelqu'un d'autre me faisait des signes, également. Depuis une lucarne tout là-haut sur le toit, il me sembla apercevoir Charity, sa bouche crispée par la peur et la détresse. Elle ne me faisait pas au revoir de la main, mais elle m'implorait... aidez-moi, pour l'amour de Dieu, venez à mon secours!

– Arrêtez-vous! criai-je.

– Quoi? demanda l'inspecteur Miller, freinant et faisant une embardée.

– Arrêtez-vous, je vous en prie! Maintenant, faites une marche arrière... vous avez bien compris... je veux jeter un autre coup d'œil à Fortyfoot House.

Avec une impatience visible, l'inspecteur Miller fit ce que je lui demandais. Un long moment, je scrutai la lucarne où j'avais aperçu Charity, mais elle avait maintenant disparu. La lucarne était vide, aussi noire que le chapeau du jeune Mr. Billings.

– Bon, d'accord, dis-je finalement comme Charity demeurait invisible. Peut-être avez-vous raison, après tout. Peut-être que cette maison me fait perdre la tête.

– Cela n'a rien de surprenant, affirma-t-il.

Je remarquai la grosse chevalière qu'il portait à son annulaire. La tête de l'empereur romain Auguste. Tout ce que je savais sur Auguste c'était qu'il avait répudié sa première femme, Scribonia, afin d'épouser une femme beaucoup plus jeune et plus jolie, nommée Livia. Plus ça change, plus c'est la même chose, pensai-je.

– Comment était Mrs. Pickering lorsqu'elle vous a appelé? demandai-je.

– Tout à fait normale, je pense, répondit l'inspecteur Miller. Je n'ai pas vraiment fait attention, à dire vrai.

– Vous a-t-elle dit ce que son mari avait *fait* cette nuit?

L'inspecteur Miller ralentit en arrivant à l'intersection.

– Lorsqu'un mari découche, en particulier lorsqu'un *pasteur* découche, d'habitude nous évitons de poser des questions embarrassantes. Ce n'est pas notre boulot.

Lorsqu'il eut rejoint la circulation sur la grande route, il dit :

– Pourquoi? J'aimerais savoir ce qui vous amène à penser qu'il se passe quelque chose de louche.

– J'ai vu Dennis Pickering ce matin et il y avait quelque chose de *différent* chez lui. Durant une fraction de seconde, j'ai eu l'impression qu'il ressemblait à Brown Jenkin.

L'inspecteur Miller freina brusquement et se rangea sur le bas-côté de la route. Le camion qui le suivait donna un coup de klaxon furieux, mais l'inspecteur Miller baissa sa vitre et hurla : « Va te faire voir! » à pleine voix.

Puis il se tourna vers moi.

– Vous avez eu l'impression que le révérend Dennis Pickering ressemblait à un rat géant?

– Oui, admis-je. (Soudain j'eus la gorge sèche. L'inspecteur Miller n'allait peut-être pas être l'allié que j'avais espéré qu'il serait.) Comme je l'ai dit... cela n'a duré qu'une fraction de seconde. Un clignement d'yeux et je n'aurais rien remarqué. Mais je le jure devant Dieu, sur la tête de mon fils, je sais que ce n'est pas le vrai Dennis Pickering.

– Je suppose que vous avez des preuves de ceci? Le genre de preuves que l'on peut présenter à un juge?

– Pour le moment, allons voir Mrs. Pickering et vérifier qu'elle va bien.

L'inspecteur Miller réfléchit un moment, puis remit le contact sans dire un mot. Il s'engagea sur la chaussée sans mettre son clignotant, ce qui provoqua à nouveau un concert de klaxons et des cris furieux : « T'as perdu ta canne blanche, mon vieux? »

Nous arrivâmes au presbytère et l'inspecteur Miller s'engagea dans l'allée. Aucune voiture n'y était garée, juste une vieille bicyclette peinte en noir, appuyée contre le mur près de la porte d'entrée. Le chat des Pickering était pelotonné sur la selle, semblable à un coussin de fourrure trop rembourré.

Le chat nous observa d'un air sournois tandis que nous nous dirigions vers la porte et sonnions. Personne ne vint ouvrir, aussi appuyai-je à nouveau sur la sonnette. J'entendis la sonnerie résonner dans le vestibule.

– Elle est peut-être sortie faire des courses, suggéra l'inspecteur Miller, tandis que nous attendions impatiemment, nous dandinant d'un pied sur l'autre. Et le révérend lui-même pourrait être n'importe où. Il va voir des malades à l'hôpital, faire une petite visite à des personnes âgées, ce genre de choses.

Je songeai que si j'étais une personne âgée, je n'aurais aucune envie de recevoir la visite de Brown Jenkin. Puis l'inspecteur Miller se pencha, souleva le rabat en laiton de la boîte aux lettres, jeta un coup d'œil vers le vestibule et appela :

– Ohé Mrs. Pickering ! Il y a quelqu'un ?

Toujours pas de réponse. L'inspecteur Miller continua de lorgner par la boîte aux lettres, attendant. Puis il dit brusquement, pour lui-même, « Hum, bizarre ! » et se redressa. Il chercha dans la poche intérieure de sa veste et en tira un petit portefeuille en cuir noir. Il l'ouvrit et en sortit un crochet de serrurier.

– Parfois c'est moins facile qu'à la télé, me dit-il. Nous serons peut-être obligés d'enfoncer la porte.

– Qu'y a-t-il ? lui demandai-je. Il n'y a personne, n'est-ce pas ?

– Je ne le sais pas encore, répondit-il sèchement. Mais regardez par la boîte aux lettres et dites-moi ce que vous voyez. Là-bas, sur la gauche... à côté de cette porte ouverte. *Par terre*, bon Dieu !

Je regardai par la boîte aux lettres. Le parquet ciré semblait présenter un genre de motif, ou quelqu'un avait peut-être renversé un vernis foncé et luisant. J'étais tout à fait incapable de dire ce que c'était. Je me redressai et haussai les épaules.

– Non ? fit l'inspecteur Miller. Vous ne savez pas ce que c'est ? Peut-être n'avez-vous pas l'habitude d'en voir. C'est du sang.

– Oh, merde ! murmurai-je.

– Exactement. Oh, merde. Et vous allez devoir me fournir des explications foutrement satisfaisantes, mon ami, vu votre facilité tout à fait déconcertante pour découvrir les restes de personnes récemment décédées. Tout cela commence à ressembler un peu trop à une histoire d'Hercule Poirot. Bon Dieu, même Houdini ne réussirait pas à crocheter cette serrure !

Mais, après quelques efforts supplémentaires, il y eut un déclic des plus réconfortants et la porte s'ouvrit silencieusement. Je sentis aussitôt une odeur étrange, très particulière, comme si on appliquait une pêche blette contre mes narines. Une odeur douceâtre de pourriture. Quelque chose était mort dans cette maison.

– Vous pouvez attendre ici si vous le désirez, proposa l'inspecteur Miller, sans se retourner pour me regarder. Enfin, si vous me donnez votre parole de ne pas essayer de vous enfuir.

– Non, je viens avec vous, répondis-je. Je veux voir ce qui s'est produit ici. Il le faut.

Nous nous avançâmes prudemment dans le vestibule, nous approchant lentement de la tache sur le parquet que j'avais prise tout d'abord pour une ombre ou un foulard. Cela ne faisait aucun doute : c'était du sang. Une large mare rouge foncé, à la surface parfaitement lustrée, excepté des particules de poussière qui s'étaient déposées dessus, et des mouches qui se déplaçaient ici et là.

– Quelqu'un a été étripé ici, bel et bien étripé, dit l'inspecteur Miller d'une petite voix fluette.

Il pénétra dans le séjour : il faisait des pointes comme une ballerine pour ne pas mettre du sang sur ses chaussures. Il resta là un long moment, son profil gauche tourné vers moi, silhouetté par le soleil éclatant. Il était tellement silencieux et tellement immobile que je commençai sérieusement à me demander s'il avait perdu le fil de ce qu'il faisait, ou bien s'il s'était endormi debout.

– Inspecteur? appelai-je.

J'entendis un léger clapotement derrière moi et je fis volte-face rapidement, effrayé. Avec un profond dégoût, je vis que le chat nous avait suivis à l'intérieur de la maison et était maintenant accroupi au bord de la mare de sang : les yeux bien fermés, il lappait avec une satisfaction évidente. Je lui flanquai un coup de pied et il miaula et cracha vers moi. Je lui donnai un autre coup de pied et il détala et sortit de la maison à toute allure.

Le bruit avait tiré l'inspecteur Miller de sa rêverie. Il leva la main gauche et me fit un signe presque imperceptible.

– Vous feriez mieux de venir et de jeter un coup d'œil, dit-il. Qui sait? C'est peut-être vous qui avez fait ça, après tout. J'aimerais voir ce que vous en pensez, comment vous réagissez.

– C'est Mrs. Pickering? demandai-je. (Ma voix ressemblait à celle de quelqu'un d'autre, assourdie et chevrotante.)

Il hocha la tête.

– Venez voir par vous-même.

Je fis deux pas incertains vers la pièce. C'était une vaste

pièce, très lumineuse dans le soleil du milieu de l'après-midi, avec une cheminée en marbre et des fauteuils des années trente, massifs et confortables, recouverts de housses de chintz. Un plateau bruni de Bénarès sur des pieds contournés faisait office de table basse. Des exemplaires de *The Daily Telegraph Magazine*, et *Church Time* et de *Punch* étaient entassés dans un porte-revues. Un mobilier tout à fait ordinaire. La salle de séjour ordinaire d'un presbytère du sud de l'Angleterre par un chaud après-midi d'été.

Elle était tellement ordinaire que l'horreur qui était assise au milieu de la pièce fut dix fois plus choquante qu'elle ne l'aurait été si je l'avais aperçue dans, disons, un cachot de la Tour de Londres, ou dans un carambolage monstre sur une autoroute, ou dans la salle des soins intensifs d'un grand hôpital.

Le sang m'avait préparé à voir quelqu'un qui était mort. Mais rien n'aurait pu me préparer à la *façon* dont elle était morte. Je me tins à côté de l'inspecteur Miller et tombai à genoux, littéralement, une génuflexion involontaire, affreuse.

Dans l'un des fauteuils de chintz était assis le corps décapité de Mrs. Pickering. Elle avait porté un corsage de soie fleur de pêcher et une jupe de coton blanc-grisâtre, mais ceux-ci étaient déchiquetés, réduits à des lambeaux à peine identifiables. Tout son corps avait été tailladé avec une telle violence que de la peau et de la graisse recouvraient les accoudoirs du fauteuil, comme s'ils étaient festonnés de rubans.

... en une profusion insouciante disposés là – des rubans écarlates, des rubans écarlates...

Son cou ensanglanté sortait du col ensanglanté de son corsage, et la plupart de ses organes internes – ses poumons, son foie et son estomac – avaient été sortis par sa trachée, mous et poisseux, puis disposés sur ses épaules en une parodie grotesque de la peinture murale de la chapelle de Fortyfoot House : le portrait de Kezia Mason, avec Brown Jenkin juché sur ses épaules.

J'apercevais ses côtes et son bassin à travers sa chair déchiquetée – d'un blanc luisant, où adhéraient quelques fragments de chair écarlate, comme des os rongés par un chien. Son corset et ses jarretelles avaient été découpés en de petits morceaux de tissu élastique blanc – un acte d'irrespect, particulièrement sur l'épouse d'un pasteur, qui paraissait presque plus indécent que le fait de l'avoir décapitée. Entre ses jambes pendait une grappe d'intestins dégouttant de sang.

Il y avait du sang partout. Les murs étaient arrosés de sang, le tapis en était imbibé. Du sang avait dessiné des arabesques sur le miroir, du sang avait peint en rouge les roses thé sur la table basse, une horrible parodie de la peinture des roses dans *Alice.* Qu'est-ce que la Reine de Cœur avait dit à ce moment? *Qu'on lui tranche la tête!* Et c'était exactement ce qui était arrivé à la pauvre et pathétique Mrs. Pickering.

Je n'apercevais sa tête nulle part. Horrifié, je me tournai vers l'inspecteur Miller et dis :

– *Où est sa tête?*

Il montra du doigt l'encoignure de la pièce. Son visage était gris, comme de la viande de porc. J'essayai de voir ce qu'il me montrait mais mon esprit, tout simplement, était incapable de comprendre.

– *Pour l'amour du ciel, inspecteur!* m'écriai-je. *Où est sa tête?*

A nouveau il désigna l'encoignure de la pièce, mais je ne voyais que le buffet verni marron, orné d'un jeté de table blanc et tacheté de sang, et le bocal à poissons rouges posé dessus.

Seigneur, le bocal à poissons rouges.

Dans le bocal, l'eau était teintée de rose. Deux petits poissons rouges s'efforçaient de nager dans leur demeure encombrée, mais l'un d'eux cherchait désespérément à respirer, manquant d'oxygène, et la queue de l'autre était lacérée.

A travers la vase et les plantes aquatiques – démesurément grossi par le verre convexe du bocal – le visage de Mrs. Pickering me regardait fixement, les yeux grands ouverts, sa bouche à moitié remplie de petits cailloux colorés.

L'inspecteur Miller s'approcha du buffet. Il marchait les jambes raides, comme un robot. Il regarda fixement le bocal. Les cheveux bruns striés de gris de Mrs. Pickering flottaient à la surface, semblables à des algues épaisses et sinueuses.

– Vous ne pouvez pas sortir sa tête de là? demandai-je d'une voix rauque.

L'inspecteur Miller poussa un grognement.

– C'est impossible... à moins de briser le bocal.

– Qu'est-ce que vous racontez? m'exclamai-je. Si on ne peut pas la sortir à moins de briser le bocal... comment a-t-il fait pour *la mettre dedans*?

L'inspecteur Miller parcourut la pièce du regard.

– Vous aviez raison depuis le commencement, déclara-t-il d'une voix blanche. Fortyfoot House *est* hantée, ou possédée, ou appelez ça comme vous voudrez. Et Brown Jenkin *est* réel, quoi qu'en pensent les autorités de l'île de Wight.

Il alla jusqu'à la fenêtre ouverte qui donnait sur le jardin rempli de roses odoriférantes. Le jardin contrastait de façon saisissante avec la scène abominable dans la salle de séjour.

– Regardez, dit-il.

Il montra du doigt les marques sanglantes sur la tablette de la fenêtre et sur la vitre elle-même. Des traces laissées par les pattes d'un rongeur. La seule chose qui les différenciait d'un *rattus rattus*, le rat d'égout commun, c'était leur dimension... énorme.

Tout était réel. Brown Jenkin était réel. Kezia Mason était réelle, ainsi que Yog-Sothoth. A cet instant, une seule pensée jaillit dans mon esprit, et c'était *Danny*.

– Où allez-vous? me lança l'inspecteur Miller, tandis que je faisais de petits sauts, comme si je jouais à la marelle, pour ne pas marcher dans le sang, et me ruais vers le vestibule.

– La maison! Liz a emmené Danny! Et je vous parie tout ce que vous voudrez que Brown Jenkin est là-bas, lui aussi!

– Mais qu'est-ce que vous racontez? Voyons, nous ne pouvons pas...

Il promena un regard désespéré sur la macabre salle de séjour.

– Inspecteur, le suppliai-je. *Je vous en prie!*

20

Le jardin de demain

Je compris que quelque chose clochait dès que nous abordâmes le virage de Bonchurch pour suivre la route étroite qui conduisait à Fortyfoot House. C'était un après-midi chaud et ensoleillé, pourtant le ciel au-dessus du toit de Fortyfoot House présentait une teinte étrangement *sombre*, comme une caméra-vidéo braquée sur le soleil.

Je percevais également des tremblements du sol. L'air autour de nous vibrait et, lorsque la maison apparut enfin, je vis des distorsions dans l'air, comme des mirages. Les arbres semblaient s'incliner et ondoyer, et Fortyfoot House donnait l'impression étrange d'être suspendue à quelques centimètres au-dessus du sol.

L'inspecteur Miller s'engagea dans l'allée, freina brusquement et s'arrêta, puis descendit de la voiture et claqua la portière.

– Surtout soyez prudent, fit-il d'un ton cassant. Techniquement, nous poursuivons un meurtrier et je ne suis pas censé mettre en danger la vie du contribuable que vous êtes.

Un profond gémissement nous parvint de Fortyfoot House, comme si elle était une bête gigantesque, plutôt qu'une bâtisse, une bête dont l'âme venait d'être arrachée. De vives lumières bleu-blanc scintillaient aux fenêtres du premier étage.

– Je me fous complètement du « techniquement », répliquai-je. C'est mon fils qui est à l'intérieur.

J'essayai d'ouvrir la porte d'entrée, mais elle semblait verrouillée ou, plutôt, *soudée* comme si la porte et le chambranle étaient taillés dans un même bloc de bois compact. Le verrou était en cuivre massif, mais il ne comportait pas de trou de serrure. On nous empêchait d'entrer, par des moyens surnaturels.

L'inspecteur Miller s'appuya contre le chambranle et donna deux ou trois violents coups de pied dans la porte, mais elle ne bougea pas d'un pouce.

– Cela ne sert à rien, dis-je. C'est du bois plein.

– Allons voir la porte de la cuisine, fit l'inspecteur Miller. (Il jeta un coup d'œil à sa montre-bracelet.) Nous devrions recevoir des renforts d'une minute à l'autre.

Nous fîmes le tour de la maison. Cette obscurité étrangement brillante recouvrait l'ensemble du jardin. Les chênes se courbaient et s'agitaient sous l'effet d'un vent que je ne sentais pas, et de temps à autre il y avait un bruit de *course* éperdue à travers les taillis et les plates-bandes, comme si une soudaine bourrasque les parcourait. Au-delà des arbres, la mer brasillait d'un éclat mat, comme du plomb martelé.

Nous traversâmes le patio et j'essayai d'ouvrir la porte de la cuisine. Tout comme la porte d'entrée, elle était verrouillée, d'un seul bloc.

L'inspecteur Miller tira sa radio de sa poche et dit :

– George ? Où êtes-vous, bon sang ! J'ai besoin de deux équipes à Fortyfoot House, le plus tôt possible.

J'entendis une toute petite voix exaspérée dire quelque chose à propos de « travaux de voirie à Luccombe Village ». L'inspecteur Miller ne dit rien, mais l'expression sur son visage empourpré était aussi explicite que tous les jurons du monde.

– Que se passe-t-il ? lui demandai-je. Ces renforts, ils viennent, oui ou non ?

– Ils viennent, dit-il à voix basse. Est-ce qu'il y a une porte latérale ? Ou une porte d'arrière-cuisine ? Il doit bien y avoir un moyen d'entrer.

Un autre grondement caverneux fit trembler Fortyfoot House sur ses fondations. Maintenant, dans un recoin de mon esprit, j'entendais le chant psalmodié, étrangement lent et brouillé, que j'avais entendu auparavant. *N'ggaaa – n'ggaaa – sothoth – n'ggaAAA.* Un craquement sec retentit et les dalles du patio se mirent à onduler sous nos pieds, comme si un énorme mille-pattes se déplaçait rapidement au-dessous. J'entendis des fenêtres se fendre dans leur châssis, et une petite pluie de tuiles se déversa du toit et vint s'écraser sur l'allée en contrebas.

– Danny! criai-je. Danny, tu es à l'intérieur? Danny!

Le chant psalmodié se poursuivait et la bâtisse frissonna. Une autre avalanche de tuiles se produisit, et l'une d'elles me heurta à l'épaule.

– Danny était *censé* se trouver ici? me cria l'inspecteur Miller.

– J'ignore où il se trouve. Liz avait dit qu'ils iraient se promener. Mais maintenant que je sais que Liz n'est pas Liz...

– Liz n'est pas Liz? Que voulez-vous dire?

– Elle est une *entité*. Une sorte d'esprit très ancien. Je ne sais pas, quand vous essayez d'expliquer cela, cela semble complètement délirant, mais les esprits sont venus de temps préhistoriques... et ils ont pris possession de femmes, l'une après l'autre, siècle après siècle, attendant le moment où ils pourraient renaître.

L'inspecteur Miller me regarda d'un air hébété, puis il leva les yeux vers le toit de Fortyfoot House qui s'effritait. Une rangée de tuiles faîtières dégringola, puis une autre, suivies d'un gros bloc de grès – un rebord de fenêtre. S'il n'avait pas vu par lui-même la bâtisse trembler et gémir et se disloquer, je pense qu'il m'aurait pris pour un fou furieux. Mais il était incontestable maintenant qu'une force colossale et acharnée ébranlait Fortyfoot House et il était incontestable également que cette force était d'une malveillance qui dépassait l'entendement humain. Si son démon familier pouvait tuer avec une telle dérision, quelles horreurs cette force était-elle capable de perpétrer?

Brown Jenkin tuait gratuitement et sadiquement... pour s'amuser. Il attachait aussi peu d'importance à la vie humaine qu'un petit garçon qui arrache les pattes de lucanes. Mais il n'était que le messager de Kezia Mason, et Kezia Mason, à son tour, n'était que le « nid de coucou » dans lequel Yog-Sothoth attendait son jour.

Tout cela paraissait absurdement apocalyptique. La fin du monde tel que nous le connaissions. Un changement dans l'ordre naturel de primauté : une autre espèce dominant la race humaine. Mais lorsque je songeai à quel point le monde lui-même avait changé depuis le début de ce siècle, avec des océans contaminés et des cieux pollués, je commençai à croire que les Grands Anciens *pouvaient* réapparaître, et que les gigantesques et cruelles civilisations des temps préhumains *pouvaient* resurgir.

Après tout, ils s'étaient maintenus en vie durant des siècles de suprématie humaine, dissimulés dans des sorcières, des magiciens, des murs de bâtiments, et même dans le sol. Ils avaient été préparés à se cacher et à attendre, se cacher et attendre. Et maintenant, tout autour de nous, nous étions en train de détruire tout ce qui les avait obligés à rester cachés. Nous abattions les forêts qui enrichissaient notre atmosphère en oxygène que les Grands Anciens, créatures du lointain cosmos, abhorraient. Nous construisions des villes sur des hectares de prairies, de marécages, et nous asséchions les nappes phréatiques sous nos marais.

Nous remplissions nos océans de mercure et de déchets radioactifs. Nous souillions nos cieux de soufre et de plomb. J'ignorais si nous agissions ainsi sous l'influence secrète des Grands Anciens, mais nous étions en train de changer le monde peu à peu et de lui redonner son aspect originel, tel qu'*ils* voulaient qu'il soit. Un monde d'océans morts et de cieux sombres, un monde de métaux lourds et de froid antarctique.

Je me tournai vers l'inspecteur Miller et je dis :

– Vous ne comprenez pas ceci.

– Comprendre quoi? me demanda-t-il.

Je traversai le patio jusqu'au muret et soulevai l'une des urnes en pierre qui avaient autrefois contenu des géraniums. Elle était si lourde que je fus obligé de la poser par terre tandis que je revenais vers la maison. L'inspecteur Miller réalisa ce que je voulais faire et s'approcha pour m'aider.

– Je suis plutôt dur à la détente, vous savez, me dit-il.

Nous nous dirigeâmes lentement vers la fenêtre de la cuisine – prîmes notre élan et balançâmes l'urne à travers la vitre. Dans un fracas retentissant, elle arracha la moitié de la fenêtre de son châssis, et tomba dans l'évier. Du pied je fis dégringoler un ou deux éclats de verre en forme de cimeterre qui étaient fichés dans le châssis, puis je me hissai sur le rebord de la fenêtre et sautai dans la cuisine, aussitôt imité par l'inspecteur Miller.

– On arrive dans cinq minutes, couina une petite voix dans la radio de l'inspecteur Miller.

– Bien reçu, terminé, dit-il, et il coupa la transmission.

Nous traversâmes la cuisine, du verre crissant sous nos

chaussures. A l'intérieur, la maison donnait l'impression de *bourdonner*, comme une centrale électrique. Chaque fois que je m'approchais de l'un des murs, je sentais mes cheveux se dresser sur mon cuir chevelu en raison de l'électricité statique, et, lorsque je tendis la main pour ouvrir la porte de la cuisine, une quantité de minuscules étincelles tourbillonnantes vola entre le bout de mes doigts et la poignée métallique de la porte.

J'enfilai un gant de cuisine afin d'amoindrir la décharge électrique, et j'ouvris la porte.

Une fois dans le vestibule, nous fîmes halte et écoutâmes. Le chant se poursuivait, mais sur une note tellement grave que je ne savais pas si je l'entendais ou si je le percevais dans mon corps. « *Mmm'ngggaaa, nn'ggaaa, sothoth, yashoggua...* » L'inspecteur Miller se racla la gorge nerveusement, et dit :

– Vous pensez que Danny est ici? Je n'entends personne, et vous?

– Danny? appelai-je.

Puis je m'approchai de l'escalier, mis mes mains en porte-voix, et criai, beaucoup plus fort :

– *Danny! C'est papa! Est-ce que tu es là?*

J'attendis, la main posée sur le pilastre. Je pense que je fis ceci pour me donner une contenance. Tout dans Fortyfoot House donnait l'impression de *grouiller*. Les murs, le sol, les balustres. J'aurais fait n'importe quoi pour retourner vers la cuisine en courant, me glisser par la fenêtre à nouveau, et fuir la vue et les bruits de Fortyfoot House aussi vite que le prochain car pourrait m'emmener.

Puis, très faiblement, j'entendis une plainte haut perchée. Cela ressemblait plus au miaulement d'un chaton qu'au cri d'un enfant. Mais vous reconnaissez toujours la voix de *votre* enfant, même si elle est déformée, ou angoissée, ou lointaine.

L'inspecteur Miller dit : « Qu'est-ce que c'est? » mais j'étais déjà à mi-hauteur de l'escalier, criant :

– Danny! Tiens bon! Danny, c'est papa!

La porte du grenier était ouverte et l'air qui s'en échappait était épaissi par une fumée à l'odeur nauséabonde. Elle contenait cette odeur de brûlé dont j'avais gardé le souvenir, une odeur lourde, âcre et métallique. Cela me fit penser à des gaz lacrymogènes, ou à des pneus en train de brûler.

Je pris mon mouchoir chiffonné et le pressai contre mon nez et ma bouche. Derrière moi, l'inspecteur Miller cria :

– Pour l'amour du ciel, David, n'allez pas plus loin! Attendons les renforts, il y aura des masques de protection dans la voiture!

Mais j'entendis à nouveau ce miaulement assourdi, et j'eus la certitude que c'était Danny, et je n'allais pas laisser Brown Jenkin l'emmener. Tant pis pour les masques de protection!

Je grimpai les marches jusqu'au grenier, et me tournai. Tout le grenier était envahi par une fumée qui picotait les yeux, et par une lumière pénétrante, mate et grisâtre. La lucarne était ouverte, et un escabeau avait été placé au-dessous. Brown Jenkin était à mi-hauteur de l'escabeau, voûté et perché de façon précaire, mais tout en haut, il y avait Danny, sa tête et ses épaules déjà passées par l'ouverture. Près de l'escabeau, j'aperçus Liz, très pâle, comme en état de choc; ses mains étaient posées sur les épaules de l'enfant qui, m'avait-elle affirmé, n'était que le produit de mon imagination stressée... Charity.

– *Jenkin!* hurlai-je vers lui. *Enculé de Brown Jenkin!*

Brown Jenkin tourna la tête et ses yeux étincelèrent, jaunes et venimeux. Il portait un habit ecclésiastique – ou plutôt, l'odieuse parodie d'un habit ecclésiastique – un col romain d'une saleté repoussante, une veste noire poussiéreuse et un gilet noir couvert de taches de soupe. Une patte était levée, poussant Danny et le hissant hors de la lucarne. L'autre agrippait l'escabeau.

– Jenkin, lâche-le! criai-je.

Je m'élançai dans sa direction, mais Liz leva une main et la tendit vers ma poitrine. J'éprouvai une douleur fulgurante à l'intérieur de ma cage thoracique, comme si mon cœur était pressé sur une plaque chauffante. Je fis halte et portai vivement mes mains à ma poitrine. Je sentais que cette fumée de viande grillée sortait forcément de ma bouche. Je souffrais atrocement, mais je n'avais même pas le souffle nécessaire pour crier. Je tombai à genoux, en toussant. Mon cœur brûlait et brûlait, et j'avais beau savoir que cela ne pouvait être réel, que Liz utilisait simplement ses pouvoirs d'entité-sorcière pour me tenir à distance de Brown Jenkin, j'eus la conviction que j'allais mourir, séance tenante.

Brown Jenkin empoigna les jambes de Danny et le propulsa vers le haut, hors de la lucarne. Danny disparut de l'autre côté en criant. Puis Brown Jenkin se hissa hors de la lucarne à son tour, dans une pluie de poux.

– Jenkin! appelai-je en suffoquant.

Mais je n'avais pas la force de me remettre debout et de me lancer à sa poursuite. Il se retourna et lorgna par la lucarne, soufflant et ricanant à mon adresse, paupières mi-closes. Un rictus de joie mauvaise découvrit ses crocs jaunâtres et sa langue noire passa rapidement sur ses lèvres.

– *Idiot-fucker du kannst mich niemals fangen! Adieu bastard cette fois for always! Merci pour ton fils! Was für ein schmackhaft Knabe, nicht wahr fucker?*

– Jenkin, je te tuerai! le menaçai-je, mais ma voix était tellement oppressée et ténue qu'il ne m'entendit sans doute pas.

– A toi maintenant, Charity, allez, monte! dit Liz en la poussant vers l'escabeau.

Brown Jenkin tendit les bras vers elle, arborant le sourire le plus démoniaque que l'on puisse imaginer, prêt à l'attraper avec ses longs doigts crochus. Charity le regardait, les yeux écarquillés.

J'entendis quelqu'un tousser depuis l'escalier du grenier. Toujours agenouillé, plié en deux par la douleur et étreignant ma poitrine à deux mains, je me tournai et aperçus l'inspecteur Miller qui agitait les bras pour dissiper la fumée.

– Vous! cria-t-il à Liz. Laissez cette petite fille où elle est!

– Inspecteur... haletai-je. Je ne peux pas...

Et je montrai la lucarne du doigt.

L'inspecteur Miller leva les yeux et aperçut Brown Jenkin. Il en resta bouche bée. Il avait entendu parler de Brown Jenkin, il avait constaté ce que Brown Jenkin avait fait. Mais le fait de *voir* ce rongeur géant et maléfique le prit tellement au dépourvu qu'il semblait incapable du moindre geste.

La brûlure dans ma poitrine commençait à diminuer. Péniblement, je me redressai sur un genou, puis parvins à me relever. Liz avait pris Charity dans ses bras et la tendait vers Brown Jenkin afin que celui-ci puisse l'attraper et la tirer par la lucarne. Charity donnait des coups de pied, se débattait et criait « Lâchez-moi! Lâchez-moi! », mais Liz semblait posséder une force surnaturelle : elle souleva Charity de plus en plus haut, sans effort apparent, indifférente aux mouvements frénétiques de Charity.

– *Ah, ma chère petite,* roucoula Brown Jenkin avec un sourire égrillard. *Je vais serve you mit Kartoffeln und Sauerkraut, oui?*

D'une voix grêle, étranglée, l'inspecteur Miller dit :

– Police ! Vous êtes en état d'arrestation ! Posez cette fillette immédiatement !

Brown Jenkin se mit à souffler et à ricaner, à tel point qu'il faillit s'étouffer. Des filaments de salive pendaient de ses mâchoires, englués de nourriture à demi mastiquée.

– *En état d'arrestation, shit-shit ! Was sagst du bastard ? C'est drôle, n'est-ce pas ?*

Il tendit ses griffes afin d'empoigner Charity, mais à cet instant il se passa quelque chose de singulier. Charity cessa de se débattre et de donner des coups de pied, puis elle se crispa brusquement et se tint toute droite et absolument raide. Son visage se figea et prit une expression sévère, et – c'était peut-être un effet de la fumée et de la lumière du jour grisâtre – elle sembla *briller*. Ses cheveux voletètent et ondoyèrent autour de sa tête, formant une étrange auréole, et j'aurais juré qu'une vive lumière blanche irradiait de son corps.

Liz la lâcha et s'écarta, telle une ombre s'enfuyant. Mais Charity resta où elle était, toujours rigide, toujours droite comme un piquet, suspendue en l'air entre le plancher et le plafond incliné, exactement là où Liz l'avait lâchée.

C'était impossible, pourtant je le voyais de mes propres yeux : il y avait un bon mètre entre les pieds de Charity et le plancher du grenier. Aucun trucage, pas de fils. *Rien.*

Brown Jenkin, lentement mais de façon perceptible, retira ses griffes, le regard méfiant ; son museau allongé était froncé par un grognement.

– *Qu'est-ce que c'est ?* l'entendis-je siffler. *Was ist das ?*

Charity, les yeux grands ouverts, tourna lentement sur elle-même, flottant en l'air, et fit face à Liz. Lorsqu'elle parla, sa voix fut douce, d'une douceur surnaturelle, comme si un millier de mains effleuraient un millier de rideaux de velours. « *Arrière, sorcière* », chuchota-t-elle. Elle leva les bras, doigts écartés, puis ses yeux se révulsèrent, et seul le blanc était visible. « ARRIÈRE, SORCIÈRE » répéta-t-elle. Les mots était tellement brouillés que je les comprenais à peine.

Il y eut un moment de tension insupportable. Puis, brusquement, tout se produisit en même temps. Liz poussa un cri strident et s'affaissa sur le plancher. Brown Jenkin referma violemment la lucarne et disparut. Charity s'abaissa vers le sol et ses pieds se posèrent doucement sur le plancher. La fumée tourbillonna, les lumières scintillèrent, et l'inspecteur Miller se réveilla de sa torpeur tel un homme qui réalise brusquement qu'il a dormi et a laissé passer la gare où il devait descendre.

Immédiatement, je montai sur l'escabeau et ouvris la lucarne d'une poussée brutale.

– *Jenkin!* hurlai-je. *Jenkin... je veux mon fils!*

Je passai ma tête par l'ouverture et je fus accablé par ce que je vis. Un ciel sombre jaune soufre, une rangée d'arbres dénudés, sans feuilles. Un jardin qui n'avait pas d'herbe, pas de massifs, pas de fleurs – seulement des rangées crottées de boue de plantes blafardes et visqueuses. Aucune couleur nulle part, sauf le jaune et le gris. Pas de cris de mouettes, pas de bourdonnement d'insectes, rien. La mer venait s'échouer mollement sur la plage, mais elle était noire de mazout, et son écume souillée luisait faiblement. Il suffisait d'un seul regard pour comprendre qu'aucun poisson ne nageait dans cette mer; du moins, pas des poissons ordinaires.

Ce qui avait été jadis « l'allouinde » soigneusement fauchée autour du cadran solaire était maintenant une étendue ravagée de terre aride. Sous ce ciel lugubre couleur de soufre, j'aperçus Brown Jenkin traversant rapidement le jardin; il tirait Danny par la main. De minuscules silhouettes dans un rêve. Ils étaient sans doute descendus du toit par l'escalier de secours. Je criai « *Danny!* » et Danny essaya de se retourner. Un instant, je le vis distinctement, son visage déformé par la détresse. Puis Brown Jenkin le tira en ricanant et l'entraîna au bas du talus, vers le ruisseau... et vers la chapelle.

Je voulus me hisser hors de la lucarne et grimper sur le toit, mais dès que je pris appui sur le rebord, je fus pris d'une violente quinte de toux, et je fus obligé de reposer mes pieds sur l'escabeau. Je sentis qu'on me tirait doucement par ma jambe de pantalon, et je m'aperçus que Charity était montée sur l'escabeau. Elle me regardait en souriant. Liz s'était réfugiée dans un recoin du grenier, tellement environnée de fumée que je la voyais à peine.

– Si tu essaies de le rejoindre, David, vous risquez de ne jamais revenir, ni l'un ni l'autre.

– Danny est mon fils.

Elle sourit et hocha la tête.

– Je sais. De même que j'étais la fille de mon père. De même que *tous* les enfants de Fortyfoot House étaient des filles et des fils.

– Qui es-tu? lui demandai-je.

Ses yeux se fermèrent et s'ouvrirent, avec l'indolence d'un chat.

– Tu n'oses pas me demander *ce que* je suis.

– Je ne sais pas, dis-je. Peut-être.

L'inspecteur Miller s'approcha, s'essuyant les yeux avec son mouchoir.

– Écoutez, dit-il, mes hommes viennent d'arriver. Je vais leur dire de fouiller la propriété. Cette... *créature*... n'a pas pu emmener votre fils bien loin.

Je m'apprêtais à lui dire qu'ils perdraient leur temps à chercher dans le jardin de 1992 alors que Brown Jenkin avait emmené Danny dans un futur lointain, mais Charity leva la main pour me faire taire.

– Laisse-le s'affairer, murmura-t-elle. Il ne peut absolument pas t'aider.

– Laisse-moi partir, gronda Liz. Tu m'entends, sale gosse? Laisse-moi partir!

Charity se tourna vers elle et hocha la tête. Liz recula encore plus loin au sein des ombres.

– Mais qu'est-ce que tu lui as fait? demandai-je. Que se passe-t-il?

– Tu sais qu'elle a été prise, répondit Charity.

– Prise?

– Possédée... occupée... habitée.

J'avais du mal à croire que c'était Charity qui parlait. Pourtant j'acquiesçai.

– Oui, j'ai vu cela se produire. Le jeune Mr. Billings m'a tout expliqué.

– Oh, le jeune Mr. Billings, sourit Charity. Pauvre de lui! Il voulait tout. Il voulait être saint et pécheur, gagnant et perdant. Pourvu qu'il obtienne sa grande récompense.

– Qui es-tu? lui demandai-je. *Qu*'es-tu?

Elle tendit le bras et toucha ma main. Elle était réelle, je sentais ses doigts m'effleurer. Elle se rongeait les ongles; n'était-ce pas la preuve indéniable de sa réalité?

– Écoute bien, chuchota-t-elle d'un air de conspirateur. Je

suis venue vers toi sous les traits d'une petite fille. Mais je suis plus qu'une petite fille. Les Grands Anciens ont survécu en se cachant dans des êtres humains – comme Kezia Mason, comme ta Liz – comme Vanessa Charles, qui un jour donnera naissance à des Grands Anciens. Ils ont essayé de se dissimuler, mais parfois ils se sont trahis ; les sorcières ont été découvertes de cette façon, et c'est pourquoi on les a brûlées, mais le fait de les brûler n'a jamais tué les Grands Anciens qui les habitaient.

» Chaque sorcière a essayé de donner naissance aux trois fils qui deviendraient un seul et même fils... La Trinité Impie. Le fils de semence, le fils de salive, le fils de sang. Mais certaines, sous leur apparence de femmes humaines... (elle fit un geste adorable avec ses mains pour décrire son propre corps) certaines donnèrent naissance à des enfants qui étaient plus humains que préhumains... mais pas tout à fait humains.

– Tu veux dire... comme *toi* ? lui demandais-je, la gorge sèche.

– Oui, sourit-elle, comme moi. Et nous sommes devenues ce que les gens appellent des sorcières « blanches »... des femmes possédant le don de guérir, de rendre fertiles des femmes stériles, et de prédire l'avenir... parce que, bien sûr... (elle battit des cils) nous pouvons voyager dans le futur, et le voir par nous-mêmes, de nos propres yeux.

– Mais tu es une enfant, arguai-je. Une petite fille, pas une femme.

Ses yeux s'agrandirent.

– Il ne faut pas estimer l'âge de quelqu'un d'après son apparence. Les visages les plus jeunes ont les yeux les plus vieux.

– Je ne comprends pas. Que faisais-tu donc à Fortyfoot House ? Tu détiens tous ces pouvoirs... mais tu étais une orpheline.

– Une orpheline, oui, sourit-elle. Mais une orpheline très *spéciale*. J'étais une orpheline parce que ma mère est morte en couches. J'étais une orpheline parce que ma mère a été déchiquetée en donnant naissance à mes trois frères. Mes *trois* frères, tu comprends maintenant ? Ma mère était possédée de cette entité-sorcière, mais d'abord elle m'a mise au monde. C'était quatre ans avant qu'elle mette au monde mes frères, les fils de sang, de semence et de salive. La maison était remplie de cris terrifiants, d'odeurs immondes et de lumières étincelantes.

» Ils sont morts, bien sûr; mes trois frères sont morts. L'air était trop riche et l'eau regorgeait de choses qu'ils ne pouvaient avaler. Ils se sont dissous, et il n'est rien resté d'eux. Mais... (elle se signa) l'entité-sorcière de ma mère a survécu, dans la soupente.

– Dans la soupente? lui demandai-je.

Je ne cessai pas de penser à Danny – *Danny* – mais je savais que ceci était important. Je savais que Charity pouvait m'aider à le sauver. Patience, me répétais-je continuellement, patience!

Elle acquiesça de la tête.

– Nous avions une soupente sous l'escalier, et chaque fois que j'ouvrais la porte de la soupente, je voyais une lumière bleue, et un visage comme ceci. (Elle ouvrit ses yeux tout grands, tira vers le bas sa lèvre inférieure avec ses doigts et prit une expression comme un crâne d'enfant.) C'était ma mère, c'était l'entité-sorcière. Un jour le Dr Barnardo est venu chez nous, pour recueillir des enfants, et l'un des enfants qui l'accompagnaient était Kezia Mason. Tandis que le Dr Barnardo parlait avec le vieux Mr. Billings, j'ai montré la soupente à Kezia. La porte s'est ouverte et l'entité-sorcière est sortie, elle a serré Kezia dans ses bras et a pris possession d'elle.

– Ainsi l'entité-sorcière qui habitait ta mère est la même entité-sorcière qui habite Kezia Mason, et Liz?

Elle acquiesça.

– Mais si Kezia et toi étiez *parentes*, pour ainsi dire, comment a-t-elle pu laisser Brown Jenkin te prendre?

– L'entité-sorcière n'a pas de sentiments humains. L'entité-sorcière n'a pas de cœur. Elle est un animal, rien de plus, comme une pieuvre ou un crabe ou une araignée.

– Pourquoi n'as-tu pas résisté à Kezia, comme tu as résisté à Liz?

– Je ne le pouvais pas. Elle était beaucoup trop forte. Mais Liz est encore faible. Liz est encore humaine, en grande partie. Il faut un certain temps à l'entité-sorcière pour s'introduire dans le corps et l'âme d'une femme, et la dominer complètement. Mais Kezia... Kezia n'était presque plus humaine, la dernière fois que tu l'as vue.

– Est-ce que tu as *vu* tes frères? demandai-je. Est-ce que tu sais à quoi ils ressemblaient?

Charity répondit, avec une candeur attristée :

– Non, j'étais très petite, et la chambre de ma mère était toujours fermée à clé. Je ne l'ai pas vue pendant des semaines et des semaines avant l'accouchement. J'ai entendu des cris effroyables, des hurlements, et j'ai vu des lumières intenses. J'ai regardé par une fissure dans la porte et je n'ai vu que du sang.

– Il n'y a vraiment aucun espoir, une fois que l'entité-sorcière a pris possession d'une femme? demandai-je.

D'une façon que j'ai beaucoup de mal à justifier, encore aujourd'hui, je pense que je recherchais l'approbation de Charity pour tuer Liz.

– Pas le moindre espoir, répondit Charity. (Elle fit un signe étrange avec ses doigts, comme si elle chassait un esprit malfaisant.) A moins de changer le temps, et lorsqu'on change le temps, parfois on ne fait qu'empirer les choses.

– Est-ce que tu peux changer le temps?

Elle secoua la tête.

– Ni plus ni moins que n'importe qui. Je ne suis pas possédée des Grands Anciens. Je ne suis même pas une vraie sorcière. Je suis née d'un mâle humain et d'une femme humaine. La seule chose qui me rend différente c'est que – lorsque j'ai été conçue – la femme humaine était possédée de l'un des Grands Anciens, c'est tout. J'ai hérité de certains pouvoirs des Grands Anciens. Je suis une sorcière blanche... avec des pensées lointaines dans ma tête, et des rêves lointains... mais toujours humaine. Cela te surprend-il, que je sois si jeune, et que je m'exprime de la sorte?

– Écoute, dis-je. Brown Jenkin était sur le point de t'emmener pour l'un de ses « pique-niques ». Et le révérend Dennis Pickering est mort, en tentant de te sauver.

– Oui! C'était leur mensonge, déclara Charity. Ils disaient qu'il leur fallait seulement douze enfants, afin de nourrir la sorcière, au moment de l'Acte final de Renouvellement... mais, bien sûr, il leur en fallait des centaines d'autres. A la fin, Kezia m'a livrée, également. Parce qu'elle n'était pas Kezia. Elle n'était plus Kezia depuis que ma mère est sortie de la soupente, l'a serrée dans ses bras, et s'est coulée en elle. Elle était l'un d'eux... l'un des Grands Anciens. Elle était ma mère. Elle *n'était pas* ma mère.

– Et Danny? lui demandai-je.

Il m'était impossible de refréner mon impatience plus longtemps. Brown Jenkin avait entraîné Danny vers la chapelle.

J'ignorais quelle monstruosité abominable et sanglante se trouvait là-bas, quelles forces terrifiantes je serais obligé d'affronter, mais j'étais bien décidé à me rendre là-bas et à le sauver.

Charity déclara, de façon énigmatique :

– Tu peux le sauver, David, oui. Mais pas *maintenant.*

– Pas *maintenant?* Que veux-tu dire?

Pourquoi avais-je l'impression d'être aussi *jeune* en face d'elle? C'était une enfant!

– Ils vont le donner en pâture à l'entité-sorcière, répondit-elle. Tu ne peux pas les en empêcher... pas ici, pas maintenant. Tu n'en as pas le temps et tu n'en as pas les moyens. Mais tu pourrais retourner dans le passé et tuer l'entité-sorcière avant même qu'elle ait eu la possibilité d'exister. Alors Danny ne *serait* pas mangé, parce qu'il n'y aurait *rien* pour le manger.

– Quoi? m'exclamai-je. Que veux-tu dire?

Charity me fit taire. Elle était si pâle... si pâle et tellement étrange.

– Le moment du grand Renouvellement est arrivé, David, *maintenant*, à savoir le futur pour toi. Nous sommes en 2049 – et la Terre est tellement toxique que *enfin* les Grands Anciens peuvent respirer, et sortir de leur cachette. Mais si tu retournes dans le passé... au moment où Liz donne naissance à ses trois fils – à *sa* Trinité Impie – qui ne survivront pas, parce que nous aurons encore trop d'oxygène, trop de plantes, trop d'animaux et trop de poissons... si tu retournes dans le passé, au moment de l'accouchement de Liz... alors il t'est possible de capturer et de tuer l'entité-sorcière avant qu'elle puisse trouver un autre hôte humain.

Elle me regarda avec gravité.

– Crois-moi. Aie confiance en moi.

– Je ne sais pas si je le peux.

– Tu m'as vue flotter. Tu m'as vue voler.

– Eh bien, oui, mais...

Elle eut un petit rire. Elle m'avait parlé comme une adulte, mais elle était toujours une enfant.

– Les sorcières peuvent voler. Tu le sais, tu as lu les contes de fées. Et elles n'ont pas besoin d'un manche à balai!

– Ainsi tu es une sorcière, dis-je.

J'avais du mal à croire que je disais cela. J'avais du mal à croire que *j'y croyais*. Mais parfois vous n'avez pas le choix.

Parfois vous êtes obligé d'accepter les choses qui se produisent sous vos yeux. Si vous avez assisté à un accident de voiture, vous comprenez certainement ce que je veux dire. C'est quelque chose d'inéluctable, de façon terrifiante. Vous pensez *non*! Mais vous savez que l'accident va se produire, et il se produit. Crac, boum, que pouvez-vous faire?

Et c'était ce que je ressentais avec Charity. Je ne parvenais pas à la croire, mais je devais la croire, tout simplement. Parce qu'elle était là, aussi réelle qu'un accident de voiture.

Tandis que Charity me parlait, Liz avait tourné sur elle-même, enveloppée de fumée. Maintenant elle venait vers nous, les mains levées, et ses yeux étaient rouge vif, comme si les pupilles étaient remplies de sang.

Charity se tourna vers elle, avec beaucoup de calme et de dignité, prit dans ses cheveux une pâquerette teintée de rose, la brandit et dit à Liz :

– Tu ne possèdes pas encore suffisamment de force pour me faire le moindre mal, sorcière. N'approche pas.

Liz frissonna de colère, mais il était clair qu'elle ne pouvait pas faire un pas de plus. Un rictus féroce retroussa ses lèvres, découvrant ses dents, et elle secoua violemment la tête, mais Charity demeura parfaitement sereine, continuant de brandir la fleur.

– A présent tu sais pourquoi les enfants tressent des guirlandes de fleurs des champs, me dit-elle. C'est afin d'écarter les sorcières. Les enfants sont beaucoup plus proches des forces de la nature que les adultes. Ils entendent des choses, ils comprennent des choses.

– Il faut que j'aille chercher Danny, l'interrompis-je. Je ne peux pas permettre qu'il soit tué, même si j'ai la possibilité de retourner dans le passé et de faire en sorte que cela n'ait pas lieu. Je ne peux pas permettre qu'il soit tué, même dans un futur qui n'existera pas.

Charity dit d'un ton solennel :

– Il serait préférable que je reste ici, afin de surveiller Liz. Je ne peux rien faire contre l'entité-sorcière qui est sur le point de mettre au monde les Grands Anciens... Vanessa Charles. Elle est aussi puissante que Kezia l'était. Elle me tuerait d'un simple regard.

– Dans ce cas j'irai seul.

Charity me retint par la manche.

– Tu vas affronter les Grands Anciens eux-mêmes, David. Ils sont dépourvus de conscience, rien ne les arrête. Ils ont autant de sentiments que des crocodiles.

Je m'apprêtais à me glisser par la lucarne à nouveau lorsque quelque chose m'amena à me retourner et à la regarder attentivement. Ses traits me rappelaient quelqu'un que je connaissais. Sans doute devina-t-elle à quoi je pensais, car elle esquissa un sourire, puis elle dit doucement, d'une voix qui semblait beaucoup plus âgée :

– Si je voyais une lumière vive, je prendrais les jambes à mon cou, à votre place.

Je n'arrivais pas à le croire.

– Doris Kemble, chuchotai-je. Tu es Doris Kemble.

– Je *serai* Doris Kemble, un jour.

– Ainsi Doris Kemble était également une sorcière blanche?

Charity acquiesça.

– Doris Kemble sera ma petite-fille. Elle n'aura pas autant de pouvoirs que moi... ils lui seront retirés en grande partie, et elle ne gardera aucun souvenir de moi. Mais le jeune Mr. Billings la verra te parler, et il pensera qu'elle représente toujours une menace... et il chargera Brown Jenkin de l'éliminer.

– Alors c'est Brown Jenkin qui l'a tuée?

– Oui, dit Charity. Ainsi que Harry Martin.

Dehors, dans le jardin, j'entendis le sifflement strident d'un enfant qui hurlait.

– Il faut que je parte, lui dis-je.

– Que Dieu te bénisse, murmura-t-elle.

Elle s'éleva doucement dans les airs, de façon à se tenir près de moi, et m'embrassa sur le front. Puis elle redescendit lentement vers le plancher du grenier. J'étais tellement abasourdi que j'ai failli oublier de me hisser hors de la lucarne.

J'opérai un rétablissement et fis passer mes jambes par l'ouverture, m'écorchant la cuisse sur le châssis. Les tuiles du toit étaient recouvertes d'une fine boue grisâtre, semblable à un mélange de métaux lourds et de mousse en décomposition. Je sentis une légère bruine me picoter le visage et le dos des mains. Une pluie acide... presque aussi concentrée que l'acide d'accumulateurs.

Je m'avançai précautionneusement le long de la gouttière

rouillée, en essayant de ne pas regarder vers le patio détrempé et gras, vingt-cinq mètres au-dessus de moi. J'atteignis finalement l'escalier de secours, et m'agrippai au garde-fou. Le métal avait été complètement rongé par endroits, et, aux deux tiers de l'escalier, il manquait six ou sept échelons, mais si Danny et Brown Jenkin avaient réussi à descendre par là, je pouvais certainement en faire autant.

Je m'abritai les yeux de la main. Là-bas, dans la chapelle en ruine, des lumières sinistres scintillaient, et j'entendais le chant grave et monocorde de l'incantation des Grands Anciens. Il y avait un autre chant, à l'opposé du spectre sonore : un ululement suraigu, quasi inaudible, comme le gémissement du vent s'engouffrant par une lézarde dans un mur.

J'aperçus Brown Jenkin tirer Danny à travers la végétation blafarde du cimetière, puis franchir la porte à moitié affaissée de la chapelle. Danny essayait de se dégager : il n'eut même pas le temps de tourner la tête et de voir que je venais le chercher.

– O mon Dieu qui êtes aux Cieux, protégez-moi, dis-je, bien que je ne sois pas du tout sûr qu'il y ait un Dieu en 2049, ou même qu'il ait jamais existé.

Prudemment, je me tournai et entrepris de descendre l'escalier de secours. Mes chaussures crissaient sur les étroits échelons rouillés. Je regardai vers le bas une ou deux fois pour vérifier que les échelons étaient intacts, et j'avais l'impression que le jardin se trouvait toujours à une distance vertigineuse au-dessous de moi.

J'étais arrivé à mi-hauteur de l'escalier lorsque j'entendis quelqu'un m'appeler.

– David! David! Attendez-moi!

Je levai les yeux, paupières mi-closes en raison de la pluie. L'inspecteur Miller se penchait par-dessus le garde-fou et me faisait des signes; ses cheveux blonds et mouillés étaient plaqués sur son front, ses verres de lunettes embués, son visage encore plus rose que d'habitude : c'était la seule couleur vivante dans ce paysage entièrement gris jaunâtre.

– Ils ont emmené Danny dans la chapelle! lui criai-je.

Il se tourna et commença à descendre l'escalier pour me rejoindre.

– Nous avons fouillé le jardin! haleta-t-il. Bien sûr, nous n'avons rien trouvé. Alors j'ai compris ce que représentait Fortyfoot House! Des temps différents! Des jardins différents! Je n'ai pas dit à ces têtes de pioche où j'allais... ils ne m'auraient pas cru une seule seconde!

– Allez-y doucement! lui lançai-je.

Il descendait l'escalier de secours avec un tel enthousiasme qu'il le faisait vibrer, et plusieurs rivets commençèrent à se desceller. Nous voulions descendre en toute sécurité, mais aussi *remonter*!

J'atteignis finalement l'échelon du bas et me laissai tomber vers le patio. L'inspecteur Miller me rejoignit un instant plus tard, se recevant sur les mains. Il essuya la boue grisâtre sur ses doigts et les renifla d'un air méfiant.

– Qu'est-ce que c'est que cette saloperie? s'exclama-t-il. Il y en a partout. On dirait un mélange de champignons en gelée et de cadavres en décomposition.

– Je ne saurais mieux dire, répliquai-je.

Nous traversâmes rapidement le jardin vers le ruisseau. Le cadran solaire n'était plus qu'un amas informe, semblable à une dent gâtée. Nos pieds glissaient sur la végétation morte et visqueuse, et le soufre dans l'air nous irritait la gorge et les poumons, à tel point que, le temps d'arriver au ruisseau, nous toussions comme de vieux canassons.

Un filet d'eau continuait de couler d'une fissure étroite dans le jardin, mais l'eau était marron et grasse, et elle dégageait une odeur infecte, comme des eaux d'égout non traitées. Nous essayâmes de franchir le ruisseau d'un bond, mais l'inspecteur Miller glissa et son pied s'enfonça dedans, jusqu'en haut de sa chaussette.

– Oh, merde! gémit-il en secouant son pied.

– Vous avez probablement raison, lui dis-je.

Nous gravîmes le coteau qui amenait au mur du cimetière. Le sol grondait sous nos pieds, comme si un métro sans fin passait à toute vitesse sous terre. Derrière les murs de la chapelle, des lumières blanches étincelaient, aveuglantes, et j'entendais des hurlements paniqués et désespérés, des gémissements horribles, et autre chose... quelque chose qui produisit des picotements électriques sur mon échine. C'était la voix du jeune Mr. Billings, récitant une terrifiante invocation dans une langue que je ne serais jamais capable de prononcer, encore moins de comprendre. Cela ne ressemblait à aucun langage humain que j'aie jamais entendu. Cela évoquait plutôt le cri guttural d'énormes insectes, et les bruits de crécelle et les claquements de langue de dauphins. *Tekeli-li! Tekeli-li!*

L'inspecteur Miller et moi nous avançâmes à travers la végétation en décomposition du cimetière, nous faufilant entre les pierres tombales : maintenant elles étaient inclinées, brisées et rongées par des années d'exposition à cette pluie acide. Sur nombre d'entre elles, même les noms avaient été effacés. Un ange de pierre n'avait plus que des moignons informes en guise d'ailes, et sa tête, en partie dissoute, offrait une ressemblance troublante avec celle d'un singe au front fuyant.

Nous atteignîmes la porte de la chapelle. Ce serait plus facile de nous glisser entre les battants qu'en 1992 – le bois était complètement pourri en de nombreux endroits.

– Quel est votre plan? demanda l'inspecteur Miller.

– Que voulez-vous dire?

– Eh bien... que comptez-vous faire, une fois que vous serez entré?

– Comment le saurais-je? Je vais juste saisir Danny à bras-le-corps et m'enfuir à toutes jambes. Que puis-je faire d'autre?

– Il faut créer une diversion. Autrement, vous n'irez pas très loin.

Je réfléchis à cela.

– Vous avez probablement raison. Que proposez-vous?

– Tout d'abord, nous devons aller en reconnaissance. Il y a peut-être trois personnes à l'intérieur... ou bien trois cents.

Il jeta un regard vers la fenêtre de la chapelle, d'où j'avais vu pour la première fois le jeune Mr. Billings se promener dans le jardin.

– Venez, dit-il, et il me précéda entre les pierres tombales, se dirigeant vers la fenêtre.

Des lumières encore plus vives crépitaient et grésillaient à l'intérieur de la chapelle, et je fus obligé de mettre ma main devant mes yeux pour ne pas être aveuglé. Le chant du jeune Mr. Billings devint plus violent et plus compliqué, et se changea en un hurlement frénétique. Je me redressai tout doucement de manière à regarder par-dessus le rebord de la fenêtre, et du coin de l'œil je vis que l'inspecteur Miller faisait de même.

Nous ne dîmes rien en découvrant l'intérieur de la chapelle. L'inspecteur Miller était incapable de comprendre ce qu'il voyait, pourtant il en resta bouche bée, les yeux écarquillés, comme s'il mettait son esprit au défi de lui dire que ce qu'il contemplait était vrai.

Sur le mur intérieur de la chapelle, à gauche, tout le lierre s'était ratatiné, pour laisser apparaître non seulement le portrait de Kezia Mason, mais celui d'une quantité d'autres jeunes femmes. A en juger par les différences historiques de leurs vêtements, c'étaient probablement les femmes qui avaient « hébergé » l'entité-sorcière de génération en génération – depuis l'époque des Stuart et d'Élisabeth Ire jusqu'au règne de Henry Ier – depuis le haut Moyen Age jusqu'à l'occupation romaine de l'Angleterre – et depuis des temps encore plus reculés. Chacune de ces femmes arborait la même expression moqueuse et triomphatrice. Chacune d'elles était flanquée de son démon familier, ou le tenait dans ses bras, ou bien il était lové sur ses épaules, comme Brown Jenkin. Ces démons familiers étaient notamment d'énormes chats tachetés, des lézards, des sangliers et des créatures qui ne pouvaient être qu'un croisement de crapauds et de chiens.

Dans ce qui avait été jadis la nef de la chapelle, trois gigantesques braseros brûlaient. Il s'agissait apparemment de fûts chimiques, grossièrement percés de trous et remplis de charbon et de bois morts. Des grilles de fer avaient été placées sur le dessus des braseros, et sur ces grilles une dizaine d'énormes quartiers de viande étaient en train de rôtir. Je crus tout d'abord que c'étaient des cochons de lait, puis la fumée s'éleva et se dissipa un instant de l'une des grilles, et je distinguai un *visage* rougi et carbonisé.

Ce n'étaient pas des cochons de lait, mais des *enfants*. Les orphelins de Fortyfoot House, disparus et massacrés. On avait tranché les bras et les jambes de certains; deux autres avaient été décapités. Certains avaient été attachés sur les grilles avec du fil de fer... et ils avaient probablement commencé à rôtir alors qu'ils étaient encore en vie.

Depuis les braseros jusqu'à l'autel, les ardoises brisées luisaient de graisse humaine et étaient jonchées d'ossements d'enfants. L'amoncellement des os augmentait, encore plus effroyable, et l'autel disparaissait pratiquement sous eux, recouvert par des milliers d'os, certains fraîchement rongés, certains ternes, certains si vieux qu'ils étaient partiellement tombés en poussière. Des cages thoraciques, des bassins, des fémurs, des omoplates... et d'innombrables petits crânes.

Au sommet de cette montagne d'ossements était allongée la créature la plus grotesque que j'aie jamais vue. Sa vue faillit me rendre fou sur-le-champ. Je sentis que je serrais les dents, empli d'horreur, et ma peau frissonnait violemment, de pur dégoût.

Dis que ce n'est pas vrai, me criait mon esprit, *dis que ce n'est pas vrai!*

Mais c'était vrai. C'était une femme, une femme entièrement nue et incroyablement boursouflée, couchée sur un tas de couvertures, de matelas maculés de sang et de coussins éventrés. Son ventre distendu formait une énorme protubérance, et le plus horrifiant c'est que *cette protubérance était parcourue de soubresauts continuels et remuait violemment*, comme si une énorme créature était prise au piège dans son corps et cherchait à s'échapper. Ses seins étaient monstrueusement gonflés. Je n'aurais même pas pu transporter l'un l'eux dans ma brouette. Et son cou était tellement bouffi que son visage ressemblait à un masque minuscule de poupée peinte.

Agenouillée auprès d'elle sur la montagne d'ossements, son visage dissimulé par des chiffons immondes, il y avait la créature avec laquelle Kezia Mason était censée avoir conçu Brown Jenkin, le roi des bas-fonds de Londres, Mazurewicz. Avec ses mains noires de crasse, il la nourrissait de viande carbonisée, de membranes filandreuses et de chapelets de graisse tiède. Elle engloutissait le tout avec sa bouche minuscule, gloutonnement et sans fin, le plus souvent sans mâcher, et plus elle avalait, plus son ventre s'agitait frénétiquement.

Le jeune Mr. Billings se tenait non loin de là, vêtu non de noir mais d'un drap blanc, de telle sorte qu'il ressemblait de façon incongrue à Marc-Antoine dans *Jules César*. Je viens enterrer César, et non le glorifier. Les yeux fermés, les bras levés, il continuait de hurler ce chant mystérieux, encore et encore et encore : *Tekeli-li! Tekeli-li!*

– Putain de merde! murmura l'inspecteur Miller.

– Où est Danny! lui demandai-je. Est-ce que vous voyez Danny?

Il leva légèrement la tête par-dessus le rebord de la fenêtre.

– Là-bas, dit-il. Dans le coin, là-bas, près du mur. Brown Jenkin le tient. Apparemment, il est sain et sauf.

– Peut-être veulent-ils d'abord faire rôtir tous ces pauvres gosses, lui dis-je.

J'étais tellement bouleversé par ce spectacle effroyable que je fus obligé de baisser les yeux vers le sol, et de presser ma main sur mon front. Je ne savais pas si j'étais terrifié ou abattu ou plein d'espoir ou rien du tout.

L'inspecteur Miller se baissa et se pencha vers moi.

– Écoutez, dit-il. Plus vite nous agirons, mieux ce sera. Comme si c'était une descente de police, vous pigez? Nous allons faire irruption là-dedans en hurlant comme des dingues, à nous en faire péter les cordes vocales. Cela créera un moment de confusion. Moi, je fonce vers la droite, comme si je voulais plaquer ce type en chemise de nuit blanche. Vous, vous foncez vers la gauche et vous empoignez Danny. Ensuite vous ressortez par la porte, pendant que je saute par la fenêtre. Ensuite vous courez comme si vous aviez le feu aux fesses... ce qui n'est pas très loin de la vérité.

– Et Brown Jenkin? lui demandai-je.

– Flanquez-lui un grand coup de pompes dans les roubignoles, s'il en a. Surtout n'hésitez pas. Et continuez de hurler. *Et ne m'attendez pas, parce que je ne vous attendrai pas!*

– Bon, d'accord, dis-je en déglutissant.

Des lumières scintillèrent par la fenêtre et la porte affaissée sur ses gonds, et le sol trembla violemment. J'entendis le bruit terrifiant des crânes, délogés par les secousses du sol, qui dégringolaient au bas de la montagne d'ossements avec un son mat et sec.

Nous nous dirigeâmes épaule contre épaule vers la porte de la chapelle. J'étais tellement terrifié que je pouvais à peine respirer; de plus, l'air était tellement corrosif que cela me donnait envie de tousser. J'étais obligé de me défaire d'une irritation persistante dans l'arrière-gorge en faisant *hemh, hemh* toutes les cinq secondes.

– Vous êtes prêt? demanda l'inspecteur Miller.

Je tournai la tête et le regardai. Je réalisai brusquement que je ne savais absolument rien à son sujet et, pourtant, nous étions ici, dans un futur inconcevable, risquant notre vie pour affronter la créature la plus obscène que j'aie jamais vue.

– Oui, prêt, dis-je. Et... merci.

Il renifla et se frotta le nez avec son index.

– Foutaises, rétorqua-t-il. Je fais mon boulot, c'est tout.

Nous pénétrâmes dans la chapelle en gueulant à tue-tête. Au même instant, un coup de tonnerre à crever le tympan fit trembler les ruines, et nous fûmes aveuglés par un éclair crépitant qui frappa le sol de la chapelle et fit voler dans toutes les directions os et tuiles, comme des éclats d'obus.

J'eus une seconde d'hésitation, décontenancé, puis je me remis à hurler et bondis par-dessus les tuiles vers Danny et Brown Jenkin. Brown Jenkin avait déjà ôté son T-shirt à Danny, et tisonnait les charbons ardents du brasero le plus proche à l'aide d'une longue barre de fer. Je voyais les larmes briller sur les joues de Danny.

– *Pretty fire, ya? You like le joli feu?*

Brown Jenkin ne m'avait pas vu arriver, contrairement à Danny. Celui-ci se dégagea brusquement de la prise de Brown Jenkin et, tandis que le familier essayait vainement de l'attraper, il vint vers moi en courant ventre à terre comme s'il participait à une course de relais.

– *Ahhhhhhhhhhhh!* glapit Brown Jenkin.

Il se retourna vivement et se lança à notre poursuite; son manteau noir voletait et ses griffes crissaient sur les tuiles.

Danny vola littéralement dans mes bras. Je le serrai contre moi et me mis à courir, contournant les braseros, à travers la fumée grasse des enfants carbonisés, écrasant des os, des tuiles et des débris de toutes sortes. J'oubliai de continuer de hurler mais, comme je portais Danny dans mes bras, je n'aurais pas eu suffisamment de souffle, de toute façon.

– *Bastard-bastard je vais arracher your lunchpipes!* cria Brown Jenkin.

Il sautillait et dansait tout en me poursuivant. Je m'arrêtai un instant, posai Danny par terre et renversai d'un coup de pied le dernier brasero, afin que Brown Jenkin soit arrosé d'une pluie de charbons ardents, de bois enflammés et des corps à moitié rôtis de ses victimes innocentes. Son manteau prit feu et il battit frénétiquement les pans contre le sol, tout en jurant, crachant et grondant.

Maintenant la voie était libre. Je me trouvais à mi-chemin de la porte, et personne ne pouvait me rattraper. Je tenais Danny fermement, et je l'entendais haleter dans mon oreille tandis que je courais et glissais sur les tuiles. J'atteignis la porte et commençai à me glisser entre les battants, puis je me retournai et vis que l'inspecteur Miller avait eu moins de chance que moi. Mazurewicz avait dévalé la montagne d'ossements, et l'avait empoigné. Maintenant il le tenait par les cheveux et approchait de sa gorge son grand couteau à découper.

– *Partez!* cria l'inspecteur Miller. *Pour l'amour de Dieu, David, foutez le camp!*

Je posai lentement Danny par terre.

– Écoute, lui dis-je. Tu vas retourner à la maison. Cours et ne m'attends pas. Monte sur le toit par l'escalier de secours et glisse-toi par la lucarne. Va directement au rez-de-chaussée, trouve Charity et *reste* avec Charity. Surtout ne parle pas à Liz. Liz est méchante. Ce n'est pas de sa faute, mais elle est méchante. Alors reste avec Charity!

– *David, foutez le camp, bon sang!* répéta l'inspecteur Miller.

– Tu restes ici? demanda Danny, terrifié.

– Non. Juste deux minutes. Maintenant, cours!

Danny me donna le plus rapide des bisous sur la joue, puis partit à toutes jambes à travers le cimetière, et disparut au sein de l'obscurité couleur de soufre. A ce moment, Brown Jenkin arriva sur moi; son manteau continuait de fumer, il cinglait l'air de ses griffes et poussait des glapissements hystériques.

– *Merde-fucker je vais rip you to pieces!*

J'esquivai, me baissai puis balançai ma jambe et lui donnai un coup de pied, aussi fort que je pouvais. Il poussa un cri strident, dans une pluie de poux. Je le frappai à nouveau. C'était terrifiant, j'avais l'impression de frapper un poulet mort enveloppé dans une couverture. Brown Jenkin poussa un cri strident à nouveau, mais cette fois il me taillada la jambe, fendant mon pantalon, et me fit une profonde entaille dans le mollet.

Alors que je perdais l'équilibre et me rejetais en arrière, à cloche-pied, je fus tout à fait persuadé qu'il allait me tuer. Je pensai brusquement à Dennis Pickering et mes intestins se liquéfièrent. Je ne savais pas si je devais lui donner des coups de poing, ou des coups de pied. En fait, je ne savais pas quoi faire. Tout mon système nerveux semblait paralysé par une trouille monstre.

– *Bueno, bueno, maintenant je cut out your chitterlings, ja?* gloussa Brown Jenkin.

Et il s'avança lentement vers moi. Il plissait ses petits yeux jaunes et faisait cliqueter ses griffes comme d'horribles castagnettes.

21

Naissance rituelle, mort rituelle

A cet instant, dominant le fracas du tonnerre, les grondements sourds et le cliquetis des ossements, s'élevant au-dessus du grésillement de la chair et des ricanements de Mazurewicz, j'entendis une voix puissante et autoritaire.

– Jenkin! Ça suffit! Amène-le ici, tout de suite!

Brown Jenkin grogna et fit mine de me donner un autre coup de griffe, par dépit. Mais il n'avait pas le choix, apparemment, et il me poussa vers l'autel, où se tenait le jeune Mr. Billings, vêtu de son long drap blanc.

Il avait beaucoup changé depuis la dernière fois que je l'avais vu. Ses cheveux étaient complètement blancs, et son visage était creusé de rides noirâtres, les stigmates de l'épuisement et de la déchéance morale. Il avait l'aspect d'un homme qui a tout donné : son corps et son âme.

Il m'adressa un sourire étrange, défait, et me tendit la main comme s'il s'attendait à ce que je lui donne unc poignée de main.

– Ainsi vous n'avez pas suivi mon conseil, et n'êtes pas parti? dit-il. (Sa voix était beaucoup plus rauque qu'auparavant, bien qu'elle n'ait rien perdu de son autorité.) Je savais que vous ne partiriez pas, de toute façon. Et maintenant vous êtes ici, comme je le voulais!

Il se tapota le front.

– La psychologie... cela a toujours été mon point fort. Je voulais que vous soyez ici, et vous êtes ici!

– Comment diable saviez-vous que j'allais rester?

– Eh bien... c'était évident, me dit le jeune Mr. Billings.

Vous étiez amoureux de Liz, et les amoureux font toujours le contraire de ce qu'on leur conseille de faire. Peu importe! vous êtes ici. Vous *deviez* rester. Du moins, vous êtes resté assez longtemps pour que votre Liz tombe enceinte trois fois, et c'était tout ce qu'elle voulait. Bien sûr, très triste à dire, ses enfants n'ont pas survécu. 1992, une année *trop* agréable, vous savez! On pouvait encore respirer l'air sans tousser. Mais l'entité-sorcière l'a quittée, lorsqu'elle est morte, et s'est dissimulée de nouveau dans les murs de Fortyfoot House, et elle a finalement trouvé un nouvel hôte; la charmante directrice d'une agence immobilière. Ainsi donc le processus s'est poursuivi, jusqu'à aujourd'hui, et nous sommes enfin prêts pour le dernier grand Renouvellement!

Il prit ma main, malgré moi, et m'entraîna vers les matelas où était allongée la femme au corps monstrueux. Son visage minuscule me regarda stupidement. Ses mentons étaient souillés de jus, et de la graisse coulait entre ses énormes seins.

– Permettez-moi de vous présenter Vanessa Charles, sourit le jeune Mr Billings. Une célibataire de Ventnor... et la première sorcière dans l'histoire de l'humanité à être à terme. C'est pour cette raison qu'elle a besoin d'un si grand nombre de jeunes enfants! De la chair tendre, pour fortifier ses bébés! Mais, bien sûr, personne en 2049 ne peut avoir d'enfants. Il *n'y a plus* d'enfants. C'est pourquoi il nous fallait retourner à Fortyfoot House... c'est pourquoi nous étions obligés d'aller les chercher dans le passé.

La bouche minuscule de la femme s'ouvrit et se referma, puis elle dit brusquement, d'une voix oppressée :

– Salut, mon pote! Je savais que je t'aurais à la fin. Pauvre connard!

– Kezia, chuchotai-je

– Et oui, mon pote! Et Liz, également. Et toutes les autres. Et maintenant la ravissante Vanessa. Un dernier baiser, bonhomme?

Elle laissa échapper un sifflement ténu en guise de rire. Mais elle s'arrêta brusquement comme son ventre énorme était soudain secoué par un double frémissement tout à fait répugnant, et l'intérieur de la chapelle fut arrosé d'éclairs.

– Le moment est proche! s'exclama joyeusement le jeune Mr. Billings. (Puis il me considéra d'un air méfiant et fronça les sourcils.) Vous *comprenez*, n'est-ce pas, que je n'avais pas le choix?

– Que voulez-vous dire? lui demandai-je d'une voix blanche.

Je ne parvenais pas à détacher mes yeux du ventre de Vanessa secoué de soubresauts. Je ne pouvais m'empêcher d'essayer d'imaginer ce qui le faisait tressauter aussi violemment. Je ne pouvais m'empêcher de penser que, quoi qu'il arrive, je ne voulais pas être ici lorsque *cela* émergerait.

– Ce que je veux dire? s'écria le jeune Mr. Billings. Ce que je veux dire! Vous croyez que cela m'a fait *plaisir* de massacrer tous ces enfants innocents? Ils m'en avaient demandé douze, pas un de plus, et je leur en ai donné douze. Je vous ai dit pourquoi. Je vous ai dit que je refusais de leur en donner d'autres. J'éprouvais tellement de remords! J'ai essayé de les arrêter, j'ai essayé! C'est pourquoi je vous ai demandé de quitter Fortyfoot House, afin que votre Liz ne puisse jamais achever sa grossesse, afin que son entité-sorcière meure en elle. Les trois grossesses doivent venir de la même source humaine, sinon les embryons s'atrophient, et meurent, et ensuite l'entité-sorcière meurt, elle aussi. C'est pour cette raison que Vanessa ici présente est la seule sorcière encore en vie.

– Si j'avais su cela..., commençai-je.

– Oui, oui, j'aurais dû être plus explicite sur ce point, sans doute. J'ai essayé, cher monsieur. J'ai essayé. Mais vous auriez fait ce que vous aviez envie de faire!

Le sol trembla et d'autres crânes roulèrent au bas de la montagne d'ossements.

Mazurewicz, derrière ses bandages, chuchota :

– Il faut que je continue de la nourrir. Le moment est presque venu!

Le jeune Mr. Billings retourna vers l'endroit à côté de l'autel où il s'était tenu auparavant.

– Mr. Mazurewicz est ma sage-femme, n'est-ce pas, Mr. Mazurewicz? Il a *toujours* été la sage-femme, lorsque des sorcières étaient sur le point d'accoucher. Ceux qui ignoraient tout des Grands Anciens, et de leurs pouvoirs... eh bien, ils *avaient peur* de Mr. Mazurewicz. Et d'en savoir si peu, voilà ce qui aurait dû *vraiment* leur faire peur!

Il posa sa main sur l'épaule de Mazurewicz et la serra, affectueusement mais avec respect.

– Mr. Nicolas Mazurewicz est le personnage que les gens appelaient le Roi des Ténèbres, ou le Vieux Nick, ou encore le Vieux Scratch. Parfois on l'appelait Satan.

– C'est le moment, Billings! insista Mazurewicz. Elle doit continuer de manger!

– C'est bon, allez-y, dit le jeune Mr. Billings.

Et il empoigna l'inspecteur Miller par la clavicule. Quel nerf il pinça, je ne saurais le dire, mais l'inspecteur Miller poussa une exclamation étouffée, et ses yeux saillirent; ensuite, il demeura immobile et ne dit pas un mot. Mazurewicz retourna auprès de Vanessa, dont le ventre monstrueux frissonnait et s'agitait violemment, découpa derechef une énorme tranche fumante de foie et de poumons, et l'enfonça entre ses lèvres charnues.

– J'aurais dû être plus explicite sur ce point, c'est vrai, déclara le jeune Mr. Billings. Il y a tellement de choses que j'aurais dû faire, et que je n'ai pas faites. Et tous ces enfants qui sont morts! C'est bien malheureux, monsieur! Bien malheureux! Je pleure leur sort!

Brown Jenkin, juste derrière moi, ricana et gloussa.

– Silence, Jenkin! l'admonesta le jeune Mr. Billings.

Il relâcha l'inspecteur Miller d'un geste désinvolte et leva les bras, comme auparavant.

– *L'ennui,* dit-il, sa voix rauque se réduisant à un chuchotement de conspirateur, *l'ennui, c'est qu'ils m'ont offert quelque chose de très spécial, en échange de tous mes services. Si je leur donnais tous les enfants dont ils avaient besoin, pour leur grand Renouvellement, ils m'acceptaient parmi eux.* J'exercerais mon empire sur le monde, moi aussi. Et pas simplement le monde, mais l'espace et le temps! J'existerais pour toujours, au-delà de l'entendement humain. Je jouirais de tous les sens concevables, et de beaucoup d'autres qui ne le sont pas. Je pourrais voyager par-delà les barrières de l'Infini.

» Un seul humain pouvait se joindre à eux... un seul! Mon père fut tenté, bien sûr, mais il refusa de leur livrer les enfants! Un seul humain dans le monde entier, pour leur donner les connaissances dont ils ont besoin afin de régner sur *tous* les autres humains! Du moins pendant les quelques années dérisoires qu'il vous reste, à vous les humains, avant que nous vous chassions, vous dévorions, et vous utilisions selon notre bon plaisir.

L'inspecteur Miller se frictionna la nuque et s'écarta de lui, puis il déclara :

– Vous êtes complètement cinglé!

Le jeune Mr. Billings le fit taire d'un geste de la main, puis il s'approcha de moi, si près que je sentais son haleine fétide, comme une odeur de lait aigre.

– C'est vous que je voulais, David. Quelqu'un qui soit informé sur les Grands Anciens. Un *Gauleiter*, si vous voulez... un lieutenant. Un humain qui avait fait l'amour avec une sorcière. Ainsi, lorsque je ne ferai plus qu'un avec les Grands Anciens, vous serez mon porte-parole dans le monde des humains. Je serai Dieu et vous serez mon Jésus... vous comprenez?

C'était à peine si je pouvais parler. Soudainement je comprenais toute l'étendue de ma faiblesse et de ma crédulité, mais aussi de ma nature humaine.

– Cette idée vous plaît, hein? dit le jeune Mr. Billings. Fuyez, vous ai-je dit! Mais vous ne vous êtes pas enfui. Oh non, pas vous! Trop curieux. Cédant trop facilement à la tentation. Maintenant... restez à proximité... et regardez bien ce qui va se passer. Jenkin, surveille-les, et surtout ne les laisse pas s'échapper!

– *Ach, merde!* cracha Brown Jenkin.

Puis il m'agrippa et me tira sur le côté.

Le jeune Mr. Billings recommença de chanter. *Tekeli-li! Tekeli-li!* Le sol trembla si violemment que de gros blocs de pierre se détachèrent des murs de la chapelle et vinrent s'écraser sur les tuiles. *Tekeli-li! Tekeli-li!*

Même Brown Jenkin eut un mouvement de recul lorsque Mazurewicz leva une main et s'écria :

– Cela s'accomplit! Cela s'accomplit enfin! Le Renouvellement, Billings! Le Renouvellement!

Le tonnerre mugissait au-dessus de nos têtes. Les forces naturelles que ce Renouvellement avait déchaînées étaient cataclysmiques. Mais cela n'avait rien de surprenant, puisque cette Vanessa Charles au corps monstrueux était sur le point de donner naissance à des créatures qui avaient jadis dominé le temps et l'espace.

Mazurewicz gesticulait, semblable à un épouvantail affublé d'horribles pansements. Il brandit le couteau avec lequel il avait découpé des tranches de viande, et le fit tournoyer au-dessus de sa tête, puis il l'enfonça profondément dans la chair molle et luisante du ventre de Vanessa.

Les yeux de Vanessa s'étrécirent sous l'effet de la douleur. L'un de ses bras potelés se leva en un geste dérisoire de défense. Mais elle savait certainement depuis le commencement qu'elle devait mourir. Mazurewicz commençait de tirer lentement le couteau vers le haut afin de pratiquer une large incision dans la paroi abdominale, parodie grotesque d'une césarienne, lorsque la *chose* qui avait été en gestation en elle décida de sortir *maintenant*.

– Nom de Dieu! s'exclama l'inspecteur Miller.

L'estomac de Vanessa se déchira, et des tentacules surgirent du trou béant. Ils ondoyaient tels les tentacules d'un calmar gris et luisant. D'autres et encore d'autres sortirent; bientôt le ventre de Vanessa grouillait d'appendices se contorsionnant de façon grotesque.

– Le fils de salive! hurla le jeune Mr. Billings. Le fils de salive! Iä! Iä!

Je regardai avec horreur le visage de Vanessa. Elle était toujours vivante, toujours consciente, et Dieu seul savait quelles souffrances elle endurait. Puis il y eut un moment de tension extrême, j'entendis ses côtes craquer et céder, et l'énorme bête aux tentacules *s'éleva* au-dessus d'elle et se dilata.

Vanessa ouvrit les yeux et des jets de lumière brillante jaillirent d'eux, *de l'intérieur*. Sa bouche s'ouvrit, atrocement distendue, et de la lumière s'en déversa également. Puis son crâne explosa, et un globule frissonnant de protoplasme luisant, une sorte de méduse gazeuse et irisée, s'en échappa et s'éleva vers la pénombre, suivi de trois ou quatre autres.

– Le fils de semence! hurla le jeune Mr. Billings.

Il y eut une autre explosion, molle, sanglante et violente. Vanessa éclata, déchiquetée en des rubans de chair et d'os brisés. Et une ombre gigantesque, noire et amorphe, surgit de ses restes, une ombre qui dégageait une aura de froid intense et de mal infini.

– Le fils de sang! *Tekeli-li! Tekeli-li!*

Les trois fils hideux des Grands Anciens flottaient au-dessus du sinistre autel constitué par le corps de Vanessa Charles. Après des milliers d'années de vie recluse, ils étaient finalement revenus pour instaurer de nouveau leur domination sur un monde stérile et empoisonné. Je ne comprenais pas vraiment ce qu'ils étaient, ni d'où ils étaient venus à l'origine, mais j'avais le sentiment tout à fait effroyable qu'ils considéraient que cette Terre était à *eux*, plutôt qu'à nous, et qu'ils ne feraient montre d'aucune pitié à notre égard lorsqu'ils en prendraient à nouveau possession.

Mazurewicz essuya son couteau sur son manteau et s'écarta, s'inclinant avec respect. Mais le jeune Mr. Billings s'approcha des trois entités flottant en l'air. Il tendait les bras et les saluait comme si elles étaient des dieux.

– Je vous ai ramenés! cria-t-il. Je vous ai ramenés! Fils de semence et fils de salive et fils de sang! Je vous ai ramenés! Maintenant vous pouvez vous unir! Et maintenant je peux m'unir à vous!

Je perçus une sombre agitation entre les trois créatures. La chose semblable à un calmar commença à enrouler ses tentacules, et les globules irisés commencèrent à se liquéfier et à se fondre les uns dans les autres. Au-dessus d'eux, l'ombre noire et froide était suspendue dans le ciel sulfureux, telle la cape d'un prestidigitateur qui s'apprête à faire un tour de magie stupéfiant.

Et je suppose que c'était effectivement de la magie... la magie préhumaine des origines qui, au cours des siècles, nous avait donné sorcières, guérisseurs et médiums.

Sans le moindre signe de peur, le jeune Mr. Billings s'avança jusqu'au centre ensanglanté des restes de Vanessa Charles. Un pied posé sur les débris de sa colonne vertébrale, il rejeta sa tête en arrière.

– Maintenant vous pouvez vous unir! s'écria-t-il. Et maintenant je peux m'unir à vous!

Il me vint à l'esprit que j'étais témoin d'un événement génétique aussi capital que l'instant où deux organismes unicellulaires s'étaient divisés pour la première fois, ou lorsque la première créature pisciforme était sortie des marécages primitifs, ou encore lorsqu'une créature simiesque avait péniblement articulé des mots pour la première fois. L'avenir de toute la planète dépendait de cet instant terrifiant : non seulement son avenir, mais également son passé. Nous en étions arrivés là volontairement ou par négligence, ou les deux. Restait-il encore suffisamment de temps pour dire *non*?

Au-dessus de ma tête, la créature aux tentacules fut attirée vers la noirceur de l'ombre puis les globules irisés la suivirent. Maintenant il n'y avait plus qu'un énorme nuage sombre, virulent, plus froid que tout ce que j'aie jamais ressenti auparavant, tellement froid qu'il *rayonnait* de froid. *Yog-Sothoth*, les trois-en-un, la Trinité Impie à partir de laquelle les Grands Anciens avaient été créés, l'Enfer-sur-Terre. Et Mazurewicz, qui était le diable, était sa sage-femme.

Jusqu'ici le monde n'avait jamais eu une signification particulière pour moi. Nous étions tous là, tournoyant dans l'espace, placés sur cette planète pour une raison que personne n'était à même de concevoir. Mais à présent que je me tenais dans l'ombre d'un froid glacial de Yog-Sothoth, tous les mystères de la vie humaine, des superstitions et des religions, semblaient avoir une réponse.

Le fait fondamental de notre existence sur cette planète était que *nous n'étions pas les premiers*. Notre mémoire atavique était peuplée de fantômes, d'hallucinations, de mythes et de superstitions étranges... le *temps-rêve*, comme les Aborigènes l'appelaient. Le temps d'avant. Le temps avant *nous*... lorsque les Grands Anciens régnaient sur la Terre.

Mes oreilles furent agressées par un martèlement grave, tandis que l'ombre noire descendait petit à petit et recouvrait le jeune Mr. Billings. Des éclairs l'environnaient et crépitaient, produisant des décharges électriques entre ses doigts. Des étincelles volaient de ses cheveux. Il poussa des cris d'extase comme le nuage grondait et s'abaissait vers lui, et alors qu'il criait, un torrent d'étincelles jaillit de sa bouche, telles les étincelles d'un chalumeau.

– *Je règnerai sur vous tous*! hurla-t-il à notre adresse. *Je vivrai à tout jamais et je règnerai sur vous tous*!

Sans un mot, sans même me regarder, l'inspecteur Miller se mit à courir vers l'autel. Brown Jenkin voulut le rattraper et tailllada l'air avec ses griffes, mais il n'osa pas aller plus loin.

– Inspecteur! lui criai-je. Inspecteur!

Mais l'inspecteur Miller escaladait déjà la montagne d'ossements, aussi vite qu'il le pouvait, et je compris brusquement ce qu'il tentait de faire. *Un seul homme*, s'était vanté le jeune Mr. Billings. *Un seul homme pourra vous chasser et vous dévorer*. Mais supposons que cet homme ne soit pas le jeune Mr. Billings? Supposons que cet homme soit...

L'inspecteur Miller se jeta sur le jeune Mr. Billings et le plaqua, tel un joueur de rugby, sur les débris ensanglantés de ce qui avait été Vanessa Charles. Le jeune Mr. Billings poussa un cri de peur et d'horreur, mais l'inspecteur Miller le repoussa du pied, une fois, deux fois, et encore et encore. Le jeune Mr. Billings glissa au bas de l'ossuaire instable formé par les ossements brisés des enfants, et il se retrouva allongé sur le dos, contre le mur de la chapelle.

L'inspecteur Miller avait pris sa place. Son visage arborait une expression que j'étais incapable de comprendre. Une expression béate, de martyr, mais satisfaite de façon presque immodérée... comme s'il avait enfin accompli un acte de civisme qui fût digne de lui. Il n'était pas étonnant que l'inspecteur Miller ait cru à l'existence de Brown Jenkin depuis le tout début. Il était quasiment un saint.

Le nuage noir et froid rugit et le recouvrit, tel un rideau de théâtre que l'on baisse. Peu importait à Yo-Sothoth de savoir quel humain il enveloppait! Un instant, j'aperçus l'inspecteur Miller, les yeux de braise, son corps transfiguré par des gerbes aveuglantes d'électricité statique, ses cheveux volant *vers le haut*, les bras levés. Puis l'énorme nuage noir gronda et s'éleva de nouveau, monta vers le ciel d'un jaune toxique, et il y eut un bruit qui comprima l'atmosphère de façon tellement intense que je l'entendis parce que *je ne l'entendis pas* : cela me fit mal aux tympans, et ensuite cela ne me fit plus mal aux tympans, parce que c'était passé.

Le jeune Mr. Billings, consterné, gravit péniblement la montagne macabre, s'enfonçant jusqu'aux genoux dans les ossements, et atteignit le sommet ensanglanté et déserté.

– *Moi*! cria-t-il vers le ciel. *Moi! C'est moi que tu devais prendre*!

– *Et maintenant warum!* vociféra Brown Jenkin, encore plus furieux. *Tu as promised me alles, you fucker! Et maintenant all is disparu, dans ce nuage!*

Le jeune Mr. Billings se laissa tomber à genoux; il gémissait, sanglotait et se frappait la poitrine. Brown Jenkin le rejoignit sur le faîte de la montagne d'ossements, se pencha vers lui et lui cracha dessus, lui cracha au visage, cracha dans ses cheveux. Des filaments de crachats recouvraient les joues, les oreilles et les cils du jeune Mr. Billings.

– *Warum did I suffer and fight pendant toutes ces années bastard-bastard! Warum?*

Le jeune Mr. Billings serrait les poings, sanglotait et se lamentait comme s'il pleurait la mort de quelqu'un. Brown Jenkin lui lança un regard venimeux, puis, d'un geste rapide et désinvolte, il passa ses griffes sur la gorge du jeune Mr. Billings, agrippa son larynx et l'arracha. Le jeune Mr. Billings laissa jaillir un sang écarlate, eut un spasme, puis s'affaissa, une jambe parcourue de soubresauts. Brown Jenkin se redressa, tenant le larynx du jeune Mr. Billings au bout de sa patte, sa lèvre supérieure retroussée par un sourire, du moins, ce qui, pour lui, s'approchait le plus d'un sourire.

J'hésitai encore un moment. Puis je partis en courant. Mazurewicz me vit m'enfuir, mais il ne fit aucune tentative pour m'arrêter. Mazurewicz était peut-être plus philosophe quant au dilemme humain qu'on ne l'avait depuis toujours supposé. Peut-être, tout simplement, n'avait-il pas envie de se lancer à ma poursuite. Le Vieux Scratch, poursuivre un représentant pitoyable de l'humanité? Je traversai le cimetière, dévalai la pente et sautai par-dessus le ruisseau. Puis je grimpai péniblement le talus glissant. Tout là-haut, le ciel s'assombrissait de façon inquiétante, et la mer faisait un bruit que je n'avais jamais entendu auparavant : un gargouillement paresseux et huileux. Peut-être que Mazurewicz ne s'était pas donné la peine de me pourchasser parce que son travail était terminé. Il avait surveillé la naissance de Yog-Sothoth, la Trinité Impie, et Dieu ne règnerait jamais plus sur cette planète.

Haletant, en sueur, mais gelé jusqu'aux os, je gravis l'escalier de secours vers le toit. A mi-hauteur, un échelon rouillé céda brusquement et tomba vers le patio en contrebas. Je l'entendis heurter les dalles avec un son mat, et rebondir. Je m'agrippai à la rampe pendant vingt longues secondes, parcouru de frissons. Puis je continuai de grimper, en priant tout le temps.

Suffoquant, je m'avançai le long de la corniche visqueuse, veillant à ne pas glisser. Des éclairs scintillaient dans le lointain, au-dessus de la Manche. Le tonnerre grondait et résonnait, encore et encore. J'atteignis finalement la lucarne et l'ouvris. Je regardai une dernière fois autour de moi. Je ne pensais pas que je vivrais assez vieux pour voir 2049... et jetais un dernier regard à sa végétation agonisante, son air corrosif et ses océans englués de mazout. Quelque part, déjà, l'ombre noire et froide de Yog-Sothoth donnait naissance à d'autres rejetons. Peut-être méritaient-ils la planète dont ils avaient à présent hérité. En tout cas, nous avions mérité de la perdre.

Je me glissai par la lucarne et la refermai, et j'entendis une dernière fois la pluie acide cingler la vitre.

22

Le temps des ennuis

Au rez-de-chaussée, je trouvai Danny dans la salle de séjour, en compagnie de Charity. Il y avait également l'officier de police Jones et un groupe de policiers en civil et en uniforme. Ils allaient et venaient, criaient et semblaient déconcertés.

– Où est l'inspecteur Miller? me demanda l'officier de police Jones. Je pensais qu'il était avec vous.

– Oh... non, répondis-je. Je ne l'ai pas vu.

– Qu'est-il arrivé à votre jambe? voulut-il encore savoir. J'ai l'impression qu'il vous faut quelques points de suture.

Je baissai les yeux et m'aperçus que la jambe droite de mon pantalon était imbibée de sang. Brown Jenkin m'avait donné un coup de griffe, me tailladant le mollet, mais depuis que je m'étais enfui de la chapelle, je n'avais absolument rien senti.

– Je... euh, je me suis blessé, lui dis-je. Un bout de fer, dépassant d'une valise. Bah, une simple égratignure.

– Eh bien, j'ai l'impression qu'il vous faut quelques points de suture, répéta Jones. Et une piqûre antitétanique.

– Alors, où diable est passé Dusty? s'enquit l'un des policiers. (Il prit une cigarette et l'alluma d'une seule main.) Nous avons trouvé Mrs. Pickering au presbytère on aurait dit l'étal du boucher de Sainsbury. Nous avons rappliqué ici dare-dare pour trouver tout ce chambard, mais pas d'inspecteur Miller.

– Je pensais qu'il était avec vous, répéta Jones, me regardant d'un air renfrogné comme si je venais de pénétrer dans la pièce.

Je secouai la tête.

– Désolé, je ne sais pas où il est.

Et, dans un sens, c'était la pure vérité. Je ne savais pas où il était, ni ce qui lui était arrivé. J'espérais seulement qu'il ne souffrait pas trop.

– Vous feriez mieux d'aller à l'hôpital et de faire soigner cette jambe, insista l'officier de police. Nous reviendrons plus tard. J'aurai un certain nombre de questions à vous poser.

– Entendu, lui dis-je.

Je commençais à avoir très froid, et je frissonnais. Le choc et la fatigue, sans parler de la blessure que Brown Jenkin m'avait faite à la jambe. Je m'assis dans un des fauteuils, et me cachai le visage dans les mains.

Danny s'approcha de moi, puis Charity.

– Ça va, papa? demanda Danny d'un air sérieux.

Je pris sa main et la serrai.

– Tout va bien. Brown Jenkin m'a griffé, c'est tout. Ce policier a raison : j'ai peut-être besoin de quelques points de suture. Et toi? Tout va bien.

Danny acquiesça de la tête.

– L'autre homme? intervint Charity. Que lui est-il arrivé?

Je regardai vers la porte d'entrée; apparemment, elle s'était libérée de son chambranle. Le dernier des policiers partait. Il lança :

– Ouverte ou fermée?

– Quoi?

– La porte. Vous la voulez ouverte ou fermée?

– Ouverte, je pense.

– C'est fait, n'est-ce pas? dit Charity. La Trinité Impie? Elle s'est incarnée?

– Oui, répondis-je. Le jeune Mr. Billings voulait... eh bien, il voulait en faire partie. Mais au tout dernier moment, l'inspecteur Miller l'a repoussé et a pris sa place.

Charity eut l'air songeuse.

– Dans ce cas, votre inspecteur Miller va entreprendre nombre de voyages étranges, et se rendre dans des endroits que les hommes n'ont jamais vus. Tu devrais l'envier, d'une certaine façon.

– Je me trouve très bien ici. Où est Liz?

– Liz s'est enfermée dans sa chambre. Pour le moment, elle n'est pas une menace pour nous. Mais bientôt son pouvoir augmentera, et ses trois fils commenceront à se développer en elle. Ensuite je ne serai plus en mesure de la maîtriser. Je ne pourrai plus rien faire.

– Ce que tu avais proposé, que nous attendions qu'elle soit à terme, afin de détruire l'entité-sorcière qui sortira d'elle, sommes-nous *obligés* de le faire?

– C'est la seule manière d'empêcher l'entité-sorcière d'occuper une autre femme, puis une autre, et finalement Vanessa Charles. C'est la seule manière de changer ce futur que tu as vu.

– Il n'existe pas d'autre manière?

– Aucune autre manière te permettant d'être *sûr* que cela ne se produira jamais, non.

Je ne dis rien, réfléchissant.

– Pourquoi? demanda Charity. Aurais-tu des scrupules à le faire?

– Des scrupules? (J'avais toujours du mal à accepter son langage d'adulte.) Oui, j'ai des scrupules, c'est vrai. J'ai vu ce qui est arrivé à Vanessa Charles... elle était énorme, monstrueusement boursouflée, et toutes ces *choses* s'agitaient dans son corps... ensuite elle a littéralement été mise en pièces.

– Oui? fit Charity, le regard impassible.

– Eh bien... mes scrupules sont les suivants : je ne veux pas que Liz subisse le même sort. Je ne veux pas que Liz explose et soit mise en pièces.

Charity demeura silencieuse un long moment. Puis elle dit :

– Tu sais ce que tu risques, si tu ne détruis pas cette entité-sorcière une bonne fois pour toutes? Aussi longtemps qu'*une seule* entité-sorcière reste en vie, les Grands Anciens auront toujours la possibilité de revenir. Tu le sais, n'est-ce pas?

– J'ai vu cette créature de mes propres yeux. Yog-Sothoth. Mais si le monde devient aussi moche que ça... un air irrespirable et la mer remplie de produits chimiques... eh bien, peut-être le méritons-nous.

– Mais tu es inquiet sur le sort de Liz? demanda Charity.

– Bien sûr que je suis inquiet! Je tiens à elle. Je tenais à elle, en tout cas. Je pense que j'aurais pu l'aimer.

– En fait, il y a une autre façon de procéder, déclara Charity. Tu pourrais retourner dans le passé, jusqu'au moment où elle est arrivée ici, et faire en sorte que les choses se passent différemment.

– Différemment? Jusqu'à quel point?

– A toi de choisir. Mais si elle *ne reste pas* ici... si elle *n'est pas* fécondée par toi et *ne porte pas* en elle la Trinité Impie de Yog-Sothoth... alors elle sera sauvée, même si l'entité-sorcière survit. Nous sommes d'accord?

– Est-ce que nous ne pourrions pas détruire la maison par le feu? Puisque l'entité-sorcière se cache dans la maison, en la brûlant de fond en comble...?

– Elle survivrait, dans les cendres, dans le sol. Le seul moment pour la détruire, c'est lorsque les trois fils sont nés. A ce moment, elle a donné toute sa force à ses enfants. A ce moment, elle est faible.

– Et comment comptes-tu la détruire? demandai-je. Que feras-tu... lui jeter un genre de sort?

Charity sourit et secoua la tête.

– Non... tu la laisses prendre possession de toi... tu la laisses se glisser en toi, jusque dans ton âme... et ensuite tu... (avec son index elle fit le geste de se trancher la gorge), tu meurs, et tu emmènes l'entité-sorcière avec toi.

Je la regardai avec stupeur.

– Tu ferais ça? Tu serais prête à te suicider?

– C'est la seule façon.

– Alors n'en parlons plus. Je n'ai pas l'intention de rester là sans rien faire et de regarder Liz voler en morceaux pendant que tu te tranches la gorge. Pas question! N'en parlons plus.

– Je suis prête à le faire, affirma Charity.

– Tu es peut-être prête, mais pas moi.

– Tu en es sûr?

– Oui, répondis-je. J'en suis sûr.

– Dans ce cas, dit-elle, nous devrons tenter l'autre façon.

Elle nous emmena, Danny et moi, vers le jardin, à travers les pelouses et sur le bord opposé du ruisseau. Nous escaladâmes le mur du cimetière et nous avançâmes parmi les pierres tombales. Gerald Williams, rappelé à Dieu le 7 novembre 1886, à l'âge de 7 ans. C'était à peine si je pouvais regarder. Gerald Williams avait été emmené dans le futur, dépecé, et rôti; un innocent sacrifié à un dieu malfaisant. Susanna Gosling, maintenant elle repose en paix.

Nous nous glissâmes entre les battants de la porte de la chapelle et entrâmes. Les ardoises brisées craquaient sous nos pas. La peinture murale de Kezia Mason nous souriait toujours, mais elle ne présentait aucun signe du carnage abominable à venir. Le ciel était dégagé, des papillons voletaient, entrant et sortant par la fenêtre sans vitrail.

– Regardez, dit Charity, grimpant sur le monceau d'ardoises jusqu'au rebord de la fenêtre et montrant l'enclos du doigt.

Je la rejoignis et regardai. L'herbe était soigneusement fauchée, des corbeilles de géraniums en fleur brillaient au soleil. Et il n'y avait pas de pierres tombales. Pas une seule.

– C'est le matin, m'exclamai-je.

Danny vint se mettre à côté de moi.

– Regarde, papa, dit-il en désignant la mer du doigt. Ce bateau de pêche, il est à nouveau là-bas.

A ce moment, je vis quelqu'un sortir par la porte de la cuisine de Fortyfoot House et se diriger vers le patio ensoleillé d'un air assuré et tranquille. C'était un homme en redingote noire et haut-de-forme noir. Il tenait les revers de son habit tout en marchant, et tournait la tête d'un côté et de l'autre comme s'il effectuait un tour d'inspection.

Il arriva au milieu de la pelouse et fit halte, les mains jointes derrière le dos; il savourait de toute évidence la brise de mer.

– *Hé, vous là-bas!* criai-je. *Oui, vous, sur la pelouse!*

L'homme se tourna et regarda vers la chapelle, une expression sombre et contrariée sur son visage. Il hésita un instant, puis il se retourna et commença à rebrousser chemin d'un pas rapide vers la maison.

– Hé! criai-je. Hé, attendez!

Mais l'homme ignora mes cris et continua de marcher vers la maison en de longues enjambées d'homme-ciseaux.

La porte s'ouvrit en coup de vent – il entra en courant – le grand homme-ciseaux aux longues jambes rouges!

– Viens, Danny! dis-je. Il faut que nous le rattrapions!

Nous traversâmes rapidement la chapelle et nous glissâmes par la porte entrebâillée. Nous dévalâmes la pente verdoyante, franchîmes le ruisseau, puis grimpâmes en haletant vers la pelouse et le patio. Alors que nous nous approchions de la maison, je vis que la porte de la cuisine était entrouverte. Pourtant j'étais certain de l'avoir fermée lorsque nous étions sortis.

Je fis signe à Danny de rester derrière moi, et je m'approchai de la porte de la cuisine aussi lentement et aussi silencieusement que possible. Je poussai le battant et ouvris la porte toute grande. Elle cogna contre le mur, vibra puis s'immobilisa.

– Qui est là? appelai-je.

Il n'y eut pas de réponse. Je marquai un temps et écoutai attentivement. Puis je lançai :

– Je sais que vous êtes là! Je veux que vous sortiez!

Tu veux vraiment qu'il sorte? Cet homme à la mine sévère coiffé d'un haut-de-forme?

Il y eut un autre silence prolongé, puis j'entendis le bruit d'une course éperdue dans le vestibule, et celui de la porte d'entrée qui s'ouvrait. Sans la moindre hésitation, je traversai la cuisine en courant et ouvris violemment la porte donnant sur le vestibule, juste à temps pour entrevoir une forme noire se détachant sur la lumière du soleil : elle franchit la porte d'entrée et s'enfuit à toutes jambes sur l'allée de gravier.

Je me lançai à sa poursuite, mais tandis que je courais, je compris que je ne poursuivais pas l'homme aux favoris et au chapeau tuyau de poêle, et le temps que j'atteigne la route, je m'étais rendu compte que je courais après une jeune fille de petite taille aux cheveux blond cendré, en sweatshirt noir et short de toile; elle portait en bandoulière un sac marin bourré à craquer qui ballottait contre son épaule.

Liz, pensai-je. C'est le moment, c'est l'occasion, maintenant ou jamais. C'est le moment où je peux la sauver de Fortyfoot House et du sort horrible qui attend Vanessa Charles. C'est le moment où je peux la sauver de *moi*.

Il y aura peut-être d'autres conséquences, des conséquences tout aussi terribles. Mais au moins Liz sera saine et sauve.

Je m'arrêtai tandis qu'elle continuait de courir. J'entendais ses sandales claquer sur le macadam chauffé par le soleil. Puis elle disparut derrière les lauriers. Elle était partie. Je restai sur la route un long moment, je regardais fixement l'endroit où elle avait disparu, et je m'aperçus brusquement que j'avais le cœur brisé.

Danny remonta l'allée et s'approcha de moi.

– Qui était-ce? voulut-il savoir.

Je secouai la tête.

– Je ne sais pas. Une jeune fille. Elle ne s'est pas arrêtée pour me dire ce qu'elle voulait.

Nous rebroussâmes chemin vers la maison.

– On va boire quelque chose? lui demandai-je. Il y a un café sur le front de mer.

– D'accord. Je prendrai un gin-tonic, dit-il le plus sérieusement du monde.

Nous traversâmes le jardin, nous tenant par la main. Il faisait chaud et c'était une matinée très paisible. Je regardai dans la direction de la chapelle, et j'eus l'impression que quelque chose avait changé, quelque chose que je ne parvenais pas à situer tout à fait. Puis je compris brusquement ce que c'était. Il n'y avait plus de pierres tombales, seulement un enclos envahi par les mauvaises herbes, avec des pommiers rabougris et des ronces.

J'avais laissé partir Liz et j'en ignorais les conséquences, mais j'avais changé le destin des orphelins de Fortyfoot House. Ils étaient tous morts depuis longtemps, bien sûr, mais on ne les avait pas emmenés d'ici.

– Où est...? demanda Danny soudainement, en se retournant.

– Où est qui?

– Je ne sais pas, dit-il. Je pensais qu'il y avait quelqu'un d'autre ici, mais il n'y a personne.

Bien sûr, il voulait parler de Charity.

Nous suivîmes le sentier menant au front de mer, et continuâmes jusqu'au Café de la Plage. Nous nous assîmes dehors, près du muret, afin que Danny puisse regarder l'un des pêcheurs du coin tendre ses filets. Une femme d'un certain âge qui ressemblait à Mamie dans *Les Walton* vint vers nous, tout en s'essuyant les mains sur son tablier. Doris Kemble, vivante, saine et sauve, et souriante.

– Que prendrez-vous? nous demanda-t-elle.

Danny la regarda fixement, puis chuchota :

– Un Coca-Cola.

– Pas de gin-tonic? le taquinai-je.

Il secoua la tête, sans quitter Doris Kemble des yeux. On aurait dit qu'il venait de voir un fantôme.

– Il y a beaucoup de crabes sur la plage, dit Doris Kemble. Tu pourrais organiser une course de crabes.

Plus tard, alors que Danny jouait dans les rochers, Doris Kemble sortit et s'assit à côté de moi. Je sirotais tranquillement ma bière, ma main en visière pour m'abriter les yeux du soleil du milieu de la matinée.

– Il ne se souvient de rien, déclara-t-elle au bout d'un

moment. *Vous*, vous vous souvenez, mais vous avez choisi de changer les choses pour qu'elles soient ce qu'elles sont maintenant, et vous êtes responsable de ce qui se produira désormais.

– Vous êtes vivante, lui dis-je. Et les Pickering, et l'inspecteur Miller, et Harry Martin?

– Ils sont vivants, eux aussi. Et aucun d'eux ne vous connaît.

– Est-ce que tout cela s'est réellement produit? voulus-je savoir.

Elle hocha la tête.

– Oui, tout cela s'est produit. Et cela *continue* de se produire, quelque part dans le temps.

– Et les Grands Anciens?

– Vous auriez pu détruire à tout jamais leurs chances de revenir. Mais vous avez fait un autre choix. Concernant les Grands Anciens, il ne vous reste plus qu'à prier... et à faire de votre mieux pour prévenir ce jour où la Terre sera tellement polluée qu'ils auront la possibilité de revenir à la vie.

– Et le jeune Mr. Billings? Et Mazurewicz?

– Partis *d'ici*. Partis de *maintenant*. Mais ils sont toujours là-bas, quelque part.

– Et Brown Jenkin?

Doris Kemble posa sa main sur la mienne.

– Suivez mon conseil, David. Concernant Brown Jenkin, ayez toujours l'oreille au guet.

Nous quittâmes Fortyfoot House le lendemain. Je dis aux agents immobiliers que mon médecin de Brighton venait de me faire parvenir mon bilan de santé : j'avais un souffle au cœur et je devais éviter tout travail pénible. Je promis de leur rembourser l'argent qu'ils m'avaient avancé, et je continue de le faire, encore aujourd'hui, à raison de cinq livres par mois.

Danny et moi sommes retournés à Brighton, et pour le moment nous vivons chez mon vieil ami John Smart, à Clifton Terrace, dans la pièce donnant sur le jardin. J'aime bien ce quartier, il y a du soleil et de l'air, et le front de mer se trouve à deux pas (bien que ce soit foutrement crevant pour remonter la côte).

Je n'ai gardé qu'un seul souvenir de Fortyfoot House, et c'est la photographie en noir et blanc du jeune Mr. Billings au milieu de la pelouse, *Fortyfoot House, 1888*. Je ne l'ai pas emportée parce qu'elle me plaisait. Je l'ai emportée parce que Kezia

Mason a opéré sa magie sur cette photographie, et lui a donné la faculté de bouger. Elle est comme un baromètre, comme une girouette. Si jamais le jeune Mr. Billings part de nouveau à la recherche de Brown Jenkin, je serai à même de le voir avant que cela ne se produise.

Chaque matin, tout en préparant le café, j'ai pris l'habitude – c'est une sorte de rituel – d'examiner attentivement cette photographie. Elle est fixée au mur, à côté de mon poster de Greenpeace.

Ce matin, le 15 octobre, j'ai eu l'impression de distinguer une petite tache sombre, triangulaire, derrière la courbe de la pelouse verdoyante. J'ai décroché la photographie et suis allé jusqu'à la fenêtre afin de la regarder dans la lumière du soleil. Dans le jardin en contrebas, parmi les bosquets de sureaux, j'apercevais Danny en train de jouer avec ses camions Dinky Toys. Le soleil brillait dans ses cheveux. Apparemment, il construisait un centre de loisirs.

J'ai étudié avec attention la marque sur la photographie. Il est possible qu'elle ait toujours été là, et que je l'ai remarquée seulement aujourd'hui. Une tache, une altération, n'importe quoi.

Mais ce pourrait être un chapeau.

Ce pourrait être le bout d'une oreille, ou une griffe levée.

Ce pourrait être cette créature qui continue de détaler à travers mes cauchemars chaque nuit, toutes les nuits : une créature aux longues griffes, aux yeux jaunes, aux crocs jaunis, une créature qui gratte et ricane derrière les lambris de ma raison.

Ce pourrait être quelque chose de voûté et d'infiniment mauvais, qui court et se rapproche inexorablement de nous, à travers le labyrinthe du temps.

TABLE

1. Fortyfoot House 9
2. La fenêtre de la chapelle 20
3. Le Café de la Plage 41
4. Le chasseur de rats 51
5. La nuit des lumières 64
6. Le chasseur de têtes 86
7. Emmeline Chérie 100
8. Infirmière ou nonne 122
9. Un pasteur persécuté 137
10. Marée basse 163
11. Le jardin d'autrefois 180
12. Kezia Mason 200
13. Apparition 224
14. Sous le plancher 238
15. L'avertissement 253
16. Dent et griffe 277
17. Le fils de sang 286
18. Illusion 301
19. Une mort en été 311
20. Le jardin de demain 325
21. Naissance rituelle, mort rituelle 349
22. Le temps des ennuis 360

OUVRAGES DE LA COLLECTION « TERREUR »

IAIN BANKS
Le seigneur des guêpes

CLIVE BARKER
Secret Show
Le royaume des devins

WILLIAM P. BLATTY
L'Exorciste : la suite

ROBERT BLOCH
L'écharpe
Lori
Psychose
Psychose 2
Psychose 13
Contes de terreur

RANDALL BOYLL
Froid devant
Monssstre
Territoires du crépuscule

MARION ZIMNER BRADLEY
Sara

RAMSEY CAMPBELL
Envoûtement
La secte sans nom
Soleil de minuit

MATTHEW J. COSTELLO
Cauchemars d'une nuit d'été
La chose des profondeurs

MARTIN CRUZ-SMITH
Le vol noir

THOMAS DISCH
Le caducée maléfique

KATHERINE DUNN
Un amour de monstres

JOHN FARRIS
L'ange des ténèbres
Le fils de la nuit éternelle

RAYMOND FEIST
Faërie

CHRIS FOWLER
Le diable aux trousses

RAY GARTON
Crucifax
Extase sanglante

LINDA C. GRAY
Médium

WILLIAM HALLAHAN
Les renaissances de Joseph Tully

BARBARA HAMBEY
Le sang de l'immortalité

THOMAS HARRIS
Dragon rouge
Le silence des agneaux

JAMES HERBERT
Dis-moi qui tu hantes
Fluke
Fog
La lance
Les rats
Le repaire des rats
L'empire des rats
Le survivant
Sanctuaire

SHIRLEY JACKSON
Maison hantée
La loterie

STEPHEN KING
La part des ténèbres
Salem

ANDREW KLAVAN
Il y aura toujours quelqu'un
derrière vous

DEAN R. KOONTZ
Le masque de l'oubli
Miroirs de sang
La mort à la traîne
La nuit des cafards
La nuit du forain
La peste grise
Une porte sur l'hiver
La voix des ténèbres
Les yeux des ténèbres
La maison interdite

STEVEN LAWS
Train fantôme

TANITH LEE
La danse des ombres

CHARLES DE LINT
Mulengro
Symphonie macabre
Les murmures de la nuit

Charles McLean
Le guetteur

Robert Marasco
Votre vénérée chérie

Graham Masterton
Démences
Le démon des morts
Le djinn
Le jour « J » du jugement
Manitou
Le miroir de Satan
La nuit des salamandres
Le portrait du mal
Les puits de l'enfer
Rituels de chair
Transe de mort
La vengeance de Manitou
Le trône de Satan
Apparition
La maison de chair

Robert McCammon
L'heure du loup
La malédiction de Bethany
Scorpion

Michael McDowell
Les brumes de Babylone
Cauchemars de sable

Andrew Neiderman
L'avocat du diable

Garfield Reeves-Stevens
Contrat sur un vampire
La danse du scalpel

Anne Rice
Lestat le vampire
Entretien avec un vampire
La reine des damnés
La momie
Le lien maléfique

Anne Rivers Siddons
La maison d'à côté

Fred Saberhagen
Un vieil ami de la famille
Le dossier Holmes-Dracula

John Saul
Cassie
Hantises
Créature

Peter Straub
Ghost Story
Julia
Koko
Mystery
Sans portes, ni fenêtres

Michael Talbot
La tourbière du diable

Sheri S. Tepper
Ossements

Thomas Tessier
L'antre du cauchemar

Thomas Tryon
L'autre
La fête du maïs

Jack Vance
Méchant garçon

Lawrence Watt-Evans
La horde du cauchemar

Chet Williamson
La forêt maudite

Paul F. Wilson
La forteresse noire

Douglas E. Winter
13 histoires diaboliques

Bari Wood
Amy girl

Bari Wood/Jack Geasland
Faux-semblants

T. M. Wright
L'antichambre
Manhattan Ghost Story
L'autre pays

Achevé d'imprimer en mai 1996
sur les presses de l'Imprimerie Bussière
à Saint-Amand (Cher)

POCKET - 12, avenue d'Italie - 75627 Paris Cedex 13
Tél. : 44-16-05-00

— N° d'imp. 1119. —
Dépôt légal : mars 1994.

Imprimé en France